KB070467

내게
말을 거는
공간들

뮌 헨 의
건 축 하 는
여 자

내게
말을 거는
공간들

임 혜 지 의
공 간
이 야 기

한겨레출판

재잘거림 같으면서도
따끔한 고추 맛 나는 공간 이야기

건축인 임혜지는 전문인이기 이전에 일상 생활인으로서 공간에 대하여 이야기한다. 정확히 말해서, 공간에 대한 일반적 담론이 아니라 자신이 건축과 도시공간을 일상의 생활공간으로 어떻게 사용하며 어떻게 체험하는지 이야기하고 있다. 그녀는 이론의 틀에 맞추어 공간을 읽고자 하는 것이 아니라, 담담하게 '사용하고', 진솔하게 '즐기면서' 이해하고자 한다.

의식주는 인간 삶의 3대 기본요소다. '주'에 해당하는 건축과 도시공간은 인간 삶의 터전으로, 육체와 마음과 정신에 직접 또는 간접적으로 커다란 영향을 미친다. 우리는 태어나는 순간부터 건축과 도시공간의 영향을 받는다. 그러기에 신생아 방을 위생적일 뿐 아니라 정서적으로 아늑하고 아름답게 꾸미려 하는 것이다. 이러한 관점에서, 건축과 도시공간에 대한 교육은 대학이 아니라 유치원에서부터 시작되어야 한다.

그러나 현실은 다르다. 영어와 수학은 우리 삶에 필수적인 것으로 간주되어 유치원에서부터 보편적으로 교육하는 반면, 건축과 도시는 선택적인 요소로 대학의 특수한 학문으로 다루고 있다. 그래서 건축과 도시는 건축 작가, 또는 건설인의 전공이 되어 그들만의 언어로 이야기되는 경우가 많다. 그러나 이제, 우리나라 시민들도 건축 및 도시환경에 상당한 관심을 갖고 자신들의 환경 건설에 적극적으로 참여하고자 한다. 전문가들은 그 어느 때보다도 시민과 행정인 모두 이해할 수 있는 상식적 차원의 언어를 사용하여 그들과의 대화를 모색해야 할 것이다.

이러한 맥락에서 이번 책은 전문가와 일반인이 함께 즐기며 배울 수 있는 자리다. 여행에서 막 돌아온 친구가 재잘거리는 이야기 같으면서도, 따끔하고 매서운 고추 맛이 난다. 이는 저자의 인간성과도 일치한다. 임혜지는 지나칠 정도로 따뜻하고 풍요로우면서도, 철저한 전문인으로서 사회적 책임과 의무를 냉철하게 따지고 적극적으로 실천하는 친구이다. 그녀의 삶과 꼭 일치하는 이 책을 여러분께도 권하고 싶다.

이석정
한양대학교 도시공학과 교수
독일 도시설계사무소 ISA-Stadtbauatelier 소장

임혜지와 함께 떠나는
유럽 건축사 탐방

나는 1970년대에 에곤 아이어만이 가르치던 칼스루에 대학에 지원했으나, 여러 가지 사정으로 유학의 꿈을 접고 설계사무소에서 일하게 되었다. 그리고 못 이룬 꿈을 같은 사무소에서 근무하던 젊은이에게 심어주었고, 그는 칼스루에 대학으로 유학을 갔다. 몇 년 후, 나는 그에게서 한 여성 건축학도를 소개 받게 되었는데, 갓난아기의 엄마였고 물리학도의 아내였던 임혜지는 본인의 졸업 설계 작품을 내게 보여주었다.

이렇게 눈이 맞은 우리의 교분은 어느덧 20년이 흘렀다. 임혜지는 내가 공부하는 문화재 보존 분야, 특히 실측설계를 통한 건축역사 연구 분야의 전문가가 되었고, 내가 뮌헨 알터호프에서 실측 작업을 할 때나 교환 연구원 자격으로 뮌헨 대학에서 공부할 때 정말 큰 힘이 되어주었다.

나는 매년 틈을 내서 독일에서 열리는 건축 역사나 문화재 보존 관련 학술대회에 참석하는데, 몇 년 전에는 드레스덴에서 한 독일 건축가로부터 "이번에 한국계 여성 건축가가 칼스루에의 한 건축학파가 이룬 마을의 주택을 조사한 내용을 출판했는데 정말 큰 업적이다."라는 아낌없는 찬사를 들었다. 임혜지의 15년 작업의 결실인『프리드리히 바인브렌너 시대의 칼스루에 주택』은 이미 독일 도서관에 전문서적으로 자리를 잡았고, 독일 정부가 대북관계개선 협조지원사업의 일환으로 신설한 평양 독일문화원에 기증한 과학 서적에 포함되는 영광도 안았다.

그리고 그녀의 첫 번째 한국어 저서가 될 『내게 말을 거는 공간들』은 자칫 딱딱하기 쉬운 건축을 쉽게 풀어낸 따뜻한 에피소드들을 담고 있다. 전혜린의 발자취를 따라 영하의 날씨 속에서 탐방했던 슈바빙이며 영국 공원 등 내게도 생생한 '도시 이야기'는 특히 독자들에게 권하고 싶다. 그녀의 가슴을 뛰게 했던 유럽 전역의 건축물들을 따라가다 보면 유럽 도시 및 건축의 역사와 건축양식을 일별할 수 있게 될 것이다. 또 동서양을 막론하고 나이 든 여성 건축가들이라면 누구나 공감할 화장실 노이로제 이야기 역시 '현장 이야기'에서 빼놓을 수 없는 흥미진진한 소재일 것이다.

　한국에서 사는 나는 우리나라 워드 프로그램이 국제적이 아니라고 불평을 하는데, 독일에서 사는 임혜지는 한글 자판도 없는 노트북으로 인터넷한겨레를 통해 네티즌들과 교감해왔다. 폭발적인 인기를 얻었던 그녀의 이야기들은 이렇게 『내게 말을 거는 공간들』로 다시 태어났다. 건축을 전공했든 안 했든 누구나 쉽고 재미있게 건축에 빠져들 수 있는 이 책을 통해 독자들 역시 자신에게 말을 거는 공간들을 만나보길 바란다.

조인숙
건축사사무소 다리건축 소장

3 arbeit 현장 이야기

1

h a u s

집 이야기

건 축 하 는   여 자 가   사 는   집

　나는 청소하기를 싫어해서 가끔 손님을 초대하면 그제야 법석을 떤다.
아이들이 어릴 때는 그나마도 힘에 겨워 못하고, 폭탄 맞은 듯한 집에서 손
님을 맞으며 배짱으로 버텼다. 아이들이 십대가 된 지금은 아이들 방을 따로
치울 필요가 없어졌다. 손님이 와도 문을 닫아놓으면 그만이다. 부모형제 간
에도 월급의 액수를 묻지 않는 독일 사회에서 사적인 영역은 철저히 보호되
기 때문이다.

　그러나 예외가 있다. 건축쟁이 친구들이 들이닥치면 문을 닫아놔도 소용
이 없다. 이들은 아이들 방은 물론, 우리 침실까지 거침없이 들어간다. 이불
을 들추고 우리가 만든 침대의 디자인을 감상하고 이음새를 관찰한다. 옷장
위에 줄줄이 얹혀 있는 종이 상자들이 문짝마다 하나씩 정확히 배열돼 있는
것을 한눈에 집어내고 칭찬해준다.

　내 집을 내 손으로 설계하고 싶다는 많은 건축가들의 좌절된 꿈을 나 역시
가지고 있다. 나는 월세로 살고 있는 보금자리를 가꾸는 것으로 이루지 못한
꿈을 달랜다. 무에서 유를 창조하는 설계 작업보다 창작성은 떨어지겠지만,
주어진 공간 내에서 최선의 기능성과 심미성을 조합하는 일도 상당히 만족
감이 높은 창조적인 행위이다.

　우리 가족은 뮌헨 시내에 위치한 고가옥 지역에 살고 있다. 1900년경에 도
시 서민용으로 지은 4~5층짜리 연립주택들이 나란히 붙어서 한 블록을 형

성한 곳으로, 시내지만 교통량이 많지 않아 조용한 편이다.

독일에서 흔히 볼 수 있는 이런 가옥 형태는 전통적인 독일형은 아니다. 전통적인 독일형 가옥은 검정색이나 갈색 목재로 벽체가 얼기설기 분할되고, 뾰족하게 세모진 박공이 전면에서 보이는 목골구조다. 1700년대 전후로 독일의 도시에는 처마가 전면에서 보이는 새로운 주택 양식이 유행하기 시작했는데, 이는 남유럽 지중해 연안의 건축 양식이 몇 백 년 동안 프랑스를 거쳐 북상한, 일종의 문화 이동현상이다.

우리 가족을 포함해 15가구가 세 들어 살고 있는, 문화재로 지정된 5층짜리 건물 앞으로는 자동차 두 대가 비껴갈 만한 공공도로가 지나간다. 대문은 건물의 전면 중앙에 있고, 대문 뒤로는 폭 3~4미터의 통로가 뒷마당까지 뚫려 있다. 옛날에는 이리로 마차가 드나들었지만, 오늘날엔 자동차들이 이 통로를 통해 뒷마당으로 진입하기도 하고, 뒷마당에 놓인 이동식 쓰레기통들이 매주 한 번씩 끌려나와 집 앞 도로에서 대기하는 쓰레기차에 비워지기도 한다.

건물 면적을 많이 잡아먹는 이 너른 통로는 마차가 없는 경우에도 화재시 소방차의 진입을 위해 꽤 오랫동안 고수되었다. 그러나 소방차가 굳이 뒷마당으로 들어가지 않고도 고무호스를 통해 진화할 수 있게 된 19세기 중반부터는 사람만 지나다닐 정도로 통로를 좁게 줄이는 것이 법적으로 허용되었다.

통로 옆에는 계단실이 있다. 계단을 올라가면 각 층마다 복도가 나오고, 복도를 따라 각 가정으로 들어가는 현관문이 나 있다. 계단도 복도도 바닥이 전부 나무라서 발걸음이 자연히 조심스럽다.

우리집 현관문을 열고 안으로 들어서면 제일 먼저 눈에 보이는 것이 앞으로 길게 뻗은 복도다. 양옆으로는 방과 실용공간들이 줄지어 있다. 옛날 주택들이 그러하듯 방은 도로 쪽으로 있고 부엌과 욕실, 화장실은 뒷마당 쪽으

: 필자가 사는 동네는 1900년대에 지어진, 뮌헨의 전형적인 고가옥 주거지이다.

로 붙어 있다. 자동차가 없던 옛날에는 도로 쪽이 조용하고 경관 좋은 우등
방향이고, 빨래와 장작이 널려 있고 하인들과 가축들로 시끄러운 뒷마당은
열등방향이었기 때문이다.

오늘날엔 정반대로 바뀌었다. 집 앞 도로는 소음과 매연의 원천이지만, 뒷
마당은 나무와 화단도 그럭저럭 가꾸어져 있고 사면이 건물로 둘러싸여 도
시의 소음에서 차단된 오아시스다. 그래서 설상가상으로 북향인 우리집의
경우, 생활공간은 시끄럽고 어두운 쪽으로 나 있고, 기능공간은 밝고 조용한
쪽으로 나 있는 셈이다.

현대식 건물과 비교할 때 옛날 집에는 여러 가지 구조적 특징이 있다. 그
중 하나는 벽체가 두껍고 단단하다는 것이다. 우리집의 경우, 붉은 벽돌로
쌓은 외벽의 두께가 60센티미터나 되므로 여름 볕에 쉽게 뜨거워지지 않는
다는 장점이 있다. 이상기온으로 온 유럽이 폭염에 허덕일 때도 우리는 에어
컨이나 선풍기 없이 시원하게 지낸다.

물론 나름의 건물 활용 노하우가 있어야 한다. 건물의 두터운 벽체가 햇볕
에 달아올라 안쪽 벽까지 열기가 전달되는 데는 며칠이나 걸린다. 안쪽 벽의
표면온도가 바깥 기온보다 낮으면 상대적으로 집안이 서늘하게 느껴지므로,
안쪽의 표면온도가 올라가는 속도를 늦추는 게 그 비결이다. 아침에 해가 뜨
기 시작하면 얼른 모든 창문을 꼭꼭 닫고 차양을 꼼꼼히 쳐서 한 점의 햇빛
도 집안으로 들어오지 못하게 한다. 집이 안팎으로 햇볕을 받으면 벽체의 내
부온도가 더 빨리 올라가기 때문이다. 그리고 기온이 떨어지는 저녁나절부
터는 모든 창문을 앞뒤로 활짝 열어 밤새도록 맞바람 속에 건물 내부를 식혀
야 한다.

∴ 세모꼴 박공지붕과 목골구조의 전통적 독일형 가옥, 독일 게른스바하.

이렇게 일주일이고 열흘이고 시간을 벌며, 더위가 단 며칠이라도 수그러들거나 한바탕 소나기라도 쏟아져 벽체를 완전히 식힐 기회를 기다리는 것이다. 만약 더위가 몇 주일씩이나 지속된다거나, 아니면 열대야라도 닥쳐서 밤에도 기온이 떨어지지 않는다면 그때는 도리가 없을 것이다. 하지만 나는 30년간 독일에 살면서 그런 경우는 한 번도 경험하지 못했다.

많은 사람들이 이렇게 두터운 돌벽으로 지은 집은 겨울에도 따스하리라고 믿는다. 그러나 벽체의 축열성이 높다고 해서 열에너지가 벽체를 통해 빠져나가는 것을 막을 수는 없다. 60센티미터 두께의 벽돌의 단열효과는 철근콘크리트 155센티미터에 맞먹는 양호한 수치지만, 유리솜이나 스티로폼의 경우는 고작 3센티미터 두께에 해당한다. 그래서 벽에 유리솜이나 스티로폼 같은 단열재를 따로 부착하지 않고서는 에너지 절약을 기대할 수 없다.

문화재의 경우 외양을 보존해야 하기 때문에 단열에 기술적인 어려움이 따른다. 단열재는 건물 안쪽으로 붙이면 벽이 습해져 곰팡이가 필 위험이 있기 때문에 바깥에 붙여야 한다. 고옥의 창문을 에너지 절약형으로 대체하는 경우에도 벽에 곰팡이가 피는 현상이 자주 일어난다. 따라서 바람이 통하고 숨을 쉬도록 만들어진 옛 건물을 현대 수준으로 진공포장하려면 옛 건물의 구조에 대한 정확한 이해가 필요하다. 에너지원이 고갈되어가고 있는 오늘날, 전통 가옥의 보유율이 높은 유럽에서는 문화재 건물의 단열에 관한 대책이 시급하다.

옛날 집에는 구조상의 결함이 또 하나 있다. 위아래층 간에 수직적인 방음이 나쁘다는 점이다. 요즘에는 바닥 공사를 할 때 방음매트를 밑으로도 깔고 벽 앞으로도 빙 둘러치므로 방바닥이 벽에 직접 닿지 않아서 발자국의 울림이 벽을 통해 아래나 위층으로 전달되지 않는다. 그러나 옛날 집의 나무 바닥은 벽과 직접 연결되어 있으므로 윗집에서 신발을 신고 쿵쿵 걸어 다니면 내 책상 위에 놓인 다기가 서로 부딪쳐서 따르르르 소리를 낸다.

또 하나의 불만을 들자면 집이 좀 어둡다는 것이다. 마당 쪽에서 벽을 타고 올라오는 담쟁이 넝쿨이 창문까지 어떻게 해보려고 호시탐탐 기회를 노리고 있으므로 가끔씩은 전지가위로 혼내주어야 한다. 건물들이 옆으로 다닥다닥 붙어 있기 때문에, 창문을 낼 수 있는 외벽이 앞뒤로 두 개씩밖에 안되는 데다, 고전주의 건축 양식에 따라 창문을 일정한 크기와 간격으로 뚫어놔서 오늘날의 기준으로 보면 창문의 면적이 방에 비해 작다. 공간의 용도에 따라 창문의 위치와 크기를 정하지 않고, 규칙적이고 일률적으로 보이도록 지은 것이다.

그래서 우리는 창문에 레이스 커튼을 달지 않았다. 밖에서 집안이 들여다보이는 것을 막기 위해 집집마다 쳐놓는 레이스 커튼은 자연광을 일부 잡아먹기 때문이다. 옷을 입고 사는 대낮에는 밖에서 좀 들여다보이면 어떠냐는 식이고, 불을 밝히는 밤에는 알루미늄 차양을 내린다.

우리집에서 내가 가장 매력을 느끼는 부분은 시원하게 높은 천장이다. 3.5미터가 넘으니 현대식 아파트 천장의 1.5배는 되는 셈이다. 그러나 독일의 고옥이라고 다 그런 건 아니다. 중세시대의 독일 전통 가옥은 만화에 등장하는 일곱 난장이의 집처럼 천장이 낮기도 했는데, 이것은 1700년경 지중해식 주택 양식이 독일에 상륙하면서 바뀌었다.

이 새로운 양식은 르네상스 건축에서 발전된 것으로, 고대 그리스-로마 문화의 비례법칙에 따라 공간의 크기에 합당한 천장 높이를 이론적으로 계산했다. 주민의 평균 신장이 커졌다거나 하는 실질적 이유에서가 아니라, 순전히 이론에 근거한 유행에 따라 갑자기 높아진 것이다.

높은 천장 때문에 난방에너지가 필요 이상으로 많이 들지만, 나는 고옥의 툭 트인 천장이 주는 분위기를 좋아한다. 이런 시원한 공간의 성격은 하얀 벽과 밝은 색의 마룻바닥과 잘 어울린다. 특히 우리집은 벽지로 도배하지 않고, 뮌헨이 수도인 남독 바이에른 지방의 일반적인 공법으로 만들어진 깔깔

한 모래질의 맨 회벽이기 때문에 더욱 운치가 있다.

독일 건축가들은 대부분 까만색이나 짙은 회색 옷을 잘 입고, 실내장식은 십중팔구 하얀색을 선호한다. 특히 건축가 자신의 집일 경우엔 벽도 하얀색, 가구도 하얀색, 액자도 하얀색, 심지어는 하얀 화병에 꽃도 하얀색으로 골라야 직성이 풀린다. 다른 일에는 유행이나 남 하는 대로 따라하지 않는 나도 이상하게 실내장식만은 하얀색에 끌린다. 결혼 전 학생시절에 살던 집에서 마룻바닥까지 하얀색으로 칠해놓고 매일매일 바라보며 좋아했던 기억이 난다.

이렇게 밝은 색상의 옛날 집 내부에는 고가구만 어울리는 게 아니라 단아한 현대식 가구도 잘 어울린다. 우리는 가구를 배치하고 실내장식을 하면서 이러한 고옥의 특성을 살리는 일에 주력했다.

보통 독일의 임대주택은 텅 빈 상태에서 세를 주기 때문에 이사할 때 장롱을 비롯한 가구 일체를 전부 끌고 다녀야 함은 물론, 심지어는 전등까지도 떼어 가서 새로 달아야 한다. 내부구조가 비슷비슷하고 기본적인 가구가 구비되어 있는 아파트에서 아파트로 이사 다니는 한국식 집들이를 기성복 사 입는 일에 비유한다면, 내부구조가 천차만별인 독일에서 텅 빈 공간을 새 주인에게 맞추는 집들이는 맞춤복이라 할 수 있겠다. 새 주인의 몸과 취향에 딱 들어맞게 만들 가능성이 높은 대신, 품을 더 요구하는 맞춤복. 게다가 독일은 인건비가 비싸서 웬만한 일은 사람을 쓰지 않고 손수 해야 하기 때문에 마치 제 손으로 옷 지어 입는 것처럼 수고스러운 일이 아닐 수 없다.

지금 살고 있는 집으로 이사 온 후, 산더미처럼 쌓인 이삿짐 상자가 이사한 지 석 달이 넘도록 줄어들 기미가 보이지 않자 나는 그제야 다시는 이 남자랑 이사하지 않겠다고 맹세했던 일을 기억해냈다. 신혼 때 우리의 첫 보금자리를 꾸미면서 얼마나 분통이 터졌는지 까맣게 잊어버린 나는 또 한 번의 이사를 감행했던 것이다.

대부분 그렇듯이 우리 부부 사이에도 각각 주관하는 영역이 나뉘어 있다. 내가 특별히 중요하게 생각하는 일이나 남편보다 잘하는 일은 자연스럽게 나의 전담이 되고, 남편이 유난히 애착을 보이는 일이나 남편이 전문인 일은 남편이 알아서 처리한다. 그래서 가정의 대소사가 대부분 큰 언쟁 없이 해결되지만 단, 집을 꾸미는 문제에서만은 예외다. 두 사람 다 이 문제에선 자신이 전문가라고 믿고, 자신의 영역이라 우기기 때문이다.

우리 부부는 다양한 형태의 역할 분담을 실험하며 살아왔다. 반나절씩 번갈아 일을 하며 아이들을 돌본 적도 있고, 남편이나 내가 전업주부를 도맡은 적도 있었다. 그래서인지 남편은 요즘처럼 직장 생활을 하고 있을지라도 자신의 생활터는 가정이고, 스스로 살림에 일가견이 있는 사람이라고 믿고 있다.

뿐만 아니라 나는 짐이 불어나는 게 싫어서 쇼핑을 혐오하는 데 비해, 남편은 그릇 같은 살림살이 사는 것을 무척 즐기는 사람이다. 남편은 한국에 가면 꼭 남대문 시장에서 뚝배기나 식칼 같은 우리나라 부엌용품을 바리바리 사서 싸들고 온다. 또 내가 며칠간 집을 비우면 그 사이에 프라이팬이나 국자를 새로 사들인다.

집안일은 별로 하지도 않으면서 살림을 자신의 영역이라 믿는 것은 좋게 봐준다치더라도 실내장식에 대한 그의 과신은 어디에서 오는 것일까? 남편이 손재주가 있고 디자인 감각이 좋다는 건 나도 인정한다. 그래도 그렇지, 건축은 나의 전공인데 자연과학도인 자기가 나보다 실내장식에 조예가 깊다고 우기는 건 좀 심하지 않은가? 자연과학도가 공학도를 대하는 뿌리 깊은 오만인가 싶어 나도 전공의 자존심을 걸고 부르르 전의를 다지는 것이다.

뭐니 뭐니 해도 가장 큰 문제는 우리 부부의 성격 차이다. 내가 여자라서 그런지, 한국사람이라 그런지, 아니면 공학도라서 그런지는 몰라도 아무튼 성질이 급하고 결정이 빠르다. 어떤 결정에도 단점이 따른다는 걸 인정하고 눈을 꾹 감아버린다. 또 그렇게 못 견디게 싫고 좋은 것도 없어서 웬만하면 잘 적응한다.

그런데 남편은 남자라서 그런지, 독일사람이라서 그런지, 아니면 그야말로 자연과학도라서 그런지는 모르겠으나, 무슨 일에든 반응이 느리고 장단점과 인과응보를 철저히 따지느라 결정이 신중하다. 어찌나 신중한지 어떤 때는 결정을 포기한 것처럼 보여서 내가 대신 결정해주면 무섭게 화를 낸다. 지금 생각하는 중이라는 것이다.

이사 후 가구를 고르는 시점에서 남편은 아무런 결정도 못 내리고 몇 달이나 뜸을 들였다. 내가 하루 종일 눈을 부릅뜨고 이삿짐 상자를 뒤져 살림을 하고 식구들의 물건을 찾아주는 일에 신경이 곤두서 있는 동안, 남편은 아침에 출근했다 저녁에 들어와선 유유자적이었다. 내 처지가 절망스럽다 못해 나의 노후마저 암울하게 보이던 어느 날, 신혼시절에 만삭의 배를 안고 영원히 끝나지 않을 것 같은 난장판 속에 앉아서 다짐했던 맹세를 기억했다. 내 평생 다시는 이 남자와 함께 이사하지 않으리.

뒤늦게 떠오른 맹세의 기억에 힘입어 나는 아직 짐을 풀지 않은 김에 우리 그냥 깨끗이 끝내자는 말로 싸움을 걸었다. 싸움이 있어야 화해도 있는 법, 그 후 우리집 꾸미기는 서서히 진척을 보이기 시작했다. 우리의 첫 결정은 가구 사는 것을 포기하는 일이었다. 몇 달을 돌아다녀보니, 마음에 맞는 가구는 주머니 사정에 맞지 않았고 주머니 사정에 맞는 가구는 디자인이 유치하고 품질이 열악했다. 사실 이 이유로 남편은 그간 아무런 결정을 내리지 못했던 것이다.

우리는 이사할 때마다 늘 그랬듯이 이번에도 직접 가구를 만들기로 했다. 우리 부부는 대부분의 가구를 함께 설계해서 함께 만들어왔다. 그러는 과정에서 나는 신혼시절에 했던 나의 맹세가 '다시는 이 남자와 함께 이사하지 않으리.'가 아니었다는 것을 홀연히 깨달았다. 그 맹세는 '다시는 이 남자와

함께 가구를 만들지 않으리.' 였다는 것을. 그러나 이를 어쩌랴, 이미 신호탄
은 터졌고 어느새 나는 이것이 장애물 경기라는 것도 모르고 첫발을 힘차게
날린 뒤였다.

가 족 과 손 님 을 위 한 공 간 : 현 관 과 복 도 , 거 실

　우리집에는 현관이 따로 없다. 문을 열고 들어서면 바로 복도가 나타난다. 이렇게 첫발을 들이는 공간은 손님에게, 또 매일 집으로 돌아오는 가족에게 따스한 환영인사를 보내는 곳이고, 그 가정의 고유한 분위기를 요약해서 보여주기도 한다.

　일반적으로 현관이나 복도는 어수선하기 쉽다. 당연한 일이다. 들고나는 가족들의 외투와 신발, 모자와 장갑, 인라인스케이트와 헬멧, 우산과 열쇠를 수납하는 장소이기도 하고, 신발을 신고 벗을 때 엉덩이를 걸칠 만한 의자라도 하나 있으면 좋고, 외투를 벗을 동안 우편물이나 쇼핑백을 잠시 얹어놓을 탁자도 하나 필요하며, 외출 전에 마지막으로 옷매무새를 점검하려면 거울도 있어야 하는, 대단히 실용적인 기능 공간이기 때문이다.

　커다란 저택이라면, 우아한 분위기의 홀이 따로 하나 있고 하인이 나와서 외투와 모자를 받아 뒷방에 건사하겠지만, 평범한 가정집인 경우 손님에게 정중한 첫인사를 건네면서 잡다한 기능을 다 해내야 하니 마치 상극끼리의 혼사처럼 느껴진다.

　그러나 설계 작업은 인간관계와 마찬가지로 찾다보면 수가 나오게 되어 있다. 상극끼리 만나서도 치고받고 어찌어찌 살다보면 그 관계 안에서만 성립되는 고유한 수를 터득하여, 알고 봤더니 하늘이 미리 맺어둔 천생연분이라고 대견해 하는 것과 똑같은 이치다. 정답을 찾아내는 시험문제가 아니라,

양보와 타협의 손으로 어설프게 빚어진 가능성을 끈질기게 갈고 닦아 종내 번쩍이는 최고의 답으로 만들어내는 시험문제인 것이다.

집안 전용면적의 4분의 1이나 차지하는 복도의 용도를 두고 남편과 나 사이에 의견 차가 컸다. 주로 집에서 작업하는 나는 되도록 많은 수납공간을 복도에 확보하여 다른 방들을 넓게 쓰고 싶었고, 매일 집을 나서는 남편은 고옥의 고상한 분위기에서 들고나기를 원했다. 복도를 실용적으로 알뜰하게 활용하자는 나의 의견과 그림 몇 점만이 걸린 시각적 공간을 바라는 남편의 희망이 팽팽하게 대립했다.

타협을 거쳐 실행에 들어간 것은 이사한 지 실로 2년만의 일이다. 우리집 복도는 현관문을 기점으로 ㄱ자로 꺾인다. 현관문에서 마주보이는 중앙복도는 각 공간을 연결하는 주 통로고, 현관문에서 오른편으로 붙은 공간은 화장실과 욕실로 인도하는 통로다. 나는 남편의 희망을 받아들여 현관문에서 마주보이는 중앙복도에는 그림 몇 점만 걸어 집안으로 들어오는 순간 시야가 트이게 하고, 오른쪽으로 꺾이는 복도엔 나의 고집을 관철하여 수납공간을 넉넉하게 확보했다.

우리는 오른쪽 복도 구석에 커다란 장을 놓았다. 색깔이 벽처럼 하얗고 키가 천장까지 닿는 까닭에 눈에 잘 띄지 않는 이 거인은 속도 깊어서 장갑, 목도리, 모자, 돗자리, 화장지, 샴푸, 철지난 신발 및 인라인스케이트 등 일상에 필요한 별의별 물건들을 말없이 다 받아준다. 거인에서 약 1미터 떨어진 현관문 옆에는 탑처럼 날씬한 수납장을 만들어 식구들이 드나들 때마다 필요한 열쇠, 자진거헬멧, 일회용 티슈, 지도 등 자잘한 물품을 보관하도록 했다.

날씬한 탑과 속 깊은 거인 사이의 빈 공간에는 철봉을 걸어 옷걸이로 사용한다. 옷걸이 밑에는 무릎 높이로 나무판을 걸쳐놓아 장갑이나 모자를 벗어놓을 수 있게 하고 벗어둔 신발들을 그 밑으로 밀어두었다. 맞은편에는 큰 거

울을 붙이고, 거울 양쪽으로 커다란 토기를 하나씩 놓아 각각 화분과 우산꽂이로 쓰고 있다.

하지만 생활하다 보니 여전히 부족한 점이 많았다. 집안이 항상 어수선하고 주부가 잔소리를 해야만 물건이 제자리를 찾는 일이 잦다면, 이는 수납공간이 부족하거나 위치가 적절하지 않다는 증거다. 그래서 나는 그림만 걸려 있는 텅 빈 중앙복도에 다시 눈독을 들였다. 남편이 내 동생에게서 선물 받아 소중히 여기는 유화 한 점만이 덜렁 걸려 있는 벽에 시각적인 악센트를 주자고 남편을 꼬드겼다. 벽 전체를 입체적인 액자로 만들어 그림을 돋보이게 하자는 나의 제안에 남편은 솔깃했다.

나는 유화를 밑에서 받쳐주는 수평구조와 한쪽 옆에서 호위하는 수직구조를 만들었다. 절대로 남 노는 꼴을 못 보는 게 바로 자기 부인이라는 남편의 말대로, 이 가구는 액자로서 거기 서 있는 김에 실용적인 기능도 겸한다. 수평구조는 과일 바구니와 우편물을 얹어놓거나 사람이 신발을 신고 벗을 때 걸터앉을 수 있는 긴 의자의 구실을 한다. 그 밑의 공간은 우리가 드나들 때 자주 사용하는 손가방 등의 소품을 수납한다. 수평구조의 한쪽 끝에서 위로 솟아오른 수직구조 역시 수납장으로 쓰인다.

이 '입체 액자'는 내가 우리 복도에서 가장 만족하는 작품이지만 사실은 갈등에 의해 형성된, 전형적인 타협의 산물이다. 처음에 나는 그림을 제단처럼 밑에서 받쳐주는 수평구조만을 계획했다. 밑에 칸이 달린 긴 의자를 설계하던 중에 가구점에서 적당한 책장을 발견하고 이를 눕혀서 사용할 생각을 했다. 눕혀놓은 책장 밑으로 발을 달면 앉기 좋은 높이로 조절하는 것은 문제도 아닐뿐더러 가구가 바닥에서 빗자루 들어갈 만큼 떠 있어서 청결하고

: 현관에서 보는 복도. 왼쪽 그림을 감싸주는 입체 액자는 의자 겸 탁자 겸 수납장 겸 다용도 가구이다.

보기에도 좋다.

문제는 책장의 길이였다. 책장 길이가 벽보다 애매하게 짧아서 그냥 놔두어도, 덧대어 늘여도 부실한 느낌이 날 것이 분명했다. 오랜 고심 끝에 나는 길이가 약간 짧은 것이 처음부터 의도된 것처럼 보이도록 아이디어를 냈다. 벽이 남는 자리에 은회색으로 반짝이는 수직구조를 덧대어 위로 솟아오르게 하면서, 수평과 수직이 얽혀 액자의 모서리처럼 보이게 만들었다.

처음엔 은회색 탑의 두께를 그 밑에 있는 책장의 두께와 같은 사이즈로 계획했는데, 나의 속셈을 알아챈 남편이 복도가 좁아진다고 눈을 부라리는 바람에 놀라서 줄여버렸다. 그래서 나는 대걸레 등 청소용구를 넣어두려던 애초의 의도를 포기하고 봉투와 포장지 등을 보관하는 장으로 용도 변경해야 했지만, 은회색 탑이 앞에서 보나 옆에서 보나 긴 의자 위에 걸터앉은 꼴이 오히려 더 매력 있어서 지나갈 때마다 쳐다보며 감탄한다.

언뜻 생각하기엔 무궁무진한 자유 속에서 창조하는 작업이 이상적일 것 같지만, 현실이 주는 규제가 오히려 독특한 아이디어를 일깨우는 청량제 구실을 한다. 내게는 이 점이 건축의 매력이다.

우리는 복도의 조명에도 신경을 많이 썼다. 어두운 것이 우리집 복도의 가장 큰 약점이었다. 복도에 창문이 없기 때문에 방문을 꼭꼭 닫으면 자연광이 완전히 차단되어 암실처럼 어둡고, 방문을 활짝 열어놓아도 집안에 들어서는 첫인상이 침침하다. 침침한 주거환경은 우울증을 초래한다. 겨울에 일사량이 적어 우울증 환자가 많은 스칸디나비아에서는 태양빛처럼 밝은 대형 조명벽 앞에 일정 시간 앉아 있는 것으로 우울증 치료를 한다고 한다.

우리는 태양 색에 가장 가까운 빛을 내는 에너지 절약형 형광등으로 천장을 집중적으로 비추는 간접조명을 택하여, 천장 전체가 커다란 조명등 구실을 하도록 했다. 빛의 근원이 직접 보이지 않으면서 위쪽이 전체적으로 골고루 환하니 마치 바깥에 나와 있는 듯한 느낌이 든다. 손님들은 물론이고 우리 식구들조차 우리집이 자연적으로 밝은 집이라고 착각하며 살고 있다.

그러나 빛에도 악센트를 주어야 공간의 매력이 산다. 우리는 벽에 걸린 그림을 겨냥한 소형 스포트라이트를 따로 설치했다. 평소 에너지 절약을 중요하게 생각하지만, 매달 복도의 조명에 드는 4유로의 에너지 소비는 정신건강을 위해 기꺼이 감수하고 있다.

복도의 조명 계획을 짜고 있을 무렵, 남편은 고급 옷가게의 쇼윈도를 뚫어지게 들여다보곤 했다. 나는 이 사람이 내게 비싼 옷을 사주려고 하는 건가 의아하게 생각했는데, 알고 봤더니 전시 용도의 전문 조명등이 탐나서 그런 거였다.

자연과학을 전공한 사람으로서 과학의 발전 자체에 매력을 느끼는 남편은 되도록 최신식 고품질을 사고 싶어 했다. 하지만 나의 기준은 달랐다. 기능이 암만 좋아도 모양이 투박하거나 덩치가 크면 안 되고, 우리집 벽이 온통 하얀데 색깔이 까매도 싫었다. 또한 에너지 절약형 조명등이라 해도 절약되는 에너지 요금에 비해 터무니없이 비싸면 탈락이었다. 우리는 상대방의 신성한 직업의식까지 들먹이는 인신공격도 불사하며 팽팽하게 맞섰다.

"당신은 명색이 건축가라면서 예술혼도 없이 깍쟁이 아줌마 살림하듯 설계하는 기야?" "당신이 좋다는 그 비싼 조명등은 꼭 공사판 가설등처럼 못생겼어. 그리고 남의 돈 들여가며 자신의 예술혼만 충족시키려는 건축가는 도둑놈이지. 건축은 예술인 동시에 집 짓는 사업을 양심적으로 관리해주는 서비스업이라구." 이렇게 치열하게 싸우다가 결국에는 서로 조금씩 양보하여 중간 수준에서 낙찰을 보았다.

대부분의 가정집에서 거실은 가장 면적이 큰 공간이고, 다른 방보다 각별히 꾸미게 된다. 가족들이 모여 생활하는 곳이자 손님을 맞는 전시용 공간이기에 거실도 현관처럼 상반된 두 가지 기능을 한다. 거실을 가족들의 생활공간으로 활발하게 사용하자면 여러 가지 잡다한 물건들이 나와 있는 게 편리하지만 손님이라도 맞을라치면 분위기가 어수선하다. 평소에 누군가가 부지런히 따라다니면서 노상 치우거나, '장난감 늘어놓지 마라, 신문 제자리에 놓아라.' 끊임없이 잔소리를 해대야 갑자기 손님이 왔을 때 덜 민망하다.

거실의 접대실로서의 기능을 중요시하는 가정에서는 가구도 실용적인 것보다는 전시 효과가 좋은 쪽으로 고르고, 가족들이 거실에서 자유롭게 생활하는 걸 자제하게 된다. 그러면 갑작스런 방문에도 당황하지 않고 편안하게 손님을 맞을 수 있다는 이점이 있지만, 남에게 잘 보이기 위해 너른 공간을 비워두고 비좁게 복닥거리며 사는 것도 딱한 노릇이고, 가장 좋은 공간이 평상시 놀고 있으므로 사실은 비경제적인 셈이다.

잘 사는 방법을 이야기한 선각자들은 여성들에게 평소의 집안 꼴을 있는 대로 내보이는 것을 부끄러워하지 말라고, 쉴 새 없이 집안을 치우느니 그 시간에 책을 한 장이라도 읽던가, 차라도 한 잔 마시라고 설파하지만 솔직히 말해서 그것도 정도껏이다. 주부가 며칠만 긴장을 풀고 있으면 눈만 어지러운 게 아니라 발 디딜 틈조차 없어져서, 아무리 스스럼없는 친구가 놀러온다 하더라도 나부터 편안하게 앉아 차 한 잔 마실 수가 없는 것이 우리네 살림살이인 것이다.

이런 점은 옛날 유럽에서도 마찬가지였던 모양이다. 19세기 초에 경제력과 지식을 바탕으로 사회의 중산층에 자리매김한 시민들은 귀족의 주거문화를 본 따 가족용 거실 외에 접대용 거실을 따로 두었다. 그러나 다수의 평범한 시민들은 한 거실에서 생활도 하고 손님도 맞을 수밖에 없었는데, 이는 난방 때문이기도 했다.

에너지 소비가 지금처럼 보편화되지 않았던 시절, 대부분의 가정집에선 부엌과 거실에만 난방을 했다. 모든 식구들이 거실에 모여 낮 시간을 보내다가 밤이 되면 뜨거운 물통을 안고 싸늘한 침실로 들어가 털모자까지 쓰고 잤다. 한술 더 떠서 가난한 가내수공업자들은 거실을 작업실이나 가게로 겸용했으므로, 가족들이 오글오글 생활하는 거실에서 고객도 맞고 물건도 만들어 팔았다.

미국에서는 집의 규모를 거실을 뺀 침실의 수로 설명하지만, 독일에서는 거실을 포함한 모든 방의 수로 말한다. 부엌과 욕실 등의 기능공간은 포함되지 않는다. 그러니까 부엌과 욕실 외에 거실, 부부 침실, 딸 방, 아들 방을 갖춘 우리집은 방 네 개짜리 집인 셈이다. 남편과 나의 작업실이 따로 있지 않기 때문에 우리집에서는 옛날 독일의 가난한 수공업자들처럼 거실이 작업실 겸용이다.

미국형인 우리나라의 아파트는 현관문을 열고 들어가면 먼저 훤히 트인 거실이 나오고, 이 거실을 통해 다른 방이나 부엌으로 들어간다. 그래서 거실은 일종의 공동 공간인 셈이다. 그러나 독일의 전형적인 평면에서는 거실도 다른 방들처럼 복도를 통해 문을 열고 들어가는, 하나의 밀폐된 공간이다. 그런 거실은 가족 구성원들 간에 프라이버시를 보호해주는 역할을 한다. 부모가 거실에 앉아서 현관으로 드나드는 자녀들을 감시하기가 쉽지 않고, 동시에 거실에 앉아 있는 사람은 문을 닫고 있으면 집을 드나드는 식구들에게서 방해를 받지 않는다.

이런 차이점은 민족성의 차이에서 오는 것은 아니다. 옛날부터 이어져 내려오는 단순한 평면구조를 독일을 비롯한 유럽에서 아직 고수하고 있을 뿐이다. 유럽에는 이런 고옥이 많이 존재하기 때문에 전통에 익숙한 주민들이 새로운 평면을 받아들이는 속도가 느리다. 역사가 짧아서 고옥이 흔치 않은 미국에서는 철근콘크리트 공법 이후에나 가능한 다양한 주거공간들이 자연스럽게 실험되고 퍼져나갔다.

방 네 개의 크기가 다 비슷비슷했으므로 우리는 현관문에서 가장 가까운 첫 번째 방을 거실로 정했다. 다른 사적 공간을 통하지 않고 손님을 바로 모시게 되니 손님에게도 편하고 나머지 가족들에게도 방해가 되지 않는다. 또

한 거실 문을 활짝 열어놓으면 현관의 연속처럼 느껴져서 집안에 들어서는 순간 시야가 툭 트이는 전시효과도 무시할 수 없다. 조용히 일하고 싶을 때는 방문을 꼭 닫아놓으면 된다.

가족들이 모이는 방이자 손님 접대실인 동시에 부부의 작업실까지 소화해야 하는 17평방미터짜리 공간을 위해 우리가 가장 정성 들여 설계하고 제작한 것은 한쪽 벽을 따라가며 누운 목재가구다. 위에서 보면 일자로 쭉 뻗은 길이 5.5미터의 나무판이지만, 앞에서 보면 하얀 페인트칠을 한 수납장과 두 개의 컴퓨터 책상으로 나뉘어 있다. 속이 깊숙한 수납장 뒤쪽으로 환기구멍을 내어 덩치가 큰 구식 프린터와 컴퓨터를 놓았고, 500장까지 보관이 가능한 CD 서랍도 붙여놓았으며, 식구들이 공동으로 쓰는 소품들도 보관했다.

이 가구의 목적은 수납과 작업대라는 기능 외에도 위에 붙은 대형 액자를 시각적으로 받쳐주는 데 있다. 우리 형편으론 거금을 주고 산, 내 동생이 그린 그림인데 우리는 거실을 계획할 때 이 액자가 올 장소를 제일 먼저 정했으며, 화가가 직접 제작한 액자가 원목과 흰색 페인트의 조합이라는 점을 고려하여 그 밑에 오는 가구도 밝은 원목 색과 흰색으로 마감했다.

자리가 좁아서 이번에도 소파는 포기했다. 생김새가 둔해서 나나 남편이나 별로 좋아하지 않는 가구라, 가끔씩 소파가 있으면 편하겠다는 생각을 하면서도 아직 가져본 적이 없다. 대신 시댁에서 물려받은 낡고 낡은 등나무 의자 한 쌍을 놓았다.

이 등나무 의자는 내게는 특별한 가구다. 내가 공부한 칼스루에 공대의 건축과 교수이자 독일의 유명한 건축가였던 에곤 아이어만이 1949년에 처음으로 대량생산용으로 설계한 서민용 가구이다. 요즈음 비싸게 거래되는 골동품이고, 특히 건축가들 사이에서 선망의 대상이다. 남편이 어렸을 때 마구 굴리며 놀았다는 이 의자는 시아버지가 앉아 있다가 경미한 심장마비 증세

: 거실 겸 작업실. 컴퓨터 책상이자 수납장의 역할을 하는 가구는 그 위에 걸린 그림에 맞추어 설계되었다.

를 겪은 후 미움을 받고 우리집으로 쫓겨 왔다.

등나무 의자 사이에는 15년 전에 남편이 새로운 페인트 공법을 실험하느라 만든 까만 탁자를 놓았다. 탁자의 색깔이 강렬해서 다른 실내장식에 어울리지 못하고 겉도는 점은 그림을 이용해서 해결했다. 돌아가신 시아버지의 작품인 검푸른 대지에서 회색의 하늘로 이어지는 풍경화를 탁자 위에 걸고 양쪽으로 등나무 의자에는 은회색의 방석을 얹음으로써 그림을 통해 탁자와 의자를 시각적으로 묶어주었다.

밝고 옅은 색조의 공간을 배경으로 이 의자들과 검은 탁자는 이색적인 조화를 이루며 시선을 끄는 효과를 낸다. 튀는 물건이 홀로 서 있으면 개밥의 도토리처럼 낯설고 서툴게 보이지만, 어울리는 짝을 찾아 자연스럽게 무리

를 지어주면 마치 단일문화에 점점이 섞인 소수민족이 다문화현상을 일으키
는 것처럼 방 전체의 분위기를 다채롭게 만들기도 하는 것이다.

거실 한가운데에는 식탁 겸 책상을 두었다. 에곤 아이어만이 제도책상으
로 개발한 철제틀 위에 나무판을 얹어 평소에는 내가 도면이나 서류 작업을
하고, 손님을 식사에 초대했거나 크리스마스같이 특별한 때는 식탁으로 사
용하고 있다.

건축은 알게 모르게 생활습관에 영향을 미친다. 우리 부부는 친구들을 집
으로 초대해서 대접하는 일을 좋아하는데, 뮌헨으로 이사 온 후 손님을 초대
하는 일이 현저히 줄었다. 그것은 거실을 작업실로 사용하고 있는 것과 무관
하지 않다. 좋아하는 사람을 초대할 때면 기쁜 마음보다 종이와 책으로 어지
러운 거실을 치울 생각에 머리부터 아프다. 그리고 다음날 다시 일을 시작하
려면 급히 치운 서류를 찾지 못해 허둥대기 일쑤다. 전에는 내 일터가 밖에
있었기 때문에 식탁은 항상 사람을 맞을 준비가 되어 있었고, 우리집은 손님
으로 늘 북적댔다.

직업병인지는 몰라도 남편이나 아이들과의 관계가 원만하지 못하여 우울
할 때면, 혹시 적절치 못한 공간 탓은 아닐까 의심하기도 한다. 남편과의 금
슬이 별다른 이유 없이 삐걱거릴 때면, 등나무 의자 대신에 소파라도 하나
있다면 부부가 나란히 붙어 앉아 대화하느라 자연스러운 접촉으로 부부 사
이가 좀 더 부드럽지 않을까 망상에 잠기기도 한다. 또한 사춘기의 아이들이
제 방에만 틀어박혀 있는 것이 내심 서운할 때면, 우리집 거실이 충분한 생
활공간이 되어주지 못하는 탓은 아닐까 걱정한다.

남편은 그런 나를 보며 혹시 건축가의 역할을 과대평가하고 있는 건 아닌
가 하고 묻는다. 그럴 때마다 나는 이웃과의 갈등을 조장하는 건축의 예를
들곤 하는데, 침실이 이웃집 거실과 딱 붙어 있으면 소음 때문에 짜증날 일
이 생기고, 테라스와 테라스가 바람 부는 방향으로 이어져 있으면 게으른 집

의 낙엽이 부지런한 집의 테라스로 날아들어 암투가 시작된다. 여러 가구가 사는 건물을 이렇게 생각 없이 설계하는 건축가는, 시간이 남아돌고 피해의식이 많으며 정의감에 불타는 인간이 어디나 하나씩 있게 마련이라는 사실을 망각한 사람이다.

그러나 암만 세심하게 설계된 건물이라도 건축가의 의도와 달리 사용되면 소용없듯이, 공간 활용의 성패는 궁극적으로 사용자의 손에 달려 있다. 자신의 생활습관과 공간의 특성을 비교해서, 활용할 건 활용하고 수정할 건 수정하는 것은 결국 사용자의 몫이다.

실용적으로, 그러나 개성 있게 : 부엌과 욕실, 침실

독일의 전통적인 여성상은 3K로 정의된다. 즉, 자녀^{Kinder}, 부엌^{Küche}, 교회 ^{Kirche}가 생활의 중심이라는 뜻이다. 요즘은 세상이 달라져서 교회 대신 직장 ^{Karierre}이 들어간다니 독일 여성에게 자식과 부엌은 여전히 따라다니는 숙제 인 모양이다. 어디까지가 편견이고 진실인지 잘 모르겠지만 그 말이 실감 날 때가 있는데, 이는 내가 '생활부엌'을 접할 때이다.

생활부엌은 부엌 한쪽에 식탁을 놓은, 기능공간 겸 생활공간이다. 평소 가 족들의 만남은 생활부엌의 식탁에서 이루어진다. 이 식탁은 식사만 하는 용 도가 아니라, 낮에 주부들이 메모를 하거나 편지를 쓰는 장소로, 학교에서 돌아온 아이들이 점심식사 후에 설거지하는 엄마 옆에서 숙제하는 책상으 로, 그리고 나선 그림을 그리거나 이것저것 늘어놓고 공작하는 작업대로, 저 녁엔 온 가족이 모여 카드놀이나 주사위놀이를 하는 자리로, 크리스마스가 가까워지면 함께 과자를 반죽하고 찍어내는 조리대로 사용된다.

나는 독일에 살면서 얼마나 많은 시간을 우리집 부엌이나 친구네 부엌에 서 보냈는지 모른다. 주인이 차를 끓이는 동안 손님은 상을 차리며 계속해서 대화할 수 있고, 온 가족이 어질러놓은 거실보다 주부가 자기 영역으로 여기 고 부지런히 치우는 부엌의 식탁이 훨씬 정갈하다.

요즘 독일은 거실을 크게 짓고 부엌은 요리하기도 빠듯하게 작게 짓는 추 세지만, 옛날에 지어놓은 집의 부엌은 널찍하다. 그래서 나는 꽤 오랫동안 생활부엌이 독일의 오랜 전통인 줄 알았다. 그러나 주택의 역사에 관한 연구를 하면서 그렇지 않다는 것을 알게 되었다. 옛날에는 화덕에 모닥불을 피우고 삼발이를 세워 솥을 걸었으므로 부엌은 항상 매캐한 연기로 가득 차 있었다. 돼지고기를 화덕 위에 매달아 소시지나 햄 같은 훈제로 만들 정도였으니 가족의 생활공간으로는 부적합했다.

19세기 중반에 들어와서야 불꽃과 연기가 연통을 통해 굴뚝으로 직접 빠지는 조리용 난로가 유럽의 일반 가정에 보급되었다. 이 신제품 덕분에 부엌의 공기는 쾌적해졌다. 연료난에 시달리던 도시의 서민들이 요리하느라고 불을 지펴 따스해진 부엌에서 어느덧 식사까지 하게 된 것은 당연한 일이다.

전통적으로 독일인들은 가족이 모여 식사하는 일에 큰 의미를 두었으므로 살 만한 중산층에서는 식사하는 방을 따로 두어 제2의 거실로 여겼다. 이때 재미있는 점은, 동시대의 프랑스인들은 대개 복도의 자투리 공간에 식탁을 두었다는 사실이다. 프랑스인들은 음식을 미각으로 즐기고 독일인들은 분위기로 즐기는 모양인지, 좋은 재료로 정성껏 요리해서 몇 시간에 걸쳐 식사를 즐기는 프랑스인들에 비해 값싸고 양 많은 재료로 요리해 후딱 먹어치우는 독일인들이 식사 장소만큼은 역사적으로 유난히 밝혔다.

그런 면에서, 대단한 요리는 안 해먹지만 식사 시간을 중요한 만남의 장으로 이용한다는 점에서, 우리 가정은 독일식이라 할 수 있다. 특히 아이들이 십대 중반을 넘어서면서 우리집에서 부모자식 간의 대화는 거의 식탁에서만 이루어지고 있다. 우리도 부엌에 이런 식탁을 두었으니, 생활부엌이 우리 가정의 화목을 지켜주는 장소인 셈이다.

그러나 독일의 전통적인 현모양처를 닮으려고 생활부엌을 둔 건 아니고, 오히려 반대로 주부의 짐을 덜려고 꾀를 쓰다 그렇게 된 것이다. 나는 개인적으로 생활부엌을 선호하지 않는데, 주부가 개미처럼 부지런히 치우고 닦지 않으면 가족들이 늘 어수선한 분위기에서 식사를 하게 되기 때문이다. 우리집의 경우가 바로 그렇다. 그러나 문제는 우리집에 달리 식탁을 놓을 만한 자리가 없다는 것이다.

복도는 길고 좁으므로 천생 거실밖에 대안이 없는데, 내가 일하는 책상에서 가족이 매끼 식사까지 한다면 나는 하루 종일 쉴 새 없이 책상만 치우게 될 것이 뻔했다. 차라리 부엌에서 식사하는 것이 일이 적을 것이고, 행여 좀 덜 치우더라도 먹는 일에 지장은 없을 거라는 계산이 나왔다.

막상 생활부엌 쪽으로 결정을 하고 보니 식탁 놓을 자리가 만만치 않았다. 부엌이 넓은 편이 아닌데 살림이 많기 때문이다. 양식 먹을 때 필요한 접시, 한식을 먹을 때 필요한 공기와 사발을 따로 장만하다 보니 그릇도 수저도 이중으로 있는데다가, 기계를 좋아하는 남편이 야금야금 사들이는 가전제품도 자리를 많이 차지했다.

이 많은 부엌살림이 들어갈 장소를 우선적으로 확보하고 개수대와 전기레인지 사이를 왔다 갔다 하는 동선을 빼고 나니, 겨우 두 사람이 앉을 만큼의 식탁 자리가 남았다. 여기에 4인용 식탁이 들어선다면 부엌의 기능을 할 자리가 너무 좁아져서 요리하다가 여기저기 부딪쳐 멍이 들거나 설거지하다가 그릇이나 깨기 십상일 것이었다. 게다가 나는 아이들이 친구들을 불쑥 데리고 와도 괜찮도록 적어도 6명은 둘러앉을 만한 크기의 식탁을 원했다.

필요에 따라 상판을 덧붙여 크기를 조절하는 식탁을 구입할 수도 있었지만 조작이 번거롭고 덜컹거려서 자칫 손가락이 끼기 쉽다는 단점이 있었다. 게다가 시중에서 파는 식탁과 수납장으로는 어떻게 배치를 해도 자리가 부족했다.

나는 수납장과 식탁이 한 세트로 붙어 있는 가구를 설계했다. 수납장 속으로 식탁의 상판이 밀려들어가서 식탁의 길이가 자유자재로 조절되는 구조로서, 요리할 공간이 필요할 때는 식탁을 밀어 1미터 길이로 줄여놓았다가, 다 같이 앉아서 식사할 때는 사람 숫자에 따라 상판을 1.6미터까지 뽑을 수 있게 했다. 등받이가 없는 의자를 사용해 8명까지 앉아서 식사한 경험이 있다. 또한 식탁을 수납장에서 완전히 빼내 부엌 한가운데 오도록 돌려놓으면, 파티 때 사람들이 빙빙 돌면서 음식을 덜어가는 뷔페 테이블로도 안성맞춤이다.

이 가구를 만들 때 내 속을 제일 썩인 건 남편이었다. 나는 만드는 사람의 손재주와 공구의 수준에 눈높이를 맞추어 가구를 설계하는데 남편에게는 항상 그것이 불만이었다. 그는 없이 살면 없이 살았지, 엉성하게 만드는 일에 아주 자존심이 상했다. 나도 그것이 이해가 안 가는 바는 아니지만 대강 할 건 대강 해치우고 우리도 살아야지, 다음 이사까지 공사만 할 수는 없지 않은가. 안 그래도 성질 급한 한국 여자가 생각만 많고 행동이 굼뜬 독일 남자랑 이사하느라 질려 있던 차에, 화가 나서 그와 의논하지 않고 부엌을 내 맘대로 막 만들어버렸다.

그러다가 남편의 도움이 필요한 일이 생겼다. 무거운 식탁을 부드럽게 밀고 당기려면 다리 한 쌍에 바퀴를 달아야 하는데, 그러기 위해서 철제로 된 식탁 다리를 일부 절단해야 했다. 그런데 이게 얼마나 단단한지 내 힘으론 쇠톱이 들어가지도 않았다. 남편에게 몇 번 부탁했지만 그는 삐쳐서 들은 척도 안 했다. 하늘이 도왔는지 아니면 내가 여기저기에 푸념을 하고 다녔는지 기억은 안 나지만, 마침 아는 사람이 내게 전기절단기를 하나 선물했다. 나는 요란한 굉음과 함께 불꽃을 탁탁 튀기고 불똥을 뚝뚝 흘리며 식탁 다리를 잘라냈고, 나의 결단력에 질린 남편이 두말없이 일을 마무리 지어 부엌 공사는 무사히 끝났다.

⋮ 부엌 싱크대 맞은편의 탁자. 최대한 밀어넣은 상태의 모습이다.

대신 부엌 조명은 남편에게 일임했다. 면적은 작아도 명색이 생활부엌이니 요리할 때 필요한 기능적인 조명과 식탁의 분위기를 안락하게 돋우는 조명, 이 두 가지는 필요했다. 꼭 생활부엌이 아니더라도 조리대가 벽을 따라 붙어 있는 부엌에선 천장에 달린 중앙조명이 불편하다. 불을 등지고 제 그림자 속에서 도마질을 하고 설거지를 하게 되기 때문이다. 그래서 남편은 조리대 위에 달린 붙박이장 밑으로 형광등을 길게 붙여주었는데, 촉수는 낮아도 바로 손 위에서 비추므로 전기도 절약되고 일의 능률도 오른다.

　또 식탁 조명은 환히 비추되 앉아 있는 사람의 얼굴에 그림자가 지거나 눈이 부시지 않아야 한다. 갓이 달려서 빛이 사방으로 분산되는 것을 막고 아래로 모아주는 것이 좋다. 이때 전구알을 충분히 감싸주는 형태의 갓을 적절한 높이에 달아야 하는데, 갓의 모양과 앉은키에 따라 상탁에서 60~70센티미터면 무난하다. 나는 불투명한 갓보다는 간유리처럼 빛을 일부분 통과시키는 재질을 선호하는데, 앉아 있는 사람들의 얼굴에 그늘을 드리우지 않고 명암이 덜 뚜렷해서 방안의 분위기가 부드러워지기 때문이다. 또한 빛의 색감은 자연색이어야 차려놓은 음식이 맛깔나게 보인다.

　우리집 부엌은 잘만 치워놓으면 제2의 거실, 제2의 작업실 역할을 톡톡히 하고 있다. 딸아이가 친구들을 여럿 데리고 와서 제 아빠와 함께 공부하느라고 거실의 상을 점령하면 나는 일감을 싸들고 부엌으로 온다. 식탁을 길게 빼놓으면 널찍하겠다, 조명 좋겠다 최상의 일터이다. 남편과 내가 함께 아는 친구들이 놀러오면 거실에서 차를 마시지만, 어느 한쪽의 친구들이 놀러오면 대부분 부엌에서 맞는다. 거실에선 다른 한 사람이 일을 하거나 음악을 들으며 쉬고 있기 때문이다. 그러나 우리 부엌의 가장 큰 역할은 우리 가족이 매일 몇 번씩 만나서 식사하고 토론하고 웃고 다투는 만남의 장이라는 점이다.

　세 들어 사는 집의 욕실에서 내가 특별히 공사할 일은 없었다. 기껏해야 수건걸이나 수납대를 설치하고, 비누받침의 색깔을 타일 색에 맞추는 일 외에 조명등을 달았을 뿐이다. 의외로 많은 집의 욕실, 화장실 조명이 형광등 같은 에너지 절약형 전구이다. 형광등은 밝고 수명이 길고 일단 켜놓으면 전기세가 많이 나가지 않는 반면, 켜고 끄는 순간 전구의 수명이 단축되기 때문에 사람이 자주 들락거리는 화장실이나 욕실용으론 맞지 않다. 더구나 스위치를 올리고 조금 지나야 불이 들어오기 때문에 나는 남의 집에 가서 화장실 불을 켜다가 제대로 누른 건지 불안해서 다른 스위치까지 이것저것 눌러보느라 그야말로 쓸데없는 전력 낭비를 하기도 한다.

내가 욕실의 형광등을 혐오하는 이유가 또 하나 있다. 대부분의 욕실에 달린 값싼 형광등은 밝기만 할 뿐 색감이 나빠서, 욕실에 들어갈 때마다 거울로 만나는 내 얼굴이 꼭 밤을 새운 사람처럼 파리하게 보인다는 것이다. 바탕색을 창백하게 만드는 빛은 주근깨를 강조하고, 미래의 검버섯과 주름살까지 살갗을 통해 적나라하게 드러내서 사람을 아침부터 디테일에 집중하게 만든다. 정신건강상 해롭다.

그래서 우리집 욕실의 거울 위에는 따스한 톤의 전구가 달려 있다. 조명이 바로 코앞에서 비추기 때문에 화장을 하는 데 부족함이 없으면서도 필요 이상으로 밝지는 않아서 거울에 투영되는 사람의 분위기가 부드럽다. 그렇다고 실물이 더 예뻐지는 건 아니지만 쓸데없는 열등감이 사라지면 인상이라도 좋아진다.

십대 청소년인 아이들 방은 본인들의 의사를 존중했다. 아이들 방과 침실의 배치에서 내가 절대 양보하지 않은 것은 외벽 쪽으로 침대를 두지 않는다는 것 한 가지이다. 실내온도가 높더라도 벽체를 통해 들어오는 찬 기운을 밤새 접하는 것은 건강에 나쁘기 때문이다.

아들 방의 경우, 나는 컴퓨터 화면에 창문이 비치지 않는 방향으로 책상의 위치를 제안했지만 아들은 굳이 창문을 등지고 앉기를 고집했다. 그 결과 늘 창문에 셔터를 내리고 컴퓨터 화면을 들여다보게 되었지만 이런 가구 배치에는 내가 미처 몰랐던 장점이 있었다. 방문을 마주보고 책상에 앉아 있는 아들은 부모가 방에 들어서는 순간 슬쩍 컴퓨터 화면을 바꿀 수 있다. 부모의 참견에서 벗어나고 싶은 십대 소년다운 현명한 선택이 아닐 수 없다.

아들은 제가 오빠면서도 자발적으로 더 작은 방을 선택할 만큼 공간에 관심이 없다. 물건도 많지 않아 꼭 필요한 가구만 실용적으로 배치했으므로 방 청소도 재빨리 해치운다. 자신의 공간에 최소한의 시간과 노력만 들이는 것이다. 그에 비해 딸아이는 자신만의 공간에 대한 애착이 크다. 가끔씩 가구도 다르게 배치해보고, 커튼을 바꾸어 분위기의 변화를 즐긴다. 생일선물로 안락의자를 원하기도 하고 용돈을 모아 전등을 새로 사기도 한다. 그 대신 딸아이의 방은 많은 옷가지와 소품으로 항상 끔찍하게 어질러져 있다.

내가 생각하는 이상적인 부부 침실은 침대와 옷장과 각자 옷을 벗어 걸쳐 놓을 수 있도록 의자 하나씩만 덩그러니 놓인 단출한 방이다. 환경공해로 각종 알레르기가 창궐하는 오늘날, 침실은 먼지가 앉을 여지가 없고 청소하기 쉽고 위생적이어야 한다. 조명 각도가 좁아 침대에 누워서 책을 읽을 때 옆에서 자는 사람에게 방해되지 않는 조명등과 머리맡에 책 한두 권을 얹어놓을 수 있는 받침이 있다면 이상적일 것이다.

요즘 유행하는 중국형 풍수지리설에 의하면 침실에는 화분을 두지 말아야 한다. 화초는 양기를 발산하므로 부부에게 불화와 외도를 조장한다는 것이다. 동양과 서양 두 문화권 사이에서 사는 나는 검증된 사실만을 믿는 버릇이 있어서 어느 나라의 미신에도 현혹되지 않지만 침실에는 정말로 화분을 피하고 있다. 화분의 흙에 서식하는 곰팡이를 매일 밤 호흡하는 것은 특정 알레르기의 원인이 될 수도 있다고 들었기 때문이다. 어쩌면 미신은 임상실험의 결과를 나름대로 해석하려는 노력일지도 모른다. 그래서 노벨상을 탄 물리학자 닐스 보어는 "부적은 미신을 믿지 않는 사람에게도 효험이 있다."

: 아들은 실용적인 관점만을 고려하여 방을 꾸몄다. 컴퓨터와 기계를 식히기 위해 선풍기를 돌린다.

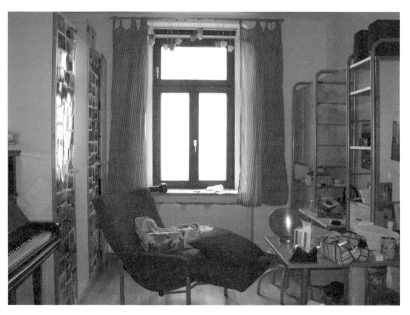

: 딸은 분위기와 실내장식에 많은 정성과 용돈을 투자하지만 방은 항상 어질러져 있다.

고 말했나보다.

우리 부부의 침실은 나의 이상과는 동떨어진 공간이 되어버렸다. 커다란 개방형 책장이 들어와 있고 거기에는 책 외에도 각종 살림살이와 공구가 얹혀 먼지를 부르고 있다. 최근에는 빵 굽는 기계도 침실로 들어왔다. 가져온 살림에 딱 맞추어 부엌 가구를 만들었기 때문에 그 후 구입한 것들은 침실에 보관하는 수밖에 없다. 자리가 부족하기로는 거실도 마찬가지여서 요즘 새로 생기는 책들은 거실의 책장을 이중으로 채우고도 남아 침실로 들어온다. 게다가 손님이라도 올라치면 미처 치우지 못한 잡동사니들이 후딱후딱 침실로 사라진다.

손님들 중에 부부 침실에까지 들어와 구경할 사람은 어차피 건축하는 친구들밖에 없다. 이 친구들에게는 우리의 조잡한 침실에 대해 집이 좁아서 어쩔 수 없다는 둥, 언젠가는 비워줄 남의 집에 더 이상은 투자하고 싶지 않다는 둥 변명을 굳이 할 필요가 없다. 건설 산업이 오래 전부터 사양길을 걷고 있는 독일에서 건축으로 먹고 사는 내 친구들은 전부 나만큼은 가난하기 때문이다.

독일에선 세입자가 5년마다 내부를 칠하게 되어 있지만 누가 감시를 하는 것은 아니어서 대부분 지켜지지 않는다. 우리도 그 기간을 넘겼다. 5년에 한 번씩 모든 짐을 털어서 과감하게 없애고 정리함으로써 자리 문제를 해결하기 위해 우리도 벽을 칠할 계획을 세워본다. 그렇지 않으면 조만간 물건에 치여 사람이 쫓겨나게 될 것 같다.

불필요한 공간은 없다 : 발코니와 마당

폼페이의 유적을 보면 1세기에도 발코니가 존재했다는 것을 알 수 있다. 처음엔 건물의 겉모습을 꾸며주는 장식용으로, 또는 군중들에게 손을 흔들기 위한 행사용으로 사용되던 발코니가 실용적인 기능을 하기 시작한 것은 19세기 말엽이다. 산업혁명과 함께 인구가 급증하자 도시의 서민들은 좁은 곳에 바글바글 모여 살기 시작했고, 채광과 환기가 불충분한 주거환경은 도시 보건의 문제로 대두되었다. 그래서 위층에 사는 주민들에게도 태양과 공기를 공급한다는 차원에서 빨래를 널거나 바람을 쏘일 수 있는 공간으로서 발코니가 등장했다. 건물 앞면에 달린 장식용 발코니와는 달리 기능공간의 구실을 하는 발코니는 대부분 뒷마당 쪽으로 났다.

우리집 부엌에도 한 뼘짜리 발코니가 달려 있다. 집을 지을 때부터 있었던 것은 아니고 집주인이 월세를 올리려고 나중에 단 것이다. 의자 두 개를 나란히 놓으면 탁자 놓을 자리마저 없는 작은 우리 발코니에서 나는 빨래를 말리고 제라늄을 가꾸고 깻잎과 파슬리를 길러 먹고, 계절에 따라 김치통을 두거나 밤새 국 냄비를 내놓기도 한다. 딸아이는 햇볕이 따스한 날에 친구와 나란히 나와 앉아서 도란도란 대화하며 해바라기를 하거나 피자를 나누어 먹는다.

독일의 단독주택은 대부분 야트막한 울타리로 둘러싸여 있어서 길에서 들여다보인다. 그래서 앞마당은 남에게 보이기 위한 장식용일 뿐, 쓰임새가 없다. 그렇기 때문에 철따라 연이어 꽃을 피워내는 앞마당을 감상하며 길을 걷자면, 공들여 가꾸어서 자기 집 앞을 지나다니는 사람들의 눈을 행복하게 해주는 집주인의 넉넉한 마음씨가 느껴진다. 잘 가꾼 앞마당이 받쳐주는 집은 건물도 더 좋아 보인다. 모자 밑으로 애교머리를 살짝 드리워 타고난 미모를 더 빛내는 미인의 센스 같다.

테라스 등의 실외 생활공간은 길에서 보이지 않는 뒤쪽으로 나 있다. 마당이 너른 경우에는 건물에서 떨어진 곳에 지붕만 얹은 정자나 골격만 세워 담쟁이 넝쿨을 올린 구조물을 두어, 거기서 식사를 하거나 차를 마시며 운치를 즐기기도 한다.

이에 반해, 도시의 블록을 형성하는 건물은 앞마당 없이 공공도로에 딱 접해 있고, 건물 뒤쪽에 있는 뒷마당은 사람의 키보다 높은 담장으로 보호되어 기능공간으로 쓰인다. 뒷마당에는 분리수거를 위한 서너 종류의 쓰레기통과 몇 대의 자전거를 세워둘 자리쯤은 있어야 한다. 가정용 진공청소기가 보급되기 전에는 카펫을 걸어놓고 막대기로 쳐서 먼지를 터는 철봉대도 빠지지 않았다.

옛날에는 가축을 치고 장작을 패는 등의 가사노동과 직업적인 수공업 작업이 이런 뒷마당에서 이루어졌고, 자리가 남으면 텃밭으로도 썼다. 그러나 오늘날 도시의 뒷마당은 각양각색이다. 블록 내의 모든 뒷마당을 통합해서 수목이 우거지고 화초가 흐드러진 공원으로 가꾸어 무심코 발을 들인 사람을 깜짝 놀라게 하는 곳도 있고, 마당이라기보다는 구멍이라 부를 만큼 협소한 공간이 건물과 담장 사이에 갇혀 있는 경우도 있다.

우리집 뒷마당도 참 좁다. 20가구가 공동으로 사용하는 쓰레기통 몇 개와 주민들의 자전거가 빽빽하게 놓이고 남은 자투리 공간에는 나무도 한 그루 서 있고 담장을 따라가며 50센티미터 폭의 화단도 있다. 사실 말이 화단이지 집주인이 건축공사하고 남은 돌부스러기를 채워 넣어 식물이 잘 자라지 않는 토양이다. 나는 집 내부는 정성스레 꾸몄는데 창문으로 내려다보이는 풍경이 삭막한 것이 마음에 걸렸다. 집주인에게 화단에 꽃을 좀 심어도 괜찮겠냐고 물었더니 자기가 먼 곳에 사는 탓에 그간 아무도 화단을 돌보는 사람이 없었다며 아주 기뻐했다.

나는 조경에 관한 잡지와 책을 읽고 꽃시장을 부지런히 쫓아다니면서 그늘에서도 잘 자라는 종자를 공부하고, 꽃이 피는 시기와 색깔의 배합을 고려하여 식수 위치를 연구했다. 흙을 고르고 화초를 사다 심었다. 회색 담벼락에도 화분을 걸었다. 야채나 쌀을 씻고 남은 물은 모아두었다가 부지런히 물을 주었다. 얼마 지나지 않아 우리 마당에는 색색의 꽃들이 여기저기서 머리를 내밀었다. 나는 아침에 일어나자마자 제일 먼저 마당을 내려다보며 밤새 새로 맺힌 꽃망울을 세는 맛에 푹 빠졌다.

뒷마당이 점점 풍성해지고 예뻐지는 모양을 본 집주인은 마당 구석에 방치된 쓰레기통을 가릴 구조물을 지어 담쟁이 넝쿨을 올리자며 신명을 냈다. 나는 우리 마당의 단점을 특징으로 활용하는 아이디어를 짜내는 즐거움에 시간 가는 줄 몰랐고, 언젠가는 뮌헨 시에서 매년 주최하는 '아름다운 뒷마당' 대회에 출전할 야무진 꿈까지 꾸게 되었다.

그러던 어느 날, 나의 이러한 기쁨에 찬물을 끼얹는 사건이 일어났다. 아침에 마당에 내려갔더니 윗집에 사는 할머니가 다른 이웃들과 함께 서 있다가 기다렸다는 듯이 나를 불러 세웠다. 윗집 할머니는 나에게 네가 건축가면 건축가지 화초에 대해선 일자무식인 것이 건방지게 군다고 화를 냈다.

사연인즉슨 어제 내가 화단에서 김을 매면서 시들어 죽은 줄 알고 솎아버린 줄기가 할머니가 심은 꺾꽂이였다는 것이다. 나는 얼굴이 화끈 달아올랐다. 몰랐다고 미안하다고 사과하는 나에게 할머니는 너같이 무식한 사람은 앞으로 화단에 손대지 말라며 계속해서 모욕을 주었다.

그때 재미있다는 듯이 빙글빙글 웃으며 우리를 번갈아 바라보던 이웃들의 눈초리를 나는 잊을 수 없다. 그 자리에 있던 사람들은 지금은 나와 반갑게 인사를 나누는 사이가 되었지만 아직도 내 마음속에는 그들에 대한 불신감이 인간에 대한 불신감으로 변하여 상처처럼 남아 있다.

내가 특히 당황했던 것은 그 할머니가 전날까지만 해도 우리에게 가장 친절한 이웃이었다는 점이다. 이 할머니는 우리가 이사 오자마자 손수 키운 화분을 선물하며 살갑게 첫 도움을 주었고, 우리집 애완동물인 기니피그를 위해서 늘 민들레 잎을 따다주는 등 각별한 성의를 보인 사람이었다. 그러나 나중에 알고 보니, 우리가 이사 들어온 이 집은 암투와 편싸움으로 바람 잘 날이 없는 공동체였고, 그 전날 나는 이 할머니의 은근한 경고를 어기고 다른 편 두목 할머니와 층계에서 담소를 나누는 괘씸죄를 저질렀던 것이다.

그날 오후, 쓰레기를 버리러 내려가자 조금 전에 소리를 질러댄 윗집 할머니가 마치 기다렸다는 듯 불쑥 나타났다. 순간적으로 얼어붙은 나에게 할머니는 뜻밖에도 온 얼굴로 웃으며 다가왔다. 민들레 잎이 담긴 봉지를 내밀며 너희들의 사랑스런 기니피그를 위해서 특별히 캐왔다고 말하는 목소리가 마치 노래라도 하는 듯이 상냥했다. 나는 어안이 벙벙했다. 계속해서 다정하게 수다를 쏟아내는 할머니를 보며, 이 사람이 지금 나를 똘마니로 길들이는 중이라는 생각이 퍼뜩 들었다. 나는 정색을 하고 앞으로는 당신에게서 아무것도 받지 않겠다고 잘라 말했다. 순간 할머니의 표정이 순식간에 험악하게 일그러지더니 버럭버럭 화를 내며 민들레를 쓰레기통에 처넣었다.

각오는 하고 있었지만 이튿날부터 박해가 시작되었다. 위에서 무엇을 신고 뛰는지 온 집안이 쿵쿵 울리는 것은 기본이었고, 이불이나 커튼을 우리집 창문 앞에 늘어뜨려 하루 종일 햇빛 차단하기, 우리가 시끄럽게 군다고 툭하면 집주인에게 고자질하기, 발코니나 복도에서 다른 이웃에게 큰소리로 우리 흉보기, 복도나 지하실에서 맞닥뜨리면 행패 부리기 등 이루 말로 다할 수 없었다.

　남편이 나서서 항의를 하거나 집주인에게 이야기하는 등 나름대로 대처를 했지만 집주인은 그새 무슨 소리를 들었는지 오히려 할머니의 역성을 드는 눈치였다. 한번은 남편의 주선으로 할머니와 화해를 도모했지만 그것도 오래가지 않았다. 큰 정성과 많은 돈을 들여 꾸며놓은 새 집도 이웃 하나로 인해 지옥으로 변했다.

　그러던 어느 날 요란한 초인종 소리가 끊임없이 울렸다. 동네 아이들이 장난치는가, 초인종이 고장 났나, 놀래서 문을 열어보니 윗집 할머니가 버티고 있었다. 내 몸집의 두 배는 넘을 육중한 덩치에서 증기기관차처럼 뿜어대는 화기가 훅훅 느껴졌다. 힘 좋은 할머니는 문을 밀치고 한 발을 집안에 들여 문을 닫지 못하게 막고 서서 고래고래 고함을 질렀다.

　내가 너무 놀란 것도 있지만 할머니도 흥분한 탓에, 독일에서 삼십 년을 살아온 나는 할머니의 사투리를 한 마디도 알아들을 수가 없었다. 방에 있는 아들을 불러 통역을 시킨 결과, 우리집에서 소란을 피워서 자기 집 벽에 걸린 그림이 바닥으로 떨어졌다는 것이다.

　그런데 마침 우리집에서는 아이들과 내가 각자 헤드폰을 끼고 음악을 듣거나 컴퓨터를 하던 중이라 쥐죽은 듯 조용했고, 할머니의 그림이 떨어졌다는 방 밑에 있는 딸아이 방은 비어 있었다. 내가 그럴 리가 없다고, 딸아이가 나와 함께 다른 방에 있었다는 걸 방금 당신이 목격하지 않았느냐고 차분하게 설명을 해도 얼굴을 바짝 들이대고 마치 내 눈을 찌를 듯이 손가락질을 해대며 욕을 계속 했다.

　비슷한 일이 전에도 있었지만 아이들 앞에서 험한 꼴을 당하기는 처음이었다. 내 다리가 후들후들 떨리는 것이 아이들 눈에도 보일 터였다. 순간적으로 우리 아이들은 이렇게 당하는 엄마 꼴을 닮으면 안 된다고 생각했다. 나는 폭발했다. 평생 싸움이라곤 조곤조곤 따지는 부부싸움밖에 모르던 내가 할머니보다 더 큰소리로 악다구니를 썼다. 층계를 통해 온 건물이 쩌렁쩌

렁 울리도록 악을 쓰며 나는 할머니가 후퇴할 때까지 대거리를 했다. 할머니가 소리 지를 때는 제 엄마를 어찌할까 봐 나와 있던 아이들이 내 목소리가 더 커지자 민망했는지 슬금슬금 제 방으로 들어가버렸다.

할머니가 등을 돌린 후 세차게 문을 닫으며 나는 후회했다. 진작 이렇게 할 걸. 할머니의 횡포는 이것으로 마지막일 것 같다는 시원한 예감이 들었다. 그날 집에 돌아온 남편은 내 이야기를 듣자 앞으로는 그렇게 직접 싸우지 말고 자기에게 전화를 하거나 경찰을 부르라며 눈물을 글썽거렸다. 나는 그의 얼굴을 멀뚱히 바라보며 속으로 말했다. '난 앞으로도 그렇게 싸울 거야. 당신이나 경찰에 의지하는 한 나는 계속해서 깔보여. 하지만 걱정하지 마. 앞으로는 이런 일이 안 생길 것 같아. 당신이라는 배경을 업지 않고 나 혼자만으로도 충분히 만만찮은 상대라는 걸 알았을 테니까.'

아무튼 화단 김매는 사건 이후 나는 마당에 발길을 끊었다. 내가 심은 꽃을 누군가 뽑아버린 화단은 다시 황폐해지기 시작했고, 마음에 상처를 입은 나는 마당 꼴을 보지 않으려고 발코니에 나가는 것조차 삼갔다. 이것이 바로 윗집 할머니가 바라던 바였다.

텃세, 말 그대로 텃세였다. 이 텃세의 이면에는 우리가 간과할 수 없는 사회 문제가 있었다. 윗집 할머니는 100년 전에 이 집의 첫 세입자로 들어온 주민의 손녀였다. 이 집에서 태어나 조부모, 부모, 남편의 장례를 차례로 치르며 평생 이 집을 떠나 산 적이 없는 사람이다. 터줏대감처럼 집을 지키고 앉아서 다른 세입자들을 감시함으로써 다른 도시에 살고 있는 집주인의 신임을 쌓아온 것은 할머니에게 생존권과 직결되는 문제였다.

뮌헨에 직장은 구했는데 살 집을 구하지 못해 몇 주일 동안이나 짐을 자동차에 두고 출근하다가 결국은 포기하고 다른 도시로 떠난 젊은 엔지니어에 대한 기사가 신문에 날 정도로, 뮌헨의 주택난은 심각하고 집세도 하늘 높은 줄 모르게 치솟았다. 우리도 다른 도시에서 내던 월세의 두 배를 뮌헨에서 내고 있다. 우리처럼 새로 이사 온 주민들은 이렇게 높은 월세를 내고 있는 반면, 오래 전부터 이 집에 살던 주민들은 그의 몇 분의 일밖에 안 내고 있다. 그 이유는 독일의 세입자 보호법에 있다.

독일에서 집주인은 세입자가 나가고 집이 빌 때만 내부를 수리해서 고급화한 후 월세를 시세대로 올릴 수 있다. 한 사람이 계속해서 살고 있는 한, 집주인이 임의로 수리해서 월세를 대폭 올릴 수 없기 때문에 윗집 할머니의 집은 상당히 구식이고 아직도 장작을 때는 난로 하나로 온 집안의 난방을 하고 있다. 그 집의 낙후된 상태에 걸맞게 월세도 낮은 것이다.

그러나 이런 복잡한 사정을 잘 모르는 윗집 할머니는 순전히 집주인의 호의로 자신이 혜택을 받고 있다고 믿고, 까딱 잘못해 이 호의를 놓쳤다간 끊임없이 밀려들어와 집세를 올리는 타지인들 때문에 쫓겨날 수도 있다는 위기감을 느끼고 있는 것이다. 세상물정에 어두운 토박이 세입자들이 부동산 투자자들의 술수에 넘어가 보상금 한두 푼에 변두리로 쫓겨 가는 것을 이 할머니는 옆 건물, 건너편 건물에서 무수히 보아왔을 것이다.

우리가 살고 있는 구역은 제2의 슈바빙으로 불리며 인기가 좋지만 예전에는 노동자촌이었다. 대대로 이곳에서 살아온 가난한 토박이들이 돈과 실력으로 무장한 타지인들에게 밀려나는 일은 이제 시간문제다. 방금 들어온 사람이 화단을 가꾸고 대문을 수리하며 집주인의 신임을 받기 시작하자 할머니의 위기의식이 고조된 것은 이해할 만하다. 또한 내가 외국인, 그것도 동양인이라는 사실이 어린 시절을 나치 치하에서 보낸 할머니에게는 더욱 큰 수모였을 것이다.

그리고 내 눈에는 화단이 방치된 것으로 보였지만 어쩌면 윗집 할머니는 나름대로 화단을 가꾸어왔을지도 모르는 일이다. 그날 이후로 나는 할머니가 화단에서 어른거리는 것을 간혹 볼 수 있었는데, 전에도 그랬는지 갑자기 제스처를 취하는 건지는 모르겠지만 어쨌든 할머니는 그간 이 건물의 관리인을 자처해왔음에 틀림이 없다.

그 사이 나는 윗집 할머니가 우리가 이사 온 후로 자기 집 벽이 흔들린다고 주장하는 원인을 알아냈다. 아이들 방을 관찰해보니 벽체 하나가 새로 지어진 것이었다. 이 벽은 필경 우리집의 천장이자 윗집의 바닥이 되는 들보에 완충장치 없이 밀접하게 고정되었을 것이다. 그래서 우리집에서 문만 여닫아도 느슨하게 늘어진 목재 들보를 통해 그 집 벽으로 진동이 가는 것이다. 우리가 이사 오기 직전에 집을 개조할 때 일어난 일이니 이런 이치를 알 리 없는 할머니는 새로 들어온 사람 탓을 하는 것이다.

그러나 이 정도의 방해는 여러 가구가 사는 집에서는 늘 있는 일이다. 냉철하게 따져보면 이웃집에서 들리는 소음은 밖에서 들리는 자동차 소음보다 시끄럽지 않다. 방해의 정도가 문제가 아니라 기분이 문제다. 누군가 자신을 괴롭히기 위해 무슨 짓을 한다고 생각하는 사람은 화를 내기 위해 일부러 소음을 기다리기까지 하는 것이다.

언젠가는 집주인에게서 법적으로 허용된 한도 내에서 월세를 올리겠다는 연락이 올 것이다. 이때 나는 이를 거부할 계획이다. 그가 세입자들 간에 분쟁을 야기하는 날림공사를 했음을 증명하고, 그 결과로 인해 우리가 받은 정신적 피해를 낱낱이 열거함으로써 월세의 인상은커녕 지금의 월세도 과하다는 주장을 펼 것이다. 집주인은 어린 시절에 같은 집에서 자라 평생을 보아온 윗집 할머니가 어떤 사람인 줄 뻔히 알면서도 내 덕을 보려다가 할머니가 강력하게 나오니까 오히려 우리 아이들을 의심하며 나를 토사구팽했다. 이렇게 얕은 수단으로 평생 밥 벌어먹은 집주인에게도 괘씸죄를 물어야 할 일이 아닌가?

마음을 쉬는 공간 : 중간공간과 가로수

이사 온 지 얼마 안 되어 우리집 작은 욕실에 거뭇거뭇 곰팡이가 생기기 시작했다. 창문이 없어서 환기통을 통해 통풍하는 욕실에 자주 생기는 일이다. 게다가 환기통이 있는 욕실에는 공기가 들어올 수 있도록 통풍구가 있는 문을 달아야 하는데, 공사할 때 집주인이 깜빡하고 보통 문을 달아두었다. 이제는 문짝에 구멍이라도 뚫어야 할 판이었다.

남편은 문짝에 구멍을 뚫는 일이 미관상 마뜩찮다고 한참 뜸을 들이더니 다른 아이디어를 냈다. 문을 여닫는 경첩의 암수돌쩌귀 사이에 링을 끼워 문짝을 올려 달음으로써 문짝 밑으로 틈새가 생기도록 한 것이다. 집주인은 우리가 문을 바꿔달라고 요구하지 않고 스스로 통풍 문제를 해결한 것에 대한 고마움으로, 누렇게 때가 탄 인터폰을 새 것으로 바꿔주었다.

기발한 아이디어에 대한 자부심도 잠시, 첫 겨울을 맞으며 욕실엔 다시 곰팡이가 피기 시작했다. 곰팡이는 가장 차가운 부분에 이슬이 맺히며 생기는 현상이라 원인을 금방 발견할 수 있었다. 대문에서 뒷마당으로 통하는 통로가 이 욕실 아래로 지나가는데, 이 통로의 온도가 거의 바깥 기온 수준으로 낮은 것이 문제였다. 통로에서 뒷마당으로 나가는 문을 누군가 항상 열어놓기 때문이었다. 그러니 사무실 위에 위치한 다른 방에 비해 욕실의 바닥이 훨씬 차가운 건 당연한 일이겠다.

통로뿐 아니라 계단실의 창문도 층마다 사시사철 열려 있다. 통로와 계단실이 바깥 기온 수준이니 여름은 여름대로 건물의 벽체가 빨리 뜨거워지고, 겨울에는 각 가정에서 낭비하는 난방에너지가 이만저만이 아니었다. 그리고 같은 건물 안에 있는 공간들 사이에 온도와 습도의 차이가 크면 이슬이 맺히는 결로현상을 불러 건물의 수명이 단축된다. 특히 문화재 건물에는 목재가 많이 쓰였기 때문에 습기와 곰팡이는 건물의 붕괴까지 초래할 수 있다. 또한 현관문만 열면, 건물 내부인데도 마치 직통으로 바깥으로 던져진 듯 썰렁해서 심리적으로 안정감이 없었다. 여러 모로 이만저만 손실이 아니었다.

나는 오며가며 통로의 문과 계단실의 창문을 부지런히 닫았다. 그런데 나중에 가보면 또 열려 있었다. 내가 다시 가서 닫는 빈도가 잦아질수록 누군가 다시 와서 열어놓는 빈도도 잦아졌다. 기싸움이 시작된 것이다. 나는 약이 오르기 시작했다. 에너지 절약과 문화재 보존이라는 인류의 과제 앞에 물러서지 않겠다고 다짐했다.

화단 가꾸기를 계기로 시작되었던 윗집 할머니의 횡포가 점점 심해지는 것과 나의 창문 닫기 프로젝트가 상관관계가 있음을 깨달은 것은 얼마 지나지 않아서였다. 마주치면 눈인사만 나누던 이웃 사람들이 언제부터인가 내게 호감을 표시하기 시작했다. "계단실이 참 춥지?"라는 말로 인사를 건네며 윗집 할머니의 집을 턱으로 가리켰다. 법은 멀고 주먹은 가깝다고, 할머니가 집주인의 신임을 등에 업고 하도 사납게 설쳐대니 얌전한 이웃들은 웬만큼 불편해도 참고 살았던 것이다.

남편과 나는 집주인에게 편지를 썼다. 곰팡이를 해결하는 것은 집주인의 책임이기 때문에, 욕실에 곰팡이가 핀다는 사실을 알리고 그 원인은 밖으로 개방된 통로에 있다고 썼다. 아울러 계단실의 창문들 역시 항상 열려 있어서 세입자들의 난방비가 낭비되고 있으니 이를 시정해줄 것을 부탁했다. 지금의 이런 상태는 건물에 손상을 입히고 삶의 질을 낮춘다는 말도 곁들였다.

물론 문을 열어놓는 사람이 누구라고는 쓰지 않았으나, 집주인은 즉각 대응했다. 겨울에는 통로의 문과 계단실의 창문을 닫아둘 것을 강력히 촉구하는 집주인의 편지가 모든 세입자들에게 개별적으로 우송되었다. 집주인의 권위가 그렇게 큰 것인지, 편지의 효과는 당장 나타났다. 계단실을 씽씽 휘몰던 바람이 이튿날부터 거짓말처럼 사라졌다. 그리고 윗집 할머니의 횡포는 그에 비례해서 늘어났다.

할머니는 왜 통로의 문을 항상 열어두고 싶었을까? 그것은 내가 우리나라의 솟을대문을 좋아하는 것과 같은 이유다. 솟을대문은 단아하면서 우아한 맛도 있지만, 문 위에 달려 있는 지붕이라는 기능이 있다. 비오는 날 잠시 짐을 내려놓고 우산을 펴거나 접을 수 있는 공간, 열쇠를 꺼낼 수 있는 공간, 누가 바래다줬다면 헤어지기 전에 잠시 서서 대화를 나눌 수 있는 공간은 지붕이 있기 때문에 형성되는 것이다.

솟을대문의 작은 지붕은 사적인 공간인 집에서 공적인 공간인 길로 진입하는 경계를 부드럽게 만들어준다. 사람을 그냥 밖으로 내팽개치는 게 아니라 잠시 감싸 안았다가 내보내는 느낌이 든다. 즉, 지붕이 달린 전통 대문은 사공간과 공공간을 부드럽게 연결해주는 중간공간이 되겠다.

물론 솟을대문의 지붕은 인간의 심리적인 안정감을 고려하여 개발된 것이 아니라, 나무로 된 문짝을 비와 눈으로부터 보호하기 위한 것이다. 그렇다면 이 소담스러운 지붕을 보기만 해도 심리적인 안정감을 느끼는 것은 왜일까? 아직 원시인의 본능에 지배받고 있는 현대인의 심리가 반공반사의 중간공간을 간절히 요구하는 건지도 모른다. 안전한 동굴을 떠나 온갖 위험이 도사리고 있는 바깥세상으로 나가기 전에 잠시 몸을 사리고 동정을 살필 수 있는 중간공간은 원시시대에는 생존을 위해 필요불가결한 요소였을 것이다.

윗집 할머니에게는 1층의 통로가 심리적인 안정감을 주는 중간공간이다. 독일의 고옥을 조사해보면 19세기 말까지만 해도 통로에는 앞쪽만 대문이 있었지 뒷마당 쪽으로는 문이 없이 그냥 뚫려 있었다. 그래서 통로는 건물 내부와 뒷마당을 연결하는, 내부인 동시에 외부의 성격을 띤 중간공간이었다. 청결이라면 유난스러워서 남의 집 발코니까지 감시하는 할머니가 통로에 함부로 굴러다니는 낙엽에는 아랑곳하지 않는 것도 그런 이치에서다.

계단실도 마찬가지다. 중앙난방에 길들어 일정한 실내온도를 기대하는 나에게는 찬바람이 몰아치는 계단실이 을씨년스럽지만, 차가운 공기와 신선한 공기를 동의어로 여기는 윗집 할머니에게 밀폐된 계단실이란 나쁜 공기가 텁텁하게 고여서 도대체 제 구실을 못하는 공간으로 느껴질 것이다.

그러니 통로와 계단실을 건물의 내부라 개념 짓고 문과 창문을 닫도록 강요하는 우리는 할머니에게서 전통적인 중간공간을 빼앗은 셈이다. 그리고 윗집 할머니가 빼앗긴 것은 평생 습관이 들어 안정감을 주었던 공간만이 아니다. 기득권이었다. 그러나 할머니가 자기 맘대로 공동체를 휘두르기에는 이미 모든 면에서 역부족이었다. 세상이 변해서 자신이 더 이상 세상의 주인이 아님을 깨닫는 순간, 사람은 갖가지 모습으로 반응한다. 세대교체라고 순순히 받아들일 수도 있지만 하극상이라 여겨 죽는 날까지 앙심을 품고 변화에 항거하기도 한다.

나는 윗집 할머니가 경제적, 사회적, 심리적으로 몰리는 입장에 처한 것을 인간적으로 가슴 아프게 생각한다. 본의 아니게도 내가 가해자의 위치에 서게 된 점이 미안스럽다. 그러나 나는 인간적인 배려와 지식인의 의무 사이에서 고민하지 않을 수 없다.

세계적으로 하루가 다르게 증가하는 에너지 소비에 따라 점점 고갈되는 원유와 가스를 확보하기 위해 벌이는 야만스런 전쟁. 문명의 혜택은 구경도 하지 못한 남태평양의 섬나라들은 침수되고 아프리카의 유목민들은 말라 죽는 지구온난화현상. 이런 현실을 타개하기 위해 여러 대책들이 논의되고 있다. 그러나 그 어떤 대책도 에너지 절약과 병행되지 않으면 승산이 없다. 소비되는 에너지의 3분의 1이 난방에 쓰인다는 점을 감안할 때, 이것만 대폭 줄일 수 있어도 인류는 원유와 가스의 고갈을 늦추고 이산화탄소의 양을 줄여 지구온난화현상을 늦추거나 막을 시간을 벌 수 있다.

이런 사실을 아는 자로서 집주인을 설득하여 건물 전체를 단열하는 공사는 못 벌일망정 적어도 열린 문과 창문을 통해 남의 피가 묻은 에너지가 마구 빠져나가 지구 저편의 물난리와 가뭄에 한몫 거드는 것만은 막아야 하지 않겠는가?

윗집 할머니는 겨울만 지나갔다 싶으면 부리나케 통로의 문과 계단실의 창문을 열기 시작한다. 달력으로는 봄이지만 아직 난방을 하는 시기에 계단실과 통로를 휘도는 찬 공기를 접하면 나는 속이 부글부글 끓는다. 여름날에도 활짝 개방된 통로와 계단실은 벽체를 데우는 원흉이다. 폭염이 며칠이고 지속되는 여름날에 낮에는 창문을 꼭꼭 닫고 밤엔 활짝 열어놓아 집안을 서늘하게 유지하려고 안간힘을 쓰는 나는 얇은 문짝 하나를 사이에 두고 대치하는 계단실의 뜨거운 공기에 적대감마저 느낀다.

그러나 나는 나의 목적을 일부라도 달성한 것에 만족하기로 했다. 겨울에 창문을 열어놓으면 난방비가 많이 나간다는 것은 집주인도 윗집 할머니도 납득할 수 있지만, 여름에 창문을 닫아야 집이 시원하다는 사실을 이해시키는 것은 쉽지 않기 때문이다. 필경 배운 자의 티를 내어 상대방의 무지를 일깨우려 드는 상황이 재현될 것이고, 윗집 할머니는 또 다시 수세에 몰리는 모멸감을 느낄 것이다. 우리가 더위를 조금 더 참는 것이 할머니의 모멸감보다는 작은 손해인 것 같아서 그 쪽을 선택하기로 했다. 단, 언젠가 우리 건물에서 단 한 가구라도 에어컨을 쓰는 집이 생긴다면 나는 다시금 창문 닫기 투쟁을 벌일 것이다.

시시때때로 변하는 상황에 맞춰 주장과 양보를 끊임없이 반복한다는 점에서 삶은 설계와 비슷하다. 건물은 수명이 길고 사용주가 여러 세대에 걸쳐 다양하기 때문에, 변화하는 시대에 항상 부합하고 누구에게나 편리한 만능의 작품은 있을 수 없다. 건축의 기능과 예술성과 경제성이 서로 힘겨루기를 하다가 종내 타협하는 과정이 설계라면, 그 건물에 사는 사람들도 여러 개의 이상 사이에서 타협해가며 건물에 적응한다.

가족이나 이웃 간에 인간적인 문제가 생길 때마다 어떻게 하면 이를 근본적으로 해결할 수 있을까 하여 극단적인 사고로 치닫곤 하던 나는 이제 다른 방식을 취하기로 마음먹었다. 독일에서 선호하는 문화재 보존의 방식이다. 영구적인 보존을 당장 이루기 위해 극단적인 공사를 하는 대신, 향후 몇 년의 현상 유지를 목적으로 최소의 수술을 행하는 것이 요즘의 추세다. 이는 임기응변으로 가볍게 치료한다는 말이 아니라, 칼을 최소한으로 대는 방법을 알아내기 위하여 최대의 연구력과 연구비를 바친다는 뜻이다.

그 이면에는 현재의 기술에 대한 겸손과 미래의 기술에 대한 믿음이 자리 잡고 있다. 나날이 발전하는 후손들의 능력과 인성을 믿고 소중한 과제를 넘겨줄 수 있는 것은 올바른 세대교체의 모습이기도 하지만 인간에 대한 근본적인 믿음이라 하겠다.

당장에 문제를 해결할 묘책을 찾는 대신, 더 이상 망가뜨리지만 않도록 노력하면서 서로 적응할 시간을 벌다보면 어느새 내게도 남에게도 연륜이 쌓여, 지금은 우리 눈에 보이지 않는 해결책을 만날지도 모른다. 어쩌면 상황이 변해서 저절로 그렇게 될지도 모르고, 어쩌면 그렇게 심각한 문제가 아니었다는 걸 깨달아 스스로 해결이 날지도 모르는 일이다.

화단 가꾸기에 한창 재미를 붙일 때, 나는 부엌의 식탁과 발코니에 앉아서 일을 했다. 작업하는 짬짬이 뒷마당을 내려다보면 눈이 참 즐거웠다. 그러다가 마당에 정이 떨어져버린 후로는 반대편으로 창이 난 거실로 옮겨 앉았다. 일하다가 머리를 식히려고 창밖을 보면 썰렁한 도로뿐 눈과 마음에 위안거리가 없었다.

그러던 어느 날 바깥이 시끄럽기에 내다보았더니 인부들이 도로변에 가로

수를 심고 있었다. 나는 뛸 듯이 기뻤다. 고개를 들면 파릇파릇한 잎새가 눈에 딱 들어오는 위치에 의자를 놓았다. 처음엔 축 늘어졌던 줄기가 점차로 기운을 내고 씩씩하게 뻗어나가 키가 성큼 자라는 것을 관찰하는 재미로 나는 자주 고개를 들었다.

그해 가을에 나는 장에 갔다가 튤립과 수선화 구근을 발견하고 살까말까 잠시 망설였다. 저놈들을 사다가 가로수 밑에 몰래 파묻어줄까? 봄이 오면 싹을 틔우고 화려하게 꽃을 피울 텐데. 그러나 나는 빈손으로 발길을 돌렸다. 윗집 할머니가 화단에서 뽑아버린 내 화초들이 떠올랐다. 나는 어느새 의기소침해져 있었다.

이듬해 봄, 나는 가로수 밑에 무성한 잡초와 개똥을 쓸쓸한 마음으로 바라보았다. 내가 마음속에서 심은 튤립과 수선화가 색색으로 겹쳤다간 스러졌다. 그러던 어느 날 우편함에서 전단지를 하나 발견했다. 우리 도로변에 사는 주민 몇 명이 가로수 둘레의 한 뙈기 땅을 가꾸려고 하는데 이에 동참할 사람을 찾는다는 광고였다. 나는 동참하고 싶은 마음이 굴뚝같았지만 행여 윗집 할머니도 나설까 봐 겁이 나서 포기했다. 설사 그렇지 않더라도 내가 동네 사람들과 희희낙락하며 도로의 화단을 가꾸는 꼴을 창문으로 보고 가만히 있을 사람이 아니었다.

동네 사람들이 가꾸는 가로수 화단은 내 마음에 썩 들지 않았다. 잔디를 심었는지, 공사판 테이프를 둘러 막아놓은 터를 보며 나는 애석했다. 나 같으면 저 땅을 저렇게 심심하게 만들지 않을 텐데. 화려한 화초를 색깔 맞춰 흐드러지게 심을 텐데. 이른 봄부터 늦은 가을까지 꽃망울이 연이어 피고 지도록 화끈하게 가꿀 텐데.

생각에 생각이 꼬리를 물어 어느덧 나는 윗집 할머니가 나보다 더 오래 살지도 모른다는 생각에 이르러 한숨을 쉬었다. 그러다가 깜짝 놀라서 혼자 웃음을 터뜨렸다. 품도 팔지 않고 가만히 앉아서 남이 가꾼 화단을 보는 게 더 좋지, 뭐가 그렇게 애석해서 남이 빨리 죽기까지 바라느냐고 나를 나무랐다.

그러고 보니 이 세상에는 내 것이 아닌데도 내 것처럼 즐길 수 있는 것들이 널리고 널렸다. 바깥 공간이 특히 그렇다. 도심의 가로수 밑에 싱싱하게 가꾸어진 한 뼘 잔디밭일지라도 보고 즐거워하는 사람이 바로 임자다.

평 범 한   가 정 집   들 여 다 보 기

　모니카와 나는 아이들을 통해서 친구가 된 사이다. 우리는 가끔 만나서 같이 커피를 마시며 사춘기에 들어선 딸아이들이 밖에서 무슨 짓을 하고 다니는지 정보를 교환한다. 또 아이들이 가엾은 눈망울을 해가지고 다른 애들은 다 가졌는데 나만 없다며 양심적으로 별로 사주고 싶지 않은 물건을 사달라고 졸라서 난감할 때, 우리는 서로 연락하여 확인해보고 대처하기도 한다. 세상을 바꾸지는 못해도 불필요한 물건이 우리 아이들로 인해 퍼지는 것만이라도 막으려고 연대하여 노력한다.

　몇 년 전인가는, 부쩍 수영장 출입이 잦아진 딸아이들이 수영장에서 남자아이들과 무슨 짓을 하고 노는지에 대해 이야기꽃을 피운 적이 있다. 남녀 학생들이 둥그렇게 둘러앉아 콜라병을 눕혀놓고 휙 돌린단다. 병이 빙글빙글 돌다가 멈추면 병 입구가 가리키는 쪽의 아이가 병 바닥 쪽에 앉은 아이에게 무슨 명령을 하는 놀이인데, 대부분은 이성인 누구누구의 뺨에 뽀뽀를 하라고 시킨단다. 희생자는 소리를 꽤꽥 지르면서도 하라는 대로 하는 모양이다. 나는 그런 사실을 알고 있으면서도 미리 알려주지 않았다고 모니카에게 타박을 받았었다.

　모니카는 독일의 대도시 뮌헨에서는 드물게 전업주부이다. 출산율이 1.3으로 유럽에서 제일 저조한 독일에서 아이 셋을 낳아 기르느라고 직장을 그만두었는데, 막내가 초등학교 3학년이 되자 재취업을 위한 교육 프로그램을 이수했다.

오후 1시면 학교가 파해 집에 오는 아이들 때문에 그녀는 오전에만 일을 하고 싶어하지만 아직 일자리를 못 구했다. 요즘 독일의 취업 시장이 열악하기도 하거니와, 아이를 기르는 엄마들은 정확히 제 시간에 퇴근해야만 하고, 아이들이 아프면 결근의 위험도 있어서 별로 환영받는 일꾼이 아니다. 그녀의 남편은 월급이 웬만한 회사원이지만 요즘 독일에서 혼자 다섯 식구를 먹여 살리기는 힘겨운 일이다.

모니카는 우리집 거실을 부러워한다. 거실이 좁아서 소파도 안 놓았는데 왜 그러나 했더니, 그녀 집의 거실은 우리보다 더 작다. 다섯 식구가 거실까지 쳐서 방 세 개짜리 아파트에 살고 있는데, 면적이 90평방미터이니 우리 식으로 27평쯤 된다. 이렇게 몇 년만 더 견디면 아이들이 대학에 가느라 하나씩 집을 떠나니 다 해결되는 것 아니냐며 우리는 웃곤 한다.

모니카는 6층짜리 근대식 아파트에 산다. 더 오래된 건물과 비교해서 근대식이라고 부르는 거지 1960년대에 지은 건물이다. 평면의 구조는 100년 전에 지은 우리집과 비슷하다. 단 복도가 훨씬 좁고 짧다. 공간 배치에 신경을 써서 쓸데없는 복도 면적을 줄인 탓이다. 평면 구조는 옛 건물과 비슷하지만 느낌은 사뭇 다르다. 우선 천장이 2.3미터로 낮다. 그리고 창문들이 큼직하게 뚫린데다 밝은 방향으로 생활공간을 배치해서 방들이 대체로 밝다.

채광은 내부를 설계하기 전, 대지에 건물을 배치할 때부터 고려해야 할 부분이다. 일단 건물끼리 서로 그림자를 드리우지 않도록 건물 사이의 최소 간격이 건축법으로 정해져 있다. 높은 건물일수록 옆 건물과의 간격이 커야 한다. 한 대지에 건물을 여러 채 지어 돈을 벌려는 투자자의 입장에서는, 건물을 높게 쌓을수록 건물 사이에 노는 땅이 많아지므로 높이 올린다고 무조건 연면적이 늘어나고 수지가 맞는 게 아니다.

방의 크기가 대략 일정한 옛날 집과 달리 근현대 아파트는 각 방의 크기가 용도에 따라 천차만별이다. 거실은 아주 크고 부부 침실은 중간쯤이고 자녀 방은 아주 작다. 나는 대학에서 설계를 배울 때 그것이 참 못마땅했다. 거실을 다른 공간에 비해 유난히 크게 두는 것은 밖으로 허세를 부리는 것같이 느껴졌고, 자녀 방을 협소하게 설계하는 것은 어린이를 약자라고 차별하는 것 같았다.

그래서 나는 손님 접대용으로 쓰이는 거실은 작아야 하고, 밤에 잠만 자러 들어가는 부모의 침실보다 낮에도 활발하게 사용되는 어린이 방이 훨씬 커야 한다고 고집을 부렸다. 그러나 내가 직접 가정을 이루고 보니, 거실이 널찍해서 온 가족이 거실에서 함께 지내는 시간이 많으면 좋고, 아이들 방이 크다고 더 잘 노는 건 아니라는 걸 느낀다. 방이 크면 클수록 더 많이 어질러 놓을 뿐인 것 같다.

독일 주택의 단열 사정은 제2차 세계대전 직후에 날림으로 지은 건물들이 가장 엉망이다. 스티로폼이나 유리솜 같은 단열재를 전혀 쓰지 않은데다가 벽의 두께도 얇고 창문도 허술하다. 1980년대에야 에너지 절약에 대한 건축법이 강화되어 그 후에 지은 집들은 난방비가 현저히 적게 든다.

단열이 잘되는 집은 벽이 싸늘하지 않아서 실내 온도가 낮아도 쾌적하게 느껴진다. 실온과 상관없이 냉기를 솔솔 풍기는 벽의 단점을 관절 류머티즘이 있는 사람들은 몸으로 느낄 수 있다.

근현대 건물의 방음 상태를 옛날 집과 비교해보자. 요즘은 바닥에 방음매트를 깔아서 발자국 소리같이 벽이나 바닥을 통해 전달되는 소음을 어느 정도 차단시킨다. 이런 점은 옛날 집보다 낫다. 그러나 소음의 전달은 물체뿐 아니라 공기를 통해서도 이루어진다. 시공비를 아끼느라 벽을 얇게 지은 현대 서민 아파트에서는 말소리나 음악소리 등 소음이 옆집으로 그대로 전달되기 때문에 이웃 간의 불화의 원인이 되곤 한다.

특히 원리원칙을 잘 따지는 독일사람들인지라 시계를 보고 기다리고 있다가 저녁 8시가 되자마자 옆집의 벽을 두드린다거나, 옆집으로 전화를 한다거나, 건물주나 관리인에게 고자질하는 사람도 있다. 자정까지 시끄러우면 경찰에 신고하기도 한다.

우리집이나 모니카의 집은 독일의 보통 사람들이 취하는 도시형 주거 형식이다. 독일 국민의 과반수 이상이 자기 소유가 아닌 집에서 우리처럼 월세를 내며 살고 있다. 독일 임대주택 비율은 유럽에서도 높은 편이다. 독일에는 우리나라 식의 전세라는 것은 없고, 입주할 때 두세 달 치의 월세에 준하는 보증금을 은행이나 집주인에게 맡겨두었다가 이사 나갈 때 별 하자가 없으면 도로 받는다.

보증금은 세입자가 월세를 떼어먹고 도망가는 경우에 대비하는 장치다. 또한, 세입자가 이사를 나가면서 집 내부의 수리를 잘 해놓지 않았으면 보증금에서 떼기도 한다. 계약의 조건이 집집마다 조금씩 다르지만 대부분은 이사 나갈 때 벽도 새로 칠해주고, 살면서 망가진 것들도 수리해주고 나가게 되어 있다.

독일 임대주택의 평균 월세는 보통의 중소도시의 경우 1평방미터 당 5유로 선이고, 집세가 가장 비싼 뮌헨은 다른 곳의 두 배인 10유로 선이다. 물론 한 도시 안에서도 구역에 따라 차이가 있다. 세후 수입의 3분의 1을 집세로 쓰는 사람은 부자는 아니더라도 경제적으로 안정적인 편이라고 보아도 좋다. 내가 아는 많은 사람들이 그 이상을 집세로 내고 있으니 아슬아슬하게 살고 있는 셈이다. 그래도 집세의 수준이나 인상폭이 법으로 정해져 있고 해약도 함부로 할 수 없으므로 세입자들의 권리가 보호되는 편이다.

요즘 구동독 지역에는 빈 건물이 남아돈다는데 뮌헨의 주택난은 날로 심각해지고 있다. 통독 이후 첨단산업 도시인 뮌헨의 인구가 늘었고, 동시에 일인당 수요면적이 30년 전에 비해^{1972년 22평방미터} 두 배로 뛴 것이다. 가족과 함께 살던 집을 혼자 쓰고 있는 노인들이나 돈을 잘 버는 독신자 등 1인 가정이 늘어나면서 생기는 현상이다. 더구나 근간의 불경기와 맞물려 주택을 지으려는 투자자들이 돈을 풀지 않는 것도 이유다. 이런 상황에선 모니카가 적당한 가격에서 좀 더 큰 집으로 이사 가는 일은 불가능할 것 같다.

경제적인 관점에서 독일 국민의 평균에 속하는 모니카의 가정은 사회적으로 독일의 건강한 주류를 형성하는 계층일 것이다. 모니카를 보면 아이, 부엌, 교회로 상징되는 3K 현모양처가 절로 떠오른다. 모니카는 자기 자식의 교육에 신경을 쓰는 만큼 남의 자식들도 잘 챙긴다. 다른 집 엄마가 직장생활을 하느라 아이에게 소홀하면 흉을 보면서도 그 집 아이들까지 데려다 거두어 먹이고 숙제를 돌봐주는 일에 망설임이 없다.

학교 행사에선 항상 궂은일을 도맡고, 학급에 왕따가 생겼다는 정보를 접하면 교사며 학부모들에게 신속하게 연락하여 대책을 강구하는 등 내 아이 남의 아이 가리지 않고 자식 세대에게 살기 좋은 세상을 물려주려고 노력한다. 비싸지 않은 제철 야채를 이용하여 독일의 전통 요리부터 아랍, 아프리카 요리까지 척척 해내는 모니카는 기독교 신자로서 교회에서도 대소사를 맡아 적극적으로 봉사하고 있다.

이러한 독일의 전형적인 현모양처는 집안을 어떻게 꾸며놓고 살까? 현관으로 들어서면 옷을 걸어놓고 신발을 벗을 수 있을 정도의 협소한 공간이 나온다. 옷걸이에는 가족들의 겉옷이 가득 걸려 있어서 나같이 편안한 사이의 손님이 오면 그냥 그 위에 겹쳐서 건다. 가족들의 온갖 소품들이 차곡차곡 정리되어 있을 가슴 높이의 서랍장 위에는 아이들의 자전거용 헬멧이 가지런히 얹혀 있고 벽에는 알프스를 배경으로 찍은 가족사진이 걸려 있다. 독일에서는 보통 현관에서 신발을 벗지 않으나, 아이를 키워본 사람들은 아기들이 기어 다니던 시절에 익은 습관으로 벗기도 한다.

좁은 복도의 양쪽으로는 부엌과 거실이 있다. 거실도 문이 달린 독립된 방으로 설계된 덕분에, 세 아이가 한 방을 써야 하는 모니카네 집에서는 면적이 가장 큰 거실을 아이들 방으로 쓰고 있다. 만 열두 살부터 열여덟 살까지 세 오누이가 아웅다웅 한 방에 기거하는데, 아들과 딸이 동시에 사춘기라 아침저녁으로 옷 갈아입을 때마다 하나밖에 없는 욕실로 가서 문을 잠그는 등 불편한 점이 많다고 한다.

이층침대에서 맏이와 막내인 아들들이 잔다. 딸아이의 침대는 방의 다른 편 벽에 붙어 있다. 각자 자기 침대가 있는 벽에 포스터들을 큼지막하게 붙여놓았다. 방이 크다고는 하지만 모양과 색상이 각각인 책상 세 개와 책장, 옷장들이 들어서니 꽉 찬다. 이 집은 엄마가 부지런히 감시하고 아이들도 자기 물건을 얼른얼른 치우는 습관이 잘 들어서 아이들 방치고는 정돈된 편이다.

거실로 쓰는 작은 방은 평범한 응접세트와 식탁만으로 가득 차버렸다. 무늬 없이 얌전한 색상의 식탁보를 깔아놓은 식탁 위에 내가 들고 간 작은 꽃다발이 앙증맞은 화병에 꽂혀 있는 것이 내 눈에도 예뻤다. 우리는 살림꾼들이라 스스로를 위해서는 꽃을 사느라 큰 돈을 쓰지 않으나, 상대방이 좋아하는 것을 알기에 방문할 때마다 만 원 상당의 거금을 들여 예쁘게 묶은 꽃다발을 사서 함께 즐긴다. 식탁 한켠에는 아직 정리하지 않은 우편물 몇 점과 모니카가 독서클럽에서 요즘 읽고 있는 책이 얌전히 얹혀 있다.

증조할머니가 찬장으로 쓰던 원목장을 잘 손질하여 거실에 놓은 것이 운치 있어 보인다. 찬장의 상단엔 유리문이 달렸는데, 안쪽으로 예쁜 레이스 커튼을 달아놓아 깜찍하다. 커튼 사이로 명절에만 쓰는, 독일에서 '일요일 그릇'이라고 부르는 식기들이 포개져 있는 것이 살짝 보인다.

창틀 앞에는 예쁜 꽃을 피워내는 화분들이 올망졸망 놓여 있다. 창문에는 하얀 레이스 커튼이 드리워져 맞은편 건물에서 들여다보지 못하도록 되어 있고, 양옆으로 얌전한 색상의 두꺼운 커튼이 묶여 있다. 유리창의 단열이 시원찮았던 옛날에는 두꺼운 커튼이 방한의 구실을 톡톡히 했지만, 요즘은

: 모니카네 현관. 왼쪽에는 현관문이 보이고 오른쪽의 등나무 가구는 외투를 입고 벗을 때 잠시 핸드백을 얹어놓는 용
  도며 안에는 목도리, 장갑, 모자 등이 들어 있다.

아파트에 이삼중의 단열유리를 쓰고 창 바깥쪽으로 셔터를 내릴 수 있어서 밤에 굳이 두꺼운 커튼을 칠 필요는 없다. 셔터는 한여름에 햇볕 차단용으로 요긴하게 쓰인다.

모니카가 커튼을 걷어 보이자 외벽에 곰팡이가 거뭇거뭇하게 서려 있다. 난방과 환기가 불충분해서 곰팡이가 피는 거라고 건물 주인이 주장하는데 그 말이 맞냐고 모니카는 내게 물었다. 나는 비단열 건물에서 창문 교체 공사를 한 후에 자주 일어나는 현상이라고 대답했다. 그래서 통풍을 위해 그곳에 커튼을 치지 말라고 했다.

요즘 새로 나오는 에너지 절약형 창문은 품질이 뛰어나서 옛날에 날림으로 지은 건물의 외벽보다 단열도가 훨씬 높다. 그래서 창문을 교체한 후 실내외의 온도 차이가 심한 난방철이 되면 실내의 가장 차가운 부분, 즉 예전에는 홑겹짜리 유리창에 맺히던 이슬이 이제는 외벽의 모서리 부분에 맺히는 기현상이 일어나는 것이다. 이때 벽 앞에 가구라도 놓여서 통풍이 원활하지 못하면 곰팡이가 피게 된다.

이론적으로 본다면 충분한 난방과 환기로 이 현상을 막을 수는 있다. 하지만 습한 벽을 말리려고 필요 이상으로 불을 때고 창문을 열어야 한다면 에너지를 절약하려고 창문을 교체한 의미가 없어진다. 방법은 외벽에 단열재를 붙이는 수밖에 없다. 목돈이 드는 바람에 집주인이 마음을 내기가 어려워 그렇지, 문화재 건물도 아닌데 그다지 어려운 공사도 아니다. 그리고 난방비가 절약되어 장기적으로 수지타산이 맞는 사업이다. 지구 총 에너지 소비의 3분의 1이 난방에너지라는 점을 감안한다면 환경보호를 위해서도 언젠가는 해야 할 일이다.

텔레비전은 거실에도 아이들 방에도 없는 것으로 보아 아마 부모 침실에 있나 보다. 모니카네가 아이들의 텔레비전 시청을 엄하게 통제한다는 것은 나도 들어서 알고 있다. 거실의 한구석에 놓인 컴퓨터 한 대로 온 가족이 돌

: 부엌 밖 작은 발코니를 배경으로 밝게 웃고 있는 모니카.

아가며 이메일을 쓰고 인터넷을 하고 사진을 정리하고 컴퓨터 게임을 한다.

길고 좁은 부엌엔 붙박이장이 양쪽으로 붙어 있다. 통판으로 깔린 조리대 밑으로 냉장고, 오븐과 전자레인지, 식기세척기, 세탁기가 세트처럼 한 치의 빈틈도 없이 쏙쏙 들어가 있고, 조리대 위로는 붙박이장들이 벽을 따라 달려 있다. 부엌 구석에는 조그마한 식탁이 하나 놓여 있다. 다섯 명이 앉기에는 너무 작아서 아침이나 점심처럼 식구들이 들락날락하며 한두 명씩 식사할 때만 사용한다. 대신 저녁은 온 가족이 함께 거실에서 먹는다.

보통 독일에선 점심을 정찬으로 먹고 저녁엔 빵을 먹는데, 모니카는 저녁 식사를 정식으로 준비한다. 하루에 한 끼라도 온 식구가 둘러앉을 기회를 만들기 위해서다. 내가 아는 많은 독일 주부들이 그렇듯 모니카도 규칙을 정해 놓고 살림을 하는 편이다. 그녀는 일요일마다 케이크를 구워서 오후 3시 반 이면 거실의 식탁을 예쁘게 꾸며놓고 식구들을 부른다.

모니카의 자랑거리는 부엌 밖에 딸린 작은 발코니다. 형형색색의 꽃들이 아래로 쏟아질 듯 흐드러지게 피어 있고, 부엌 요리에 쓰이는 갖가지 채소와 허브들이 아련한 냄새를 풍기며 탐스럽게 자라고 있다. 가느다란 대나무에 의지하여 포도송이처럼 다닥다닥 달려 있는 엄지손가락만 한 방울토마토를 하나 먹어보라고 건네주는 모니카의 얼굴이 환하다.

독일어에만 있는 단어가 하나 있다. '게뮈틀리히'^{gemütlich}라고, 편안하고 아늑한 공간의 훈훈한 기분을 묘사하는 단어인데, 다른 나라 말로는 한 마디로 번역할 수가 없다고 한다. 검소하고 실용적으로 꾸며놓은 모니카네 집은 그야말로 '게뮈틀리히' 하다.

뮌 헨 의   부 자 들 이   사 는   집

우리 딸아이가 만 열두 살 때의 일이다. 막 사춘기에 접어들던 때라, 멋에 대한 개념이 생겨서 갑자기 옷 타령이 늘었다. 거울도 자주 들여다보고 콧등에 가끔씩 생기는 좁쌀만 한 여드름을 향해 신경질을 내기도 했다. 남학생들에 대한 관심도 늘었다.

"엄마, 참 이상해. 나는 착한 남자도 좋지만 이상하게도 마초들에게 더 끌려."

"어머, 그러니? 마초는 어떤 애들인데?"

"응, 허풍이 많고 여자들을 볼 때 젖가슴만 보는 애들이야."

"우엑, 너는 뭐 그런 애들한테 끌리냐?"

"엄마, 우리 나이에는 다 그런 거야. 내 친구들도 다 마초를 좋아해."

나는 놀래서 침을 꿀꺽 삼켰다.

"그래? 그럼 너희들이 나쁜 경험을 통해서 많이 배워서, 결혼할 때는 정말로 좋은 남자를 선택했으면 좋겠다."

"응, 나도 결혼은 아빠같이 착한 남자랑 할 거야."

자신의 온 정력을 외모에 투자하다보니 어울리게 옷을 입고 예쁘게 웃으며 대화하는 방법을 터득했는지, 남학생들에게서 간혹 예쁘다는 소리도 듣는 모양이었다. 그러나 남자친구 만들기에는 별 진전이 없었다. 밸런타인데이에는 학생회를 통해 두 남학생에게 장미를 보내고 자기는 하나도 못 받았다. 이때 꽃값으로 한 달 용돈의 반인 거금 6유로를 투자했는데, 그러고도 말이 걸작이었다.

"레오가 꽃 고맙다고, 언제 한번 극장에 초대한다고 했어. 그럼 벌써 꽃값은 빠진 셈이지."

도무지 창피한 것도, 자존심 상하는 것도 모른다.

그러다가 그 해 여름, 생전 처음으로 정식 데이트 신청을 받았다. 남자아이는 얌전한 인상의 동급생인데 우선 마초가 아니라니 다행스러웠다. 그리고 데이트의 형식이 너무나 신선해서 나는 감동을 받았다. 다른 남학생들처럼 극장으로 초대하는 게 아니라 강변을 따라 달리는 자전거 여행에 초대한 것이다.

당일에 돌아오는 짧은 여행이라지만 교외로 멀리 나가서 하루 종일 자전거를 타는 것이라, 그 집에서 어른이 하나 따라가는 건지, 그게 아니라면 부모는 아들이 그런 일을 계획하고 있는 것을 알고나 있는지 궁금하여 그 아이의 엄마에게 전화를 걸어보았다.

내가 누구의 엄마라고 소개하자 그 엄마는 무척 반가워하며, 자기 아들이 생전 처음으로 그런 계획을 세웠는데 내가 허락해줬으면 좋겠다고 간곡히 부탁했다. 자기가 집에서 대기하고 있다가, 중간에 아이들이 소나기를 만나거나 무슨 일을 당하면 지체 없이 자동차로 데리러 가겠다고 나를 안심시켰다.

딸애는 흥분해서 물병에 물을 담고 샌드위치도 만들고 비옷을 챙겼다. 남편은 아이에게 지도 보는 법을 가르쳐주면서, 소나기를 만나면 비옷을 입고 계속 타던지 아니면 지도를 보고 가장 가까운 전철역으로 가서 전철에 자전거를 싣고 집으로 돌아오라고 했다.

다행히 비가 오지 않아 두 아이는 그 먼 길을 하루 종일 자전거로 즐기고 뺨이 발그레 상기되어 무사히 돌아왔다. 내년에는 텐트를 가지고 가서 호숫가에서 하룻밤 자고 오기로 약속했다고 하여 남편과 나의 간을 덜컹하게 만든 것만 빼고는, 우리 모두에게 만족스런 첫 데이트였다. 내가 더욱 기뻤던 건, 그 남자아이가 이름만 대면 누구나 다 아는 부잣집 아들임에도 불구하고 여태까지 내가 본 것 중 가장 돈 안 드는 건전한 데이트를 신청했다는 점이다.

며칠 후에 그 남학생의 엄마가 내게 전화를 걸었다. 자기 아들이 라이벌이 많다고 걱정을 한다면서, 우리 딸을 자기 집으로 한번 초대하고 싶다고 했다. 나는 이 엄마가 농담하는 줄 알고 깔깔 웃으며, 당사자인 아이들이 원한다면 그러라고 했다.

그런데 이튿날 그 가족, 부모가 이혼을 했으므로 엄마와 두 아들과 함께 근교의 호숫가로 놀러 갔다 온 딸아이가 불평을 털어놓았다. 남자아이는 좋은데 그 엄마가 영 아니올시다라는 것이다. 뚜껑이 없는 차를 몰고 씽씽 달리면서, 느리고 작은 차들을 흉보고 다른 운전자들을 비웃었단다. 참고로 우리는 자가용이 없으므로 우리 식구는 어른도 아이도 차종에 대해 일자무식이다. 더구나 흑인을 가리켜 모욕하는 의미의 '네거'라고 했다나?

또 그 집에 도착하자마자 그 엄마가 '드링크'를 하겠냐고 물었다고 한다. 그냥 독일말로 음료수라고 하지 않고 굳이 영어를 쓴 것을 좀 이상하게 생각하기는 했지만 별 생각 없이 그러겠다고 했단다. 그런데 정말로 자기가 한 번도 마셔보지 않은 희귀한 리치주스가 나와서, 마시고 토하는 줄 알았다며 몸을 부르르 떨어 보였다. 아이들에게 사과주스니 오렌지주스를 대접해야지 그렇게 이상한 주스를 대접하는 엄마가 도대체 어디 있냐며 흉을 보았다.

미우면 별 게 다 밉게 보인다고 그 엄마의 분홍빛으로 빛나는 손톱과 발톱, 피부관리실에서 공들여 인공으로 그을린 피부 역시 애꿎게도 성토의 대상이 되었다. 덤으로 나는, 내가 훨씬 더 예쁘다는 칭찬도 들었다. 그래서 그 남자아이와 혹시 오래 사귀더라도 결혼은 안 하기로 결심했다며 딸아이는 조금 슬픈 표정을 지어 보였다.

　그 엄마가 우리 딸을 초대하여 자기네가 어떻게 사는지 보여주겠다고 말했을 때만 해도 나는 별 생각이 없었다. '어떻게 사는지 보여준다.'라는 말의 뜻을 다르게 해석하고, 그냥 소탈하게 마음을 열어 보이고 호감을 전달하고 싶어 하는 것이라고만 생각했다. 그러나 사실은 자기네 집이 '로프트'Loft라고 말했을 때, 일부러 '로프트'를 강조했을 때 숨은 의도를 알아챘어야 했다. 로프트는 정말로 돈 있다고 아무나 가지는 것이 아니다.

　로프트란 옛 공장 건물을 주택으로 개조한 특별한 주거 형태를 일컫는다. 1900년을 전후해 미국에서는 가난한 예술가들이 빈 대형 창고나 공장 건물에서 먹고 자면서 작업하는 것이 유행하기 시작했다. 칸으로 나뉜 보통 가정집과는 달리 아래위로 훵하게 뚫린 공간, 운동장처럼 넓은 홀 전체가 하나의 공간이고, 이 안에서 일하고 먹고 자는 여러 기능이 동시에 이루어졌다.

　이런 주거 형식은 점차 돈 있는 사람들의 주목을 받으며 1970년대에 전성기를 이루었다. 유명한 건축가들이 앞 다투어 독특한 실내장식을 선보였고 로프트는 서방 세계의 젊은 상류층의 자유스러운 인생관의 심벌이 되었다. 사공간과 공용공간의 구별이 없어서 욕조나 변기가 버젓하게 노출되는 경우도 있었다. 한마디로 소시민적인 생활 습관을 비웃고, 감출 것도 거칠 것도 없다는 자신만만함의 표출이다. 돈만 많은 것이 아니라 멋이 무엇인지도 안다는, 젊은 인생관의 과시였다.

　건물의 수명이 길고 웬만해선 철거를 삼가는 유럽에서도 옛 공장 건물을 활용하는 로프트가 한동안 대인기였다. 단, 공간의 볼륨이 너무 큰 관계로 겨울에 난방을 해야 하는 유럽의 기후에는 맞지 않는 점이 있었다. 드높은 천장에 사방으로 뚫린 공간을 따스하게 유지하려면 막대한 에너지가 들기 때문이다. 유럽에서는 에너지 낭비가 자랑거리가 아니다.

　난방에너지의 낭비도 문제였겠지만, 무엇보다 여럿이 함께 생활하기에는 불편하더라는 경험도 한몫하여, 그 인기는 점차 사그라지는 듯했다. 그러다가 1990년대에 다시 부와 멋의 상징으로 부활했는데, 이제는 좀 큼직하고 개방적인 실내 구조면 무조건 로프트라고 부르는 경향이 있다. 딸아이의 설명을 종합해보건데 그 남자친구네 집도 진짜 로프트는 아니었다.

뮌헨의 부자들은 대부분 단독주택에 거주한다. 땅값이 금싸라기인 구역에서 수목이 우거진 넓은 정원과 수영장이 딸린 단독주택에 사는 사람들이 적지 않다. 뮌헨에는 그런 부촌이 몇 개 있는데 근래에 생긴 신흥 부촌은 내 눈엔 별로 매력이 없다. 무슨 축구선수가 산다는 집은 살벌한 담장으로 둘러쳐 있고, 그 위로 보이는 지붕의 모양은 무슨 양식을 모방했는지 조잡하기 짝이 없다.

그러나 오래된 부촌 구역을 산보하는 일은 내 눈을 즐겁게 한다. 집집마다 마당에는 잘 가꾸어진 수목이 사시사철 꽃을 피워 마치 공원에 와 있는 것 같고, 그 뒤로 보이는 건물들은 하나같이 우아하고 고상하다. 고옥은 고옥대로 기품이 있고, 새로 지은 건물들도 경박하게 뻐기지 않는다.

그런 동네에 사는 친구 집에서 자고 온 딸에 의하면 내부는 겉보기보다 호화스럽다고 한다. 그 집 엄마의 신발만 보관하는 방이 우리집 거실보다 크다고 하니 세상에는 이멜다 같은 사람이 많은가 보다. 다 같이 세금 내는 공공도로인데도 그곳의 길은 좀 더 너르고 깨끗하고 차량도 많지 않아 산보하기에 쾌적하다. 그 구역에 속한 작은 교회당의 공동묘지에 가보면 에리히캐스트너, 파스빈더 등 쟁쟁한 예술인들이 많이 묻혀 있다.

뮌헨 근교의 전원이나 유명한 호숫가의 저택도 상급으로 쳐준다. 그런 곳의 부동산은 뮌헨 시내 못지않게 비싸다. 독채이긴 하지만 단독주택보다 조금 저렴한 주택 양식도 있다. 사면이 대지로 둘러싸인 게 아니라, 한 면이 옆집과 붙어서 쌍둥이로 지어지거나,^{도펠하우스 Doppelhaus} 아예 기차처럼 양 옆으로 줄줄이 붙어서 지어진 집들도 있다.^{라이헨하우스 Reihenhaus} 아래위층을 모두 한 가정

: 뮌헨의 부촌 정경. 꽃피는 철이면 마치 공원 같은 느낌을 준다.

이 쓴다는 점, 작기는 하지만 앞뒤로 정원도 있다는 점에서는 단독주택과 같지만, 가격이 기존 단독주택보다 저렴하다는 이유로 어린아이들이 있는 젊은 부부가 선호하는 주택의 형식이다.

내가 개인적으로 가장 부러운 것은 펜트하우스다. 시내 고층건물 맨 꼭대기에 있는, 너른 테라스가 달린 집이다. 밝은 집에 살면서 눈앞에 펼쳐진 시내를 굽어보고, 아침저녁으로 노을 지는 하늘을 보고, 맑은 날에는 멀리 알프스의 만년설까지 보며 즐길 수 있으니 호사가 아닐 수 없겠다. 한번은 신문에 웬 펜트하우스가 괜찮은 값에 나왔기에 쫓아가봤더니, 별로 높지도 않은 평범한 주택의 지붕 밑 공간을 매매한다는 소리였다. 공사해서 펜트하우스로 만들라는 소리인 것 같은데 그건 모르는 말씀이다. 건물의 사양이 건축법으로 정해져 있는 독일에선 아무 지붕이나 헐고 마음대로 변경하지 못하기 때문이다.

유럽에서도 알부자의 도시로 통하는 뮌헨에는 말로만 듣던 갑부들이 많이 있다. 동시에 대도시에는 가난한 사람들이 모이게 마련이다. 대개는 끼리끼리 사귄다고 하지만 우리는 아이들의 학교를 통해 별별 계층을 다 만나며 살게 되었다.

엄마들끼리 만나면 간혹 누구 엄마가 돈 자랑하는 거만한 소리를 했다. 누구네는 자식에게 친구를 신분에 맞게 가려 사귀라고 한다더라고 흥보는 소리가 들린다. 하지만 정작 아이들의 세계에서는 갑부의 자녀들과 극빈자의 자녀들이 무난하게 어울리고 있다. 부잣집에 가서 놀고 온 딸이 그 집 수영장을 부러워할망정 기가 죽는 일이 없고, 부잣집 자녀들도 우리집에 와서는 좁다 작다 소리 없이 편하게 놀다 간다. 우리보다 더 가난한 집의 아이들과도 스스럼없이 오고 간다.

딸아이의 관찰에 의하면, 갑부의 자녀들은 유명 메이커 의상을 교복 삼아 끼리끼리 몰려다니는 경향이 있고, 학교에서 공부를 잘하건 못하건 누구 앞에서나 어딘지 당당한 구석이 있어서 다른 아이들의 부러움을 사는 건 사실이란다. 그러나 이 아이들은 적어도 남 앞에서는 빈부를 차별하는 언행을 하지 않는다고 한다. 그랬다간 친한 친구들에게서까지 욕을 먹을 것이 뻔하다. 공공연히 해도 될 소리와 해선 안 되는 소리를 잘 구별하는 것이 독일 사회의 특징인 줄은 나도 알고 있었지만 아이들부터 그렇다니 놀랍다.

　그래도 학부모회에 가보면 재산과 지위를 은근히 과시하지 못해 안달하는 사람이 꼭 눈에 띈다. 그 집 아이들을 가만히 관찰해보면 아이들이 부모보다 훨씬 낫다는 생각이 든다. 나는 인류의 미래가 밝을 것 같아서 기분이 좋다. 우리집 아이들도 결점투성이인 나나 남편보다 더 바른 인간들로 크리라는 희망에 남 몰래 안도의 한숨을 내쉰다.

우 리 집 의   환 경   교 육

더위가 막 가시기 시작하던 재작년 가을의 일이다. 이제 아침결에는 반팔 셔츠가 좀 선선하다 싶기는 했지만 딸아이가 난데없이 털모자에 털목도리를 두르고 아침 식탁에 나타난 건 또 의외였다. 얼마 전에 얘가 멋 부리다가 실수로 눈썹을 왕창 뽑아서 반창고를 붙이고 다닌 적이 있기 때문에 나는 놀라서 너 머리를 밀었냐, 닭벼슬 스타일로 깎았냐 하고 물어보았다.

딸은 아니라며 모자를 벗어 보였다. 그냥 추워서 그런다는 것이다. 고슴도치 엄마인 나는 딸이 참 귀여웠다. 다른 사람들은 다 반팔 입고 다녀도 지가 추우면 저 혼자 털모자 쓰고 다니는 저 용기. 어우 이뻐라.

그때 남편이 내 팔을 툭 치며 쟤가 지금 아빠한테 반항하는 거라고 입을 삐죽거렸다. 나는 남편에게 그건 또 무슨 오해냐며 깔깔 웃었다. 그런데 아이의 대답이 "맞아!" 하고 총알같이 나오는 것이 아닌가? 나는 어안이 벙벙해 있는데 남편은 그럴 줄 알았다는 듯이 대뜸 말을 받았다.

"집이 춥다고 말하고 싶은 거지?"

딸도 기다렸다는 듯 대꾸했다.

"그래! 집이 추워서 삶의 질이 떨어져."

"추운 거랑 삶의 질이 무슨 상관이 있냐? 에스키모 애들 봐라. 걔들은 더 추운 날에도 밖에 나가서 잘만 논다. 얼마나 행복하다고."

"아빠가 그걸 어떻게 알아? 에스키모 애들한테 직접 물어봤어? 추위도 행복하냐고 물어봤냐고."

남편은 잠시 멈칫하더니 정색을 했다. 지금 9월인데 벌써 난방을 하면 어떡하느냐며 에너지 절약과 지구온난화현상에 대해 일장연설을 할 참이었다. 내가 킥킥 웃으며 말했다. "당신이 졌구마."

남편이 내가 틀린 말 했느냐, 당신까지 이럴 수가 있냐며 내게 화살을 돌리는 동안 딸아이는 학교로 뺑소니를 쳤다. 우리 둘만 남게 되자 나는 남편을 살살 달랬다.

"쟤한테 말로 이기려면 그렇게 허술하게 대답해선 안 된다는 말이지. 그리고 쟤는 지금 몸이 추운 게 아니라 마음이 추운 거요. 아빠가 자기를 이해해주는 시늉만 해줘도 되는 걸 그렇게 똑같이 고집을 부리고 그래요?"

남편은 아무런 대답도 안 했지만 입이 잔뜩 부어 있었다.

몇 주 후에 이상기온으로 정말로 추워졌다. 아침 먹으러 나온 딸이 집이 춥다고 또 화를 냈다. 남편은 기다렸다는 듯이 얼른 온도계를 가지고 와서 영상 19도는 쾌적하다 못해 사치스러운 실내온도라고 못을 박았다. 참고로 말하자면 나에게 19도는 내복에 털옷 입고 있어도 책상에 앉아서 일하기는 좀 추운 환경이다. 이래저래 아침부터 딸과 애비 사이에 또 언쟁이 벌어졌다. 남편은 미리 준비한 듯 달변이었다.

"원유가 점점 동이 나고 있어. 아무도 믿고 싶어 하지 않지만 에너지의 전성기는 이미 지나갔어. 지금 중국이랑 인도도 엄청난 에너지 소비에 가세하고 있고, 우리 앞에 있는 건 확실한 내리막길이야. 단 몇 년 후에는 누구나 그걸 피부로 느끼게 될 거야. 지금부터라도 절약하는 습관을 들여야 해."

"앞으로 몇 년 치라도 남았다니 다행이네. 그때까진 나의 어린 시절을 행복하게 마칠 수 있을 테니까 말이야. 사람은 살기 어려울수록 행복했던 어린 시절을 기억하며 인생을 긍정적으로 살아가는 거야. 그러니까 지금이라도 따뜻하게 살고 싶어."

"이 세상에 네게만 어린 시절이 있는 건 아니잖아? 지구 저편에서 굶주리는 아이들은 지금 형편없는 어린 시절을 보내고 있어. 몇 년 후에는 몇 퍼센트의 에너지 소비를 줄인다는 말이 우리에게는 실내온도를 몇 도 내리는 것이 되겠지만 지금도 에너지가 없어서 떨고 있는 그 사람들에게는 에너지 공급이 백 퍼센트 끊긴다는 것을 의미해."

"그래서 내가 지금 여기서 같이 떠는 게 그 애들한테 무슨 도움이 돼? 내가 아낀다고 에너지가 더 오래가는 건 아니잖아? 지구가 파괴되기 전에라도 잘살자는 게 그렇게 틀린 말이야?"

"그래, 맞아. 아무도 막지 않고 이에 동조함으로써 곧 에너지도 떨어지고 환경도 파괴되어서 인간은 분명 파멸의 길로 들어설 거야. 그러나 다 같이 죽는다 해도 죽음에는 차이가 있어. 욕심쟁이 돼지로 죽을 수도 있고, 나누려고 노력하던 인간으로 죽을 수도 있어."

내 마음속에선 남편에 대한 존경심이 모락모락 피어올랐다. 하지만 딸은 그렇지 않은 모양이다.

"내 친구들은 다들 집에서 따뜻하게 지내는데 나 혼자 이렇게 떨면서 산다면 죽을 때 더 억울하지 않을까? 나 같으면 행복한 돼지로 죽겠어."

"독일은 잘사는 나라야. 우리가 잘나서가 아니라 남의 희생을 바탕으로 잘사는 거야. 독일을 비롯한 전 세계 인구의 20퍼센트가 전 세계 에너지의 85퍼센트를 쓰고 있어. 이 불평등에 대해서 말해야 하는 사람들이 바로 잘사는 나라 사람들이야. 그러나 먼저 실천하지 않으면서 말만 할 수는 없어."

"아빠의 이상을 내게 강요하지 말아줘. 아유, 아빠 때문에 학교 늦겠어."

버르장머리 없는 딸아이가 휘리릭 나가버리자 나는 남편에게 오늘 당신 참 멋졌다고 아양을 떨었다. 남편은 나에게 화풀이를 했다.

"아니, 쟤가 어쩜 저렇게 이기적일 수가 있지? 저렇게 내 말을 못 알아들을 수 있냐고!"

나는 남편을 살살 달랬다.

"쟤는 당신 말 다 알아들었어. 오늘 쟤는 당신을 상대로 토론하는 연습을
한 거야. 나중에 친구들과 토론할 때 당신이 한 말을 그대로 할 거야. 당신
이 오늘 한 말이 훗날 저 애의 입을 통해서 여러 사람을 설득할 거라구."

원유가 곧 동이 난다는 말은 쉽게 설명하려고 편의상 하는 소리지, 사실
정확한 말은 아니다. 원유를 비롯하여 원유가 섞인 돌덩이가 어디에, 어떤
깊이와 난이도로, 얼마나 매장되어 있는지는 아무도 모른다. 그리고 중요한
것은 원유의 양이 아니라 원유의 공급이 줄어드는 시기이다. 빠르면 3~4년
후에, 늦어도 2020년대에는 세계적으로 원유 공급이 피크에 달해 이후로는
하향곡선을 그리기 시작할 것이라고 권위 있는 연구소들이 내다보고 있다.

원유 공급량이 줄어들지 않았는데도 벌써부터 위기감에 쫓겨 전쟁도 불사
하는데, 진짜 줄어드는 시기가 오면 강대국들이 어떤 먹이 싸움을 벌일지 나
는 상상하기도 싫다. 막대한 인구를 끌고 무서운 속도로 치닫는 중국과 인도
의 경제 성장도 그때쯤이면 가속이 붙어 폭발적인 힘으로 나타날 것이다.

그러나 이보다 더 무서운 것이 있다. 사람들이 땔감의 확보에만 정신이 팔
려 있는 동안 등 뒤에서는 이 연료가 탈 때 생기는 이산화탄소가 꾸역꾸역
쌓여가고 있는 현실이다. 과다한 이산화탄소는 지구의 대기를 데우고 이상
기온과 각종 천재지변을 초래한다. 때 아닌 물난리와 가뭄이 이어지고, 장기
적으로 지구에서 가장 귀한 것은 물이 될 것이다.

이것은 먼 훗날의 이야기가 아니다. 이미 시작되었다. 이스라엘과 주변국
에서 벌이는 분쟁의 큰 원인이 물의 불공평한 분배에 있다는 것을 나는 레바
논에서 온 친구에게서 20년 전에 들었다. 60년 후에는 논에 많은 양의 물을
대야 하는 벼농사가 지구상에서 사라지리라는 보고도 있다.

지금 원유를 가지고도 피를 튀기며 싸우는데 나중에 당장 목마른 사람들
사이에서 물 싸움이 난다면? 상상을 초월하는 일들이 일상적으로 벌어질지

도 모른다. 그리고 그간 문명의 혜택에서 가장 거리가 멀었던, 그래서 이산화탄소의 증가에 가장 책임이 없는 사람들이 가장 큰 피해자가 될 것이다.

자칫 지구의 멸망을 초래할 수 있는 이 현상을 막는 방법은 딱 두 가지이다. 하나는 이산화탄소를 유발하는 석유, 가스, 석탄의 화석연료를 대신할 수 있는 대체에너지를 개발하는 것이고, 다른 하나는 에너지 소비를 줄이는 것이다. 연료를 덜 축내고 지구온난화현상을 저지하면서 시간을 벌어야 한다. 재앙을 막을 방도를 연구하고 태양이나 바람을 이용해 부작용 없는 에너지를 획득하는 기술을 개발할 소중한 시간을.

산업혁명 이후 에너지를 독점하여 흥청망청 써온 소수의 인간들의 사고방식만 바꾸어도 소비를 큰 폭으로 줄일 수 있다. 그러나 안락함에 안주한 소수의 사고방식을 바꾸는 일은 얼마나 어려운가? 내 속에서 나와 내 손으로 키운 딸자식만 봐도 알 수 있는 일이다.

남편은 인간의 이런 속성을 아주 답답해한다. 젊어서부터 환경운동에 적극적으로 참여하고 실천해온 그는 한때 독선적이고 공격적이어서 더러 남에게 피해도 주었다. 자기처럼 주장을 뚜렷하게 내세우지 않는다고 나를 닦아세우기도 했다. 그때 나는 남편에게 약속했다. 나중에 더 온건한 방법으로 더 많은 사람을 설득할 것이라고. 그 약속을 지키기 위해 지금 나는 이 글을 쓰고 있는 것이다.

환경운동은 묵묵히 실천하는 동지의 숫자를 늘려가야 효과를 보는 운동이라고 생각한다. 그래서 지금 우리 부부가 할 수 있는 가장 의미 있는 환경운동은 아이들과 이런 대화를 나누는 것이다. 나는 남편에게 말했다.

"오늘 조금 양보한 걸 가지고 너무 속상해 하지 마. 우리 아이들은 자발적으로 환경을 지키는 사람들이 될 거야."

남편은 여전히 툴툴거렸다.

"저 고집으로?"

"저 고집으로 나중에 큰일을 추진할 테니 꺾으려고 하지 마. 두고 봐."

남편은 늘 두고 보라고만 하는 내가 미심쩍다는 표정을 지으며 식탁에서 일어났다. 그 후로도 딸과 아빠는 비슷한 내용으로 간혹 투닥거렸다.

어느 날 저녁, 식탁에서 아들이 고개부터 절레절레 흔들더니 말문을 열었다. 그날 학교에서 역사시간에 히틀러의 연설을 비디오로 보았는데 참 민망했다는 것이다. 그렇게 선동적이고 유치한 연설을 듣고도 히틀러를 뽑은 독일 국민들이 도저히 이해가 가지 않는다고 했다.

"히틀러에게 속거나 무력으로 정권을 빼앗긴 것도 아니고 말이야, 그런 말을 하는 사람이 민주적으로 당선되었다는 사실을 나는 믿을 수가 없어."

딸이 맞장구를 치며 물었다.

"그때 국민들은 모두 생각하기를 멈춰버린 바보였을까?"

내가 끼어들어 대답했다.

"다 그랬던 건 아니지. 소수의 목소리가 있었지만 사람들이 듣지 않았을 뿐이야. 상황을 정확하게 판단하는 소수는 어느 사회에나 항상 있어. 하지만 사회가 건강해야만 다수가 소수의 말에도 귀를 기울일 수 있지."

남편이 잠시 헛기침을 하더니 말을 받았다.

"너희 후손들도 아마 그렇게 물을 거야. '선조들은 이런 결과가 오리라는 걸 알고 있었으면서 지구 환경을 어쩌면 이렇게 말아먹었을까? 모두 생각하기를 멈춰버린 바보였을까?' 하고 말야. 화려한 문명을 이룩한 인류가 파멸의 길인 줄 알면서도 계속해서 그 길로 전진한 사실을 후손들은 도무지 믿을 수 없을 거야."

딸이 또 그 소리냐는 듯 눈을 위로 치켜뜨다 말고 좀 생각하는 표정을 지었다. 남편이 갑자기 울분을 터뜨렸다.

"나는 우리 세대에게 아주 화가 나. 우리 세대는 너희들의 터전을 마구 낭비하고 있어. 너희들은 우리가 망쳐놓은 난장판 속에서 자식들을 낳아 길러야 하는 거야. 우리 몫의 몇 배나 되는 희생을 치르면서 너희들은 물을 거야. 선조들이 도대체 무슨 생각을 하며 살았기에 여기까지 올 수 있었을까 하고."

내가 남편의 팔을 잡으면서 대답했다.

"우리 세대라고 다 그런 건 아니지. 그나마 유럽에선 자각하고 실천하기 시작했잖아? 같은 선진국이라도 미국 같은 나라도 있는데. 환경에 관해선 유럽이 모범을 보이고 있어."

남편이 목소리를 높였다.

"실천은 무슨 실천? 모범은 무슨 모범? 지금 다 말아먹기 일보 직전이야. 화석연료가 유한하다는 것과 지구 환경의 위기에 대해서 인간들은 오래 전부터 알고 있었어. 벌써 몇 십 년 전부터 경고하는 사람들이 끊이지 않았다고. 그런데 당신 주위에 한 사람이라도 환경을 위해서 자가용을 팔아버린 사람이 있어? 인간들이 이렇게 눈이 멀고 귀가 먹었을 수가 있어?"

나도 슬슬 이상하다는 생각이 들기 시작했다. 앞에서는 계속해서 절벽 아래로 떨어지고 있는데 뒤에서는 끊임없이 달려오는 한 떼의 눈 먼 쥐들이 머릿속에 그려졌다. 다른 일이라면 합리적인 사고와 실천을 보이는 사람들이 당장 코앞에 닥친 재앙에 이렇게 무지몽매한 이유는 무엇일까?

"정말 그러네. 왜 그럴까? 위기를 느끼지 못해서?"

"위기를 느끼지 못하긴? 정보의 시대에 살면서 지금 지구상에 어떤 일이 일어나고 있는지 훤히 다 보면서도 몰라?"

"아이고, 귀청이야. 살살 좀 말해요. 위기를 느끼지 못하니까 안 변하는 거지 뭐. 정보를 접하고도 위기를 느끼지 못하는 이유가 따로 있을 것 아니야?"

이쯤 되면 요즘 유행하는 전형적인 남녀 차이가 나타나는 것이다. 나는 단지 소리 내어 생각을 정리하는 중일 뿐인데 남편은 이를 질문이라 생각하고 내게 조언을 주어야 할 의무감에서 괜히 초조하거나 답답해 화를 내는 것이다. 그간 열심히 경청하던 아이들이 우리 부부의 알맹이 없는 설왕설래에 싫증이 나서 자기네들끼리 찌꺽찌꺽 다투기 시작할 무렵, 내가 외쳤다.

"알았어. 혹시 이런 건 아닐까? 선구자로서 먼저 각성한 나라들이 선진국이라서 그래. 재앙이 오더라도 자기네들은 다치지 않을 자신이 있기 때문이야. 왜? 이 세상에는 후진국들이 완충제로서 존재하니까."

남편이 그게 무슨 뚱딴지 같은 소리냐는 표정을 지었다. 나는 생각이 끊길까 봐 얼른 말을 이었다.

"에너지가 부족하게 되면 가격이 올라가지. 선진국 사람들은 그것을 살 돈이 있어. 그리고 앞으로 물이 부족해져도 세계 인구의 20퍼센트가 독점하기엔 충분한 양이야. 후진국 사람들이야 어떻게 되든 말이야. 나중에 외상값을 치러주는 사람이 따로 있는데 지금 나의 안락함을 포기할 이유가 없다 이거지. 이치를 깨달았다 하더라도 이론에 머무르는 이유가 바로 그거야."

남편의 눈이 왜냐고 묻고 있었다.

"서양의 역사를 보면 그렇잖아?"

남편은 내가 또 무슨 트집을 잡으려나 싶은지 눈이 세모가 되었다. 나는 아랑곳하지 않고 말을 이었다.

"지금의 선진국이 어떻게 선진국이 되었어? 역사적으로 봐. 제3세계 수탈해서 발판을 다진 거지. 그리고 제3세계가 왜 선진국처럼 될 수 없어? 제4세계가 없으니까, 등쳐먹을 나라가 없으니까 그런 거야. 서양인들은 남 등쳐먹는 문화에 젖이 있어. 늘 그래왔으니까 인식하지도 못할 뿐이야. 그것을 인식하고 죄의식을 느낀다면 그것도 지식으로서 아는 것뿐이지. 그래서 자기네가 혜택을 본 문명의 대가를 지구 저편에서 치러야 하는 일에 무감각한 거라구."

남편은 마음이 좀 불편해 보였다.

"그렇게 파렴치하다고 생각해?"

"그게 왜 파렴치야? 인간의 본성일 뿐이지. 나만 해도 그래. 선진국의 위선에 거품을 물면서도 내가 선진국에서 자식을 낳아 기르는 걸 다행으로 여기고 있어. 내 고향인 한국도 선진국의 대열에 낀 게 얼마나 다행스러운지 몰라. 여차하면 더 끼어 입을 털옷을 잔뜩 비축해두고 있는 나는 머리로만 골치가 아플 뿐이지, 내 몸은 떨 일이 없다는 걸 사실 알고 있어."

무거운 침묵이 흘렀다. 이 테마가 종료되었다는 것을 느끼며 내가 마지막으로 입을 열었다.

"지금 남태평양이나 아프리카에 사는 사람들은 섬이 물에 잠겨드는 이유도, 사막이 타들어가는 이유도 모를 거야. 신의 뜻이라고 생각할지도 몰라. 이유를 알아도 신의 뜻처럼 절대적이라는 점에서는 마찬가지겠지. 그들에겐 이 상황을 바꿀 힘이 없으니까. 우리의 뜻이 그 사람들에겐 신의 뜻이라는 사실이 징그럽지 않아?"

나의 질문에 남편은 내 눈을 보며 조용히 고개를 끄덕였다.

자연은 너그럽지만 예민하다. 그래서 예민하지만 너그러운 인간들이 결국 자연에게 맞추어야만 한다. 앞으로 에너지가 부족해지면 아마 모두들 자발적으로 환경운동을 할 것이다. 천문학적인 연료비를 아끼기 위해 자발적으로 자전거 타고 다닐 것이고, 자발적으로 건물에 단열재 붙이고, 집에서도 두꺼운 옷을 입고 살 것이다. 경제법칙에 의해 사람들이 저절로 변할 텐데 우리는 뭣하러 미리부터 에너지 소비를 줄이자고 목소리를 높이는 것일까? 진정한 목적이 지구의 환경을 구하자는 것을 넘어서 다른 데 있기 때문이다.

나는 지금 우리가 벌이는 환경운동이 지구 환경을 구할 수 있으리라고는 믿지 않는다. 지구가 결딴나기 전에 인간성이 먼저 결딴나고, 그로 인해 인류는 파탄을 겪고, 또 그로 인해 지구 환경은 저절로 구해질 거라고 믿고 있다. 환경이 척박해지면 적자생존, 약육강식이 필히 고개를 들 것이다. 그 조짐은 세계 도처에서 이미 시작되었다. 먹이와 땔감이 부족해지면 인종, 종교, 국적을 핑계 삼아 각종 차별과 횡포가 다시 고개를 들게 될 것이다. 대륙과 대륙 사이에, 국가와 국가 사이에, 이웃과 이웃 사이에.

하지만 그렇다고 해서 인간이 아주 멸종되지는 않을 것이고, 단지 인구가 대폭 줄어서 지구 환경이 저절로 정화되고 재생될지도 모른다. 이 말은 좋은 말이 아니라 아주 무서운 말이다. 인구가 대폭 준다는 말은 끔찍한 불공평을 의미한다. 누가 살고 누가 죽을지 뻔한 이치 아니겠는가? 가해자만 또 살아남을 것이다.

이것이 바로 내가 환경운동에 참여하는 이유다. 지구 환경을 구하려는 근본적인 의의는 공존에 있기 때문이다. 그 취지가 자연과 더불어 사는 데도 있지만 지구 반대편에 있는 이웃과 더불어 살자는 데도 있다. 나는 이 취지를 가슴에 새기는 사람이 많을수록 인류의 대재앙을 막지는 못하더라도 대재앙 속에서도 인간성을 아주 잃지는 않을지도 모른다는 희망을 갖고 있다. 혹시 또 아는가? 우리가 좀 더 노력하고 죽는다면 다음 세대는 한 사람도 포기하지 않고 다 같이 살겠다는 각오로 악착같이 대재앙을 막아내는 기적을 이루어낼지.

나는 대재앙 속에서도 인간성을 잃지 않을 수 있다는 믿음을 뮌헨의 한 강연장에서 얻게 되었다. 어린 소녀 시절 나치에게서 모진 일을 겪고도 전쟁 후에 독일과 유태인의 화합에 큰 공을 세운, 연세 90이 넘은 유태인 할머니 헤니 자이데만Henny Seidemann의 강연이었다. 그중에 내 가슴 속에 가장 깊이 새겨진 일화는 기차 안에서 일어난 일이다.

나치를 피해 기차를 타고 도망가다가 폭격을 만나 20여 명의 승객이 함께 피신했단다. 여러 나라 출신의 승객들이었는데 먹고 마실 것도 없이 며칠을 방공호에서 함께 보내게 되었다. 이때 이들은 남은 빵 한 조각, 물 한 방울이라도 다 털어놓고 나누며, 한 사람도 포기하지 않고 다 같이 살겠다는 각오로 협동하며 버텼다고 한다. 죽고 죽이고, 밀고하고 빼앗는 전쟁시에 적국인 일 수도 있는 생면부지의 사람들이 함께한 것이다. 아마 어느 한 사람이 솔선수범했을 것이고 또 한 사람이 동조함으로써 시작되었을 것이다. 이 두 사람이 없었다면 어쩌면 위기감 속에서 서로 죽이고 죽느라 다 망했을지도 모르겠다.

나는 이때 다 사느냐 다 죽느냐는 정말 작은 차이에서 시작된다는 걸 깨달았다. 그래서 공생을 제일 처음 시작하는 사람은 못될지언정 동조하는 사람 축에는 들어야겠다는 마음을 먹었다. 그렇게 된다면 세계가 다 망해도 적어도 내 주위에 존재하는 세상은 훈훈한 기운을 발하지 않겠는가? 그것이 바로 지옥 속에도 천국이 가능한 이유 아니겠는가? 나는 내 아이들에게도 적어도 그 정도의 인성을 물려주고 싶다.

이튿날 딸이 나를 불렀다.

"엄마, 오빠가 입던 그 두꺼운 스웨터 어디 있어?"

"네가 밉다고 한 그 스웨터? 그건 왜?"

"집에서 옷을 두껍게 입으려고. 우리집 온도를 조금 더 낮출 수 있잖아."

"이야, 어쩌다가 생각이 바뀌었어?"

"엄마, 나는 아직도 나치 시대 국민들이 이해되지 않아. 그렇게 뻔한 앞날을 내다보지 못하다니. 그런데 우리가 계속해서 지구를 망가뜨린다면 우리 자식들도 그렇게 뻔한 앞날을 내다보지 못한 우리를 이해하지 못할 거야."

환 경 위 기 시 대 의 대 안 건 축

신혼여행에서 엉겁결에 생긴 첫아이가 출산부터 순조롭지 않더니 내내 병치레가 끊이지 않아 초보 부모로 정신이 없던 시절이다. 하루 종일 울던 아이가 겨우 잠들어 한숨 돌리고 있는데 전화가 울렸다. 한국의 친정어머니였다.

"세상에, 베를린 장벽이 무너지다니. 지금 텔레비전 보면서 어찌나 눈물이 나는지."

나는 무슨 소린지 이해하지 못했다. 베를린에서 무슨 대형 사고라도 난 걸까? '사람이 많이 다쳤대요?' 라고 물어보려는 순간 어머니의 상기된 목소리가 이어졌다.

"네 신랑한테 축하한다고 전해줘라."

축하하라는 것을 보니 뭔지는 몰라도 나쁜 소식은 아닌 것 같아서 나는 얼버무리며 전화를 끊었다. 그리고 남편에게 베를린에 무슨 일이 났는지 아느냐고 물어보았다.

"글쎄, 오늘 통일이 되었나? 그간 그런 조짐이 좀 있었거든."

남편의 심드렁한 대답에 나는 화들짝 놀라서 외쳤다.

"통일? 옴마마, 당신은 아무렇지도 않아?"

"아무렇지도 않지, 그럼?"

남편은 오히려 나를 이상하다는 눈으로 쳐다봤다. 그 순간 정말로 내가 이

: 구동독의 상징이 된 자동차 트라비. 통독 직후에 자동차 강국이었던 구서독 지역의 도로에서 통통거리는 2기통 자동
　차 트라비를 보는 일은 신기하기까지 했다.

상한 사람일지도 모른다는 생각이 들어서 입을 다물었다. 나중에 들어보니 독일사람이라고 다 내 남편 같았던 건 아니었다. 당장에 베를린으로 달려간 사람도 적지 않았고, 대부분의 국민들이 적어도 그 순간 텔레비전 앞에서 감격의 눈물을 흘렸다고 한다. 그때 우리집에도 텔레비전이 있었다면 마음으로나마 역사의 현장에 동참하며 가슴이 뭉클했을 것이다.

통일의 감격도 잠깐, 구서독, 구동독을 빗대어 서로 놀리는 우스갯소리들이 곧 유행하기 시작했다. 구동독의 후진성을 꼬집어 '트라비'와 '플라테'가 구서독 국민들의 입방아에 자주 올랐다. 트라비는 구동독의 자부심이었던 국민차인데, 세계적인 자동차 강국이었던 구서독에서 2기통으로 통통거리는 트라비를 보는 일은 신기하기까지 했다.

그리고 플라테는 공장에서 미리 만들어놓은 커다란 벽체를 현장에서 조립해 건물을 짓는 철근콘크리트공법의 독일어 줄임말이지만, 오늘날엔 구동독 주거문화의 상징으로 부정적인 뉘앙스를 풍기고 있다. 동독에서 주택난을 해소하기 위해 1970년대에 대대적으로 벌인 건설사업이 바로 이 공법으로 지어진 고층아파트들이기 때문이다.

사실 서독에서도 같은 시기에 같은 공법으로 고층아파트 단지를 지었지만, 이런 주거 형태를 닭장, 또는 층층이 쌓여 출고를 기다리는 구두상자에 비유하는 국민 정서에 부합하지 않아 곧 사그라졌다. 그때 서독에 지어진 고층아파트 단지들은 대부분 도시 빈민과 외국인노동자들의 주거지로 전락했고, 지금까지도 높은 범죄율로 대변되는 사회문제로 떠오르고 있다. 통일 후, 젊은이들이 일자리를 찾아 서쪽으로 떠나가자 인구가 날로 줄어드는 구동독에선 빈민촌의 상징처럼 되어버린 플라테들이 제일 먼저 텅텅 비기 시작했다. 유령의 집처럼 비어버린 이 고층아파트들은 일부 철거되기도 했지만 여전히 골칫거리가 아닐 수 없다.

독일에서 이런 현상을 목격한 한국 유학생 중에는 한 번씩 고국을 방문할 때마다 요술처럼 솟아나는 신도시를 보며 저것들도 언젠가는 다 슬럼으로 변할 텐데 저 애물단지를 장차 어쩔까 우려하는 사람들이 많을 것이다. 우리 나라에서 고층아파트가 부의 상징으로 떠오르기 전에 한국을 떠나와 독일에 서 교육받은 나의 눈에도 고층아파트가 그다지 탐탁지 않을 뿐더러, 어째서 한국에선 부자들도 한결같이 고층아파트를 선호하는지 그 정서를 이해하지 못하는 것은 당연한 일이다.

그러던 내가 이제는 우리나라에 고층아파트가 많은 것을 그나마 위로로 삼게 되었다. 그 이유를 설명하려면 먼저 다른 이야기를 해야 한다. '우리는 후손들로부터 환경을 빌려 쓰고 있다.' 라는 케냐 속담이 있다. 주인에게 되 돌려주어야 할 환경의 상태를 점검해보자면 참으로 민망스럽기 그지없다. 선각자들이 벌써 오래 전부터 경고해온 지구온난화현상은 이제는 그 누구도 부정하거나 외면할 수 없을 만큼 뚜렷하게 모습을 드러내고 있다.

지구온난화현상을 야기하는 이산화탄소는 석유, 석탄, 가스 등의 화석연 료를 태울 때 생기는 부산물이다. 따라서 산업혁명 이후 폭발적으로 증가한 화석연료 소비량이 이 이상현상을 가져온 것이다. 자칫 지구의 멸망을 초래 할 수도 있는 이 현상을 막는 방법은 두 가지밖에 없다. 대체에너지를 개발 하는 것과 에너지 소비를 줄이는 것이다.

여기서 건축이 기여할 수 있는 몫은 대단히 크다. 최종 에너지 소비에서 건물이 차지하는 비중은 세계적으로 약 3분의 1이며 우리나라도 이와 비슷 하다. 대부분이 난방용으로 쓰이는데, 독일의 경우 난방에너지의 소비량이 모든 분야를 통틀어 가장 높다. 그러므로 난방에너지 소비를 줄이는 일은 국 민경제적으로도 커다란 이익이 되고, 대기오염 방지에도 큰 도움이 된다.

에너지에 대한 의식이 희박했던 1972년에 독일 주택은 1년에 평방미터 당 38리터의 난방유를 평균적으로 소비하고, 150평방미터[45평]짜리 단독주택의 경우 15,000킬로그램의 이산화탄소를 굴뚝으로 내보냈다. 1982년에 시효된 건물 단열법은 새로 짓는 주택의 경우 평방미터 당 연간 난방유를 15~18리터로, 150평방미터 단독주택의 이산화탄소 방출량을 연간 6,800킬로그램으로 줄였다.

그리고 2002년에 효력을 발생한 건물 에너지 절약법은 새로 짓는 주택을 '저에너지주택' 의 수준으로 요구하고 있는데, 이는 연간 평방미터 당 7리터 이하의 난방유, 150평방미터 단독주택에서 2,800킬로그램 이하의 이산화탄소 방출 기준을 뜻한다. 종전의 비단열 건물에 비하면 난방비가 5분의 1 수준으로 준 것이다.

저에너지주택의 역사는 태양열 건물에서 시작되었다. 1934년에 시카고박람회에서 첫 선을 보인 크리스털하우스는 온실 원리를 이용한 최초의 자연형 시스템 태양열 건물이다. 자연형 시스템이란 설비형 시스템과는 달리 기계를 쓰지 않고 자연적 조건과 공간의 배치를 활용하여 태양열을 받아들이는 방식이다.

1970년대의 유류파동 이후 세계적으로 활발하게 진행되었던 자연형 시스템 태양열 건물에 대한 연구는 유가가 다시 안정되자 경제성이 없다 하여 관심에서 멀어졌다. 난방유가 값싸게 공급되는 시기에는 태양열로 인해 절약되는 에너지를 돈으로 환산한 액수가 변변찮기 때문에, 태양열의 획득을 위한 추가 공사비의 채산성이 낮다.

소비자들의 외면 속에서도 일부 학자들은 화석연료의 유한성과 지구 환경 보전의 심각성을 인식하고 연구를 지속했다. 그 결과 태양에너지만으로는 계속 증가하는 에너지의 수요를 도저히 충족할 수 없다는 결론과 함께, 에너지를 효율적으로 사용해서 얻는 절약 효과가 태양열의 활용 효과보다 높다는 사실이 증명되었다. 이렇게 해서 1990년 무렵 독일에선 태양열의 이용 외에도 단열, 환기, 난방 시스템의 기준을 총체적으로 높인 저에너지주택이 태양열 건물의 발전형으로 탄생했다.

특기할 만한 일은 현실성이 고려되었다는 점이다. 난방에너지를 파격적으로 줄이면서도 쾌적한 실내온도를 보장하는 한편, 단열재의 생산과 운송에 드는 에너지가 난방에너지 절감분보다 많지 않도록 했고, 기존 주택보다 늘어나는 공사비에 대한 채산성까지 검토했다. 기존 건물의 4~7퍼센트에 달하는 추가 공사비는 유가가 낮았던 당시의 난방비를 기준으로, 20년 후면 감가상각이 되는 수치였다.

그런데 유가가 바닥을 기던 시기에 설득과 투쟁 끝에 저에너지주택이 독일의 건축법으로 가까스로 자리를 잡자 상황이 변해 있었다. 그새 유가는 몇 배로 뛰었고 화석연료를 확보하기 위한 암투와 전쟁으로 세계의 민심이 흉흉하지만 이제는 그게 문제가 아니었다. 지구온난화현상으로 자초한 천재지변을 코앞에 맞아, 이제는 화석연료가 있어도 더 이상 태우면 안 된다는 자각에 이르러야 할 시점이다.

이 시점에서 미래형 주택으로 거론되는 것이 파시브하우스이다. 한국에는 '자연형 태양열 주택'이라는 용어로 소개된 이 주택은 앞서 저에너지주택을 개발한 연구소에서 미래를 내다보고 발전형으로 일찌감치 내놓은 대안이다. 유럽에는 벌써 5천 채 이상 지어져서 만족스러운 평가를 받고 있다.

파시브하우스를 한마디로 정의하자면 평방미터 당 연간 난방량 15킬로와트 이하, 즉 평방미터 당 연간 1.5리터 이하의 난방유, 또는 1.5입방미터 이하의 도시가스에 해당하는 난방에너지를 필요로 하는 건물이다. 이것은 웬만한 겨울 날씨에도 집안에 있는 사람의 체온과 조명기구와 가전제품에서 나오는 열로 충당될 만큼 적은 양이다. 그래서 난방이나 냉방을 위한 설비 없이도, 즉 능동적으로 에너지를 투입하지 않고도 자연적으로 난방과 냉방이 해결되는 주택이라 하여 수동적이라는 뜻의 '파시브'라는 이름이 붙었다.

파시브하우스가 특별한 기술로 지어진 하이테크 건물일 거라고 상상하는 사람이 있을지도 모르겠다. 그러나 사실은 보편적인 기술로 지어진 평범한 건물이다. 단지 아주 간단한 원칙 하나를 지키고 있을 뿐이다. 잃는 것이 없으면 충당할 필요도 없다는 원칙.

보리차가 한두 시간 후면 싸늘하게 식어버리는 것을 막으려면 곤로에 올려놓고 지속적으로 데우는 방법이 있고, 보온병에 담는 방법이 있다. 건물도 마찬가지다. 우리는 여태 곤로 위의 주전자처럼 난로만 끄면 금방 싸늘해지는 집에서 끊임없이 불을 때며 살아왔다. 그에 비해 보온병은 단열효과만으로 보리차를 이튿날까지 따끈하게 유지해준다. 파시브하우스의 가장 뚜렷한 특징은 건물 외피, 즉 창문, 외벽, 지붕, 기초의 단열이다.

단열재는 얼마나 두꺼워야 할까? 단열재를 통해 절약하는 에너지에서 단열재를 생산할 때 드는 에너지를 빼는 계산법에 의하면 스티로폼의 경우 32.5센티미터가 최적 두께이다. 유리솜이나 식물성 단열재는 생산 에너지가 더 낮기 때문에 최적 두께가 더 커진다. 같은 방식으로 대기오염도를 계산하면 30센티미터 두께의 스티로폼을 사용할 때 전체적으로 가장 적은 양의 유해물질이 대기로 방출된다.

에너지를 절약해서 이익을 보는 액수에 공사비와 감가상각비를 고려하는 채산성 면에서 보자면 1990년대의 난방유 가격을 대입했을 때 가장 경제적인 두께가 12.5센티미터기 때문에 이런 모든 점을 고려하여 저에너지주택 외벽의 단열재는 20센티미터로 산정되었다. 그러나 그간 큰 폭으로 오른 난방유의 가격을 비롯하여 지난 10여 년 동안 변화한 현실에 맞추어 다시 계산하면 최적 두께가 35센티미터 정도로 수정되는데 이것이 파시브하우스의 외벽 단열재 두께이다. 보통 스티로폼 기준이며, 요즘 개발되는 신제품 단열재는 훨씬 얇아도 효율성이 좋다.

두꺼운 단열재를 쓰더라도 틈새바람이나 열교현상을 통해 에너지가 빠져나간다면 소용이 없다. 단열재에 구멍이 나거나 금이 가지 않도록 공사할 때 조심스레 다뤄야 한다. 그리고 외벽과 기초, 외벽과 지붕이 연결되는 접합

부분에서 단열재가 벌어져 틈이 생기지 않도록 세심하게 계획하고, 정교하게 공사해야 한다. 문틀, 창틀의 접합도 조심해야 할 부분이다.

건축가는 시공시 날림공사도 막아야 하지만 디테일의 구성에도 신경 써야 한다. 외형이 들쑥날쑥하고 뾰족하게 튀어나오는 것은 평면에서도 입면에서도 되도록 피하는 것이 좋다. 이런 디자인적 요소는 에너지의 낭비뿐 아니라 시공이 까다로운 탓에 자칫 틈새바람과 열교현상에 의한 외풍, 결로현상, 곰팡이 등 각종 건물 손상을 초래하기 때문이다. 건축가의 명예를 걸고 시공까지 책임질 수 있는 디테일인지 스스로에게 물어야 한다. 가능한 한 외피 면적이 줄어들도록 설계하는 것이 공사비를 절감하고 추후에 에너지를 절약하는 길이다. 아래위, 옆으로 붙여서 지은 연립주택과 아파트는 단독주택에 비해 50퍼센트까지 각 가정의 난방에너지가 절약된다.

외벽의 단열 못지않게 중요한 것이 창문의 단열이다. 단열 효과가 뛰어난 에너지 절약형 창문은 유리를 3중으로 해 아르곤가스를 채우고, 안쪽 표면을 특수처리해서 밖에서 일사광선은 잘 들어오되 안에서 밖으로 적외선 형태로 방출되는 열을 막고, 창틀의 단열에도 신경을 써서 제작한 창문이다.

그리고 창문 바깥쪽에 덧문이나 셔터를 부착하는 것이 이상적이다. 밤에 집안의 열이 적외선의 형태로 유리창을 통해 밖으로 달아나는 것을 막기 위해서다. 게다가 덧문이나 셔터는 여름철에 태양을 차단하여 집안을 선선하게 유지해준다. 이때 덧문이나 셔터에 단열재를 붙이고 틈새가 없도록 정밀하게 공사를 한다면 난방에도 냉방에도 최상의 효과를 볼 것이다.

이렇게 밀폐식 공사를 하니 환기가 문제로 떠오른다. 예전에 문 밑으로, 창틀 사이로 솔솔 들어오던 틈새바람이 없어지는 대신 사람이 알아서 적극적으로 환기를 해야 하기 때문이다. 환기를 하는 이유는 산소를 공급하기 위해서기도 하지만, 실내의 습도를 조절하고 건물 내부에서 발생하는 실내공기 오염물질을 밖으로 내보내는 데 있다. 35~60퍼센트의 적당한 습도는 쾌적도와 건강을 보장하고 곰팡이 등의 건물 손상 요인을 방지한다.

실내공기 오염물질로는 땅 밑이나 건축자재에서 나오는 방사성 가스 라돈, 가구에서 나오는 포름알데히드, 취사시와 호흡시에 생기는 이산화탄소와 수증기, 먼지와 미생물, 중금속 물질, 악취 등을 들 수 있으며 이들은 정도 문제일 따름이지 어느 건물에나 다 존재한다. 이런 것들이 환기 부족으로 실내에 모이면 장기적으로 폐암, 호흡기 질환, 두통 등을 유발한다.

하루에도 여러 차례 실내 공기를 100퍼센트 갈아주는 것이 이상적이다. 창문을 5분 동안 활짝 열어놓으면 공기가 교체된다. 이때 맞은편 창문도 열어 맞바람을 치게 하면 2~3분 내에 환기가 되므로 난방에너지 손실이 적다. 환기는 되도록 짧게, 자주 하는 것이 상책이다.

그러나 경험에 의하면 아무리 부지런한 사람도 하루에 몇 번씩 환기에 신경을 쓰지는 못한다. 그런 이유에서 겨울에도 창문을 항상 조금씩 열어놓는 집이 있는데 이것은 가장 피해야 할 일이다. 바깥을 향해 난방을 하는 것이나 마찬가지이므로 엄청난 에너지 낭비와 대기오염을 야기한다. 그리고 과잉 환기를 함으로써 상대습도가 낮은 외부 공기가 과다하게 반입되므로 실내공기가 건조해진다. 이 역시 호흡기 질환의 원인이 된다.

가장 이상적인 것은 계획환기이다. 모든 방의 창문 위쪽이나 창틀에 공기의 양을 조절할 수 있는 공기구멍을 설치하고, 수증기와 냄새가 가장 많은 부엌이나 욕실에서 실내공기를 밖으로 뽑아낸다. 저용량의 송풍기를 이용하면 바람과 기압 등 기후의 조건에 상관없이 항상 적정량의 환기가 이루어진다. 이 시스템은 비용도 저렴하고 기존 건물에도 별 어려움 없이 추가 시공이 가능해서 저에너지주택에 적용되는 방식이다.

그러나 한 단계 높은 파시브하우스에서는 환기 배관 공사가 조금 더 복잡해진다. 바깥 공기가 창틀의 공기 구멍을 통해 직통으로 들어오는 것이 아니라, 배관시설을 통해 실온으로 데워져서 들어오는 것이다. 지붕 밑에 열교환

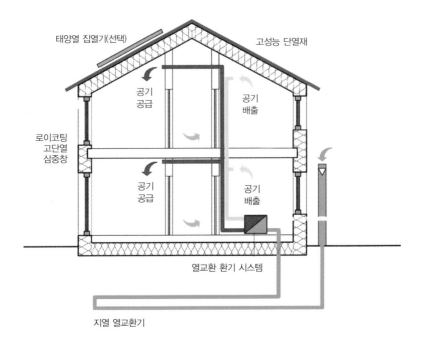

태양열 집열기(선택)   고성능 단열재

공기
공급

공기
배출

로이코팅
고단열
삼중창

공기
공급

공기
배출

열교환 환기 시스템

지열 열교환기

: 파시브하우스의 구조와 원리: 단열+계획환기+태양열.

기를 설치하여, 밖에서 들어오는 공기를 안에서 나가는 공기의 열로 데운다. 아니면 땅 속에 묻은 기나긴 배관을 통해 바깥 공기를 집안으로 유입하는 방법도 있다. 신선한 공기가 겨울에는 지열로 훈훈하게 데워져서, 여름에는 선선하게 식어서 들어오는 것이다.

기존 건물에선 문과 창문을 닫아놓아도 문틈과 창틈을 통해 3시간에 한 번 정도 공기가 교체되기 때문에 사용자가 환기를 게을리해도 별 문제가 되지 않는다. 하지만 틈새 없이 공사하는 저에너지주택과 파시브하우스에선 자동적으로 이루어지는 계획환기가 필수다.

저에너지주택과 파시브하우스의 원조인 자연형 시스템 태양열 건물의 원리는 집안으로 들어오는 태양열을 최대한 활용하는 것이다. 예를 들어 유리창의 위치와 크기를 신중하게 결정하고, 축열재를 이용해 태양열을 저장하며, 높은 각도에서 들어오는 여름 햇살은 차단하지만 고도가 낮은 겨울 햇살은 집안으로 깊숙이 들어오도록 차양, 정원수의 위치를 고려한다. 또한 적절한 공간 배치를 통해 열의 낭비를 막는다. 그중에서도 남쪽으로 유리창을 크게 내고 북쪽으로는 유리창을 자제하는 것이 오랫동안 제1원칙으로 고수되었다.

그러나 몇 년에 걸친 실험에서 그간 태양열의 자연적 획득 효과를 과대평가해왔다는 사실이 드러났다. 물론 이는 일사조건이 우리나라와는 다른 독일의 기후에 한해서이다. 최대한 많은 에너지를 획득하는 것이 목적인 태양열 건물과 최대한 적은 에너지를 방출하는 것이 목적인 태양열 건물을 각각 지어 2년에 걸쳐 에너지 소비를 측정한 결과, 에너지 획득이 적더라도 방출을 억제하는 건물이 훨씬 효율적이었다.

건물의 방향에 따른 태양열 획득 효과에 관한 실험에서도 비슷한 결과가 나왔다. 정북향 건물을 돌리기 시작하여 정남향이 될 때까지 난방에너지의 소비를 조사했더니 10퍼센트의 감소율을 보였다. 그러나 1990년 평균 수준으로 지어진 이 실험 건물에 2002년 이후 저에너지주택 수준으로 단열재를 덧붙인다면 에너지 소비가 70퍼센트나 준다. 난방에너지가 종전의 3분의 1밖에 안 든다는 뜻이다. 파시브하우스에선 효과가 이보다 더 크다.

남쪽으로 창문을 크게 누어 태양열을 받아들이는 문제도 마찬가지다. 남쪽으로 난 창문의 크기에 따르는 에너지 소비를 측정했더니, 남쪽 벽 전체가 창문일 때와 창문이 전혀 없을 때의 에너지 소비는 불과 8퍼센트 차이밖에 없었다. 저에너지주택 수준의 단열에 의한 감소 효과가 70퍼센트라는 점을 감안할 때 아주 미미한 효과다.

파시브하우스의 발전형으로는 제로에너지주택과 플러스에너지주택이 있다. 말 그대로 난방에너지가 전혀 필요 없는 제로에너지주택이나, 필요 이상의 에너지까지 획득하는 플러스에너지주택은 연구의 대상일 뿐이지 현실적으로 수지는 맞지 않는다. 파시브하우스를 제로에너지주택으로 개조하기 위해 드는 추가비용과 환경적 효과는 채산성이 없다.

에너지 절약형 건물은 위에 열거한 여러 가지 이익 외에 부수로 따라오는 몇 가지 장점이 있다. 실내의 높은 쾌적도이다. 쾌적도는 건물 내부의 기온, 벽의 표면 온도, 습도, 공기의 움직임에 의해 결정되는데, 그중에서 벽, 바닥, 천장의 표면 온도가 따뜻한 것이 가장 중요한 요소이며 건강에도 이롭다. 병원에서는 방의 표면 온도를 영상 18도로 따뜻하게 유지하는 방법으로 류머티즘, 관절염을 치료하는데, 바로 에너지 절약형 건물이 그 조건을 충족시키고 있다. 단열이 잘되는 벽은 열전도율이 낮아서 표면 온도가 높기 때문이다.

아울러 에너지 파동에 대비한 정서적인 쾌적도도 장점으로 꼽힌다. 가뜩이나 난방유가 적게 드는데 절약 효과도 기존 건물보다 높아서 실내온도를 20도에서 18도로 내리면 20퍼센트의 난방유가 절약된다. 게다가 표면 온도가 높기 때문에 같은 18도라도 벽이 싸늘한 방보다 훨씬 더 따뜻하고 쾌적하게 느껴진다. 신체적 쾌적도뿐 아니라 에너지 파동에 덜 민감하게 되므로 심리적인 안정감도 얻게 된다. 특히 우리나라는 해외 에너지 의존도가 97퍼센트에 달하고, 수입 에너지의 73퍼센트를 중동지역에 의존하고 있으므로 항상 불안한 상태다.

단열과 계획환기는 사람뿐 아니라 건물도 건강하게 해준다. 단열재로 빈틈없이 보호된 건물의 구조물은 기후의 영향을 덜 받아서 팽창과 수축, 내부 결로현상이 거의 없다.

주택의 에너지 절약은 환경보전적 입장에서, 또 긴 안목의 국민경제적, 국민보건적 입장에서 국가가 정책적으로 밀어야 한다. 개개인이 당장 눈앞의 손해를 감수하려 하지 않는 것은 지극히 당연한 일이기 때문이다. 예를 들자면 스웨덴에서는 1980년부터 강력한 법으로 건물 에너지의 절약을 강요하여 에너지 절약형 건물이 일찌기 보편화되었다. 수요가 많은 곳에서는 제품의 대량 생산이 가능해져서 소비자 가격 또한 저렴해진다.

건축학도들에게 부탁드린다. 에너지 절약형 건물에 대한 연구는 전문성을 요하지만 그 원리를 이해하는 것은 어렵지 않다. 필요성만 인정한다면 누구나 터득해서 응용할 수 있는, 또 어느 건물에나 적용되어야 하는 설계 도구이다. 이것은 이미 기호나 취향의 문제가 아니라 구조역학과 마찬가지로 기본적인 조건이다. 집이 무너지지 않아야 하는 것이 당연한 것처럼 적당한 난방비로 쾌적한 주거공간을 제공하는 일도 당연하다.

독일에서 요즘 짓는 건물들이야 수준 높은 에너지 절약형이지만 문제는 기존 건물들이다. 새로 짓는 건물보다 월등하게 많은 기존 건물들을 단열하는 일이 시급하다. 100년 넘은 고건물들이 차지하는 비율도 상당히 높다. 옛 문양이 원형으로 보존되어 있는 문화재 건물의 외벽에 30센티미터의 단열재를 붙이고, 섬세한 참나무 창틀을 투박한 단열창으로 갈아 낄 수는 없는 노릇 아닌가? 전공인 문화재 연구에 한 발자국도 양보하지 않으면서 한편 건축인으로서 환경 문제에 무심할 수 없는 나의 입장에선 난감하기 그지없다.

거기에 비하면 단독으로 서 있는 우리나라 아파트는 얼마나 재설비가 손쉬운가? 단열재 공사로 외양이 훼손될 일도 없을 뿐더러 사방으로 공간이 너넉하니 단열재를 30센디미터가 아니라 더 두껍게 붙여도 집 앞 도보의 좁은 폭을 잡아먹을 염려가 없다. 아파트 한 동만 단열해도 대체 몇 가구의 에너지가 절약되는지 나는 손가락만 꼽아보아도 마음이 흐뭇하고 등이 따습다.

우리나라 아파트에 대부분 달려 있는, 유리로 막은 다용도실은 태양열 건물의 상징이기도 한 남향 부착온실의 구실을 할 것이다. 뒤쪽으로 붙은 다용

: 남아 있는 플라테의 풍경. 냉전시대에 대대적으로 건설된 구동독의 고층아파트 단지는 지금 빈민촌의 상징이 되었다.

도실도 열 완충 공간으로 손색이 없다. 게다가 요즘 우리나라에선 오래된 아파트를 무조건 헐고 새로 짓지 않고 구조체가 허락하는 한 고쳐 짓는다고 하니 환경을 위해 얼마나 현명한 판단인지 모른다. 그렇지 않으면 앞으로 몇 십 년 후에 몇 만, 몇 십만 채의 철근콘크리트 쓰레기를 어디에 갖다 버릴 것인가? 아파트를 고쳐 지을 때 외벽을 단열하고 유리창의 품질을 높이고 계획환기 시설을 공사한다면 아주 손쉽게 저에너지주택이나 파시브하우스 같은 첨단 절약형 건물로 거듭날 수 있다.

그리고 에너지 가격이 계속 오르다보면 우리나라도 독일처럼 에너지패스를 시행해 냉난방에 드는 에너지의 양에 따라 건물의 등급을 매기게 될지도 모른다. 건물의 등급은 다달이 내는 관리비와 직결되는 문제이니 등급에 따라 집값의 차이가 나지 않을 수 없다. 그러면 간단한 추가 공사를 통해 저에너지주택이나 파시브하우스로 변신한 아파트들이 당연히 경쟁력이 있을 것이다. 따라서 한국의 그 많은 아파트들이 독일의 플라테처럼 천덕꾸러기로 전락하지 않을 수도 있다.

음식물 쓰레기를 줄이기 위해서 집에서 지렁이를 기르는 사람들도 있을 정도로 환경에 대한 위기의식이 고조된 오늘날, 철근콘크리트 덩어리인 아파트의 수명을 20년으로 잡는 것은 말도 안 된다. 건물은 유행이 지났다고 폐기할 수 있는 물건이 아니다. 언젠가 부동산 정책과 국민 정서가 변해서 국민들이 고층아파트를 선호하지 않게 되어도 우리 후손들이 끌어안고 살아야 하는 유산인 것이다.

주거문화와 사회문제가 밀접한 관계에 있음을 감안할 때, 우리 후손들이 물려받게 되는 것은 건물 그 이상이다. 앞으로 지을 건물에 대해서는 외국의 고층아파트 실패 사례를 타산지석으로 삼고, 이미 지어놓은 건물에 대해서는 친환경적 재설비를 통해 전화위복의 수를 이루는, 긴 안목의 경제 감각이 요구되는 시대다.

2 stadt

도시 이야기

마 을 같 은 도 시 뮌 헨

알프스 산자락에 위치한 뮌헨은 자연 경관이 아름답다. 독일 여느 지역
과는 달리 남방의 분위기를 풍기는 이 도시에는 인간이 만든 볼거리 또한 많
다. 그런 이유에서 세계 각지로부터 관광객이 구름같이 몰려드는 여름철이
되면 시내 도처에서 한국말이 자연스럽게 들린다.

허허벌판에 수도원 하나만 덩그러니 서 있어, 수도사라는 뜻으로 '무니헨'
이라 불린 이 장소가 역사의 장이 되기 시작한 것은 12세기이다. 이 지방을
하사받아 새 주인이 된 영주가 이웃 영토에 있는 다리를 몰래 불태워버리고
그 대신 몇 킬로미터 떨어진 자기 영토, 수도원 부근에 새로운 다리를 건설
했다.

옛날부터 독일과 이탈리아를 연결해온 무역로는 이자 강을 건너는 다리를
통해 이어졌으므로 무역상들은 불가불 새 다리를 이용하는 수밖에 없었다.
당시는 다리통행세라는 제도가 있어 영주는 황금알을 낳는 거위를 무력으로
쟁탈한 셈이고 덕분에 나날이 부강해졌다. 이것이 일개 수도원이었던 뮌헨
이 훗날 바이에른 왕국의 수도로 자리 잡게 된 계기이다.

알프스 산맥의 계곡에서부터 물을 모아 도심을 통과하는 이자 강은 멀리
서 보아도 가까이서 보아도 부드러운 초록빛을 띤다. 강변을 따라 수면에 커
튼처럼 머리를 드리운 수목과 하얀 자갈밭이 이어진다. 야외를 유난히 좋아
하는 뮌헨 주민들은 해만 났다 하면 강변으로 모여들어 일광욕을 즐긴다. 여

름이면 거리를 메우는 관광객들이 다리 위에서 구경해도 아랑곳하지 않고 홀라당 다 벗는 사람도 있다.

저녁이 되면서부터 강변 자갈밭 중 일부 허용된 구역에는 모닥불을 피우고 소시지를 구워 먹는 무리들로 붐빈다. 해가 꼴딱 넘어가기 전에 자신이 초대받은 파티의 주인을 찾아가야지, 그렇지 않으면 밤새도록 맥주를 마시며 놀다가 이튿날 아침 동이 터서야 생판 모르는 사람의 술과 고기를 축냈다는 사실을 알게 되는 일도 종종 있다고 한다.

이자 강을 끼고 도심 깊숙이 들어와 있는 영국 공원은 자연과 대도시의 활력을 동시에 느낄 수 있는 곳이다. 너른 잔디밭과 울창한 숲, 백조와 보트가 떠다니는 호수, 가냘프게 생긴 아가씨들도 1리터짜리 맥주 조끼를 거뜬히 손에 들고 앉아 있는 비어가르텐^{독일식 야외 맥주집}이 함께 어우러진다.

영국 공원 내에도 몇 개의 비어가르텐이 있는데, 나는 마로니에 나무 밑에 7천 개의 좌석이 놓인, '중국탑' Chinesicher Turm이라는 비어가르텐을 좋아한다. 가죽 바지의 전통의상을 입은 악단이 올라가서 전통음악을 연주하는 중국탑을 볼 때마다 나는 18세기에 유럽인들이 중국의 건축을 어떻게 상상했는지 보는 듯해서 빙그레 웃음이 나온다.

뮌헨 대학에서 걸어서 5분 거리인지라 공부하다 나온 대학생, 관광객, 그리고 뮌헨 주민이 골고루 섞여서 먹고 마시는 곳이다. 친구들과 유쾌하게 떠드는 와중에도 한쪽 발로 유모차를 흔드는 젊은 엄마, 아이들과 카드놀이를 하는 중년부부, 혼자서 맥주를 마시며 책을 읽는 사람도 심심치 않게 눈에 띈다.

노트북을 가져오면 무선인터넷이 가능하고, 뮌헨 비어가르텐의 전통에 따라 집에서 싸온 음식을 먹는 것도 허용된다. 예전에 전혜린의 책에서, 이끼가 부드럽게 깔린 잣나무숲을 걸어 소풍을 가다가 비어가르텐이 나오면, 차가운 흑맥주와 함께 자기가 싸온 김밥을 먹었다는 글을 읽고 나는 고개를 갸

: 가을의 이자 강변. 이자 강에는 아름답고 유서 깊은 다리들이 많이 걸려 있다.

: 두더지집들이 볼록볼록 솟은 영국 공원의 잔디밭. 뮌헨은 관광수입이 큰 비중을 차지하는 도시지만 관광객들로부터
  두더지를 보호하는 데 심혈을 기울인다.

웃했던 적이 있다.

영국 공원에도 나체로 일광욕을 할 수 있는 곳이 있는데, 나체족들이 뮌헨의 관광수입에 일조한다는 설이 있다. 라디오방송의 인터뷰에서 영국 공원의 책임자에게 '요즘은 나체족이 줄어드는 추세라서 관광수입에 지장이 올까 솔직히 좀 걱정이 되지 않느냐.'고 질문했더니, 그는 '나체족보다는 두더지에게 더 마음이 쓰인다.'며 노련하게 화제를 돌렸다.

두더지는 잔디밭을 마구 파헤쳐서 미관상 고약하지만, 흙을 뒤섞어주므로 토질 개선에 도움이 된다는 것이다. 그런데 영국 공원엔 하도 많은 인파가 오가며 잔디를 밟다보니 두더지들의 생명이 위협을 받게 되고, 그래서 해마다 구역을 정해서 막아놓고 두더지를 보호한다고 했다.

영국 공원 입구에 있는 다리에는 봄에서 가을까지 관광객들이 포도송이처럼 운집하여 아래를 내려다보는 곳이 있는데 아이스바하라는 급류 개천이다. 젊은이들이 조그만 널빤지 위에서 곡예사처럼 파도를 타는 배경에는 '파도타기와 수영 금지'라는 팻말이 붙어 있다. 하지만 여름에도 이곳은 수영하는 청소년들로 붐빈다. 중고등학생들이 떼 지어 거센 물살을 타고 하류로 떠내려가서는 전차를 타고 이 자리로 돌아와 다시 떠내려가는 놀이를 한다.

수영복 차림으로 물을 뚝뚝 흘리며 떼거지로 무임승차하는 청소년들을 태워주는 뮌헨의 전차 운전수가 난 참 마음에 든다. 그러나 군데군데 위험한 곳이 많아 해마다 사상자가 끊이지 않으니, 어디에 무슨 장애물이 숨어 있는지 모르는 관광객들은 물에 들어가지 말 것을 간곡히 권한다.

이자 강을 따라 하류로 내려가다 보면 영국 공원은 어느새 울창한 숲으로 변해서 도시 밖까지 한없이 이어진다. 도심을 벗어나서부터는 하늘이 보이지 않을 정도로 우거진 숲이 원시림에 와 있는 기분을 느끼게 한다.

뮌헨에서 아름다운 것은 자연경관만이 아니다. 오랜 역사를 자랑하는 도

뮌헨 구청사(1470~1480). 고딕시대의 건물이며,
탑은 제2차 세계대전 때 완전히 폭파된 것을 나중에 원형대로 다시 지었다.

심에는 각 시대를 대변하는 옛 건물들이 줄지어 서 있고, 사이사이 현대 건축물이 때로는 순응하듯 때로는 경쟁하듯 들어서 있다. 전체적으로 고풍스러운 옛 시가지를 보고 있노라면 히틀러의 집권도시였던 뮌헨이 제2차 세계대전 때 융단폭격을 맞아 잿더미로 변했다는 사실을 상상하기 힘들다. 폭격의 피해가 적었던 독일의 다른 도시들도 제2차 세계대전을 기점으로 얼굴을 확실히 바꾸었기 때문이다.

뮌헨의 건물들을 자세히 관찰하면 그 이유를 알게 된다. 많은 건물들이 외형만 오리지널인 '쭉정이'이고, 철거 후에 현대식 자재로 완전히 다시 지으면서 겉모양만 옛 것을 본 딴 '모조품'도 적지 않기 때문이다. 베를린에서 폭격으로 파괴된 빌헬름황제기념교회당의 복구 문제를 놓고 격렬한 논쟁 끝에, 폐허는 폐허로 살려두고 그 옆에 파란색 유리로 된 육각형의 최신식 교회 건물을 지은 경우와 상반된다. 분단 베를린의 상징이 되었고, 전쟁을 경고하는 기념비 역할을 함으로써 많은 베를린 시민들로부터 사랑받고 있는 이 교회는 폐허와 새 건물이 붙어서 과거와 현재라는 절묘한 앙상블을 이룬다.

뮌헨이 속한 남독일의 바이에른 주는 독일에서도 소문난 보수성향인데, 아마도 그래서 외형이라도 눈에 익은 옛 것을 고집하는지 모른다. 또는 원리원칙을 철저하게 따지는 북독일에 비해 자유롭고 융통성이 있는 남독일의 성향이 모조품이나 쭉정이에 대해서도 너그러운 건지도 모르겠다. 독일의 다른 도시에서 건축을 공부하면서 '시대를 반영하는 건축', '안과 밖이 일치하는 솔직한 건축'을 추구하는 교육을 받은 나에게는 쭉정이나 모조품 건물이 좀 낯설게 보인다. 그러나 쭉정이와 모조품을 통해서라도 옛날의 영광을 엿볼 수 있음을 부인할 수 없다.

뮌헨을 찾는 관광객들이 빠짐없이 다녀가는 마리엔 광장의 구청사 건물은 쭉정이이다. 전후에 외형만 원상태로 보수했을 뿐 내부는 완전히 새 건물이다. 구청사는 원래 15세기에 지어진 고딕식 건물이었지만, 그 외형은 시대가 바뀔 때마다 유행하는 양식으로 재단장되곤 했고, 폭격될 당시에 입었던 마지막 유행복이 신고딕이었다. 그 옆에 서 있는 탑은 제2차 세계대전 때 폭격으로 무너진 것을 1970년대에 뮌헨올림픽을 기해 15세기 때의 원형을 본따 완전히 새로 지은 모조품이다.

앗, 이때 신청사를 구청사와 혼동하지 말길 바란다. 한번은 아는 분에게 시내 안내를 해드리면서 신청사 앞에서 역사를 설명하고 있었는데, 그분은 그 유명하다는 신청사는 어디에 있느냐고 자꾸만 물으셨다. '신청사' 하면 현대식 건물을 연상하기 쉽지만, 마리엔 광장의 한 면을 다 차지하고 있는 100미터 길이의 거대한 신청사는 19세기에 지어진 고색창연한 석조건물이다.

더구나 밝은 빛의 페인트로 새 단장을 한 구청사에 비교하면 세월의 옷을 고스란히 입고 있는 신청사는 확실히 더 오래돼 보인다. 매연과 산성비에 의한 그을음 제거 작업이 천천히, 그러나 꾸준히 이루어지고 있으므로 청소된 부분은 돌이 하얗게 빛나서 시꺼먼 나머지 부분을 더욱 나이 들어 보이게 만든다.

마리엔 광장은 오전 11시와 정오를 기해 유난히 붐빈다. 관광객들은 고개를 뒤로 꺾은 채 신청사의 시계탑에서 열리는 인형극을 카메라에 담기에 여념이 없다. 종을 이용해 연주되는 음악은 군중들이 웅성거리는 소리에 묻혀 잘 들리지 않는다. 기마경기와 전통춤을 주제로 한 이 인형극은 시간이 맞으면 봐도 그만이지만 일부러 기다릴 가치는 없는 것 같다.

신청사는 오늘날에도 시청으로 사용되고 있다. 둥그런 창가를 빨간 제라늄 꽃으로 푸짐하게 두른 3층의 왼쪽 모퉁이 방이 시장의 집무실이다. 바이에른 주에선 중도우파인 기독교사회연합이 내내 판세를 잡고 있지만, 유일하게 바이에른 주의 주도인 뮌헨에서만은 중도좌파인 사회민주당이 항상 패권을 고수하는데, 이 사회민주당을 이끄는 현재의 뮌헨 시장 크리스티안 우

∴ 뮌헨 신청사(1867~1909). 신고딕 양식의 석조 건물로, 아직도 시청으로 쓰이고 있다.
3층의 왼쪽 모퉁이 방이 시장 집무실이다. 가운데 탑에서 하루에 두 차례 인형극을 보여준다.

데는 시민들의 압도적인 사랑을 받고 있다.

한번은 새로운 건축 프로젝트 때문에 시내 한복판에 서 있던 오래된 보리수나무 몇 그루가 잘려나가게 되었다. 이에 반발한 녹색연합의 한 시의원이 그 보리수나무 위에 올라가 단식투쟁을 벌였다. 구름같이 몰려 있는 주민들과 보도진 사이로 뮌헨 시장 우데가 나타났다. 그는 핸드폰으로 시의원에게 내려와서 협상하자고 설득했으나 시의원은 보리수를 베지 않겠다는 약속을 받기 전에는 절대로 내려가지 않겠다고 했다. 이는 이미 많은 돈을 들여 공모전까지 마친 대형 프로젝트를 취소하라는 것이나 마찬가지였다.

인기 시장 우데는 즉석에서 흥정을 벌였다. 여기서 잘리는 나무 수의 두 배만큼의 보리수를 도심의 다른 곳에 심겠다고 약속했다. 환경정화의 효과를 계산해본 시의원은 이를 수락했다. 나무 위에 번듯이 누워 전화기를 귀에 대고 있는 시의원과, 역시 전화를 하며 위를 올려다보고 있는 시장의 사진이 신문에 나란히 실렸다. 정말로 다른 곳에 식수를 했는지는 아직까지 확인되지 않았다.

뮌헨에 모조품이나 쭉정이 문화재만 있는 건 아니다. 유서 깊은 도시인 만큼 격조 높은 문화재 건물들이 원형대로, 또는 적절하게 복원된 상태로 산재해 있다. 오래된 건물이 일부 파괴되었다가 복구되었다고 하여 문화재적 가치가 무조건 줄어드는 건 아니다. 건물이란 박제해서 감상하는 물건이 아니라 보수해가면서 사용하는, 세월이라는 변수가 포함되는 4차원적 물건이기 때문이다.

뮌헨의 주요 문화재들은 도심의 보행자 구역을 중심으로 군집해 있어서 걸어다니면서 관광하기에 안성맞춤이다. 마리엔 광장에서 몇 걸음만 가면 뮌헨의 상징이 된 성모교회Frauenkirche의 쌍둥이탑과 맞닥뜨리게 된다. 16세기에는 20년에 걸쳐 이렇게 웅장한 건물을 짓는 일이 순조롭지만은 않았기 때문에 건축가가 결국은 악마의 힘을 빌어 완공시켰다는 전설이 있는데, 그

: 성모교회의 쌍둥이탑(1468~1488). 뮌헨 시내에는 98.5미터인 이 탑보다 높은 건물을 지을 수 없게 되어 있다. 탑
위에 올라가면 알프스가 보인다. 오른쪽 하단에 보이는 건물이 뮌헨 신청사.

시민실(1709~1710)의 기도 공간. 분위기가 좋은 2층 기도실은 매일 정오를 전후로 2시간만 개방된다.

전설을 교회 현관 바닥에 악마의 발자국으로 남긴 후손들이 나는 정말 재미있다.

여기서 몇 걸음 떨어지지 않은 곳에 역시 16세기 산물인 미하엘교회 Michaelskirche가 있는데, 내가 개인적으로 좋아하는 문화유산이다. 세계에서 성 베드로대성당 다음으로 큰 원통지붕이 있는 이 교회의 내부 공간은 차분하다. 지하에는 왕족의 관을 모셔두었는데, 말로만 듣던 역사의 주인공들이 누워 있는 화려한 관 사이로 심심찮게 아기 관들이 끼어 있어 기분이 묘하다. 특히 살아생전엔 철천지원수였을 수도 있는 이들이 사후에 나란히 누워서 후손에게 돈을 벌어주는 모습에서 인생무상이 절로 느껴진다.

실내 분위기가 좋기로는 여기서 가까운 시민실 Bürgersaal을 따를 곳이 없다. 이 역시 기도하기 위한 공간이다. 늘 개방되어 있고 어두운 1층 말고, 정오를 전후로 2시간만 개방하는 2층의 예배 공간은 예술적인 가치가 높은 내부 장식으로 사람의 마음을 고요하게 만들어주어 나는 한번 들어가 앉았다 하면 다시 일어나기가 싫다.

이런 분위기와 극을 이루는 공간으로는, 걸어서 10분 내에 위치한 로코코 양식의 아삼교회 Assamkirche를 들 수 있다. 병을 낫게 해준 감사의 뜻으로 조각가가 봉헌한 개인 교회인데, 상징적이고 유희적인 장식으로 터져나갈 듯한 실내에 앉아 있자면, 시민실보다 단 몇 십 년 후에 지어진 건물이라는 사실을 믿을 수가 없다.

수백 년간 바이에른왕국의 궁전이던 레지덴츠 Residenz도 도심을 걸어다니다 보면 우연처럼 나타난다. 겉보기와 달리 내부는 대단히 화려하고 수장품은 오스트리아 빈 황궁의 수준을 웃돈다고 한다. 적어도 반나절은 돌아야 내부를 다 둘러볼 수 있는데, 시대에 따라 건축 양식과 실내장식이 변화하는 모습이 흥미롭다. 새 왕이 권좌에 오를 때마다 부모 세대가 쓰던 공간을 마다하고 각자 취향과 유행에 맞도록 자신의 공간을 새로 지었기 때문이다.

　레지덴츠 근방에는 테아티너교회^{Theatinerkirche}와 오페라를 비롯하여 귀중한 문화재들이 셀 수 없이 산재해 있다. 레지덴츠에서 슈바빙으로 가는 레오폴드 거리를 양쪽에서 호위하는 건물들은 19세기의 값진 유적이다. 대학 본관이나 주립도서관 같은 공공건물 안에 들어가보면 밖에선 상상하지 못했던 웅장함에 마음이 숙연해진다.

　이밖에도 시내에서 지하철을 타고 가야 하는 뉨펜부르그 성은 공원의 경관이 아름답기로도 유명하지만, 내가 개인적으로 바로크 건축의 정수라고 여길 만큼 완숙한 건물이다. 1970년대에 지은 올림피아공원은 독특하게 생긴 경기장 건물들이 푸른 수목과 어울려 장관을 이룬다. 그물로 만든 듯한 유기체의 경기장 건물들은 당시 혁신적인 실험적 건축으로 세계 건축계의 새 장을 열었다.

　문화예술의 도시인 뮌헨에서 꼭 가보길 권하고 싶은 곳은 3대 미술관 ^{Pinakothek}이다. 중세, 근대, 현대로 나누어 전시하는 세 미술관 건물은 가까이 위치해 있고 수장품은 가히 세계적이다. 일요일에는 입장료가 1유로밖에 안 되기 때문에 우리 가족은 주로 한산한 일요일 오전에 가서 한 가지 테마만 집중해서 보고 온다. 그밖에 내가 좋아하는 미술관은 렌바하하우스 ^{Lenbachhaus}이다. 청기사파를 망라한 수장품도 상품이지만, 독일의 도심에 위치한 이탈리아 시골 귀족의 저택 같은 대지에 첫발을 들이는 순간 마음이 고요해지기 때문이다.

　뮌헨에서는 크고 작은 콘서트가 끊임없이 열린다. 여행자들에게 권하고 싶은 것은 음악대학^{Musikhuchschule}이나 가스타익 문화센터^{Kulturzentrum Gasteig}에서 자주 열리는 무료 음악회다. 음대생들이 실기시험에 대비해 연습 겸 연주회를 하는데 수준이 높다. 게다가 그다지 붐비지 않아서 갔다가 허탕칠 염려가 없고, 무엇보다도 평상복 차림으로 가도 실례가 아니라는 이점이 있다.

　이왕에 음악대학까지 갔으면 근처의 쾨닉스 광장^{Königsplatz}의 잔디밭이나 조

: 레지덴츠 왕궁 정원에 있는 정자. 저녁이면 이곳에서 주민들이 탱고나 살사를 춘다. 정원의 화단이 아름다워서 낮에
  는 벤치나 잔디밭에 앉아 책을 읽거나 대화하는 사람들을 많이 볼 수 있다.

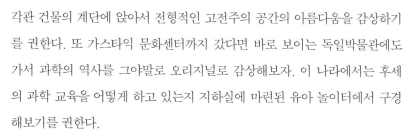

각관 건물의 계단에 앉아서 전형적인 고전주의 공간의 아름다움을 감상하기를 권한다. 또 가스타익 문화센터까지 갔다면 바로 보이는 독일박물관에도 가서 과학의 역사를 그야말로 오리지널로 감상해보자. 이 나라에서는 후세의 과학 교육을 어떻게 하고 있는지 지하실에 마련된 유아 놀이터에서 구경해보기를 권한다.

마지막으로 이자 강변을 물이 흐르는 방향으로 산책하다보면 그날의 계획을 다 잊어버리고 그냥 하염없이 걷게 될 것이고, 문득 뒤돌아보면 어느새 하늘과 물을 물들이는 저녁노을에 가슴마저 붉어질지도 모른다.

뮌헨의 연례적인 문화행사로 '박물관의 밤' Lange Nacht der Museen과 '음악의 밤' Lange Nacht der Musik을 빼놓을 수 없다. 15유로의 저렴한 가격으로 이른 저녁부터 새벽까지 시내의 유명 박물관, 미술관, 전시관은 물론 사설 갤러리까지 전부 관람할 수 있고, 셔틀버스도 무료로 운행한다. 음악의 밤에는 필하모닉이 연주하는 각종 음악회장뿐 아니라 레스토랑이나 호텔, 카페에서도 연주가나 밴드를 초청해서 별의별 종류의 음악 잔치가 벌어진다.

관광중에 바이에른 지방의 전통음악과 전통무용을 감상하려면 호프브로이하우스가 적격이다. 3층 축제홀Festsaal의 19유로짜리 입장권을 사면 저녁 7시부터 흥겨운 쇼와 함께 푸짐하고 맛깔나게 차린 전통음식 뷔페를 즐길 수 있다. 1층에는 세계 각국에서 몰려온 관광객들이 길다란 테이블에 함께 앉아 생음악과 함께 400년 이상의 전통을 자랑하는 양조장의 맥주를 마시고 식사도 하며 금세 친해지는 1,300석짜리 홀이 있고, 2층에는 비교적 조용히 식사를 할 수 있는 레스토랑식 홀이 있다. 이 역시 마리엔 광장 근처에 있다.

뮌헨의 특징은 대도시이면서 대도시의 단점이 별로 없다는 점이다. 인구 130만의 뮌헨은 독일에서 세 번째로 큰 도시임에도 불구하고 유럽의 어느 도시보다도 깨끗하다. 돈이 많아서 감시하는 일꾼들을 많이 풀어서 그런지

는 몰라도, 공공질서도 잘 지켜지는 편이고 범죄율도 아주 낮다. 시의 홍보
물에는 '마을 같은 대도시'라고 자랑하는 선전문구가 빠지지 않는다.

실제로 도시 곳곳에는 옛 마을들이 잘 보존되어 있다. 대도시의 도로를 지
나다 우연히 옆길로 빠지면 난데없이 일곱 난장이가 튀어나올 것 같은, 처마
가 낮은 오두막집들이 옹기종기 모여 있다. 문화재로 엄격하게 보호되고 있
는 도심의 오두막집들은 인기가 아주 좋아서 비싼 가격에 거래된다.

또 마리엔 광장 바로 옆에 있는 재래시장에서도 '마을 같은 대도시'를 느
낄 수 있다. 많은 관광객들이 이 재래시장을 쓱 훑어보고 사진이나 찍고 발
길을 재촉하는데, 그러려면 차라리 그냥 건너뛰는 게 낫다. 여기에는 찬찬히
보지 않으면 보이지 않는 물건들밖에 없기 때문이다. 원래는 서민들의 평범
한 장터였던 이 시장은 어느새 미식가들을 위한 최상급 공급처로 변해서, 독
일의 산해진미가 모여든다.

비싼 만큼 최상품을 보장하는 이 재래시장에 한번 가게 터를 잡은 상인은
상권을 절대로 반납하지 않고 대를 물릴 만큼 장사가 잘된다고 한다. 눈요기
만 제대로 해도 배가 부르고 마음이 넉넉해지는 이 재래시장은, 마로니에 그
늘에 앉아서 시원한 맥주에 곁들여 소시지나 족발을 먹기에도, 샴페인에 곁
들여 새우구이나 생굴을 먹기에도 분위기가 잘 어울리는 곳이다. 이 시장에
단골로 다니는 뮌헨 주민들은 가격도 싸고 품질도 좋은 가게들을 잘 파악해
서, 간이카페에서 3유로 안팎의 돈으로 커피 한 잔과 갓 구운 케이크를 즐기
기도 한다.

관광을 하다 몸이 지쳤을 때, 시가지에 빙 둘러선 사람들 사이에 끼어서
세계 각지에서 온 길거리 예술가들의 수준 높은 음악 공연이나 퍼포먼스를
즐기는 것도 별미다. 해가 진 후 왕궁의 정원Hofgarten이라도 거닐라치면 동화
같이 앙증맞게 가꾸어놓은 꽃밭 너머로 음악 소리가 들려올지도 모른다. 정
원 가운데 있는 동그란 정자에 희미하게 불 밝혀놓고 나지막한 카세트 음악

에 맞춰 탱고나 살사를 추는 사람들도 어렵지 않게 볼 수 있다.

평생을 여러 대륙의 대도시들을 전전하며 살아온 한 유럽인은 자신의 노년을 보낼 도시로 뮌헨을 택했다고 한다. 독일사람들은 보면 볼수록 매력이 없지만 뮌헨은 살면 살수록 정이 든다나.

문화재를 활용한 쇼핑센터

　일찍부터 부를 축적한 바이에른 왕국의 수도답게 뮌헨에는 오랫동안 굵직한 문화재들이 산재해 있었고, 제2차 세계대전 후에도 이를 잘 복구하여 보전했다. 또한 이에 못지않게 가치 있는 현대식 건물도 많이 짓고 있다. 뮌헨의 많은 현대 건축 중에 나는 다섯 마당Fünf Höfe을 백미로 꼽는다. 문화재와 현대 건축의 접목이 성공적으로 이루어진 경우이기 때문이다.

　신청사 뒷편에는 유럽에서 가장 비싼 공터라는 잔디밭이 하나 있다. 그 잔디밭은 밑에 유태인 집단 거주지의 유적이 묻혀 있기에 '뮌헨의 폼페이'라고 과장되어 불리기도 한다. 13세기 뮌헨에서는 유태인들이 어린이를 산 제물로 바쳤다는 헛소문을 핑계로 집단 거주하던 유태인들을 학살했는데, 바로 이 잔디밭 밑에 그 역사의 현장이 묻혀 있다. 이곳은 사실 시내에 사는 개들의 전용 화장실이기도 하나, 이를 알 바 없는 관광객들은 그곳을 피크닉 장소로 애용하고 있다.

　잔디밭 건너편으로 오륙 층 높이의 건물들로 구성된 블록이 이어져 있다. 이들은 예전에 '십자가 구역' Kreuzviertel이라 불리던, 처음에는 수도원 등 종교적인 건물로 이루어졌던 구역이다. 17세기 말엽부터 점차 귀족들의 고급주택지로 변하기 시작했다. 주교의 관사, 은행을 비롯해 바로크시대부터 힘 있고 돈 있던 인물들이 화려하고 웅장한 저택을 경쟁하듯 지었다. 제2차 세계대전 때 폭격의 피해가 특별히 심했던 곳이라, 아까운 문화재들을 잃은 자리

: 다섯 마당(1998~2003)의 입구. 고풍스런 옛 건물에 얌전하게 난 입구만 봐서는 호화스러운 다섯 마당의 내부를 상
   상할 수 없다.

유태인 거주지 유적이 묻힌 신청사 뒤 잔디밭.
여름이면 피크닉하는 관광객들로 붐빈다.

는 현대식 건물들이 메우고 있다. 이때 이 현대식 건물들은 기존 블록의 성격에 맞추어 특별히 튀지 않도록 설계되었다.

신청사 뒤 잔디밭 왼쪽으로 귀중한 문화재급 건물들이 나란히 남아 있는 블록이 하나 있다. 17∼19세기에 귀족의 저택 또는 은행으로 사용되었던 유서 깊은 건물들 사이사이로 현대식 건물들이 다소곳이 분위기를 맞추어 자리하고 있다. 그래서 이 블록은 전체적으로 고풍스럽고 얌전한 느낌을 준다.

'다섯 마당'은 이 블록 속에 숨어 있다. 밖에서는 정말로 잘 보이지 않는다. 블록을 빙 돌면 가끔 가다 하얀 글씨로 Fünf Höfe라고 쓰인 간판이 눈에 뜨일 듯 말 듯 걸려 있고, 그 밑으로 골목이 하나씩 나 있다. 블록에서 안으로 들어가는 골목이 나 있는 것은 뮌헨에서는 새로운 일이 아니다. 무심코 따라 들어가다 보면 보통은 쓰레기통들이 나열된 뒷마당이 나오고, 뜻밖에도 블록을 가로질러 다른 쪽으로 도달하는 지름길이 나오기도 한다.

그러나 다섯 마당의 간판이 걸린 골목 안으로 발길을 옮기면 눈이 확 열리는 것을 느낄 수 있다. 과감한 디자인과 기발한 아이디어의 건축 작품들이 경쟁하듯 눈앞에 펼쳐지며 개성 있는 상점들이 줄을 잇기 때문이다.

바닥을 두꺼운 유리로 깔고 그 밑의 두어 자 높이의 공간에는 흰 모래를 깔아, 마치 일본 사찰의 모래 마당같이 갈퀴무늬를 내고 드문드문 가게 카탈로그를 아무렇게나 던져놓은 안경가게부터, 절묘한 디자인의 바^{bar}와 들여다보기만 해도 즐거운 카페의 멋진 의자들까지 별의별 눈요기가 끊이지 않는다. 기묘한 외부 디자인을 구경하느라 그에 못지않게 번쩍번쩍한 쇼윈도의 내용물에 행인의 눈길이 닿지 않을 때도 많다.

조금 더 따라 들어가면 갑자기 높은 공간이 광장처럼 펼쳐진다. 도심 속에서 난데없는 원시림이 나타나 초록색 넝쿨이 아득히 높은 천장에서 머리 바로 위까지 주렁주렁 늘어져 있고, 그 사이를 수많은 전구들이 반짝이고 있다. 다섯 마당의 심장인 살바토어 마당^{Salvator Höfe}이다.

: 살바토어 마당의 천장. 생화 넝
쿨이 주렁주렁 늘어져 있어서
마치 원시림 같은 기분이 든다.

나는 처음에 이 화초들이 플라스틱 조화인 줄 알았다. 저 꼭대기에서 화초
를 가꾸어 몇 미터씩 우람하고 싱싱하게 늘어뜨리는 것은 불가능하다고 생
각했기 때문이다. 예전에 내가 설계한 전시 공간의 천장에 관장이 플라스틱
화초를 보기 좋게 배열해놓은 것을 보고, 조화는 유치한 것이라는 선입견에
꽉 잡혀 있던 내가 웃지도 울지도 못했던 기억도 떠올랐다. 그래서 초록의
넝쿨을 이용한 살바토어 마당의 시각적 효과가 굉장함을 일단 수긍하면서도
예술과 유치함의 차이는 어디에 있을까 고민했다.

그런데 올해 다시 보니 그새 화초들이 많이 자라 있었다. 가짜도 자라나 싶어 깜짝 놀랐다. 길어졌으므로 밑으로 더욱 가까이 내려온 덕에 육안으로도 확인할 수 있었다. 자세히 보니 정말로 싱싱한 생화였고, 저 위에는 간혹 시든 가지도 보였다. 클레마티스 과의 특별한 화초이며, 이 방면의 전문가들의 작품이라고 한다.

거기서 발길을 옮기면 위에서부터 촘촘한 간격으로 졸졸졸 떨어지는 낙수로 형성되는 물 벽이 우연처럼 나온다. 이 물 벽에 문처럼 뚫린 구멍을 발견하게 되면 마치 최면에 걸린 사람처럼 그 구멍으로 발길이 향한다. 문을 통과하면 갑자기 하늘이 보이는 공간이 나온다. 벌겋게 녹이 슬고 구멍이 난, 거친 철재 덧문을 닫았다 접었다 하면서 날씨에 따라 시시때때로 다른 모습을 연출해내는, 철갑옷을 입은 첨단 디자인의 건축물이 이 공간에 면해 있다.

다니다보면 갑자기 분위기가 고적해지면서 명상이라도 하고 싶어지는 뒷마당에 발길이 닿기도 한다. 예술적인 의자들과 조각이 나무 사이에 우연처럼 널려 있는 이 조용한 공간은 이 블록 안에 위치한 가정집 아파트의 뒷마당이다.

굴속처럼 아늑한 프란너 골목Prannerpassage을 따라가면 블럭 밖으로 나오게 된다. 나의 매우 주관적인 감성으로 표현하자면, 별이 빛나는 초저녁에 아라비아의 흙집 사이로 난 골목길을 걷는 기분을 느끼게 된다. 아늑하고 부드러운 골목길의 분위기에 취해 긴장을 풀고 걷다가 어느 순간 바깥으로 나와서 갑자기 환하고 시끄러워지면, 나는 대도시의 시각적, 청각적 자극에 화들짝 놀라 마치 쫓겨나온 듯한 억울한 감정을 느끼곤 한다. 설계한 사람이 혹시 어머니의 따스한 뱃속에서 바깥세상으로 나가는 출산의 과정을 염두에 두었을지도 모른다는 상상도 해본다.

이 다섯 마당은 유명한 유럽 건축가들의 공동작업으로 설계되었다.스위스의

: 프란너 골목. 별이 빛나는 초저녁에 아라비아의 골목길을 걷는 느낌이 나는 아늑한 통로이다.

Herzog & de Meuron, 독일의 Hilmar und Sattler, Ivan Gianola 자존심 있는 사람들이 개성 있는 목소리를 내면서도, 일단 정해놓은 전체적인 틀에 순응하는 데 성공한 협동작업의 결과다. 독일의 문화재 전문가들 사이에는 현재 두 가지 의견이 충돌하고 있다. 본 상태 그대로 보존해야 한다는 아카데미아적인 이상파와 후세에 적극적으로 사용할 수 없는 문화재는 죽은 건물일 뿐이라고 주장하는 현실파의 갈등이다. 뮌헨은 다분히 현실적인 문화재 관리를 하고 있는 듯하다.

뮌헨은 세계적인 상공업과 문화의 도시다. 특히 영화와 패션의 중심지로 꼽히고, 뮌헨을 찾는 많은 관광객 중에는 쇼핑을 목적으로 오는 사람도 적지 않다. 여성잡지의 가십난을 보면 유럽 왕가의 무슨무슨 공주나 세계적으로 유명한 연예인 누가, 아마도 새 애인인 듯한 누구랑 뮌헨에 쇼핑을 하러 왔다가 클럽에서 놀았다는 기사가 심심찮게 나온다.

쇼핑센터 다섯 마당은 유서 깊은 옛 도시의 모습을 보전하면서도 시대가 요구하는 첨단의 소비문화를 충족시키고 있다. 뮌헨의 고색창연한 옛 건물들은 고층건물로 무장된 세계적인 대도시들과 경쟁하기에 모자람이 없다. 자칫하면 발전을 저해한다고 믿기 쉬운 전통을 잘 활용해, 시대의 요구를 독특하게 충족한 예가 바로 다섯 마당이다. 나는 이 다섯 마당에서 과거의 역사와 오늘의 발전을 똑같이 귀중히 여기는 뮌헨의 정신을 본다.

전 혜 린 의   발 자 취 를   찾 아 서

요즘 학생들도 그러는지 모르겠지만, 나는 고등학생 때 전혜린의 『그리고 아무 말도 하지 않았다』에 심취했다. 그녀의 극단적인 사고가 경이로웠고, 눈에 보일 듯 그녀가 묘사하는 뮌헨의 정경에 환상을 품었다. 성적, 친구와의 갈등, 부모에 대한 반항 등 십대 소녀들이 갖는 통상적인 사고와 고민의 한계를 뛰어넘어, 존재에 대한 근본적인 고뇌와 끓어오르는 삶의 열정을 제시해주었던 책이다.

어떻게 하면 최소의 노력으로 최대의 성적을 올릴 수 있을까만을 궁리하던 당시의 나에게는, 인식의 즐거움을 위하여 공부에 미칠 수도 있다는 사실이 신선한 대안으로 다가왔다. 나와 절친했던 친구 정애의 말에 따르면 그당시 우리는 전혜린의 문체까지 모방했다고 한다.

우리 가족이 뮌헨으로 이사 오면서 내가 가장 먼저 떠올렸던 것도 바로 전혜린이었다. 전혜린은 당시 여자로서는 드물게 뮌헨으로 유학을 갔다. 한국으로 돌아온 후, 그녀는 대학에서 가르치며 독일에 대한 단상과 뮌헨에 대한 향수를 글로 남겼다. 1965년에 그녀가 32세의 나이로 요절한 후 평소 써놓았던 글들이 책으로 편찬되어 많은 젊은이들의 가슴을 설레게 했다.

전혜린은 그리워했다. 뮌헨의 회색 하늘, 소리 없이 머리를 적시는 안개비 속에 레몬 빛으로 떠 있는 가로등……. 그리고 돌로 포장된 길, 가을이면 낙엽이 두텁게 깔리는 레오폴드 거리, 어스름 속에 백조가 외롭게 떠 있던 영국 공원의 호수, 그리고 광적인 지식욕과 예술혼으로 빛나는 슈바빙을 그리워했다.

오늘, 뮌헨에는 정말로 깊이를 가늠할 수 없이 불투명한 회색 하늘이 낮게 걸려 있다. 전혜린의 표현대로 소리 없이 머리를 적시는 안개비가 내렸다. 비 오는 줄도 몰랐는데 어느새 아스팔트가 까맣게 젖어 있다. 길에는 가랑잎이 굴러다니고, 안개에서는 싱그럽고도 비릿한 낙엽의 냄새가 묻어난다. 어디선가 낙엽 태우는 냄새도 바람결에 실려 온다.

사실 뮌헨은 독일에서 날씨가 좋은 편에 속한다. 알프스 산맥에서 생성되는 더운 바람인 푄 덕분에 한국처럼 새파랗게 맑은 하늘이 드물지 않다. 그러나 오늘 같은 회색 하늘을 '영원한 뮌헨의 하늘'이라고 표현한 것을 보면, 전혜린은 이 축축한 북반구의 기후가 꽤 우울했던 모양이다.

요즘의 가로등은 가스등이 아니어서 부드러운 레몬 빛이 아니라 차가운 은빛을 낸다. 그러나 고풍스러운 거리에는 모양이나마 가스등을 닮고 따스한 오렌지색을 띤 가로등이 서 있다. 예를 들면 레오폴드 거리의 초입이 그렇다. 레오폴드 거리는 이미 아스팔트로 포장이 되었지만 골목길에는 아직도 어른 주먹만 한 돌로 포장된 옛길이 많이 남아 있다. 표면이 울퉁불퉁해서 자전거를 타고 지나가면 골이 흔들려 머리가 아프다.

레오폴드 거리에는 요즘 노란색, 갈색의 낙엽이 두텁게 쌓여 있다. 넓은 차로 양쪽으로 보행자 전용도로가 넉넉하게 나고, 하늘을 향해 치솟은 포플러 나무가 빽빽하게 서서 보행자를 호위하고 있다. 바로 옆에서 수많은 자동차의 소음이 들려와도, 든든하게 열 지은 포플러 나무들의 시각적인 요술에 취해 걷는 행인들은 대도시의 중심에 있다는 사실을 잠시 잊게 된다. 울창하

∶ 레오폴드 거리. 보도 양쪽으로 도열한 포플러나무 사이로 걸어가면 대도시의 중심에 있다는 사실이 실감나지 않는다.

게 우거진 나뭇잎들이 노랗게 물들어 바람결에 차르르르 반짝이다가 가끔 눈송이같이 흩뿌리는 이 길을 거닐면 금세 사색에 빠지게 된다. 역시 사색하며 이 길을 걸었고, 귀국해서도 이 길을 가장 그리워한 전혜린을 쉽게 떠올릴 수 있다.

여름에 과일과 꽃을 팔던 포장마차 대신 어느새 군밤장수가 서 있다. 크림 커피 한 잔으로 점심을 때우던 전혜린과 학우들은 군밤을 한 봉지씩 사서 강의실에서 먹었다고 했다. 오늘의 군밤장수는 전혜린이 묘사한 것처럼 "뜨거운 군밤이요!"라고 소리쳐 부르지 않는다. 군밤 또한 가난한 학생들이 끼니 삼아 사먹던 그런 소박한 군밤이 아니다. 돈 있는 사람민 사먹으라는 배짱 있는 군밤이다. 아홉 알에 2유로나 하니 비싸서 사먹을 엄두가 안 난다. 그러나 구수한 냄새를 풍겨 낙엽이 구르는 가을 거리의 낭만에 일조하는 것은 고맙게 생각한다.

레오폴드 거리가 중심을 이루는 슈바빙은 1900년을 전후하여 당대 유럽의 지성이었던 철학가, 문인, 배우, 예술가들의 집합소였다. 레오폴드 거리에서 꺾어지는 골목길에는 레닌이 '마이어'라는 독일 가명을 쓰면서 잡지를 편집했던 집^{Kaiserstraße 46번지}도 있고, 바로 그 근처에는 릴케^{Ainmillerstraße 34번지}와 칸딘스키^{Ainmillerstraße 36번지}가 아래윗집으로 나란히 살았다. 전혜린은 그녀가 이곳에 거주한 1950년대에도 이념과 지성에 빛나는 허름한 옷차림의 가난한 대학생들과 저명한 예술가들이 슈바빙의 카페와 술집에서 그들의 세계를 구축했다고 전한다.

오늘날의 슈바빙은 또 하나의 상징성을 띠고 있다. 부의 상징이다. 기존의 틀을 깨는 반항아적인 정신, 독창성, 이념과 지성의 거리임에는 변함이 없지만, 거기에 돈과 유행이 접목되었다. 슈바빙은 부자와 멋쟁이, 예술계와 연예계에서 알아주는 인물들이 교제하는 곳이 되었다. 왕년의 테니스 스타 보리스 베커와 그의 전처 바버라가 처음으로 우연히 마주친 곳도 슈바빙에 위

: 슈바빙의 현재 풍경. 오늘의 슈바빙에는 고급스러운 카페가 줄지어 인파를 부른다.

치한, 영화배우들이 자주 찾는 한 카페이다.

슈바빙에는 남을 구경하기 위해, 그리고 나를 남에게 보이기 위해 찾아 들어간다는 카페만도 한둘이 아니다. 꼭 비싸서라기보다는 나름대로 독창성 있고 예술성 있는 제품으로 유명한 가게들도 즐비하다. 진보적 이념과 지성과 예술과 문화와 돈이 공존하는 곳이다.

레오폴드 거리에는 전쟁 이전에 지어진 고색창연한 건물들이 깔끔한 모습으로 보수되고 단장되어 서 있다. 가끔씩 보이는 현대식 건물은 고건물 일색인 경관을 시각적으로 거스르지 않게 설계되었고 품위 있으면서도 부티를 풍긴다. 뭐 하는 곳인가 하고 가까이 가서 조그맣게 달린 팻말을 읽어보면 세계 유수의 대기업인 경우도 있다.

나는 학생회관 건물을 지날 때마다 전혜린이 뮌헨에 도착한 첫날이 생각난다. 여기서 꼬불꼬불한 연필 광고를 보고 찾아갔다는 그녀의 월세 방이 어딘지 불현듯 알고 싶어진다. '그 끔찍하게 낡은 건물은 학교에서 도보로 5분 거리에 있다… 영국 공원에 면해 있다… 방은 영국 공원과 반대쪽으로 나 있다…'라는 대목만으로 레오폴드 거리와 영국 공원 사이에서 전쟁 전에 지은, 남북 방향으로 뻗은 4층 건물들을 유심히 관찰하곤 한다.

전혜린이 즐겨 산책을 나가던 영국 공원은 폭 1킬로미터, 길이 5킬로미터의 거대한 공원이다. 영국 공원이라는 명칭은 영국식 공원이라는 말이 이름으로 굳어져버린 것이다. 유럽에는 프랑스식과 영국식 두 가지 조경 양식이 있다. 프랑스식은 대지를 기하학적 형태로 인공미 있게 가꾸는 것이고, 영국식은 인간의 손길이 느껴지지 않게 자연미를 살려 조경하는 것이다. 뮌헨의 도심에 위치한 영국 공원의 너른 잔디밭, 울창한 수목, 호수, 냇물 등은 모두 인공적으로 설계되었지만 자연스럽게 형성된 느낌을 준다.

영국 공원은 프랑스혁명이 일어난 1789년에 착공되었다. 당시 파리 시민들 못지않게 군주에 대한 불만이 높았던 뮌헨의 시민들을 달래기 위한 정책으로, 한 미국 군관의 건의를 받아들여 조성되었다. 도심 내에 쉴 곳이 없었던 뮌헨의 시민들이 왕궁의 정원을 일반인에게 개방하라고 압력을 넣었기 때문이다.

영국 공원은 오랜 세월을 두고 꾸준히 가꾸어졌다. 뮌헨의 시가지가 그림처럼 한눈에 들어오는 동산과 그 위에 세운 그리스 원형 신전 모놉테로스Monopteros는 1830년대에 유명 건축가 클렌체에 의해 완공되었는데, 그것은 18세기부터 유행하던 영국식 조경 방식일 뿐, 클렌체의 독자적인 아이디어는 아니다. 그는 애초의 계획을 실현한 것뿐이다.

자주 언급한 것으로 보아 전혜린은 영국 공원 중에서도 특별히 호수를 즐겨 찾은 것 같다. 그녀가 수선화 한 다발을 던져 넣었고, 그녀의 마음을 뒤흔든 편지를 매장했으며, 몇 년이나 지속되었던 꿈과 동경을 던져버린 호수, 어둠에 쌓여 백조가 바스락 소리를 내는 것을 지켜보았다는 호수는 그녀의 글에서 항상 외로움의 대상이었다.

전혜린의 글로 미루어 호젓하고 고요했을 그 호수는 오늘날 많은 인파로 붐비는 활기찬 곳이다. 관광객들과 뮌헨의 젊은 연인들이 보트를 타면 오리 떼가 졸졸졸 따라다니는 것이 아주 재미있다. 호숫가에 있는 비어가르텐은 물 바로 앞까지 탁자를 놓아 날씨만 좋으면 항상 붐빈다. 뮌헨 사람들은 해만 잠시 반짝했다 하면 어디든지 야외에 앉지 못해 난리다. 하다 못해 우리 동네의 구멍가게나 미용실 주인들도 날씨만 좋으면 탁자를 보도에 내놓고 앉아서 커피나 맥주를 마시며 장부 정리를 하곤 한다.

그러나 요즘처럼 날씨가 추워지기 시작하는 계절의 저녁나절에 호수를 찾으면, 전혜린이 받았을 느낌이 고스란히 전해진다. 황혼이 남기고 간 빛바랜 하늘을 배경으로, 호수를 둘러싼 수목들은 마치 딴청을 부리는 듯 무심해 보인다. 어스름한 빛 속에서 고적하게 빛나는 수면 위에 하얀 백조들이 드문드문 모여 있고, 오리들이 매우 조용한 동작으로 소리 없이 떠다닌다. 수면에

닿을 듯 드리운 수양버들의 그림자가 이들을 감추었다 토해냈다 한다. 어디선가 까악까악 새 우는 소리가 난다. 어둠이 내리면서 인적이 끊어진 호수 저편의 벤치에 그녀가 오도카니 앉아 있는 모습이 보일 것만 같다.

전혜린이 50년이 지난 오늘의 뮌헨을 보면 무어라 할지 궁금하다. 맑은 정신을 숭상하고 물질을 경멸했던 스토아적인 그녀의 기준으로 보면, 오늘의 뮌헨의 거리에는 너무나도 경박스러운 돈 냄새와 신흥부자의 냄새가 날지 모른다. 그러나 화려한 무대장치의 뒤를 가만히 들여다보면 옛날의 슈바빙 정신이 아직도 조용히, 그러나 꾸준하게 살아 숨쉬고 있음을 느낄 수 있다. 나는 그녀가, 오늘 내가 살고 있는 이 뮌헨도 좋아할 것 같은 느낌이 든다.

이 미 륵 의   묘 지 에 서   술 을   따 르 며

　　나는 고등학생 시절에 전혜린의 『그리고 아무 말도 하지 않았다』를 읽고
이미륵이라는 사람에 대해 처음으로 알게 되었다. 이미륵은 구한말에 황해
도에서 태어나 독립운동을 하다 일경에게 쫓겨 스무 살의 젊은 나이에 독일
로 왔다. 그는 고국에서 산 시간보다 훨씬 긴 31년의 세월을 독일에서 공부
하고 문학 활동을 하며 보낸 후 뮌헨 근교의 공동묘지에 뼈를 묻었다. 처자
가 살고 있는 한국을 그리워하며 한국에서 보내준 회색 두루마기를 늘 입었
다는 그가 어째서 해방 후에도 고국 땅을 한 번도 밟아보지 못했는지 그 이
유는 아무도 모른다.

　　독일인들을 통해 전해지는 그에 대한 일화는 그의 독특한 지성과 해학을
보여준다. 나치의 기세가 전 유럽에 등등하던 시절에 스웨덴을 여행하던 이
미륵은 기차에서 만난 독일인에게서 히틀러의 찬양을 한참 듣고 나서 히틀
러가 도대체 누구냐고 물었다고 한다. 기가 막힌 독일인이 당신은 대체 어느
나라에서 왔기에 위대한 히틀러도 모르냐고 물었고, 이미륵은 서슴없이 나
는 독일에서 왔다고 대답했다는 일화는 유명하다. 전혜린, 『그리고 아무 말도 하지 않았다』 1967, 94쪽

　　또 독일의 기차 안에서 만난 독일 노인과의 대화는 그의 번득이는 해학을
보여준다. 동양인 이미륵이 옆 자리에 앉은 흑인과 독일어로 대화하는 것을
보고 있던 독일 노인이 '너희 나라 말'로 대화해보라고 말했다고 한다. 이
세상에 독일어와 '너희 나라 말' 딱 두 개의 언어만 존재한다고 생각하는,

지독한 사투리를 쓰는 독일 촌부의 오만과 무지에 대해 이미륵은 이렇게 부드럽게 대답했다고 한다. '우리 나라 말'에도 독일어처럼 사투리가 있는데, 우리는 각기 다른 사투리를 쓰기 때문에 소통이 불가능해서 할 수 없이 독일어로 대화하는 거라고.

그의 맑은 선비 정신을 보여주는 일화도 있다. 전쟁 직후 이미륵이 목수에게서 나무 상자를 맞추었는데 공교롭게도 그 이튿날 화폐개혁으로 인해 그 돈이 휴지가 되자, 이미륵은 새 화폐로 상자 값을 다시 지불했다고 한다. 먹고살기 힘들어 흉흉한 인심 속에 보기 드문 미담이 아닐 수 없다. _{이유랑, 「이미륵의 묘}
소를 다녀와서」 2003

사춘기 소녀였던 나는 전혜린의 책을 읽으며 이미륵의 묘지를 산책하는 기분이 들었고, 독일인들이 경탄한 그의 인품이 자랑스러웠고, 그의 기구한 인생이 가여워서 알지도 못하는 그가 막연히 그리웠다. 그리고 얼마 안 되어 나는 독일로 오게 되어 독일에서 고등학교를 마치고 대학에 입학했다. 어느 날 대학 기숙사 위층에 사는 독일 학생이 나에게 이미륵의 『압록강은 흐른다』를 빌려주었다. 차분한 문체로 이해하기 쉽게 쓴, 한마디로 깔끔한 책이었다. 나는 안으로 고이는 동양인의 감성과 독일 문학의 건조함이 우아하게 교배된 느낌을 받았다.

나는 결혼을 하고 독일에서 늙게 될 것이 확실해질 무렵 가족들과 함께 뮌헨으로 이사를 왔다. 그러나 몇 년이 지나도록 다른 일로 바빠 그의 묘지를 찾아볼 엄두를 내지 못했다. 그러던 어느 날, 연구차 잠시 뮌헨에 머물던 한국 여성이 내게 이미륵의 옛 비석을 탁본으로 뜨는 것을 구경하지 않겠냐고 연락을 했다. 이 여성의 전공은 동양 고건축이고 나의 전공은 서양 고건축이므로 우리는 각기 다른 방법론을 교환하며 서로 배우는 중이었다. 나는 기회다 싶어서 얼른 좇아 나섰다. 내 아이들의 나이가 내가 이미륵을 처음 안 나이가 될 무렵이었다.

　하늘이 새파란 초가을 오후에 우리는 국화를 사 들고 전철과 버스를 갈아
타며 뮌헨 근교에 위치한 그래팰핑 묘지에 닿았다. 독일의 공동묘지가 그렇
듯이 자연 속에 깊숙이 들어앉은 묘지는 거대한 공원처럼 아름답고 평화스
러웠다. 가지를 깊숙이 드리운 아름드리 고목 밑으로 각양각색의 비석들이
도열해 있었고, 주위는 화려한 화단으로 가꾸어져 있었다. 죽으나 사나 개성
있는 인간들의 집합지답게, 관 하나 들어갈 한 뼘 땅뙈기들이 이웃들과 뚜렷
한 경계를 그으며 각기 다른 취향으로 꾸며져 있었다.

　커다란 선박처럼 생긴 예배당이 떠 있는 호수를 몇 바퀴 돌다가 우리는 드
디어 이미륵의 묘지를 찾아냈다. 최근 한국 정부에서 새로 세워준 비석과 석
단 옆으로 아담한 고급 나무 두어 그루가 서 있는 이미륵의 묘지는 깔끔하게
다듬어져 있어서 마치 부지런한 후손이 돌보고 있는 듯한 인상을 주었다. 언
제 누가 다녀갔는지 비석 옆에 있는 꽃병에는 생화가 말라 있었다. 우리는
시든 꽃을 뽑아내고 가져간 국화를 꽂았다. 수도에서 물을 길어와 나무와 잔
디에 물도 주고 풀도 뽑았다.

　그때 동행한 지인이 내게 물었다.

　"아 참, 술 안 가지고 왔지요?"

　"어어, 술이요?"

　"어디서 살 수 없을까요?"

　나는 난감했다. 묘지에서 왜 술을 찾는다지? 한국에서 제사나 성묘를 한
번도 보지 못했기 때문에 신성한 묘지에서의 음주가 이상하게 느껴졌다. 나
의 난처해하는 표정을 본 그녀가 내게 물었다.

　"독일에서는 묘지에서 술 마시는 거 실례에 속하나 보죠?"

　"아마 그럴 거 같은데요."

　이때 까맣게 잊고 있던 추억 하나가 떠올랐다. 고등학교 다닐 때의 일이
다. 독일의 고등학교 상급반에서는 전공을 미리 정해서 전공과목을 중점적

∶ 아름다운 그래팰핑 공원묘지에 있는 이미륵의 묘.

으로 공부하게 되는데, 독일어가 딸리던 나는 그나마 숫자가 글자보다는 만만한 탓에 물리와 수학을 전공으로 택했다. 이 과목을 전공하는 학생은 전 학년에 열 명밖에 안 되었으므로 우리 급우들은 전부 친하게 붙어다녔다.

어느 날 나는 이웃집 아주머니에게서 달걀노른자를 날로 왕창 깨 넣고 설탕을 잔뜩 풀어서 달콤하고 고소한 독주 만드는 법을 배웠고, 첫 작품을 학교에 들고 갔다. 수업이 비는 시간에 우리 열 명은 학교 맞은편에 있는 공동묘지로 다 같이 몰려가서 돌아가며 병나발을 불었고, 알딸딸 기분이 좋아져서 다시 학교로 돌아와서 수업을 받았다.

그러고는 그 일을 까맣게 잊어버렸는데, 지인이 공동묘지에서 술 이야기를 하는 바람에 뒤늦게 가슴을 쓸게 됐다. 당시는 철이 없어서 아무것도 몰랐는데 이제 내가 학부모가 되어서 생각하니, 우리 아이들이 학교에서 도망나와 공동묘지에 가서 직접 만든 술을 돌려 마시다 들켜서 중징계라도 받는다면 나는 부모로서 저거 커서 뭐가 되려고 저러나 걱정 꽤나 했을 것이다.

"그럼 그만두죠. 이미륵 박사님이 서운하시겠다."

술에 대한 나의 소극적인 태도에 지인은 이렇게 말하면서도 미안한 표정을 지었다.

새로 세운 비석 뒤로 애초의 옛 비석이 얌전하게 누워 있었다. 자연석에 이미륵의 본명^{이의경}이 한자로 판각된, 아주 수수하고 소박한 비석이었다. 최근에 묏자리를 넓히고 고급 비석을 눈에 띄게 새로 세웠기에 망정이지, 글씨가 마모되어 보이지도 않는 이 작은 비석만 덩그러니 놓여 있었다면 초행길에 이미륵의 묘지를 찾는 일은 불가능할 뻔했다.

전혜린이 묘사한 모습대로 묘지를 지키고 있는 옛 비석을 보자 책을 처음 읽었을 때의 감동이 되살아났다. 내 스스로가 외국에서 오랜 시간 살고 보니 이제는 그의 인생이 내가 한국에서 생각했던 것처럼 그렇게 기구하게 보이지만은 않았다. 그가 늘 고향을 그렸다지만 그것은 인간의 본능적인 외로

: 1997년에 한국 정부에서 세워
준 비석과 제단 뒤로, 원래 있던
수수한 비석이 놓여 있다.

움일지도 모른다고 생각했다. 마음을 두는 곳이 고향일진대 그는 독일에서
독일인들의 사랑과 존경을 받으며 알차고 맑게 잘 살았을 거라는 생각이 들
었다.

　우리는 옛 비석을 물과 솔로 깨끗이 닦고 먹을 갈았다. 지인은 각종 곡식
이 든 무명 주머니들을 차례로 먹에 적셔 비석을 덮은 한지에 살짝살짝 눌러
가며 탁본을 떴다. 처음 보는 작업이 신기해서 나는 숨을 죽이고 그녀의 손
길을 주목했다. 경건한 자세로 익숙하게 손을 놀리면서 가끔씩 고인에게 말
을 건네는 것이 인상적이었다. "박사님, 이렇게 깨끗하게 닦아드리니 시원
하시죠? 그간 적적하셨어요? 한국말은 오랜만에 들어보시죠?"

　이때 바람의 방향이 바뀌면서 이상한 냄새가 살짝 내 코를 스쳤다. 언제

항을 피워놓았는지 하얀 연기가 한 줄기 피어오르고 있었다. 그 냄새를 맡는 순간 나에겐 어떤 변화가 일어났다. 나의 것이면서도 내게는 낯설어져버린 여러 가지 것들이 한꺼번에 차올랐다. 꽉 차버린 물통에 마지막으로 떨어진 한 방울의 물처럼 그 향내는 나를 넘쳐나게 만들었다. 확실히 증명된 사실만 믿을 뿐 귀신이라든가 영혼을 믿지 않는 내가 이 세상 사람이 아닌 이미륵의 마음을 헤아리기 시작한 것이다.

인종주의와 민족주의를 초월하고 세계인으로 살았던 이미륵이, 그래도 한국인 후손이 온 것을 알아보고 특별히 더욱 반기는 것 같았다. 그리고 그가 독일에서 한국식으로 예를 받는 것을 쑥스럽게 여기기는커녕 기뻐할 것이라는 마음이 강렬하게 들었다. 그리고 나는 갑자기 술을 꼭 구해야 할 것 같은 강박증이 들어 안절부절하기 시작했다.

지인에게 술을 사오겠다고 했더니 그녀는 한숨 놓는 기색이었다. 일요일이라 근처의 가게도 문을 닫았고 어디서 술을 살 수 있을지 몰랐지만 어느 방향으로 걸어가면 주유소가 나온다는 말만 믿고 무작정 혼자서 걸어갔다. 초가을의 뙤약볕을 받으며 걸어 거의 한 시간 후에야 나는 주유소 매점에서 샴페인과 과자를 사서 돌아왔다.

우리는 옷매무새를 단정히 하고 예를 올렸다. 술을 묘지에 골고루 뿌려드리고 우리도 한 잔씩 마셨다. 그간 독일 친구들의 맨송맨송한 방문을 받아온 고인이 오래간만에 고향 사람들이 올리는 술을 받고 흐뭇해 하는 것이 내 마음으로 전해졌다. 아기를 낳고 독일 병원에서 주는 뻑뻑한 빵을 당연하게 잘만 먹다가 한국 친구가 끓여준 미역국이 얼마나 맛있었는지 갑자기 기억났다. 고인에게 작별인사를 하는데 그가 서운해 하는 것 같아 자주 오겠다고 약속했다.

그날 하마터면 술도 못 드릴 뻔 한 것이 미안해서 우리는 한 번 더 갔다. 이번에는 붉은 포도주와 과자를 넉넉하게 미리 챙겼다. 갑자기 쏟아지는 장

대비 속에 우리는 우산을 받고 향을 피우고 술을 올렸다. 지난번에 조금밖에 못 드린 게 미안해서 술도 듬뿍듬뿍 뿌려드렸다. 비바람이 너무 심하게 쳐서 우리는 호수 옆에 있는 예배당으로 갔다. 깊숙이 드리운 처마 밑에는 사람이 앉으라고 벤치도 놓여 있었다. 거기에 앉아서 우리는 요란한 빗소리를 들으며 주거니 받거니 술을 마셨다.

나는 일 때문에 만난 그 지인에게 언니라고 부를까 말까 망설였다. 알고 지낸 지 15년이 넘었고 이제는 마음을 터놓고 개인적인 이야기를 나누는 사이라서 나는 오래 전부터 그녀를 언니라고 부르고 싶었다. 그러나 오랜 독일 생활에 길들여 폐쇄된 내 정서가 그것을 막았다. 내가 일방적으로 경계를 허물고 그렇게 엉기는 것을 그녀가 부담스러워할 것만 같아서 조심스러웠다. 남의 속도 모르고 나뭇잎들이 비바람에 자글자글 흔들리며 나를 자꾸 재촉했다. 나만큼 독일에 오래 산 이미륵이라면 어떻게 했을까?

건 축 에   미 친   왕

남독일 바이에른 지방에는 외국에서 더 유명한 것이 두 가지 있는데, 뮌헨의 맥주집 호프브로이하우스와 우리나라에 백조의 성으로 알려진 노이슈반슈타인 성이다. 외국 관광객만 바글거리는 곳은 피하기 마련이라, 나는 우리집에서 엎어지면 코 닿을 곳에 있는 호프브로이하우스에도 몇 년 전에 손님들을 모시고 처음으로 가보았을 정도다.

그러나 호프브로이하우스 축제실에 냉소를 띠고 입장한 나는 그간 편견을 가졌음을 인정하지 않을 수 없었다. 관광객의 입맛에 맞춘, 국적불명의 음식일 것이라 예상했던 뷔페 음식은 남독일의 전형적인 식탁을 푸짐하고 깔끔하게 반영했고, 무대에서 벌어지는 쇼 또한 볼만했다. 각 고을의 축제를 방방곡곡 찾아다니지 않고서는 만날 수 없는 전통 민속놀이를 한꺼번에 모아서 보여주니 독일에 살고 있는 사람에게도 새롭고 재미있었다.

그런데 노이슈반슈타인 성은 건축사를 전공한 나로서는 정말로 발을 들이고 싶지 않은 곳이었다. 건축이란 시대를 반영하는 법인데, 어떤 미친 왕의 환상에 의해 시대보다 몇 백 년 전의 스타일로 지어진 모조품 장난감에 감동하는 관광객들이 딱할 뿐이었다. 독일에 건축 미술학교인 바우하우스가 설립되어 기능주의, 합리주의, 국제주의로 상징되는 현대 건축이 열린 것이 1919년이라는 사실을 상기한다면, 바우하우스 설립 불과 30년 전에 로마네스크, 고딕, 비잔틴 양식의 짬뽕으로 지어진 중세의 성은 얼마나 비

: 뮌헨의 대표적인 관광지 호프브로이하우스 내부. 흥겨운 분위기에서 전통음식을 골고루 맛볼 수 있다.

현실적인가?

하루에 6천 명, 한 해에 130만 명씩 다녀간다는 방문객들은 모르긴 몰라도 대부분 외국인 관광객일 것이다. 디즈니랜드에다 복제품을 지어서 그런가, 외국에서 더 열광하는 것 같다. 유럽 각국을 며칠 내에 휙 둘러보도록 짜인 관광상품 전단지를 볼 때마다 나는 많은 한국인들이 독일에서 유일하게 보고 가는 곳이 하필이면 노이슈반슈타인 성이라는 사실에 배가 살살 아팠다. 그 사람들은 그렇게 생긴 성이 독일의 전형적인 건축이라 생각하게 되는 게 아닐까? 그렇다면 나도 한번 보아야 할 것 같았다. 내 눈으로 직접 봐야 뭐라 말할 수 있지 않겠는가?

여름 휴가를 노이슈반슈타인 성으로 가자는 말에 남편은 내가 농담하는 줄 알고 하하 웃었다. 나는 한술 더 떠서 그 미친 왕 루드비히 2세가 지은 모든 성을 자전거로 섭렵하자고 제안했다. 루드비히 2세는 노이슈반슈타인 성을 비롯하여 자신만의 보금자리를 한꺼번에 몇 개씩이나 호화판으로 짓느라 국고를 거덜내 바이에른 왕국을 부도 직전까지 몰고 간 왕이다.

그 성들은 당연히 알프스에서도 경치가 특별히 빼어난 곳에 위치해 있으므로 남편은 지도를 보더니 여정에 만족하여 금방 동의했다. 문제는 아이들이었다. 특히 딸아이는 환경보호와 자전거 여행으로 대변되는 부모의 삶에 끊임없이 의문을 제기하는 사춘기 소녀였다. 나는 딸의 관심을 유도하기 위하여 루드비히 2세의 기구한 인생을 설명해주었다.

그는 바이에른 공국의 왕세자로 태어나 부모의 사랑 대신 엄격한 왕가의 수업을 받고 자랐다. 어려서부터 예술과 문학에 관심이 많아 혼자 공상하기를 즐기던 소년이 18세에 갑자기 왕위를 계승하자 제일 먼저 한 일은 작곡가 바그너를 불러들여 그의 작품 활동을 적극적으로 후원한 것이다.

어린 왕은 처음에는 착실하게 정사를 돌보았지만 하나둘씩 어려움에 봉착할 때마다 이를 극복하지 못하고 현실에서 도피하여 환상의 세계를 찾았다.

일터인 뮌헨에는 점점 발길을 끊으며 자신의 환상을 만족시켜주는 성을 여기저기 짓는 일에 주력했다. 이때 그 스스로가 설계에 깊이 관여했으므로, 시대를 반영하는 건물이 아니라 왕의 환상세계를 반영하는 건축이 속속 탄생했다.

이미 현실성을 잃어버린 왕은 건축에 돈을 물 쓰듯 했다. 국고가 거덜나자 적국에서까지 빚을 끌어다 썼다. 그러는 사이 왕은 사람과의 접촉을 극도로 피하게 되었다. 낮에 자고 밤에 깨어 움직였으므로 시종들도 그의 눈에 띄지 않도록 조심하여 없는 듯이 시중을 드느라 갖은 수를 써야 했다.

왕의 개인적인 건축 빚으로 바이에른 공국이 파산할 위험에 봉착하자 대신들은 비밀회의를 열어 왕에 대한 금치산 선고와 함께 폐위를 결정했다. 이 소식을 들은 왕은 국민들의 감성에 호소하는 공문을 발표하는 등 나름대로 항거했지만, 결국 대신회의 4일 만에 호숫가의 작은 성으로 유배, 구금되었다. 이 소식을 들은 충성스러운 농민들이 왕을 구하기 위하여 곡괭이와 쇠스랑이로 무장하고 유배지를 향해 진군하다가 해체되기도 했다. 유배된 이튿날 왕은 그를 호위하던 주치의와 함께 허리 높이도 안 되는 얕은 호수에서 변사체로 발견되었다.

이 의문의 죽음은 사고설 또는 자살설로 서둘러 마무리됐다. 그러나 익사했다는 그의 폐에 물이 들어 있지 않았다던가, 등에 두 개의 총탄 구멍이 있었다는 진실을 부검의가 죽기 전에 가족에게 고백했다던가 하는 무수한 소문이 오늘날까지도 돌고 있다. 그리고 왕의 숙부에게 통치권이 넘어갔으니, 그의 죽음에 대한 미스터리는 우리나라 사람들이 단종과 수양대군에게 가지는 감정을 독일 국민들에게 두고두고 불러일으켰음이 분명하다.

혹자는 그를 정신분열이라 판정한 정신감정서가 그에 대한 직접적인 진찰 없이 이루어졌다는 점을 들어 숙부 측의 터무니없는 모함이라고 주장한다. 해마다 기일이면 시체가 발견된 장소에서 열리는 추도식의 주인공인 루드비히 2세는 오늘날 국민들에게서 '동화의 왕'이라는 애칭으로 불리고 있다.

아이들에게 호기심을 불러일으키는 데 성공하여 우리 가족 네 명은 자전거에 텐트를 싣고 루드비히 2세의 건축 탐방에 나섰다. 가파른 알프스 산자락을 힘겹게 오르기도 하고 시원하게 내리달리기도 하면서 며칠 만에 도착한 곳은 린더호프Linderhof 성이었다. 왕이 지은 세 채의 성 중에 가장 현실적인 프로젝트였으므로 유일하게 완공을 본 건물이다.

왕은 이곳을 애용하여 주된 거주지로 삼았다. 19세기 후반에 지어졌지만 건축 양식은 17세기에 유행한 바로크와 로코코 양식이다. 금박, 은박, 대리석, 보석, 비단, 상아, 도자기 등을 이용해 재물을 아끼지 않고 화려하게 꾸며놓은 실내장식은 자칫 과하다 싶으면서도 최고의 품격이 느껴져서 어쩐지 함부로 빈정거릴 수 없었다.

건축 양식은 옛 것이로되 기술은 제 시대를 반영했는데, 식탁을 그 예로 들 수 있겠다. 우리 식으로 말하자면 '차려라, 상!'으로 번역될 만한 식탁은 도르래에 의해 아래층의 부엌으로 내려가서 완벽하게 차려진 후 식당으로 감쪽같이 다시 올라오게 되어 있다. 시중 드는 사람마저 극도로 피했던 그의 성품을 보여준다.

린더호프 성은 건물 내부도 아름답지만 이탈리아식, 영국식, 프랑스식으로 가꾸어진 정원들이 멀리서 보아도 입이 딱 벌어질 만큼 화려하다. 게다가 넓은 대지 여기저기에 널려 있는 별채들도 한결같이 섬세한 손길로 건축되었으나, 양식은 난데없이 아랍풍을 띄기도 하고 게르만 가옥의 양상이기도 하다.

그중 가장 인상 깊었던 것이 '비너스의 굴'이라 불리는 인조 종유석 동굴이다. 들어가 보면 로렐라이 바위, 호수, 조개껍질 모양의 조각배 등이 돌고드름 속에서 왕이 평생 흠모한 바그너의 오페라를 재현하고 있다. 왕은 이곳에서 바그너의 오페라 연주를 들으며 환상의 세계로 빠져들었다 한다.

: 린더호프 성(1874~1878). 건물도 아름답지만 이탈리아식, 영국식, 프랑스식으로 가꾸어진 정원이 화려하고 별채들이
  아름답다.

　지어질 당시 세계 최대 규모였다는 이 인공 동굴은 호수 전체를 데울 수 있는 난방시설이 완비되어 있고, 호수에는 물결치는 장치도 있다. 당시의 최신기술인 조명장치가 색조를 바꾸어가며 분위기를 돋우는데, 붉거나 푸른 빛을 발하는 인조 고드름은 오늘의 감각으로 보자면 유치하기 짝이 없다.

　왜 루드비히 2세는 이 성을 바로크, 로코코 양식으로 꾸몄을까? 그는 17세기에 프랑스의 태양왕 루이가 마지막으로 누린 절대왕정 시대의 영광을 그리며 일생을 보낸 사람이다. 요람에서부터 왕이 되는 교육을 받아 계급의식이 유달리 강했다고 전해지는 루드비히 2세는 계몽사상에 밀려 왕권이 점차로 약화되는 시대적 현실에 적응하지 못했다. 그래서 상상 속에서나마 절대왕정의 영광을 즐기려고 자택을 그렇게 장식했던 것이다.

　그나마 린더호프 성은 바로크, 로코코 양식을 모방했을망정 복제품은 아니다. 린더호프 성이 완공되자마자 루드비히 2세는 알프스 산이 병풍처럼 둘려 있는 거대한 호수에 떠 있는 섬 하나를 사서 태양왕 루이의 베르사유 궁전을 복제하려고 했다. 이것이 바로 완공도 되기 전에 국고를 거덜낸 헤렌킴제 성이다.

　이 성은 밖에서 보아도 웅장하고 품위가 있지만, 안에서 보면 특히 어디 내놓아도 지지 않을 만큼 호화판 고급으로 치장되었다. 예를 들면 길이가 100미터 이상인 거울실은 크기로 보나 사치성으로 보나 예술적 가치로 보나, 원형인 베르사유 궁전을 능가하여 동시대 건축 중 유럽 최고라 인정받는 공간이다. 총 70개의 방 중에 20개만 완성된 채 왕의 죽음으로 건설이 정지된 것을 다행이라 여겨야 할지 불행이라 여겨야 할지.

　린더호프 성을 뒤로하고 우리는 노이슈반슈타인 성을 향해 페달을 밟았다. 구불구불한 산길이 올라갔다 내려갔다 끝도 없이 이어지며 숨이 찼다. 슬슬 뒤로 처지기 시작한 딸아이의 불평이 시작되었다. 달래보겠다고 뒤로 간 남편이 딸과 큰소리로 싸우는 소리가 들렸다. 힘이 남아도는 아들은 우리랑 보조 맞추기가 지루한지 저 혼자 냅다 꽁무니를 빼서 보이지도 않았다. 나는 죽을힘을 다해 자전거를 달려서 그새 제법 멀리 가버린 아들을 불러 세웠다. 기분이 안 좋은지 입을 딱 닫은 아들과 나란히 앉아서 남편과 딸을 기다렸다. 한참 만에 남편이 입이 잔뜩 부어서 오고 그 뒤를 뚝 떨어져서 입이 더 부은 딸아이가 왔다.

나는 먹을 것을 꺼내 피크닉을 시작했다. 자전거 여행을 하면 식성이 말도 못하게 좋아진다. 평소 빵을 별로 좋아하지 않는 나도 뻑뻑한 빵을 제대로 씹지도 않고 꿀꺽꿀꺽 삼켰다. 사과도 어찌나 달콤한지 모른다. 사과는 씨까지 다 먹어치운 후 꼭지만 달랑 남겨 산에 버렸다. 자전거 여행을 하면 짐에 예민해지기 때문에 되도록이면 쓰레기를 줄이는 일이 몸에 익게 된다.

배가 부르니 모두 기분이 좋아졌다. 저녁은 사먹자고 했다. 아들은 2인분을 시키겠다며 미리 흐뭇해했다. 한참을 쉬고, 골짜기를 흐르는 개울물에 발도 담그고 돌도 던지며 놀다가 다시 출발했다.

산봉우리들이 첩첩이 겹쳐지는 경치가 어딘지 눈에 익은 듯 친근했다. "어머, 여기 꼭 설악산 같지?"라는 나의 탄성에 남편이 빙긋이 웃으며 "그래, 알프스가 설악산 흉내 내느라 애쓴다."라고 대답했다. 주거니 받거니 농담하며 산굽이를 하나 돌자 어느새 산등성이에 삐죽이 모습을 나타낸 동화의 성. 아! 말로만 듣던 노이슈반슈타인 성은 절경 속에서도 보석처럼 섬세하게 반짝였다.

푸른 수목에 둘러싸인 호수가 나왔다. 우리는 호숫가의 야영장에 짐을 풀었다. 남편과 아들은 텐트를 치면서 텐트의 구조역학에 관해 토론이 한창이었고, 딸은 매점에서 선글라스와 엽서를 산다고 깡총거리며 뛰어갔다. 나는 호숫가에 주저앉아서 동화의 성을 올려다보았다.

디즈니 만화처럼 환상적인 실루엣을 보며 나는 '왜?'라는 의문을 감출 수 없었다. 왜 하필이면 중세일까? 19세기에 500년도 더 지난 중세의 성을 모방한 왕의 심리는 어디에 기인하는가? 그가 흠모해 마지않아 동성애설까지 돌았던 바그너의 오페라를 위해, 순전히 그 오페라의 배경으로 이 성을 지었다는 말이 정말 맞는 것일까? 다른 이유는 없었을까?

저녁을 사 먹으며 가족들에게 물어보았다. 아들은 2인분을 먹느라 정신이 없었고, 딸은 매점에서 본 선글라스를 사야 하는지 말아야 하는지에만 온통 관심이 쏠려 있었으므로 남편이 대답했다.

"중세는 아이들에게 매력이 있지, 아마? 아이들은 기사놀이를 즐기고 기사 흉내를 내지 않아?"

"응? 그게 무슨 소리야?"

"왕이 정신분열증으로 어린애 같은 환각상태에 빠진 건 아닐까?"

이때 딸이 물었다.

"왕은 왜 미쳤대?"

"왕의 동생도 정신병을 앓았다니까 어쩌면 유전일지도 모르지."

남편의 대답에 이어 내가 말했다.

"그래, 유럽의 왕가는 혈통을 지킨다고 근친혼을 많이 해서 유전병이 많았을 거야."

남편이 씩 웃으며 아이들에게 너희는 부디 왕가의 자손들과 결혼하지 말라고 농담하자, 딸이 정색을 하고 따졌다.

"아빠는, 사랑하면 결혼하는 거지, 무슨 혈통을 따져서 차별을 하라고 그래? 그런 것도 인종차별이야."

남편이 정색을 하고 뭐라고 대꾸하려고 하다가 내가 옆에서 배꼽을 잡고 웃으니까 그냥 따라 웃었다. 우리는 카드놀이를 하다가 날이 어두워지자 텐트 안에 펴놓은 슬리핑백 속으로 들어가 금세 곯아떨어졌다.

다음날 날이 밝자 우리는 호숫가의 벤치에 아침상을 차렸다. 꼬마 버너에 물을 끓여서 인스턴트커피와 코코아를 탔다. 아이들이 매점에 가서 금방 구

： 알프스 산자락에 걸린 노이슈반슈타인 성. 1869년에 주춧돌을 놓았으나 루드비히 2세가 죽은 1886년에도 완성되지
못했다. 오른쪽에 희미하게 보이는 성이 왕의 생가 호헨슈반가우 성이다. 더 높은 곳에 있는 아들의 성이 아버지의 성
에 군림하는 느낌이 든다.

운 주먹빵을 사와서 플라스틱 접시에 담았다. 플라스틱 접시는 깨지지 않고 가볍기도 하거니와 도마로도 사용할 수 있는 이점이 있다. 설거지감을 줄이려고 온 식구가 접시 하나, 칼 하나로 아침을 먹었다.

바삭바삭하게 구워진 빵을 빠개면 고소한 냄새가 솔솔 풍겨서 부드러운 하얀 살에 마가린만 발라도 혀에서 살살 녹을 만큼 맛이 있다. 평소에 우리는 버터를 선호하지만 자전거 여행을 할 때는 마가린을 먹는다. 종이에 싼 버터는 눌리거나 녹아 흐르기 쉬운 반면 용기에 담긴 마가린은 안전할 뿐더러 소시지를 굽거나 양파를 볶을 때 식용유 대신 쓸 수 있기 때문이다.

그날 우리는 멀지 않은 곳에 있는 호엔슈반가우 성에 먼저 들렀다. 루드비히 2세가 어린 시절을 보낸 생가였다. 멀리서 건물을 보는 순간 내 가슴속에서 쿵 하는 소리가 났다. 중세 건물……. 중세에 기사의 성으로 지어진 것을 루드비히 2세의 아버지 막시밀리안 왕이 사서 중세식으로 복구한 성이다. 그래서 아들도 중세식으로 지은 걸까? 아버지에게 인정받고 싶은 욕망이었을까, 아니면 아버지를 이기고 극복하기 위한 몸부림이었을까? 아들은 아버지의 집보다 더 높은 곳에다 아버지의 집보다 더 크고 아름다운 집을 지어 아버지를 내려다보고 싶었을까?

부모의 그늘이 깊었을 것이라 생각하니 루드비히뿐 아니라 동생인 오토 역시 정신질환을 앓았다는 사실이 단순한 유전병으로만 비치지는 않았다. 엄격한 아버지는 자식들과의 교류가 없었고, 차가운 독일 병정의 상징인 북독일 프로이센의 공주 출신의 어머니는 전혀 자상한 여성은 아니었지만 두 아들의 능력과 학업 성취도에는 관심을 표했다고 전해진다. 이 부모는 자식들에게 정서적 교류 대신 풍족한 물질과 돈으로 사는 교육을 제공한 셈이다.

나는 이 호엔슈반가우 성이 참 마음에 들었다. 애초 중세 고딕시대에 지어졌던 기사의 성을 신고딕 양식으로 복구한 것도 양식 있는 일이지만, 무엇보다도 사람이 산 흔적이 있어서 좋았다. 건물의 역사적 가치는 그 시대의 일

상과 인간을 가늠해볼 수 있어야 빛난다는 것이 나의 개인적 견해이다.

　그러나 아버지의 호엔슈반가우 성은 규모 면에서 아들의 노이슈반슈타인 성을 따라갈 수 없었다. 증기 기중기를 이용해서 건축재를 가파른 절벽 위에 있는 공사터까지 운반하는 등 지을 때부터 첨단기술과 최고의 재료를 동원하고, 전대미문의 공사비를 아낌없이 쏟아 부은 건축을 따라갈 기존 건물은 많지 않았을 것이다. 나는 저 혼자 살 집을 이렇게 호화스럽게 짓느라 백성의 고혈을 착취한 왕이 얄미웠고, 그것도 왕이라고 쇠스랑이를 들고 지키려던 백성들이 어리석게 느껴졌다.

　내 마음이 이렇게 삐딱하니 시선도 삐딱해지지 않을 수 없다. 여러 가지 자연석의 색조를 잘 배합한 외형을 볼 때도 '저걸 잘츠부르크에서 날라 오느라 돈 꽤나 들고 사람 꽤나 다쳤겠다.' 하는 생각만 들고, 고급으로 정교

하게 장식된 홀에 서서도 냉소만 나왔다. '아이고, 이 오골오골한 무늬는 또 뭐냐? 이스탄불에 있는 하기아소피아대성당이 왜 여기서 나오는데?'

나의 이런 냉소가 가신 것은 비교적 소규모로 꾸며진 왕의 침실에 발을 들인 순간이었다. 침대는 나무를 정교하게 깎아 만든 목공예품인데, 14명의 장인이 달라붙어 4년간 작업했다는 말이 실감나도록 손을 탄 작품이었다. 이름 없는 장인들의 예술품 앞에서 나는 깨달았다. 이 건물은 그 시대 장인들의 최고의 실력과 기술을 한 군데 모아서 보여준다는 점에서 충분히 가치 있는 문화재라는 것을. 왕은 국민의 재산을 탕진했지만 당대의 장인들에게는 꼼꼼하고 완벽하게 물건을 만드는 장인정신을 유감없이 발휘할 수 있는 기회였다는 것을. 그리고 내가 앞서 린더호프 성이나 헤렌킴제 성에서 받았던 감동은, 손끝을 통해 건물의 품질과 품격을 높여 건물의 진정한 창조자가 된 이름 없는 장인들을 향한 것이었다는 것을.

뿐만 아니라 보이지 않는 곳곳에 감추어진 철골구조, 뜨거운 공기를 이용한 중앙난방시스템, 자동 수세식 화장실, 전기를 이용한 인터폰 시스템, 식당의 엘리베이터 등은 당시의 첨단기술을 보여주는 박물관인 셈이다. 로마네스크 양식치고는 커다랗게 뚫린 창문 역시 유리 만드는 기술의 발전상을 보여주는 증인이었다.

고백하자면 내가 그간 홍보는 재미에 빠져 깜빡한 사실이 하나 있다. 노이슈반슈타인 성의 짬뽕 양식은 왕의 환상만을 반영한 것은 아니다. 시대를 반영하기도 했다. 19세기 유럽에서는 지나간 사조를 재현하는 낭만적인 역사주의가 유행이었고, 한 건물 안에 이런저런 양식에서 따온 모티브를 한꺼번에 조합하는 절충주의도 선을 보였다. 노이슈반슈타인 성은 왕의 광기가 겹쳐 과장된 면이 있기는 하지만, 그래도 절충주의 시대를 반영한 작품이다.

성에서 내려다보는 경치는 어찌나 아름다운지 아무렇게나 카메라를 들이대도 그림엽서 수준이었다. 그래도 아들의 성에서 내려다보이는 절경의 한 부분을 차지한 아버지의 성이 나는 마음에 더 들었다. 아들의 성은 사람을 위해 지어진 건축이 아닌, 유령의 성이었다. 사용한 흔적이 있는 의자들은 여기 살던 사람의 흔적이 아니라 훗날 관광객들에 의해 닳은 것이다. 왕의 의자에 몰래 한 번 앉아보고 싶은 관광객들을 통제하기 위해 이제는 일정 수의 입장객만을 받아 가이드가 인도하고 있다.

이 성을 찾는 관광객들에게는 근처의 산책로를 돌아볼 것을 권한다. 협곡을 가로지르는 마리엔 다리에서 보이는 성의 조감도와 주변 경관을 보지 않고서는 노이슈반슈타인 성을 다 보았다고 할 수 없기 때문이다.

수많은 인파에 섞여 성을 내려오면서 나는 생각했다. 사람을 피해 혼자만의 세계에 빠져들려고 지은 성이 훗날 이렇게 많은 낯선 사람들에게 개방되리라는 것을 루드비히 2세는 상상이나 했을까? 당시에 국고를 거덜낸 무능한 왕이 후손에게 이렇게 어마어마한 입장료를 벌어주리라는 것을 상상한 사람이 있었을까?

이튿날 아침에 나는 일찍 깨었다. 동이 트는 것이 얇은 막으로 훤하게 비치기 시작하자 다른 텐트들이 지퍼를 여는 소리가 여기저기서 뿌이익뿌이익 났다. 화장실 쪽으로 슬리퍼를 끄는 소리도 들려왔다. 옆 텐트 안에서 아직 잠에 취한 소리로 두런거리는 것이 들렸다.

곤하게 자고 있는 내 가족들을 돌아보았다. 텐트는 이글루형이라 키가 큰 남자들이 가운데에서 자고, 키가 작은 나와 딸은 바깥쪽에서 잤다. 어젯밤에는 아이들이 자리가 좁다고 서로 밀쳐내며 싸우더니, 새벽녘이 되자 추운지 얼굴을 맞대고 꼭 붙어서 자고 있다. 나는 손가락으로 텐트에 서린 이슬방울을 살살 만져보았다. 가벼운 것으로 고르다보니 겨우 허리나 펴고 앉을 수 있는 작은 텐트지만 우리 가족의 단잠을 지켜주기에 충분한, 어느 성도 부럽지 않은 우리의 스위트홈이었다.

출입문의 지퍼를 살그머니 올리고 밖을 내다보았다. 호수가 바로 눈앞에 고여 있었다. 수면에는 솜같이 하얀 물안개가 두텁게 깔렸고 그 위로 연보랏빛 하늘이 뽀얗게 피어나는 중이었다. 네 명이 밤새 숨을 쉰 텐트 속이 새삼스레 후끈하게 느껴질 만큼 상쾌한 아침 공기가 안으로 들어오자 남편이 잠결에 재채기를 했다.

칼 스 루 에 의   튤 립   아 가 씨 들

　독일 남서부에 위치한 칼스루에^{Karlsruhe}는 나에게 고향 같은 도시이다. 이곳에서 나는 20대와 30대의 황금기를 보내며 젊음을 만끽했고, 지금의 남편을 만났고, 아이들을 낳았다. 오랜 학문의 결실도 칼스루에의 건축사에서 맺었다.

　유럽 대부분의 도시가 오랜 세월에 걸쳐 자연적으로 형성되는 데 반해 칼스루에는 전 세계의 도시계획 전공서적마다 언급되는, 전형적인 바로크형 계획도시이다. 도시 중앙에 영주의 성이 있고, 성의 탑을 중심으로 방사선 도로가 부챗살처럼 나 있어, 도심에서는 어디를 가도 이 방사선 도로를 통해 성이 보인다.

　이 도시의 계절은 심장부인 마르크트 광장^{Marktplatz}에서 열리는 꽃시장으로부터 시작된다. 장터라는 뜻의 마르크트 광장에 서면 가장 먼저 눈에 띄는 것이 중앙에 위치한 적색 피라미드이다. 이 피라미드는 아무리 이곳 지리에 어두운 사람이라도 금방 찾을 수 있는 확실한 약속 장소로 통하는 까닭에, 타지인이라면 누구라도 한 번쯤은 이 앞에서 사람을 만난 경험을 가지고 있을 것이다.

　피라미드 밑에는 칼스루에를 세운 영주 칼 빌헬름의 유해가 안치되어 있다. 이 무덤의 모양은 이집트의 피라미드를 흉내 낸 것이 아니라, 원래 이 자리에 있던 목조 교회가 낡아서 헐린 후에, 영주의 관이 놓인 구멍을 널빤지로 임시로 덮어두면서 우연히 생겨났다. 빗물이 고이지 않고 잘 흘러내리도록 피라미드형으로 막은 것을, 그로부터 근 15년이 경과한 1825년에 마르크트 광장을 새로이 건축하면서, 모양은 그대로 두고 재료만 돌로 바꾸어 축조했다. 목조 피라미드였을 때는 유해가 도난당할까 봐 경비병을 두었다고 한다.

양변 길이가 6미터인 이 피라미드의 내부는 3층으로 이루어져 있다. 가장 아래층인 지하에는 칼 빌헬름 영주의 관이, 가운데층에는 칼스루에 도시 건설의 발전상을 나타내는 여러 개의 지도가 그려진 대리석 판이 모셔져 있다. 맨 위층은 통풍을 위한 빈 공간으로, 바깥으로 통하는 공기구멍이 십자가형으로 뚫려 있다.

피라미드의 북벽에 있는, 내부로 들어가는 입구는 황동판으로 막혀 있다. 황동판에는 '이곳에서 휴식을 취하고자 했던 칼 빌헬름 후작이 여기에 잠들다.'라는 문구가 새겨져 있다. 이는 칼스루에라는 도시 명에 얽힌 유래를 설명하고 있다. 전설에 의하면 칼 빌헬름 영주가 숲으로 사냥을 나왔다가 잠시 낮잠이 들었는데, 어찌나 달게 잤는지 나중에 그 자리에 성을 짓고 수도를 이 자리로 천도하면서 칼스루에Karlsruhe, 즉 칼Karl의 휴식이라고 명명했다는 것이다.

이것은 전설이고, 천도에 관한 두 가지 학설이 있다. 하나는 천도가 영주의 계획에 의해 이루어졌다는 '계획설'이다. 17세기의 독일은 작은 영토로 조각조각 갈라져서 크고 작은 전쟁이 끊이지 않았다. 그중의 하나였던 바덴 지방도 마찬가지여서, 수도 두얼라하Durlach는 툭 하면 잿더미로 변했다.

이 지방의 전통적인 가옥은 목재로 얼기설기 틀을 세우고 진흙으로 벽을 메우는 목골구조였으므로 특히 불에 예민하여 전쟁이나 대화재가 한 번씩 지나면 도시 전체가 폐허가 되곤 했다. 자연히 통치자들은 이러한 재화를 견딜 수 있는, 견고한 석조건물로 이루어진 도시를 갈망하게 되었다. 그리고 이왕에 재건하는 김에, 당시 모든 분야에서 그랬듯이, 유행의 첨단이었던 프

: 마르크트 광장의 피라미드(1823~1825). 황동판에는 '이곳에서 휴식을 취하고자 했던 칼 빌헬름 후작이 여기에 잠들다.' 라는 문구가 새겨져 있다. 왼쪽으로 그리스 신전을 딴 교회(1807~1816)가, 오른쪽으로 시청(1821~1825)이 보인다. 전부 바인브렌너의 작품이다.

랑스풍의 도시를 짓고 싶어 했다.

이 프랑스풍의 건축도 사실은 프랑스 고유의 것이 아니었다. 신성로마제국의 역사적 배경을 바탕으로, 지중해 연안의 전통 가옥형이 중세 초반부터 북이탈리아, 남프랑스를 거쳐서 중부 유럽으로 전파되는 과정에 있던 일종의 문화이동의 과정이었던 것이다. 두얼라하도 예외가 아니어서 영주 칼 빌헬름은 새로운 유행에 따른 복구정책을 선친에 이어 계속 추진했다.

삼각으로 올라가는 박공벽이 길을 향해 서 있는 이 지방의 전통적인 프랑크식 목골가옥으로의 복구작업을 금하고, 처마가 길 쪽에서 보이도록 건물 방향을 90도 튼 지중해식 석조건물을 짓도록 명했다. 그러나 전후의 기아에 허덕이던 주민들에게는 이런 생소한 형태의 주택을, 더군다나 비용이 훨씬 많이 드는 석재로 지으라는 말이 무리한 주문이었다. 우선 비바람이라도 피하고 싶은 사람들에게 아름답고 현대적인 수도에의 꿈은 전혀 호소력이 없었지만, 당시의 전제주의 체제하에서 보조금과 철거형을 도구 삼아 조금씩 실현되었다.

그러나 시민계급의 상승이라는 시류를 타기 시작한 주민들은 이미 옛날처럼 복종만 하지는 않았다. 수도의 재건이 계획대로 착착 진행되지 않고 자꾸 차질이 생기자 영주는 짜증이 나기 시작했고, 허허벌판에 자유스럽게 새 수도를 건설하고픈 꿈을 키우게 되었다. 그리하여 두얼라하에서 10킬로미터 떨어진 숲에다 주춧돌을 놓은 것이 1715년. 그 당시 절대왕정의 심벌이었던 베르사유 궁전을 본따 도시 전체를 방사형으로 계획하고, 그 중심부에 자신의 성을 지었다는 것이 계획설이다.

다른 천도설은 '우연설'이다. 인생을 즐기는 호남아였던 칼 빌헬름 영주는 당시 이웃나라이자 라이벌 격인 슈투트가르트 출신의 공주와 정략결혼을 했는데, 그 공주는 신앙심만 깊었지 매력도 없는데다 질투까지 심해서 영 정이 안 붙었더란다. 영주는 바가지 긁는 부인을 피해서 예쁜 시녀들을 군졸로 남장시켜서 함께 사냥을 다니는 일에 취미를 붙이게 되었다. 여기까지는 편지와 고문서를 통해 입증된 사실이다.

그러다가 시녀들과 좀 더 편하게 즐기기 위하여 평소에 사냥 다니던 숲에다 별장을 하나 지으려고 한 것이, 자꾸 짓다 보니까 어느덧 도시로 발전했다는 주장이 바로 우연설이다. 방사선 도로와 가운데 있는 탑도 사실은 사냥을 용이하게 하기 위해 만든 것이지, 애초부터 절대왕정 성격의 도시를 건설할 의도가 있었던 건 아니라는 설이다. 탑은 사냥시에 동물들을 관찰하는 데 필요하고, 방사선 도로가 나 있는 숲은 길을 잃을 염려가 없어서 사냥에 안성맞춤이기 때문이다.

계획설과 우연설 중 어느 설이 맞는지는 아무도 모른다. 어쩌면 장본인인 칼 빌헬름 영주도 확실하게 알지 못할지도 모른다. 남겨진 문헌과 도면을 바탕으로 역사학자와 건축학자들의 분분한 추측이 있을 뿐이다. 이때 천도설의 진실을 밝히려는 학설이 어떤 식으로 정립되는지에 대해서는 이 책의 뒷부분에서 나의 연구 주제인 '칼스루에의 옛 주택'의 예를 들어 다루기로 한다.

아무튼 이렇게 세워진 칼스루에는, 실록에 의하면 숲속에 성의 주춧돌을 놓은 지 4년 만에 135채의 가옥과 2천 명의 주민으로 급속 팽창했다. 영주가 세금 면제, 집터와 건축자재 제공, 종교의 자유의 보장 등 적극적인 이주정책을 펼친 결과이다. 두얼라하에서의 경험을 교훈삼아 주택은 애초부터 정해진 모델에 따라 짓도록 했다. 그래서 칼스루에는 집의 처마가 길 쪽으로 나란히 줄을 이은 지중해식 가옥만이 건설되었다.

초창기에는 판잣집만 아니면 목골구조를 허용했다가, 1750년경부터는 건물의 외벽을 돌로 쌓도록 했다. 이밖에도 각 층의 천장 높이를 규정하고 도로의 크기에 따라 건물의 층수를 지정하는 등 강력한 모델 정책을 썼는데, 외형적으로 거리 전체가 통일되고 조화로운 인상을 주는 데 신경을 썼음을 알 수 있다.

칼스루에 도시 계획의 원칙은 매우 간단하여 한눈에 알아볼 수 있는 게 특징이다. 성의 탑을 원심으로 하여 원을 그리고, 사방으로 32개의 방사선을 그어서 도로를 만들었다. 성 뒤로 공원을 끼고 전면에 도시를 계획한 것과 기하학적이고 대칭적인 도시 평면 등은 전형적인 바로크 양식이다.

중앙집권적인 이상에 따라 도시의 중심에는 영주의 성이, 성 주위로 귀족의 청사와 사택이, 좀 더 바깥쪽으로는 중산 시민계급의 주택이, 가장자리에는 수공업자들의 주택을 두도록 계획되었다. 당시에는 일터와 주거지의 구분이 뚜렷하지 않아서 수공업자들은 집에서 일을 했는데, 대부분 철공소처럼 시끄러운 소리가 난다거나 가죽 무두질처럼 악취가 난다거나 비누 제조처럼 불을 많이 사용하여 화재의 위험이 많아서 되도록이면 중앙에서 멀리 떨어진 곳으로 자리를 잡게 했다.

그리고 중앙에 위치한 건물은 높게, 외곽으로 나갈수록 층수를 낮게 제한한 것은 상류계층은 중앙에서 높이 살고, 하류계층은 외곽에서 낮게 산다는 정서를 반영한다. 나는 메소포타미아의 발굴에 참여했을 때 만 년 전의 부락에서도 비슷한 점을 발견했다. 마을 중심지와 마을 변두리에서 발견되는 기단의 품질이 다른 것으로 미루어 당시에도 빈부의 차이가 있었음을 알 수 있었다. 또 변두리에서는 수공업의 흔적을 알려주는 공구들이 많이 발견되어서, 지금으로부터 만 년 전에도 몸으로 일하는 생산계급은 변두리의 덜 좋은 집에서 살았고, 머리를 쓰는 계급은 마을 중앙의 더 좋은 집에서 살았음이 증명되었다.

신도시 칼스루에에는 수공업자보다 더 천한 계급이 있었다. 공사가 있는 곳마다 철새처럼 따라다니는 일일노동자들과 하인, 하녀 같은 빈민들은 도시의 경계선 밖에 도시 계획도 없이 아무렇게나 길을 내고 판잣집을 지어서 살고 있었다. 그런데 도시가 점점 커지다보니 이 구역도 도시에 포함되는 날

: 위에서 내려다본 칼스루에의 방사형 거리. 중심에 있는 성의 탑으로부터 도로가 부챗살처럼 나 있다.

이 왔다. 건설국에서는 재개발을 하네, 건물의 보수 허가를 내주지 않음으로써 철거와 신축을 강요하네 어쩌네 하면서 머리를 썼지만 그런다고 도시의 빈민들이 없어지겠는가? 돈 없는 사람들을 쥐어짜봐야 방법이 없는 것은 뻔한 일이다.

결국 시에서는 이 지역을 특별구역으로 정해서 층수가 낮고 초라한 외관의 주택을 짓도록 허락해주는 수밖에 없었다. 그런데 이 지역이 도심보다 더 인기가 있는 것이었다. 영주나 근사한 도시의 모습을 즐기는 거지, 하루 벌어먹기 힘든 서민들에게는 무조건 값싼 집이 고맙게 마련이다.

이 특별구역의 부지가 금세 다 차버리자, 사그라지는 건축 경기를 활성하기 위해 시에서는 영세민을 위한 특구를 하나 더 만들어야 했다. 새로 생긴 특구는 처음엔 값싸게 분양되었지만 세월이 가면서 땅값과 집세가 올라 일반 구역과 다를 바가 없게 되었다. 서민들을 위한 특별구역을 만들어서 특혜를 제공하면, 거기에 난데없이 중산층들이 꼬이기 시작해 그 지역을 점령함으로써 진짜 서민들은 더 싼 땅을 찾아 더욱 변두리로 밀려나게 된다. 이런 일은 동서고금을 막론하고 어디나 있는 현상인가 보다.

칼스루에는 바로크시대에 원칙적인 틀만 잡았을 뿐 도시계획을 오늘의 형태로 실현시킨 사람은 그 다음 시대인 고전주의시대의 건축가 바인브렌너 Weinbrenner이다. 그는 1800년부터 25년 동안 바덴 지방의 건설부 장관으로 재직하면서 수많은 공공건물을 직접 설계하고 주택을 비롯한 모든 건축물의 허가와 감독을 관장함으로써 이 도시의 건축사에 가장 큰 영향을 끼친 사람이다. 독일 고전주의의 거장 중 하나로 꼽히는 그는 신축하는 고전주의 건물을 기존 바로크식 도시계획에 무리 없이 맞추어 두 사조의 접목을 성공적으로 이루었다.

그 예로 마르크트 광장의 교회를 들 수 있는데, 이 건물은 그리스의 신전을 본따 건축한 매우 전형적인 고전주의 양식이다. 그러나 이 교회의 뾰족탑은 고전주의 사조에 있어 전례 없는 이물질이다. 교회가 위치한 마르크트 광장에 바로크식 악센트를 주기 위하여 후대의 건축가가 선대의 도시계획에 한 발 양보한 셈이다. 그러나 탑의 모양과 위치를 적절하게 택했으므로 전체적으로 고전주의 건물로서의 가치에는 전혀 손상이 가지 않았다. 칼스루에 하면 고전주의로 통할 만큼 고전주의 건물이 많음에도, 바로크식 도시의 원래 성격이 일관성 있게 유지되어온 것은 가히 바인브렌너의 공로라 하겠다.

도시의 이러한 원칙을 한눈에 내려다볼 수 있는 곳이 바로 성의 탑이다. 성의 내부와 지붕은 제2차 세계대전 때 소실되었다가 복구되었다. 이 성에서, 아니 칼스루에에서 가장 먼저 지어진 탑은 10년 전까지만 해도 일반인의 출입이 통제되었는데, 이제는 보수공사가 끝나 누구나 올라가볼 수 있게 되었다. 이 탑에 올라가 세기의 명사들이 감탄했던 도시의 평면을, 그들이 내려다보았던 각도에서 감상할 수 있음은 반가운 일이다.

이 탑에 올라가게 되면, 탑 속에 살았던 이삼십 명의 아리따운 아가씨들을 기억하기 바란다. 그녀들은, 아름다운 여인과 튤립을 사랑했던 칼 빌헬름을 위하여 이 탑 안에 기거하며 종종 근위병으로 남장을 하고 그의 사냥길에 따라나섰다고 한다. 이 아가씨들 모두에게 독방을 제공하는 일이 탑을 짓는 실질적인 동기가 되었다고도 전해지는데, 이 주장은 이 탑의 평면 구성에 근거한다. 탑의 한가운데에 나선형 계단이 있고, 그 주위를 뺑 돌아가며 8개의 방들이 촘촘히 붙어 있었다. 팔각형의 층 전체가 계단과 아가씨들의 침실로만 꽉 찬 셈이다.

그녀들은 정원사가 새로운 품종 개량에 성공한 튤립을 화폭에 담으며 소일했다고 하여 '튤립 아가씨'라고 불렸다. 고문서에 의하면 그녀들은 '궁중 전속 가수'라는 직함으로 국고에서 수당을 받았고, 그중 많은 여성들이 독신모였으며, 아이들의 이름은 전부 '칼'이나 그의 여성형인 '칼라', '칼리나'였다고 한다.

낭만을 즐기던 호남아 칼 빌헬름 영주의 상징으로 아직까지도 세인들의 입에 오르내리는 튤립 아가씨들은 어쩌면 역사의 뒤안길에 숨어 칼스루에의 탄생에 크게 기여한 일등공신인지도 모른다.

바 덴 의 영 화 와 수 모

바덴 지방은 칼스루에를 건설한 칼 빌헬름 영주의 아들인 칼 프리드리히 대에 전성기를 맞는다. 당시는 프랑스의 나폴레옹이 세력을 떨치기 시작할 무렵이어서 인접국들의 운명은 가히 풍전등화였다. 프랑스 국경에 면해 있는 바덴 지방 역시 예외가 아니었다. 그러나 외교 감각이 뛰어난 칼 프리드리히 영주는 재빨리 나폴레옹과 손을 잡고 현명한 외교정책을 폈다. 19세기 초에 이르러서는 하늘을 찌르던 프랑스의 위세를 등에 업고 불과 4년 사이에 영토를 10배로 확장시키는 전화위복의 수를 이루었다. 그러나 내면적으로는 프랑스의 크고 작은 요구를 들어줄 수밖에 없는 처지가 되었다.

일례로 바덴 지방은 프랑스의 군대가 프로이센 또는 멀리 러시아로 진군할 때 수도 칼스루에를 통해 지나가는 것을 묵인해야 했다. 동맹국이라도 전장에 나가는 군인들의 행실이 거칠던 시절이라 칼스루에에선 이들이 시내로 들어올 일이 없도록 성문 밖으로 전용도로를 하나 만들어주었다. 전쟁로라는 뜻의 이 '크릭스슈트라세'는 도시가 팽창한 오늘엔 도심의 중심 도로가 되었다.

비덴 가문에 있어 또 하나의 도전은 나폴레옹의 정략결혼 정책이었다. 나폴레옹 황제가 몸소 찾아와 칼 프리드리히 영주의 대를 이을 손자 칼의 신부감으로 자신의 질녀 스테파니를 천거한 것이다. 그런데 그녀는 나폴레옹의 친조카도 아니었다. 나폴레옹의 부인 조세핀은 전 남편이 처형당해 죽은 후 나폴레옹과 재혼했는데, 스테파니는 조세핀의 전 남편의 조카딸이었다. 즉, 자기 부인의 전 남편의 질녀였으니 정말 사돈의 팔촌쯤 되는 셈이다.

바덴 가문이 12세기부터 명망을 떨치던 쟁쟁한 귀족 혈통이며, 칼의 아버지가 젊은 나이로 타계했으므로 칼은 곧 바덴의 영주자리를 계승할 것임을 감안할 때, 스테파니는 그의 신붓감으로는 상당히 떨어지는 신분이었다. 그러한 요구에 칼의 어머니 아말리에는 심한 모욕감을 느꼈다. 그녀부터 이미 좋은 집안 태생으로서, 딸들을 러시아 황제비, 스웨덴 왕비로 시집보낼 만큼 야심과 자부심이 있는 사람이었으니, 자신의 외아들이자 집안의 종손인 칼의 신붓감에 거는 기대는 평소에도 대단했다. 더구나 아말리에는 시아버지 칼 프리드리히가 말년에 얻은, 아말리에보다 14세나 어린 새 시어머니와의 끊임없는 암투를 굳건히 견뎌온 당차고도 젊은 과부였다.

아말리에는 나폴레옹에게 단독회담을 요청하여 당시 상류사회의 공용어인 불어로 이렇게 말했다고 한다. "적어도 그녀가 당신의 혈통을 받은 직계 가족이라면 몰라도……." 상대가 천하의 나폴레옹이니만큼 이렇게 완곡하게 거절의 뜻을 표시했다. 그러자 나폴레옹은 당장에 스테파니를 자신의 양녀로 입양시키는 절차를 밟아 간단하게 황녀 스테파니 나폴레옹으로 만들어 다시 청혼을 넣었다. 눈 가리고 아웅 하는 수작에 아말리에는 펄펄 뛰었으나 약자의 입장에서 어쩔 도리가 없었다. 게다가 영주인 시아버지와 당사자인 아들은 새신부가 혼수로 가지고 올 많은 영토가 흡족했으므로 결국 결혼이 성사되었다.

외아들의 기우는 결혼으로 자존심이 상한 아말리에는, 분풀이로 신혼의 스테파니를 다른 도시에서 독수공방하게 만들어 결혼한 지 1년이 지나도록 사실혼이 이루어지지 못하게 했다. 이 소문을 들은 나폴레옹은 이러한 수모에 노발대발하여, 마침 그 무렵에 있던 집안 행사를 핑계로 신혼부부를 파리로 불러들였다. 바덴의 후계자 칼에게는 위기의 순간이었다. 이때 파리로 가는 도중 영특한 스테파니가 기지를 발휘하여 둘의 사이가 급속하게 가까워져서 칼은 위기를 모면했다고 한다.

이렇게 해서 억지이긴 하지만 나폴레옹 황녀라는 이름을 가지고 바덴 지방으로 시집온 스테파니는 할아버지의 뒤를 이어 영주가 된 남편을 훌륭하게 내조했다. 우유부단하고 나약했던 남편이 일찍 세상을 뜨고, 바덴 지방이 그녀의 친정 프랑스를 상대로 전쟁을 벌일 때에도 그녀는 솔선수범하여 시댁의 군인들을 위한 봉사활동을 펼칠 정도로 국모의 본분을 다했다.

비운의 여인 스테파니는 자식복이 없어서 아들 둘을 차례로 잃고 그 밑으로 딸을 셋 두었다. 첫 아들은 태어난 지 18일 만에, 둘째 아들은 1년을 겨우 넘기고 죽었다. 남편이 독자였으므로 대를 이을 수 없게 되자, 생전에 시어머니 아말리에가 염려하던 대로 젊은 후취 시할머니의 아들에게로 바덴 지방의 계승권이 넘어갔다. 이 때문에 훗날 바덴 가문은 한바탕 구설수에 오르게 되는데 그 사연은 다음과 같다.

1928년, 뉘른베르크 장터에 옷차림이 남루한 소년이 나타나서 지나가는 사람을 붙들고 쪽지를 내밀었다. 시골에서 이 소년을 주어다 길렀다고 하는 어느 막노동꾼이 이 도시의 기마대장에게 소년의 취직을 부탁하는 청원서였다. 그가 아기를 발견할 때 함께 있었던 생모의 편지도 동봉했는데, 소년의 이름과 생년월일과 함께 자신은 하녀의 신분이라고만 밝혔다.

약간의 정신박약증세를 보인 이 소년에게는 이상한 점이 한두 가지가 아니었다. 제 이름은 또박또박 쓸 줄 아는 16세의 소년이 몇 개의 단어밖에 말할 줄 몰랐다. 아무리 맛있는 음식을 차려주어도 굳은 빵과 물만 찾았고, 지극히 단순한 일상의 일을 전혀 모르는 등 사회생활은커녕 인간과의 접촉이 전혀 없었던 것처럼 행동했다. 이 소년이 어디에서, 어떻게 이 도시로 왔는지는 아무도 짐작할 수조차 없었다. 막노동꾼이나 생모의 편지도 믿을 것이 못되었는데, 두 편지의 필적을 감정한 결과 동일인의 것이라고 판명이 났기 때문이다.

소년의 어눌한 증언을 토대로 추리해보고 앞뒤를 맞춰본 결과 기막힌 범죄가 드러났다. 이 소년은 아기 때부터 어둡고 좁은 방에 혼자 격리되어 자랐다는 것이다. 몸을 제대로 펼 수도 없을 만큼 좁은 방에서 두 개의 목마가 유일한 장난감이었고, 평생 단 한 번도 그 방을 나온 일이 없었다고 했다. 매일같이 굳은 빵과 물을 디밀어주고 가는 남자는 말이 없었지만 마지막 날엔 소년에게 이름 쓰는 법을 가르쳐주었다고 했다.

이 소년은 장안에서 금방 화제의 대상이 되었고, 유럽 어느 나라에선가 왕권계승 다툼 와중에 비밀리에 빼돌려진 왕자가 틀림없다는 소문이 무성하게 나돌았다. 전 유럽의 크고 작은 왕가와 귀족 집안에서는 언제 그 의심의 불똥이 튈지 몰라 전전긍긍했다고 한다.

출생의 비밀에 대한 동정 내지는 호기심, 유아교육이 인간의 성장에 미치는 영향에 관한 새로운 관심 때문에 소년은 사회의 저명하고 유력한 인사들의 보호를 받으며 공부도 할 수 있었고 취직도 했다. 하급 공무원직인 법원 서기가 되었지만 그의 정신연령은 대체로 낮았고, 성격 또한 게으르고 변덕이 심했다고 전해진다. 그럼에도 신분에 어울리지 않게 상류사회와 주로 교제하여 세인의 주목을 끌었다.

그에 대한 세상의 관심이 사라져갈 무렵, 그는 누군가로부터 출생의 비밀을 가르쳐주겠다는 연락을 받고 나갔다가 가슴에 칼을 맞고 피를 흘리며 돌아왔다. 사흘 후 그는 21년의 짧고도 기구한 생을 마쳤다. 바로 이것이 그 유명한 개구멍받이 '카스파 하우저' 사건이다.

이 비밀의 베일을 벗기려고 국왕이 어마어마한 상금을 내걸었는가 하면, 오늘에 이르기까지 수많은 조사와 연구가 있었지만 진실은 여전히 미궁 속이다. 평범한 인간 카스파 하우저가 팔자를 고치려고 사기를 쳤다가 점차 줄어드는 관심을 환기시키려고 자해한 것이 실수로 죽음에 이르렀다는 주장이 있는가 하면, 다른 한편에선 권력 다툼의 희생물이 된 어느 왕세자가 틀림없다고 목소리를 높인다.

가장 유력한 후보로 바덴 가문이 공공연히 들먹여졌다. 카스파 하우저와 같은 해에 태어나자마자 죽은 것으로 되어 있는 스테파니의 첫 아들이 바로 젊은 후처 증조할머니가 빼돌린 카스파하우저라는 것이다. 그 증조할머니의 자손에게로 바덴의 계승권이 넘어갔기 때문이다.

당시의 출생신고를 조사한 바에 의하면 스테파니와 사흘거리로 출산한 산모가 하나 있는데, 마침 그녀는 후처 증조할머니의 심복이었다고 한다. 후처 증조할머니가 심복의 아기를 무슨 수를 써서 곧 죽게 만들어 스테파니의 아기와 바꿔치기했을 수도 있다고, 바덴 가문을 의심하는 사람들은 주장한다.

이 의심은 오늘날까지도 끊임없이 이어져서 1996년에 그가 칼을 맞을 당시 입었던 팬티의 핏자국으로 유전자 검식을 하기에 이르렀다. 영국과 뮌헨의 연구소에서는 이 핏자국의 임자는 바덴 가문의 후손과 인척관계가 아니라는 결과를 각각 발표했다. 그러나 몇 년 후에 그의 머리카락으로 다시 유전자 검식을 한 결과, 이번에는 그가 스테파니의 후손이라는 심증이 굳어졌고, 첫 검사에 사용되었던 핏자국이 가짜라는 설까지 나돌게 되었다.

'통계를 믿느냐? 네가 직접 조작한 통계만 믿으라.'라는 말을 신봉하는 학자라면 어떤 과학적인 증명이라 할지라도 이렇고 저런 설에 흔들리지 않을 것이다. 그러나 '카스파 하우저 박물관'을 운영하며 그 전설로 돈을 버는 사람들이 존재하는 한, 카스파 하우저에 대한 세간의 관심은 식지 않을 것이다. 하긴 왕가나 연예인의 사생활이 흥미롭게 여겨지기는 예나 지금이나 마찬가지인 것을 보면 카스파 하우저의 비밀에 매력을 느끼는 것은 인지상정이라 하겠다.

이런 수모들을 감수하며 나폴레옹과 손을 잡고 세를 불렸던 바덴은 나폴레옹이 몰락의 길로 접어들자 가장 적절한 시기에 그를 배신하고 배를 갈아

탐으로써 나폴레옹의 덕으로 획득한 많은 영토를 지키는 일에 성공했다. 이렇게 해서 몇 십 년 전만 해도 보잘 것 없는 지방세력이었던 바덴은 독일이 제국으로 통합되는 1871년엔 25개의 연방국 중에 네 번째로 큰 연방국으로 자리를 굳히게 되었다.

그러나 바덴 사람들에게 가장 큰 수모는 1952년에 일어났다. 독일연방공화국을 재정비하는 과정에서 바덴 주는 이웃이면서도 숙적이었던 뷔르템베르크 주와 통합되었고, 새로 통합된 주의 수도는 칼스루에가 아닌 슈투트가르트로 정해짐으로써 소위 흡수통합이 이루어진 것이다. 통합된 주의 이름을 바덴-뷔르템베르크라고 하여 바덴을 앞세운 것도, 지역주의로 유명한 바덴 주민들의 정서를 고려한 까닭이다.

내가 칼스루에로 공부하러 갔을 때 그 고장 출신의 친구들에게서 제일 먼저 배운 것이 바덴저^{바덴 주민}와 슈바베^{뷔르템베르크 주민}를 혼동하지 말라는 거였다. 인간적으로 서로 다른 족속들이라 했다. 그러나 이방인인 내가 보기에 약고 바지런하기론 둘이 막상막하일 뿐이어서 나는 몰래 웃는다. 현재 독일에서 바덴-뷔르템베르크 주는 바이에른 주와 더불어 산업, 경제, 교육, 문화 면에서 최강의 위치를 자랑하고 있다.

베 로 나 의 불 타 는 아 레 나

　몇 년 전 여름, 독일에 비가 지겹도록 왔다. 우리나라의 장마철이 무색할
정도로 주룩주룩 쉬지 않고 퍼부었다. 우리는 알프스 산자락에 점점이 널린
호수들을 하나씩 자전거로 섭렵하려던 계획을 취소할 수밖에 없었다. 빗속
에서 자전거를 타는 일도 고역이지만 마를 새 없이 항상 축축한 텐트에서 보
내는 밤은 괴롭기 짝이 없기 때문이다.

　갑자기 계획을 바꾸려니 갈 데가 없었다. 여름휴가는 보통 반 년 전에 호
텔 예약을 마치기 때문에, 인접 국가의 모든 학교가 일제히 방학 중인 이 성
수기에 우리 식구 네 사람이 예약 없이 숙박할 수 있는 곳은 아마도 캠핑장
밖에 없을 터였다. 때마침 한 독일인 친구가 독일보다는 날씨 상태가 양호한
이탈리아로 텐트 여행을 간다고 하기에 우리는 거의 충동적으로 이탈리아로
가기로 그 자리에서 결정해버렸다.

　우리는 기차에 자전거를 싣고 알프스를 넘어가서 이탈리아에서부터 자전
거를 탔다. 처음에는 호수와 산을 찾아 자연을 즐기다가 이곳의 날씨도 불안
정해지기 시작하자 베로나로 나왔다. 2000년에 유네스코에서 세계문화유산
으로 지정한 도시도 관광하고, 유명한 원형극장 아레나에서 오페라를 관람
하기 위해서였다.

　로미오와 줄리엣이 살았던 도시, 베로나. 그곳은 나의 젊은 날의 추억이
어려 있는 곳이다. 아레나 앞의 브라 광장에서 아이스크림을 먹으며, 또 한

: 아레나. 서기 50년 경에 지은 원형경기장으로, 가장 잘 보존된 로마시대의 건축물로 꼽힌다.

번은 조금 떨어진 강변에서 별빛을 받으며 아레나에서 울려오는 아리아를
들은 적이 있다. 두 번 다 아레나 밖에서 음악을 들은 셈인데, 미리 표를 구
입하는 준비성이 없음을 탓하는 대신 밖에서 공짜로 좋은 음악을 듣는다며
어린 마음에 흐뭇해했던 기억이 새롭다.

　아레나는 지금으로부터 2천 년 전, 예수님이 사시던 세기에 지어졌다. 대
표적인 로마시대의 건축물로 쳐주는 콜로세움과 비슷한 시기에 지어졌으며,
용도도 같은 원형극장이다. 이름에서부터 '거대하다'라는 뜻인 콜로세움과

규모도 비슷했으나 10세기경 지진으로 파손되어 지금은 2층까지만 남아 있다. 원래는 바깥쪽으로 빙 둘러가며 한 층이 더 있었고 이를 견고한 외벽이 받치고 있었다. 분홍빛 대리석으로 고급스럽게 단장되었던 이 외벽은 지금은 일부만 남아 있다. 즉 현재 외벽으로 보이는 벽은 사실은 2층을 받치던 내벽이다. 양파껍질처럼 겉벽이 동그랗게 벗겨져버린 것이다.

건물이란 보호막 역할을 하는 외피가 없어지면 비바람을 견디내지 못한다. 지진 이후로 걷잡을 수 없이 파손되어가던 중에 뜻 있는 주민들의 자발적인 참여로 몇 백 년의 세월을 두고 꾸준히 보수공사를 기울인 결과, 아레나는 현존하는 로마시대 원형경기장 중 가장 보존 상태가 양호한 건물이라는 평을 듣고 있다.

애초부터 검투사의 경기를 위하여 지어졌고, 중세에는 기사들의 무술 시합, 투우 등 피를 보는 잔인한 격투만을 공연하다가, 1913년에 이탈리아가 자랑하는 작곡가 베르디의 100회 생일을 기념하는 오페라 〈아이다〉를 이곳에서 공연함으로써 세워진 이래 처음으로 평화적인 용도로 사용되었다.

우리 가족은 낮에 가서 줄을 길게 선 끝에 표를 미리 구입했다. 독일이나 스위스 등의 인접국에서 버스를 대절하여 당일코스로 다녀갈 정도로 유명한 곳이기에, 여기까지 와서 허탕을 칠세라 마음이 조급했다. 표를 구한 후 공연이 시작되는 저녁시간까지 시내 구경을 하며 시간을 보냈다.

도심을 굽이굽이 휘감아 흐르는 강을 중심으로 빨간 기와를 얹은 집들이 다닥다닥 붙어 있었고, 하얗거나 황토 빛의 벽 색깔과 어울려 도시 전체가 고풍스런 느낌을 주었다. 우리는 폭이 좁은 골목길을 걸어 다녔다. 중세시대부터 지어진 건물들이 양쪽으로 나란히 붙어 서 있고, 가끔씩 양쪽 건물을 연결하며 길 위를 가로지르는 아치 밑을 걸어가자면 겹겹의 문을 통해 어디론가 안쪽으로 깊숙이 빨려들어가는 듯한 느낌이 들었다.

위층은 대부분 가정집으로 사용되고 있는지 하얀 레이스커튼 사이로 화분들이 앙증맞게 놓여 있었다. 그에 반해 아래층은 대부분 상점으로 쓰이고 있어 창문이 개조된 건물도 많았다. 온갖 현대적인 소비품들이 눈길을 끄는 커다란 쇼윈도를 구경하다보면 우리가 지금 로마시대에도 존재했던 유서 깊은 옛 도시에 와 있다는 사실을 깜빡 잊기 십상이었다.

잘 보존되어 있는 몇몇 옛 건물들에서 사람의 숨결이 느껴졌다. 죽은 문화재가 아니라 시대의 변화에 따라 융통성 있게 변모하며 적극적으로 사용되는 건물에서는 사람 냄새가 나며, 사람 냄새가 나는 건물만이 계속 사람의 보호를 받으며 자자손손 보존되는 것이다. 건물이 사람을 위해서만 존재하는 것도 아니요, 사람이 건물의 원형 보존만을 위해 희생을 강요당하는 것도 아닌, 사람과 건물이 서로 적당히 양보해가며 공생하는 균형이 유지될 때 가능한 일이다.

도시의 숨통을 틔어주듯 군데군데에 크고 작은 광장들이 눈에 띄었다. 낭만적인 노천시장이 서는 에르베 광장의 4미터 밑 지하에는 로마시대의 공회당의 유적지가 묻혀 있다고 한다. 셰익스피어의 희곡 〈로미오와 줄리엣〉의 실존모델이 되는 처자가 살았다는 집이 근처에 있다기에 가보았다. 평범한 중세식 주택에 대리석 발코니만 하나 덩그러니 달려 있고 유방이 볼록한 처자의 동상이 서 있을 뿐 별 감흥이 없는 유적이었다. 이 집은 옛 호텔 건물로서, 줄리엣의 생가라는 근거가 없고, 순전히 관광객을 끌기 위해 만들어진 관광상품일 뿐이라는 걸 어디서 읽은 적이 있지만 나의 시선은 그래도 두 젊은이들이 사랑을 속삭였다는 발코니에게로 자꾸 향했다.

베로나의 젖줄인 에디제 강을 가로지르는 다리 중 가장 오래된 피에트라 다리^{Ponta Pietra}를 건넜다. 아담하고 소박한 이 다리는 내가 특별히 좋아하는 문화유산이다. 돌다리를 받치고 있는 아치구조 다섯 개의 건축년도는 제각각이다. 시내의 바깥쪽으로 난 두 개의 아치는 1세기 로마시대의 자연석으로 건축되었고, 가운데 두 개는 500년에 벽돌을 사용하여 복구되었으며, 시내

: 에르베 광장 풍경. 중세시대부터 오늘에 이르기까지 낭만적인 노천시장이 서는 이 광장의 지하에는 로마시대 공회당
의 유적이 묻혀 있다. 각양각색의 아름다움을 자랑하는, 몇 세기에 걸쳐 지어진 건물들에 둘러싸여 있다.

쪽으로 위치한 나머지 아치 하나는 1298년에 역시 벽돌로 보수되었다.

　인간의 기술이 하루가 다르게 눈부시게 발전하던 지난 2천 년 동안 베로나
의 주민들은 소박한 이 다리를 끊임없이 보수해왔다. 우리 인간에겐, 낡은
것을 헐고 새로운 미각에 준하는 새로운 건축물을 새로운 기술을 동원하여
짓고자 하는 인간 특유의 과시욕이 있는데, 베로나의 주민들은 이를 극복하
고 묵묵히 옛 양식에 맞춰 최소한의 보수만을 해온 것이다. 그들은 완벽한
복원을 고집하지도 않았다. 그때그때 새로운 건축기술과 건축자재를 적절히

∴ 스칼리제로 다리와 베키오 성. 1355년에 적으로부터의 침략을 막기 위해 지은 중세시대의 격조 높은 건축물이다.

이용하는 유연성을 보여주었다. 한 건축물 안에 변천하는 기술상이 시대별로 오늘날까지 고스란히 남아 있게 된 것은 바로 그러한 선조들 덕분이다. 과거에 대한 경외심과 오늘의 발전을 존중하는 마음이 적절한 균형을 유지한 좋은 예라고 생각한다.

마지막으로, 중세시대에 돌을 쌓아 만든 스칼리제로 다리 위에서 베키오 성을 바라볼 적에 햇살 속에서 장엄하게 취해오던 물과 돌의 조합을 가슴속에 담는 것으로 반나절의 시내관광을 마치고 우리는 일찌감치 아레나로 향했다. 공연 시작 두 시간 전인데도 입장을 기다리는 사람의 줄이 아주 길게 늘어져 있었다. 모두 우리처럼 그라디나타 표를 산 사람들일 것이다. 그라디나타란 '계단'이라는 뜻으로, 원형으로 빙 둘러진 돌계단에 그냥 앉아서 관람하는 자리이다. 가격이 3만 원 대로 싼 대신 좌석번호가 없어서 사람들은 좋은 자리를 차지하려고 미리 와서 부지런을 떨곤 한다.

이들은 모두 우리처럼 음식 봉지를 하나씩 들고 있었으며, 방석이나 담요를 지참한 사람도 있었다. 깨질 위험이 있는 병이나 소리가 나는 캔이 금지된 까닭에 플라스틱 병에 든 음료수와 군것질거리를 잔뜩 들고 서서, 나는 소풍 가는 마음으로 오페라를 관람하는 이탈리아인들이 참 경이롭다고, 독일인들과는 참 다르다고 생각했다. 입장할 적에 우리도 방석을 하나씩 빌렸다. 계단에 앉아보니 하루 종일 땡볕에 달궈진 돌덩이 계단이 어찌나 뜨끈뜨끈한지, 방석을 빌릴 때 바가지요금이라고 억울하게 생각되던 마음이 싹 달아나버렸다.

관중들은 떼를 지어 왁자지껄 웃거나 뭔가를 쉴 새 없이 먹어대면서 해가 지기를 기다렸다. 우리나라의 야구장처럼 음료수 장수가 소리치며 지나가기도 했다. 조금 어두워지자 무대 앞에 마련된 비싼 좌석들의 관람객들이 삼삼오오 입장하기 시작했다. 반바지에 샌들 차림의 그라디나타 관람객들과는 달리 등이 파진 이브닝드레스에 정장을 한 신사숙녀들이 안내원의 정중한 인도를 받으며 자리를 찾아 앉았다.

그라디나타에서는 박수를 치기도 하고 휘파람을 불기도 하며 망원경을 서로 빌려가며 숙녀들의 옷을 관찰하기도 했다. 흥미로운 것은 그라디나타가 원래 로마시대에 관람객들이 앉아서 꽥꽥 고함을 지르던 장소이고, 노예와 맹수들이 피투성이가 되어 맴돌던 경기장이 바로 저 아래의 비싼 좌석이라는 사실이다.

해가 완전히 진 후, 공연이 시작되었다. 시끌시끌한 장터 같던 그라디나타가 일순간 쥐 죽은 듯이 조용해졌다. 신호에 따라 입장할 때 받은 작은 촛불이 여기저기서 켜지기 시작했다. 옆에 앉은 사람들이 우리에게 촛불을 붙여주었고 우리도 앞사람에게 불을 전해주었다.

순식간에 2만여 개의 촛불이 아레나를 밝혔다. 아레나 전체가 은은하게 불타는 것 같았다. 애절하고 장중한 오케스트라의 음악이 밤하늘로 울려퍼지기 시작했다. 나는 불타는 아레나가 음률을 타고 어두운 하늘을 향해 둥실 떠간다는 착각이 들었다.

소리가 위로 날아가는 것을 막아주는 천장도 없는 야외에서, 멀리 떨어져 있는 그라디나타까지 울리도록 노래하는 오페라 가수들의 목청이 신기했다. 성악을 공부하는 사람들의 말에 의하면 독일에서는 목소리를 곱게 내는 훈련에 신경을 쓰고 이탈리아에서는 목소리를 우렁차게 내는 기술에 중점을 둔다고 한다. 아레나에 와보니 무슨 말인지 이해가 갔다.

실내 공연처럼 소리가 잘 들리지는 않았으나 우리는 베르디의 〈라트라비아타〉를 귀로 듣기 위해서가 아니라 눈으로 보고 몸으로 느끼기 위해 베로나까지 온 것이었으므로 불만이 있을 수 없었다. 차고 넘치게 들리는 게 아니라 아쉬운 듯 들렸으므로 오히려 더욱 귀하게 느껴져서 평소처럼 딴 생각에 빠지지도 않고 열심히 귀를 기울였다.

막이 내리는 중간중간 휴식시간이 유달리 길었는데 그럴 때마다 그라디나타는 먹고 마시고 왁자지껄한 소풍의 장소로 변했다. 그 틈을 타서 아이들에게 오페라의 줄거리를 미리 읽어주었더니, 아이들은 물론 우리도 공연을 이해하기가 좋았다. 공연은 자정이 넘어서 끝이 났다. 아이들은 중간에 잠이 들었다. 아들은 아빠의 어깨에 기대어 자고, 딸아이는 아예 내 무릎을 베고 누워서 잤다. 공연이 끝나고 하늘과 땅을 진동하는 우렁찬 박수소리에 눈을 부스스 떴다가 다시 감는 아이들을 깨워서 밤길을 걸어 산꼭대기에 있는 캠핑장에 도착했다.

하늘의 별들이 막 쏟아질 것 같았다. 낮에 쳐둔 초록색 텐트가 포도넝쿨 밑으로 나지막이 엎드려 우리를 기다리고 있었다.

내 가 슴 을 뛰 게 하 는 건 축

완벽한 순간을 경험했을 때 가슴이 쿵쿵 뛰는 환희를 건축물을 보면서 느낀 적이 일생에 몇 번 있다. 내가 가졌던 이론적 편견 때문에 공연히 싫어했던 르 코르뷔제^{Le Corbusier}가 지은 프랑스 파리의 한 주택을 안으로 들어가서 직접 보았을 때, 파격적인 공간 구성에 내재하는 정돈된 숨결을 온몸으로 느끼며 어떤 천재성과 만나는 감격에 가슴이 마구 뛰었다.

푸른 하늘을 배경으로 마치 날아갈 듯이 언덕에 솟은 그의 걸작 롱샹 교회. 그 교회의 기도하는 흰 손 같은 자태를 멀리서부터 올려다보며 기나긴 길을 돌아 다가갈수록 가중되던 감격. 어스름에 잠긴 교회당 안에 앉아서 나의 눈이 어둠에 적응하여 내부의 모습이 하나둘씩 점점 더 자세히 보이게 되었을 때, 건물 밖에서 가지고 들어온 감정과 건물 안에서 솟아오르는 감정이 일치함을 깨닫고 마치 터져버릴 것 같은 환희를 경험했다.

이와 비슷한 빛깔의 감정을 훗날 또 한 번 경험한 적이 있다. 독일의 건축가 아이어만^{Eiermann}이 지은 교회 안에서였다. 그는 독일 합리주의 건축의 대표자답게 건물의 구조와 힘의 흐름이 투명하게 드러나는 철재건축을 고집했다. 그리고 콘크리트건축은 단순하게 주물러서 모든 형상을 쉽게 만들 수 있다는 이유로 "콘크리트는 창녀이다."라고 공언함으로써 콘크리트건축의 대가인 르 코르뷔제를 공공연히 비하했다. 그런데 아이러니는 내가 아이어만이 설계한 교회에서 받은 감동이 르 코르뷔제의 교회에서 받은 감정과 비슷

: 르 코르뷔제의 대표작 롱샹 교회(1954). 성지순례자를 위해 산 위에 지은 이 교회는 멀리서부터 우러러보며 다가가는
맛이 있다. 평상시에는 신도들이 200석의 교회 안에서 예배를 보고, 특별한 행사가 있을 땐 순례객 1,200명이 야외
에서 예배를 볼 수 있도록 계획되었다.

했다는 것이다.

아이어만의 걸작인 베를린의 빌헬름황제기념교회당은 매우 엄격한 기하학적인 형태로 설계되었다. 그러나 이 교회 안에 앉아서 벽을 통해 스며드는 푸르스름한 어둠에 눈이 길들기를 기다릴 적에 나를 감싸는 기운은 결코 차가움에 빛나는 이성의 힘이 아니었다. 직선으로 절제 있게 형성된 이 공간 안에서, 나는 부드러운 곡선과 장난기가 충만한 르 코르뷔제의 교회에서 느꼈던 것과 같은, 마치 어머니의 자궁같이 푸근하고 따스한, 그러면서도 장엄한 기운에 도취되었다.

만약 이 두 거장들이 그들의 작품을 동일시하는 나의 말을 듣는다면 아마도 기가 막히고 비관스러워서 무덤 안에서 끙 하며 돌아누울 것이 틀림없다. 어떻게 이런 일이 가능할 수 있을까? 이렇게 반대되는 길을 지향하는 두 건축가의 작품이 어째서 내게는 같은 느낌으로 다가오는 것일까? 이 점은 나에게 오랜 의문으로 남았고 오랫동안 나를 괴롭힌 미스터리였다. 그런데 이 질문은 훗날 건축사를 공부하는 과정에서 풀리게 되었다.

나의 연구 테마였던 고전주의 양식^{18세기}을 본질적으로 파악하기 위해서는 고전주의 건축이 모델로 삼은 르네상스 건축^{15세기}을 먼저 이해해야 한다고 생각했다. 그래서 나는 르네상스 건축의 대가인 팔라디오$^{Palladio, 1508~1580}$를 공부하기 시작했다.

그는 르네상스 건축의 진수를 보여주는 역사적인 걸작을 다수 남김과 동시에 당시 건축가로는 드물게도 『건축사서』$^{I\ Quatro\ Libri\ dell'\ Architettura,\ 1570}$라는 네 권의 책을 후세에 남겼다. 작품과 함께 건축관을 조목조목 정리한 이론적인

: 아이어만의 베를린 빌헬름황제기념교회당(1962). 1891~1895년에 신로마네스크 양식으로 지어진 교회가 제2차 세계대전 때 폭격을 맞자 베를린 시민들은 폐허를 보존하기로 결정하고 그 옆에 아이어만이 설계한 육각형 현대식 건물을 세워 전쟁에 대한 경고로 삼았다.

해설은 그 시대의 건축상을 파악하는 일에 큰 도움이 되었다. 또한 팔라디오의 저서는 그의 건축이론이 해외로 널리 퍼지는 데도 지대한 공헌을 했다. 팔라디오는 건축가로서는 유일하게 자신의 이름을 딴, 팔라디아니즘이라는 사조의 창시자가 되었고, 그의 이름에서 유래한 팔라디오 모티브라는 건축 모티브의 주인공이 되었는데, 이 역시 그가 펴낸 저서들의 영향이라고 볼 수 있다.

공부를 시작한 지 얼마 되지 않아 나는 팔라디오를 공부하는 일이 쉽지 않음을 깨달았다. 팔라디오는 자신이 살던 르네상스시대의 건축을 본질적으로 이해하기 위해 그것의 모태인 고대 그리스-로마의 고전 건축을 먼저 섭렵했기 때문이다.

팔라디오는 고대 그리스-로마 문화의 영향을 받아, 건물의 가로, 세로, 높이의 비례에 신경을 썼다. 우주의 원리를 밝히기 위한 염원으로 모든 분야에 포괄적으로 적용되던 숫자 신봉설은 고대 그리스 문화의 산물이다. 그래서 나도 팔라디오 덕분에 한참 더 거슬러 올라간 기원전의 고대 건축부터 공부하는 수밖에 없었다.

기원전 6세기, 고대 그리스의 석학 피타고라스는 귀에 들리는 음의 높낮이를 눈에 보이는 길이로 측정할 수 있음을 발견했다. 가는 줄을 팽팽하게 걸어놓고 튕기면 음이 울린다. 이때 줄의 길이를 반으로 줄여놓고 튕기면 한 옥타브 높아진 소리를 낸다. 이는 줄의 길이가 2분의 1로 줄면서 진동수가 그의 역수인 2배로 늘어나서 생기는 현상이다.

또 줄의 길이를 2대 3의 비율로 줄이면 진동수가 2분의 3으로 늘어나면서 5도 음정^{Quinte, 예를 들면 도에서 솔}의 차이가 나고, 줄의 길이를 3대 4의 비율로 줄이면 진동수가 3분의 4로 늘어서 4도 음정^{Quarte, 예를 들면 도에서 파}의 차이가 난다. 이 Oktave, Quinte, Quarte는 고대 그리스 음계 조직을 구성하는 기본 3요소이다.

우주의 법칙을 밝히는 일이 최대 관심사였던 고대 그리스인들에게 수학은 곧 철학이었으며, 수학의 기본 숫자인 1, 2, 3, 4가 조합되어 이루는 비율이 음악을 형성한다는 사실로 미루어 이 1:2:3:4의 비례가 세상만물을 형성하는 신비로운 조화의 법칙이라고 믿게 되었다.

피타고라스의 뒤를 이은 플라톤은 "만물의 법칙과 조화는 숫자 안에 들어 있다."고 주장하며 숫자 신봉설을 더욱 발전시켰다. 이러한 그리스 문화가 로마시대로 계승되면서, 기원전 1세기의 건축가 비트루브 Vitruv는 "건물의 비례는 인간 신체의 비례를 반영해야 하고, 인간의 신체는 신의 모습에서 온 것이므로 비례의 법칙은 생성질서에 준하는 규칙에 의해 결정된다."고 그의 『건축십서』에 저술했다. 그리고 이 『건축십서』는 이후 그리스-로마 문화의 부활을 꾀하던 르네상스시대 건축가인 팔라디오의 지침서가 되었다.

팔라디오가 애초부터 고대 문화의 이론을 공부하는 지식인의 길을 걸은 것은 아니다. 이탈리아 소도시 파두아의 공사판에서 석공으로 일하던 팔라디오는 당대 유명한 지성인이자 재력가였던 건축주의 눈에 띄어 29세에 뒤늦게 인문주의 교육을 접하고 건축가로 성장했다. 그는 비트루브의 『건축십서』를 통달한 후, 몇 번이나 로마로 여행하여 로마시대의 건축을 답사하고 실측했다. 그렇게 얻은 지식은 팔라디오의 설계에 반영되었다. 그러나 르네상스의 모태가 되는 그리스-로마시대의 건축을 외형적으로 복사한 것은 아니다. 그는 그리스-로마의 건축원리를 본질적으로 이해하고 적극적으로 응용함으로써 불후의 명작을 다수 남겼다.

나는 팔라디오의 작품세계와 기원에 대해 이론으로 부장한 후, 자전거를 타고 알프스를 넘어서 직열하는 이탈리아의 태양 아래 스무 개가 넘는 팔라디오의 건물을 차례차례 답사했다. 대표작을 총망라하여 소개한 그의 『건축사서』를 미리 읽고 갔기에 각 건물의 외형과 내부구조는 물론 건물의 크기와 내부공간의 비례까지 알고 있다는 자부심으로 내심 커다란 성과를 기대했다.

그리고 나의 가슴속에는 또 하나의 남모르는 소망이 숨어 있었다. 이전에 나의 무지와 그것을 깨닫고 느꼈던 자괴감을 만회하려는 욕심이었다. 까마득한 신입생 시절, 우리 과의 한 남학생으로부터 "팔라디오가 지은 공간은 눈으로만 보는 게 아니라 귀로도 듣는다."는 말을 들은 적이 있다. 일단은 그 말이 무척 멋있다고 생각했고, 그때 팔라디오라는 이름을 처음 들은 나는 '난 왜 이렇게 모르는 게 많지?' 하며 비관하기도 했다.

팔라디오의 건물을 실제로 답사하노라니 당시 느꼈던 열등감이 조금씩 만회되었다. 그리고 나도 팔라디오의 경지를 이해하고자 하는 열망으로 불탔다. 가로, 세로, 높이에 있어 2대 3의 비율이 주를 이루는 공간 안에서는 도-솔의 화음이, 3대 4의 비율이 주를 이루는 공간에서는 도-라의 화음이 눈을 통해 들리는지 절실하게 상상해보느라 많은 공과 시간을 들였다.

나중에 알게 된 사실이지만, 팔라디오를 비롯한 르네상스시대의 건축가들이 비례법칙에 의해 지은 건물을 보면서 귀로 화음을 들었다는 기록은 어디에도 존재하지 않는다. 그네들이 건축을 통해 어떤 선율이나 화성을 표현해보려 노력한 것도 결코 아니었다. 그들은 아름다운 비례에 관한 절대성 내지는 객관성을 믿었기 때문에 설계시에 음악이론을 이용했던 것뿐이다. 그러므로 나의 학우가 던졌던 웅변적인 문장은 그냥 멋들어진 소리일 따름이었다.

스치며 들은 지식을 자신의 깊이 있는 사고인 양 이야기하는 버릇은 정보의 홍수 시대에 사는 현대인들에게 만연한 현상이기도 하지만, 특히 건축하는 사람들이 가지기 쉬운 직업병이다. 순수예술도 아니요, 정통공학도 아닌 건축을 하는 사람들은 양쪽 분야의 지식이 그것만 전문으로 하는 사람들만큼 깊을 수가 없다. 그러므로 다른 사람이 주는 정보를 바탕으로 자신의 생각을 전개하는 일이 피치 못한 경우도 많다.

: 르네상스 건축가 팔라디오의 라 로톤다(1567~1571). 이탈리아 비첸자의 경관이 좋은 언덕 위에 자리했으며, 고대 그
  리스-로마 건축의 원칙에 입각한 이상형을 실현한 작품이다.

　게다가 많은 분야를 망라하는 종합예술이자 사회적인 현상이다보니 대개
의 건축인들은 '건축인이라면 당연히 알아야 할 상식을 나만 모르고 있을지
도 모른다.' 는 강박관념을 가지고 있게 마련이다. 따라서 아직 공부하는 학
생이나 건축의 연륜이 짧은 사람일수록 닥치는 대로 많이 읽고 방대한 양의
남의 지식을 습득해서는 마치 자신의 지식인 양 표현하는 경향이 있다.

　나는 이탈리아 답사를 하는 내내 소소한 숫자에 매이고 허상을 좇느라 정

열을 낭비하고 있는 줄도 모르고, 마냥 득도의 기쁨으로 가득 찼다. 막연히 무언가를 얻고 있다는 뿌듯한 마음으로 준비해온 자료와 실물을 충실하게 비교하기에 바빴다. 그런데 언제부터였을까? 나는 내 마음속 깊은 곳에서 어떤 이미지가 하나 자라고 있음을 깨닫게 되었다.

팔라디오의 새로운 건물을 대할 때마다 그 상은 어김없이 떠올랐다가는 이내 사라졌다. 그의 건물을 바라보고 있자면 가슴이 쿵쿵 뛴다는 것 외에는 구체적으로 잡히지 않는 감정이었다. 건물들을 암만 관찰하고 비교분석해보아도 이론적으로는 내가 느끼는 감정의 실체가 파악되지 않았다. 그런데 답사하는 건물의 숫자가 늘어감에 따라 그 감정을 내가 먼 과거에도 느낀 적이 있다는 느낌이 점점 강하게 들었다.

그게 언제였나? 뭘 보고서였나? 언제? 뭐였나? 궁금해서 미칠 지경이었다. 거기에 신경이 쏠리다보니 건물의 세부적인 관찰이 점점 소홀해졌다. 숫자와 비례는 생각도 하지 않고 느낌으로만 건성건성 대하기 시작했다. 잡힐락 말락 안타까운 이미지의 정체에만 온 정신을 집중했다.

르 코르뷔제와 아이어만

몇 건물을 더 거치는 사이, 마치 기적처럼 아이어만이 설계한 교회의 푸른 내부가 떠올랐다. 그 신비했던 기억과 함께 이내 르 코르뷔제의 교회에서 느낀 감동도 뒤를 이었다. 팔라디오의 공간을 바라보고 있을 때 나의 가슴을 서서히 채우던 감동은 내가 오래 전에 르 코르뷔제와 아이어만의 교회 안에서 각각 경험한 바로 그 감정이었던 것이다.

그리고 구름의 작은 틈 사이로 햇살이 비추듯, 그렇게 우연적이면서도 자연스럽게 나의 오랜 궁금증의 해답이 떠올랐다. 상반된 양식으로 지어진 르 코르뷔제와 아이어만의 교회가 같은 느낌으로 내게 다가왔던 이유, 그 해답은 바로 비례였다.

르 코르뷔제와 아이어만, 이 두 건축가의 교회는 모두 조화로운 비례로 지어졌다. 이들은 각자 나름의 비례의 법칙을 만들어 활용한 건축가들로서, 비례의 법칙에 엄격하기로 유명했다. 이때 조화로운 비례란 건물의 가로, 세로, 높이만을 말하는 것이 아니라 그 앞에 서 있는 인간까지 포함한다. 즉 관객인 나의 크기가 건물의 비율에 공명했기 때문에 나의 가슴이 뛰었던 것이다.

르 코르뷔제와 아이어만의 교회만 놓고 비교할 때는 전혀 떠오르지 않던 공통점이 팔라디오의 건축을 사이에 끼우자 비로소 보인 것은 흥미로운 일이다. 나는 근세에 지어진 건물의 본질을 이해하기 위해 500년 전에 지어진 건축을 만나야 했다.

당시에는 '공연히 팔라디오의 이론과 숫자에 매달리느라 본질의 파악이 늦어졌다.'고 투덜댔다. 그러나 지금 생각해보면 이 깨달음은 이론적인 뒷받침이 있었기에 가능하지 않았나 싶다. 팔라디오를 이론적으로 미리 공부하지 않았다면, 그래서 그냥 느낌과 인상으로만 바라보았더라면 별 큰 깨달음 없이 '내가 알던 두 교회랑 비슷한 감정을 일으키는 건물이 또 하나 있구나.' 하고 말았을지도 모른다. 즉, 틀리게 생긴 건물들이 유사한 감정을 불러일으키는 것을 희한해 하는 선 이상으로는 더 이상의 배움이 없었을지 모른다.

이론과 숫자는 처음에는 나를 포박하여 본질을 보는 눈을 흐리게 했지만 이를 깨는 순간 더욱 확실한 깨달음으로 나를 인도해주었다. 어떤 일이건 이성과 감성이 동시에 나래를 펼 때 깨달음도 오는 것이 아닌가 싶다.

그러나 그날 얻은 깨달음을 좀 더 시간을 두고 되새기며 숙성시켜서 얻은 결론에 의하면 비례만이 그 건물들의 공통점의 전부는 아니었다. 팔라디오, 르 코르뷔제, 아이어만 이 세 사람은 제각기 다른 비례의 법칙을 따랐다. 특정한 비례를 이용해 설계했을 때 항상 걸작이 나온다면 그것은 의사가 만병통치약 하나만 가지고 명의가 될 수 있다는 허술한 이치나 다를 바 없다. 이세 건축가들의 공통점은 더욱 본질적인 데에 있었다.

그들은 유행하는 양식을 피상적으로 복사한다거나 남이 만들어놓은 설계의 방법을 답습하여 건물을 짓지 않았다. 사람이 사는 건물의 설계라는 행위를 근본적으로 이해하고, 거기에 따르는 자신의 원칙을 세우는 일에 우선 주력했으며, 남과는 다소 다르더라도 자신만의 원칙에 충실했다. 비례는 이 원칙의 일부분이었을 뿐이다.

르네상스 문예혁명이 성공한 이유도 바로 여기에 있다. 르네상스의 건축가들은 아름다운 그리스-로마 건축의 디테일과 모티브만을 본 딴 것이 아니다. 그들은 고대문명의 모든 철학적 바탕과 사고의 원리를 체계적으로 공부하여 완전히 자신의 것으로 소화한 후에, '나의 내부에서 나오는 나의 힘'을 통해 창조하려고 노력했다. 나를 전율케 했던 그 건축물들도 바로 단순한 모방과 답습을 뛰어넘은 창조적 모방의 산물이었다.

'부활'이라는 뜻의 르네상스는 훗날 역사가들에 의해 붙여진 이름이다. 즉 르네상스기의 문화가 옛 그리스-로마 문화의 직속 계승자로서의 자격이 충분하다는 역사적 고찰과 판단에서 비롯된 명칭인 것이다. 르네상스는 아름답다고 느끼는 것을 따와서 자기 것으로 승화시키는 데 성공한 케이스요, 동시에 조상의 문화를 새 시대에 걸맞게 계승하는 작업에도 성공한 케이스다. 정보화의 물결로 동서양을 막론하고 응용, 인용, 모방, 표절이 관심사가 된 오늘날, 우리는 이 '따옴'의 성공 비결에 주의를 기울일 필요가 있다. 우리에게는 세계화에의 적응^{다른 문화권에서 따옴}과 전통의 계승^{같은 문화권에서 따옴}을 동시에 해결해야 할 숙제가 있기 때문이다.

강변의 노동자 마을

내가 꼭 유명한 건축 작품 앞에서만 이렇게 가슴이 울리는 경험을 했냐면, 그것은 아니다. 대학 시절, 나는 실습을 하면서 인연을 맺은 설계사무소에 눌러앉아 몇 년 간 아르바이트를 했다. 건축가 단 한 사람이 운영하는 구멍가게 사무소라 일을 골고루 배우기 좋았다. 소장이 개인적인 일로 갑자기 몇 주 동안 외국에 나갈 때는 급한 대로 내가 공사장에 현장감독도 나가고 건축주와 협상도 해야 했다.

작은 사무소라 이러한 직접적인 장점도 있지만 청탁받는 일의 규모가 쪼잔하다는 단점도 있었다. 가정집 목욕탕 개조나 부착 온실의 증축, 안경가게 쇼윈도 디자인 등이 고작이었다. 사람의 마음이 간사한지라 일이 손에 익어 갈 무렵, 회의가 들기 시작했다. 이런 건축가의 모습이란 내가 꿈꾸던 이상적인 직업과는 영 거리가 멀었다. 힘든 공부가 끝난 후에 몇 안 되는 스타 건축가의 반열에 들지 못하면 나도 이런 시시한 설계나 하는 구차한 영세 건축가 신세를 면하지 못하리라는 자각이 들면서 우울해졌다.

점심때면 소장과 둘이서 근처에 있는 싸구려 음식점으로 식사를 하러 가곤 했는데, 구두쇠 소장이 음료수는 시키지 않고 음식만 달랑 주문해 종업원의 따가운 눈총을 천연히 견디는 모습을 볼 때마다 나의 우울한 마음은 점점 커졌다. 독일의 음식점에서는 물이 따로 나오지 않고 음료수를 주문하게 되어 있는데, 음료수 값이 터무니없이 비싸다.

어느 날 나는 더 이상 참지 못하겠기에 이 직업에 대한 나의 회의를 소장에게 토로했다. 나는 나중에 건축가가 되면 당연히 크고 멋진 건물들을 설계할 줄로만 알고 있었는데, 그렇게 되지 않을 수도 있다는 것을 깨달았다고 털어놓았다. 소장은 나를 한동안 가만히 바라보더니 입을 열었다. 전문잡지에 실리는 작품들을 설계하는 건축가만 성공한 건축가는 아니라고 말했다. 남의 목욕탕을 개조하는 일을 하더라도 적당한 비용으로, 사용하기 편리한 배치와 세련된 디테일을 제공하는 서비스업도 건축가라는 직업에 속하는 일이며, 집주인이 두고두고 기분 좋게 산다면 이것이 바로 건축가의 능력이자 보람이라고 했다.

나의 눈이 열리는 순간, 깨달음과 만나는 순간이었다. 이날 들었던 소장의 직업관은 나의 인생에 두고두고 커다란 영향을 미쳤다. 비단 건축가라는 직업 하나에 국한되는 말이 아니라, 무엇을 가치 있게 여길 것인가를 선택해야 할 때마다 큰 도움이 되었다.

당돌한 소리를 하는 어린 학생 앞에서 자존심 상해 하지 않고 진솔한 가르침을 준 소장이 한없이 고맙고 존경스러웠다. 나의 마음의 동요를 알아챈 소장이 갑자기 일어서더니 외투를 입으며, 보여줄 것이 있으니 따라오라고 했다. 그가 한 시간 남짓 차를 몰아서 나를 데리고 간 곳은 강가의 작은 마을이었다. 그 호젓한 시골 마을은 V자로 휘돌아 흐르는 강줄기에 오롯이 안겨 있었다.

나는 그날의 감격을 잊을 수 없다. 마침 비가 그치고 분홍빛 노을이 번져 가던 부드러운 저녁이어서 더욱 그랬는지 모른다. 울창한 수목 너머로 얌전하게 늘어선 연립주택들을 멀리서 보는 순간 나의 가슴엔 뭐라 이름 붙일 수 없는 감정이 물밀 듯이 밀려왔다. 마치 향수나 그리움과 같은 색조의 아련한 감정이었다. 눈물이 핑그르 돌며 그리로 향하는 발걸음이 나도 모르게 빨라졌다.

그 마을은 멋이라고는 전혀 부리지 않은 수수한 디자인이었지만 전체적인 균형이 딱 맞아서 범치 못할 기상을 풍기는 자그마한 건축물들로 이루어져 있었다. 마침 꽃을 피워올리는 과실수와 화초, 그리고 우람하게 물이 오른 덤불들로 에워싸여 있었는데, 이 외부공간들은 건물을 짓고 남은 나머지 땅이 아니라, 건축물과 동등한 비중의 파트너라는 느낌이 들었다. 건물과 바깥 공간이 적절한 조화와 균형을 이루면서 서로 자기는 상대방을 위하여 존재하고 있다고 이야기하는 것 같았고, 따로 보면 고급스럽지 않아도 서로 어울렸을 때 따스한 품위마저 발하고 있었다.

그 소박한 건물들로 이루어진 단지 전체는 하나의 예술 작품이었다. 건축가가 건축물의 구석구석마다 인간을 위해 세심하게 신경을 쏟은 후, 자신의 명예를 드러내는 도장을 찍기를 거부하고 겸손하게 사라져버렸다는 느낌이 절로 들었다. 그날 이후로 나는 시공비가 적게 드는 싸구려 주택이라 해서 반드시 날림으로 설계한 싸구려 작품은 아님을 알게 되었다.

아직도 상상만 해도 가슴 설레는 그 마을은 가난한 노동자들을 위해 1923년에 지은 주택단지이다. 설계한 사람은 당대의 중견급 건축가로서, 건물의 비례와 조화, 단순하면서도 완벽하게 처리된 디테일을 추구했다. 또한 그는 건축의 향토성을 지향함으로써 신토불이 사상을 건축에서 구현하려고 노력했다. 훗날 그는 나치 건축 양식에는 반대했으나 사상적으로는 나치에 동조했다. 사상은 사상이고 좋은 작품은 좋은 작품이라는 고집에서 몇 번 이 마을을 거론했다가 독일인 동료들에게서 곱지 않은 시선을 받은 후로는 나도 입을 다물고 있다. 나치 청산을 위하여 애쓰는 후손들에 대한 예의의 차원에서다.

20세기 초, 독일에서는 인간의 이성과 합리성에 기반을 두는 진보파들에 의해서 바우하우스가 설립되었고, 인간의 향수와 감성에 호소하는 건축 양식을 지향하는 보수파들은 이후 나치 건축 양식을 만들어냈다. 그래서 내가 그 마을 건축의 품질에 대해 이야기하면, 다른 사람들은 단순히 그의 보수적 건축 양식의 본질이 나의 감성을 흔든 것뿐이라고 오해할 가능성이 크다.

어떻든 나는 그후로도 세상에서 쳐주는 유명세나 건물의 규모, 연륜과는 상관없이 크고 작은 울림을 주는 건축물들을 종종 만나곤 했다. 내가 일부러 찾아가서 만난 적도 있고, 우연히 마주친 적도 있다. 그러나 내 일생 가장 황홀했던 절정의 순간은 유럽의 건축을 좀 이해할 것 같다는 생각이 들 무렵, 우리나라에서였다.

주연이면서 조연인 건축

나는 한국에 살았을 때 나이가 어렸고 장래희망이 건축과는 거리가 멀었으므로, 우리나라의 전통 건축을 특별히 눈여겨보지 않았다. 그러다가 건축 공부가 거의 끝나갈 무렵 한국을 방문해 방방곡곡을 여행하게 되었다. 마치 새로운 문화를 접하는 듯 호기심을 갖고 서양 건축에 익숙한 눈으로 우리의 전통 건축을 관찰했다.

청소년 시절에 한국을 떠났던 내가 어른이 되어 처음으로 한국을 방문한 것은 1980년대 중반, 한국의 일상에 대해 거의 깜깜한 상태였다. 그때는 시내버스에 안내양이 있었다. 나는 버스에 오르내릴 때마다 안내양에게 "안녕하세요?" "안녕히 그세요."라고 꼬박꼬박 머리 숙여 인사했다. "안녕히 그세요."는 버스에 남아 있는 안내양에게 안녕히 계시라고 해야 할지, 버스와 함께 안녕히 가시라고 해야 할지 몰라 내 딴에 머리를 써본 것이다.

그 대신 길에서 경찰을 만나면 반가워서 시종 부리듯 당당하게 길을 묻고 그가 나를 정중히 안내해주기를 기대했다. 그러나 당시는 서슬이 시퍼런 오공시절이었다. 경찰도 내게 몇 마디 질문을 했다가 청바지에 운동화, 맨얼굴에 생머리^{그때는 짧은 파마가 대유행이었다}의, 행색이 모호한 여자가 도대체 말귀를 못 알아듣는지 묻는 말에는 엉뚱한 대답만 하면서 같은 질문을 줄기차게 반복해대니 노골적으로 귀찮아하면서 길도 제대로 안 가르쳐주고 쫓아버리려고만 했다.

지나가는 행인에게 길을 물어보려고 공손한 태도로 "안녕하세요? 죄송합니다. 실례지만 저기……" 하다보면 그 사람은 이미 저만치 멀리 가버렸기 일쑤고, 나는 '참 이상하다. 사람이 말을 하고 있는데 왜 그냥 가지?' 하고 머리를 갸우뚱거리곤 했다.

그러고 나서 몇 년 후에 한국에 다시 갔을 때는 좀 자신이 생겨서 한국의 방방곡곡을 다녀볼 계획을 세웠다. 여행 일정을 짜려니 한국의 문화재에 대해 아는 바가 없었다. 그때는 유홍준 선생님의 『나의 문화유산답사기』 같은 지침서도 없었고, 전문서적이야 있었겠지만 나는 아는 바가 없었다. 그래서 까마득한 옛날, 초등학교인가 중학교 시절에 '우리나라에서 제일 오래된 목조건물은 부석사 무량수전'이라고 달달 외운 기억을 더듬고 관광안내서를 참고삼아 전국을 도는 여행 계획을 세웠다. 그러다보니 유명한 사찰을 중심으로 계획이 짜였다. 유명한 사찰을 품고 있는 산들은 하나같이 경관이 빼어나기로 유명했으므로 산을 좋아하는 나에게는 일석이조의 여행 일정이었다.

세상에! 방방곡곡 가는 곳마다 환호성과 탄성이 저절로 나왔다. 우리나라의 산수가 얼마나 수려하고 절묘한지. 신기하고 생소하면서도 한편으로는 마치 내가 늘 그곳에 있었던 것처럼 익숙한 풍경이 연달아 펼쳐졌다. 산과 논과 강이 그려놓은 선을 보면서 나는 내가 그동안 이 곡선을 항상 그리워하며 살았음을 깨달았다. 아름다운 유럽의 산수가 연출하는 분위기와는 또 다른 아름다움이었다.

외국에 산다고 세상을 다 보고 사는 것은 아니다. 외국에서 내가 제대로 아는 경치는 몇 가지밖에 없다. 나는 북해의 냉정하고 척박한 기운이 도는 장엄함을 즐기지 못한다. 가도가도 변함이 없는 북부 독일의 평야도 좀 겁내는 편이다. 한없이 펼쳐지는 단조로운 벌판은 마치 굵은 붓으로 푸르고 누런 색의 수채물감을 슬쩍슬쩍 칠해놓은 것같이 느껴진다. 거기에 간간이 찍혀

지는 수목의 진초록빛 악센트가 아니었으면, 또 수많은 소떼들의 평화스러운 몸짓이 아니었으면 정말 비관스러울 뻔했다.

평평한 평야 위로 시야의 3분의 2나 차지하는 하늘, 하늘, 하늘. 그 하늘에 구름이 수놓은 무늬는 그 아래 경치보다도 훨씬 장열하다. 도대체 하늘이 배경인지 땅이 배경인지 구분이 안 가는 풍경화다. 이런 경치는 내 마음을 항상 서늘하게 가라앉혀주곤 한다. 나는 그런 장열한 분위기에 빨려들어 가면 다시는 빠져나오지 못할 것 같은 두려움을 느낀다. 그러나 그런 평야에서 태어난 독일사람 중에는 산이 많은 남독지방에 가면 눈앞을 가로막는 산 때문에 마음이 답답해서 자살의 충동까지 느낀다는 이도 있다.

나는 개인적으로 북독일의 평야보다는 유럽의 대여섯 나라에 걸쳐 있는 알프스의 생동감 있는 경치를 좋아한다. 그런데 한국의 유명한 사찰이 있는 산들을 등반할 적에 이들이 알프스와 참 비슷하다는 생각이 자주 들곤 했다. 알프스보다는 전체적인 스케일이 작지만 구성이 극적이어서 연출하는 분위기는 알프스 못지않았고, 때로는 알프스보다 더 강렬했다.

고도로 치면 비교도 안 될 만큼 낮은 설악산이지만 동해의 해수면에서부터 솟아오른다는 점을 감안한다면 그 가파르기는, 고도 천 미터 이상을 미리 접어두고 시작하는 알프스산맥의 여느 봉우리와 견주어도 충분했다. 나는 아직도 알프스를 여행하다가 산이 병풍처럼 겹치는, 유난히 극적인 풍경을 만나게 되면 우리나라의 산세를 떠올리곤 한다.

또 하나, 그때 내가 특별히 감탄했던 것은 이런 거센 산세가 요요한 바다를 배경으로 떠 있는 경치였다. 쉽게 만날 수 없는 장관이었다. 선이 구불구불한 해변과 그림 같은 섬들이 점점이 떠 있는 다도해는 그 자체만으로도 충분히 아름다운데 거기에 한술 더 떠서 기세등등한 산세로 곧바로 이어지고 있으니 참으로 절묘한 조화가 아닐 수 없었다. 게다가 산과 바다가 딱 붙어 있어서 그런지 안개가 산허리에 걸렸다 바다 위에 누웠다 하면서, 아침 다르고 저녁 다르게, 어제 다르고 오늘 다르게 색다른 분위기를 끊임없이 피워 올렸다.

우리나라를 새로이 알아가면서 경치뿐 아니라 그 안에 담겨 있는 문화재들도 내게 친근하게 다가왔다. 멀리서 아름다운 경치를 배경으로 언뜻 비치는 건물의 형체만 보아도 그냥 기분이 참 좋았다. 생전 처음 가보는 곳, 처음 보는 건물이었지만 전혀 낯설지 않고 마음이 편안했다.

동글동글 반들반들한 돌들이 인간의 손을 빌지 않고 저절로 들어가 박혀 다져진 것 같은 길이나, 모세의 바닷물이 갈라지듯 우연처럼 갈라져 생긴 것 같은 대숲 길의 분위기에 취해, 길이 인도하는 대로 하염없이 걷다보면 항상 가장 적당한 곳에서 가장 적당한 각도로 저 멀리 건물이 보였다. 경치도, 건물도, 접근하는 방법도 너무나도 자연스럽고 당연했다.

우리나라 전통 건물이 가지는 외형적 특성은 서양의 건축만 알던 내 눈에 무척 아름답게 비쳤다. 건물을 받치고 있는 기단은 건물의 전체 높이에 비해 결코 낮지 않아서 전체적으로 든든한 안정감을 주었다. 그 위에 올라 앉은 건물의 몸체는 기둥으로 정돈되고 창살로 다듬어져 가볍고 섬세한 느낌이 들었다. 오밀조밀한 창살무늬에도 불구하고 몸체가 전체적으로 절제되고 단아한 분위기를 풍기는 이유는 벽의 면 분할이 서양의 목골구조와 달리 사선이 배제된 채 수평과 수직의 최소의 구성으로 이루어져 그런 건 아닐까 나름대로 분석해보았다.

나를 특별히 매혹시킨 것은 몸체와 지붕의 경계를 이루는 처마의 오묘함이었다. 가벼운 목재구조의 날렵한 몸체는 단청으로 색단장한 처마를 이고 있고, 그 부분에서 섬세함과 화려함이 클라이맥스에 이르렀다. 처마 밑 구조의 오밀조밀한 모양과 울긋불긋한 단청의 화려함은 독일 바우하우스의 영향을 받은 나의 개인적인 취향으로는 도가 지나치지 않나 불안하기조차 했다. 그러나 이내 콰쾅 천둥이 치듯이 육중한 지붕이 그 위에 내려앉음으로써 건물의 가벼운 몸체가 화려한 단청을 타고 하늘로 날아가는 것을 막는다. 나도 안도하면서 가슴을 쓸어내린다.

건물의 비례로 보아 몸체만큼이나 높고 웅장한 무채색의 지붕은 처마의 화려함을 필요불가결한 요소로 만들어주었다. 단청을 입힌 섬세한 처마가 없었더라면 지붕이 몸체 위에 너무나 힘 있게, 다소 위압적으로 군림했을 것 같다. 마치 위엄 있는 여장부의 단단하게 여민 치마 끝이 살짝 들리면서 그 속에 감춰진 화려한 페티코트를 엿본 것 같은 기분이었다. 겉으로 드러내지 않는 아름다움과 부드러움을 알아본 듯한 기분이랄까.

지붕의 선도 나를 매혹시켰다. 군림하는 위엄과 포용하는 부드러움을 동시에 느끼게 하는 지붕의 비밀은 바로 선에 있다는 생각이 들었다. 컴퍼스와 자로 그린 서양 건축의 기하학적인 선에 익숙한 나의 눈에는, 무어라 규정할 수 없는 한국의 선이 참으로 신비하게 보였다. 이론적으로 배워서 모방할 수 있는 선이 아니라, 마치 어느 순간에 도가 트는 것처럼 깨달아야 하는 선 같았다.

나의 짧은 상식으로, 우리의 지붕 선은 중국보다는 곧고 일본보다는 둥근 것 같다. 민족성이랑 상관이 있는 건지, 기후랑 상관이 있는 건지, 혹은 단순히 중국에서 한국을 통해 일본으로 이어지는 문화이동의 한 현상일 뿐인지 혼자서 이리저리 생각해보았다.

독일에서 동양의 전통 건축에 대해 학문적인 토론을 나눌 때 건축 전공자들이 꼭 물어보는 것이 있다. 목골구조의 벽을 구성하는 가로 세로의 목재를 대각선으로 질러주는 목재가 왜 없냐는 것이다. 그러고도 어떻게 건물이 무너지지 않고 서 있을 수 있는지를 가장 궁금해한다.

서양의 목골건물에는 사선이 항상 존재한다. 막대기 네 개의 양 끝을 서로 연결하여 사각형을 만들어놓고 한쪽에서 밀면 마름모꼴로 변한다. 사각형 구조는 힘을 받으면 각이 밀리고 형태가 변하는 것이다. 이때 막대기를 하나 더 대각선으로 질러주면 삼각형이 형성되어 외부에서 힘을 받아도 밀리지 않는다. 그래서 벽이 안정적으로 힘을 받는 것이다. 그러나 우리나라를 비롯하여 중국과 일본의 전통 건물의 벽체는 사선이 없이 수평 수직으로만 구성되어 있다.

내가 읽은 바에 의하면 그 해답은 바로 지진과 태풍이라는 기후조건에 있다고 한다. 지반이 흔들리거나 심한 바람으로 벽이 힘을 받으면 서양식의 삼각으로 단단하게 고정된 목재는 부러지는 반면, 동양의 벽은 유연하게 들썩일 수 있다. 이때 무거운 지붕이 위에서 지긋이 눌러주는 힘은 벽이 흔들리다 제풀에 넘어가는 것을 막아준다. 그래서 동양의 지붕은 서양의 지붕과 비교할 수 없이 크고 무겁다. 외부로부터의 힘에 갈대처럼 유연하게 대응하는 건물 형태다.

나는 나의 몸속에 한국인의 피가 흐르기 때문에 한국의 전통 건물이 무조건 아름답게 보인다고 생각지는 않는다. 나치의 잔재가 아직도 존재하는 독일에서 이방인으로 살아가는 나는 혈통적 사고를 철저히 배격하는 스타일이다. 또한 문화와 감성이 다른 이들과 어울려 살다보니, 서로 소통하기 위해 논리적이고 합리적인 언어를 사용하려고 노력하고 있다. 신비주의적인 사고방식은 내가 독일에서 하는 학문에서는 절대적 금기사항이다.

그렇다면 내 마음속에 한국의 전통 건축이 이렇게 금세 쏙 들어온 이유는 무엇일까? 일단 내가 외국에서 오래 살았다곤 하지만 사진 등의 간접 경험을 통해 어려서부터 눈에 많이 익은 건축의 형태라서 그런 것 같다. 그리고 또 하나의 이유가 있는데, 그것은 여행의 여정이 좀 흐른 후 깨닫게 되었다.

여행하던 중, 나는 불현듯 중요한 사실 하나를 발견했다. 우리나라의 전통 건물들은 내가 보아온 서양의 유명한 건물들에 비해 규모가 매우 작다는 사실이다. 그러고 보니 모양새 역시 서양의 궁궐이나 대성당에 비하면 무척 소박했다. 당당히 위로 솟고 늠름히 옆으로 버티고 선 서양의 석조건물에 비해 초라하게 보일 수도 있으련만, 왜 나는 한국의 목조건물이 초라하다는 느낌을 전혀 받지 않았을까?

그 동안 건물을 관찰하러 다닌다면서 건물의 규모를 파악하는 최소한의 관찰도 못하고 도대체 무엇을 보고 있었던 건가? 나도 모를 일이다. 유럽에서 학우들과 건물을 앞에 두고 서서 관찰할 때 조목조목 밝혀내고 파악하는 일에 남에게 지지 않던 내가 어쩌다가 이렇게 맥을 놓고 있었을까?

하도 신기해서 이유를 곰곰이 생각해보았다. 이유는 다름 아닌 나에게 있었다. 내가 변한 것이다. 건축물을 관찰하는 자세가 서양에서와는 이미 많이 달라져 있었다. 생각의 실타래를 차근차근 풀어가자 주위경관의 차이 때문이라는 데 생각이 미쳤다. 아니, 주위경관과 건축물이 서로 짜고서 나를 홀렸다고나 할까?

분명히 인간이 만든 것이 틀림없는 길인데도 자연적으로 생성된 느낌을 주는 산 속의 길. 그 길이 인도하는 대로 조심스런 마음으로 걷다보면 멀찍이서 어슴푸레 드러나는 건축물들. 그것들은 마치 산등성이나 바위의 일부인 듯이 보였고, 그래서 나는 건축물의 아름다움에 감탄은 할지언정 감히 그를 배경에서 도려내어 독자적인 규모를 가늠할 생각을 하지 못했다.

우리나라의 건축에는 주연과 조연의 구분이 서양의 그것처럼 확실하지 않다. 이것이 우리 전통 건축에 문외한인 내가 받은 첫인상이었다. 그리고 이것이 한국의 건축과 서양의 건축 사이에 존재하는 근본적인 차이점이었다. 서양의 건물들은 주변 경관을 배경으로 이용하여 돋보이는 데 반해, 우리 건축물은 주변 경관의 아름다움을 완성하기 위해서 마치 우연처럼 그 자리에 서 있다.

산의 장중함을 더해주기 위해 산자락에 나지막이 엎드린 산사들하며, 가파른 기암절벽의 절묘함을 강조하기 위해 위태롭게 버티고 있는 정자들을 처음 만난 순간을 나는 잊을 수가 없다. 그 건축물들은 항상 멋들어지지도 않았고 꼭 작품성이 있는 것도 아니었다. 단지 그 자리에 그렇게 서 있는 것만으로 제 구실을 톡톡히 하는 겸손한 건축물들이었다.

우리나라 전통 건축이 단번에 내 마음을 사로잡은 이유도 바로 거기에 있었다. 내가 아름답다고 느끼는 우리나라의 산세, 그리고 그 산세에 고요히 스며든 건물들, 그들은 주연과 조연을 번갈아 하면서 공동으로 아름다움을 창출해내고 있었다. 인간이 만든 건물들은 자연을 조연삼아 주연으로 나서는 듯하지만, 동시에 배경인 산수의 아름다움을 돋보이게 해주는 조연의 겸허함을 지니고 있었다.

주연과 조연의 역할을 동시에 담당하는 건축물의 값어치는 역시 주연이자 조연인 주변의 자연과 하나로 묶어 총체적으로 느껴야 한다. 이 건축물들이 자연과 부드럽게 화합하는 이치를 전문가들은 풍수지리로서 설명하기도 하겠지만, 풍수지리에 대한 깊은 지식이 없는 나로서는 그냥 미술적인 감각만으로 이야기할 수밖에 없다.

색다른 건축의 세계에 발을 들여놓은 나는 무엇보다도 건축물이 자연과 어울려 연출해내는 빼어난 경관에 반했다. 그림에 악센트를 찍고는 재빨리 배경 속으로 흡수되어 특별히 강조되기를 사양하는 겸허함에 나는 깊은 감동을 받은 것이다. 그런 어울림과 조화에 초점을 맞춘 건축관은, 기분만 맞으면 내 탓이니 네 탓이니 별로 따지고 싶어 하지 않는 우리네 '기분 문화'의 일부인가 싶기도 하다. 이것은 자잘한 일이라도 확실히 표현하고 증명하는 서양의 분위기와는 분명히 다르다. 개인이 맡은 책임을 중요시하고 그 성과를 따지고 넘어가는 서양의 사고방식으로는 인간의 손도장이 분명히 찍힌 조경과 건축이 지극히 자연스러운 현상이다.

사람들은 새로운 것을 발견하면 기존에 알던 것과 우열을 가려보고 싶어 한다. 새로 만난 것의 가치를 판단하기 위해서다. 나도 마찬가지였다. 그러나 나는 이 두 가지 건축세계의 우열을 비교할 수 있는 공정한 잣대가 없음을 금방 깨달았다.

두 문화의 근본적인 차이를 무시하고 주가 되는 건물만을 떼어내 비교한다면, 주연과 조연의 역할을 동시에 수행하도록 지어진 한국의 건물들이 애초 주연감으로 지어진 서양의 건물보다 소박하고 왜소해 보이는 것은 당연하다. 톡톡 튀는 주연감은 조연의 역할을 부드럽게 수행할 수 없기 때문이다. 첫눈에 확 들어오지 않는다고 예술성이 떨어지는 것은 아닌데, 첫인상으로 건물의 가치를 판단하게 되는 비전문가들은 이런 오류를 범하기 쉽다.

반대로, 우리나라 전통 건축의 잣대를 가지고 예술적으로 또 기술적으로 인류의 자랑거리가 될 만한 서양의 건축물을 '오만하게 배경에 군림함으로써 주변 환경의 전체적인 기와 흐름을 흐리는 열등한 작품'이라고 혹평한다면 이 역시 불공평하다. 서양에서도 설계시 주변 경관을 고려하는 일은 기본이다. 그러나 주객이 확실하다. 우리나라처럼 건축물이 자연의 일부로, 혹은 자연의 시녀로 돌아가는 것을 자청하는 일은 드물다.

이렇게 각 문화의 본질을 고려하지 않고 외형만으로 비교해서 점수와 서열을 매기는 일은 무모함을 넘어 위험하기까지 하다. 본질을 호도하고 진실을 왜곡할 수 있기 때문이다. 특히 우리의 문화유산을 다른 나라의 문화유산과 외형과 규모만을 따로 놓고 비교함으로써 열등한 점수를 주는 우를 범할 수 있다.

그런데 나는 우리나라의 전통 건물을 관찰하면서 받는 감동이 어딘지 낯익다는 생각이 들었다. 그래, 언젠가 비슷한 색깔의 느낌을 경험한 적이 있다. 유럽이겠지? 어디였을까? 아, 맞다! 독일에서 내 마음을 사로잡았던 강변의 노동자 마을……

그곳에서 받은 감동의 성격을 나는 그 당시 정확하게 규명하지 못했다. 향수와 그리움의 색조를 띠었다는 것 말고는, 눈물이 핑 돌았다는 것 말고는 달리 언어로 표현할 수 없었다. 독일의 노동자 주택단지에서 생전 처음으로 경험했던, 다소 막연했던 그 감정이 우리의 전통 건축을 보는 사이에 서서히 구체화되었고, 드디어 정체가 확인되었다. 안동의 하회마을에서.

향 수 의   건 축

하회마을을 찾은 날은 매미소리가 요란한 여름날이었다. 햇볕은 따가웠지만 마을을 휘돌아 흐르는 낙동강과 주름진 산세의 푸르름이 시원했다. 그를 배경으로 나붓하게 펼쳐지는 지붕들의 잔치도 정다웠다. 담장이며 골목이며 마치 내가 오래 전부터 알아온 곳처럼 마음이 푸근했다. 꿈에도 그리던 고향에 돌아온 느낌으로 애틋해지며, 이미 돌아가신 외할머니가 저기에서 나를 기다리고 계시는 것 같아 발길이 급해지기 시작했다. 가슴이 두근두근 뛰었다.

그러나 사실 이상한 일이었다. 하회와 나의 고향 사이에는 공통점이라고는 눈을 씻고 보아도 없기 때문이다. 내가 태어나서 자란 마을은 사변 이후에 급히 지어진, 한옥이라고는 단 한 채도 없는 신흥촌이었으므로. 그런데도 이상하게 하회마을을 보는 순간 매미가 시끄럽던 고향의 한낮이 물밀듯한 그리움과 함께 강렬하게 떠올랐던 것이다.

엉뚱한 곳에서 향수를 느낀 또 한 번의 경험이 떠올랐다. 독일의 노동자 마을에서 처음으로 느낀 바로 그 감정을 나는 우리의 전통 마을인 하회에서 되새기고 있었다. 이 두 마을 사이에는 어떤 공통점이 존재하기에 생전 처음 와보는 이방인에게까지 고향에로의 향수를 불러일으키는 것일까? 나는 손으로는 하회의 담벼락을 쓰다듬으면서 머릿속으로는 예전에 보았던 독일의 강변 마을을 더듬고 있었다.

  분명 독일의 강변 마을에서는 건물과 배경이 조화롭고 건물이 겸손한 점
이 감동으로 다가왔다. 그러나 어째서 향수와 그리움을 불러일으키는지는
이해하기 어려웠다. 아니, 그때는 그 감정이 바로 향수였다는 사실조차 제대
로 파악하지 못하고, 막연히 가슴이 시리는 감정이라고만 정의했다. 하회에
와서 성격이 전혀 다른 나의 고향집이 확실히 떠오르는 경험을 하고서야 비
로소 아득한 독일에서의 기억까지 되살려 그 감동의 본질이 향수였음을 깨
닫게 된 것이다.

  인간의 향수를 자극하기 위해서는 주변 경관에 군림하지 않으면서도 당당
한 건축, 외부 공간과 건축물이 동등한 자격으로 서로를 세워주는 따스한 품
위가 있는 건축, 화려하지 않으나 균형과 비례가 맞아 위엄 있는 건축, 이 세
가지 외에 한 가지 덕목이 더 있음을 자연스럽게 알게 되었다. 건축물과 주
변 경관 속에 인간인 나를 포함시켜주는 건축이었다. '너는 이 집에 속한다.
이것은 너의 집이다.' 라고 속삭임으로써 집에 돌아왔다는 느낌을 주는 인간
적인 건물이었던 것이다.

  헤리겔의 『궁도의 선』^{Zen}에 나오는 바와 같이, 활 쏘는 사람과 활과 과녁이
하나가 될 때 백발백중 활쏘기의 예술이 완성되는 것처럼, 건물과 주변 환경
뿐 아니라 사람의 존재까지 어우러져 하나의 세계를 이룰 때 완벽하게 인간
적인 건축물이 형성된다는 생각이 들었다. '내가 집이요, 집은 자연이요, 자
연은 나요.' 하는 고리를 만드는 인간적인 건축이란 구체적으로 어떤 것일
까? 내가 독일의 노동자 마을과 하회에서 관찰한 바에 의하면 다음과 같다.

  지나가는 객에게까지도 고향에 돌아왔다는 느낌을 선사하는 그 건물들은
그 고장에서 나는 재료를 사용하여 그 고장의 기후와 풍속에 맞게 지어져 있
었다. 향토 건축, 신토불이 건축, 자연친화적 건축이라고 칭할 수도 있겠다.
또한 건물의 크기와 비례가 인간의 신체를 기준으로 이루어졌으므로 그 앞
에 선 인간에게 위압감과 위화감을 주지 않는다.

나는 또한 그 안에서 살아갈 인간을 위하여 설계된 집을 인간적인 건물로 친다. 그렇지 않은 건물이 어디 있느냐는 소리를 들을지도 모른다. 그러나 요새는 그렇지 않은 경우가 더 많다. 안에 사는 사람보다 밖에서 감상하는 사람의 눈을 염두에 두고 지어지는 건물이 부지기수고, 일부러 위압감을 조성함으로써 특정 집단이나 특정인의 권세를 강조하려는 불순한 의도로 지어진 건물도 많고, 오로지 건축가의 명예를 널리널리 빛내기 위하여 존재하는 듯한 건물도 많고, 타지마할처럼 죽은 자를 위한 건물도 있다. 이들은 예술성으로 인류의 자랑거리는 될지언정 인간적인, 인간을 위한 건물이라고는 할 수 없다.

인간적인 건물은 없는 듯 존재한다. 인간의 자연스러운 손길과 발길을 길들이려 들지 않는다. 그런 건물을 설계하기 위하여 건축가는 그 고장의 지리적, 문화적 특성과 인간의 습관을 세심히 관찰하는 눈이 있어야 한다. 그래야 잘 맞는 칼집처럼 없는 듯이 존재하는 건물을 지을 수 있다.

하회마을의 건축이 바로 그랬다. 우리의 옛 주택의 철학이 그러했듯 남에게 보이기 위한 건축이 아니라 목적이 순수한 건축이었으므로 처음 와보는 나를 반가이 맞아주는 느낌을 주었던 것이다. 독일의 노동자 마을도 바로 그러한 이유로 나에게 잔잔한 감동을 불러일으켰다고 믿는다. 동양인종을 멸시하는 나치 사상에 동조한 건축가가 지은 건물이지만, 그 고장에 대한 건축가의 사랑과 그 건물 안에서 살아갈 노동자에 대한 사랑이 설계의 바탕이 되었으므로 동양에서 온 객에게까지 고향과 같은 푸근함을 주었던 것이다.

강으로 휘돌린 두 마을의 지형을 보면 배산임수 개념이 자연스럽게 떠오른다. 어려서부터 두 가지 문화에 노출된 까닭에, 확실하게 이해하지 못한 것은 인정할지언정 신봉하지는 않는 나는 풍수지리설의 추종자는 아니다. 그러나 풍수지리를 자연적인 것과 인위적인 것의 화합이라는 차원에서 이해하고 있으므로, 이에 대한 지식이 좀 더 깊어진다면 강을 낀 마을의 지형에

대해 기후, 바람의 방향, 일조량 등 내가 이해할 수 있는 방법으로 재조명해
보고 싶다.

독일의 강변 마을과 하회 사이에는 이러한 공통점들이 있지만 다른 점도
있었다. 독일 마을은 되도록 값싸게 지은 노동자용 주택이지만, 하회는 양반
의 체통을 지켜 잘 지은 주택들이 주가 되었고, 그래서 당시의 기술을 남김
없이 보여준다는 문화재적 장점이 하나 더 있었다.

내가 하회에서 본 양반 집은 서양의 귀족 집보다 왜소하지만, 안정감을 주
는 비례와 조화 때문에 매우 중후한 느낌으로 다가왔다. 그리스 신전들이 실
제보다 커 보이는 이유가 완벽한 비례에 있다는 이론이 저절로 떠오르는 순
간이었다.

하회가 제 집에 돌아온 것처럼 푸근한 인상을 주는 모성적인 면이 있다면,
그 누구도 함부로 대하지 못할 당당한 위엄은 부성적인 면이었다. 음과 양이
균형과 조화를 이루는 완벽한 기의 집. 젊은 시절 나를 전율하게 했던 헤르
만 헤세의 『데미안』에 나오는 에바 부인처럼, 남성과 여성의 경계를 넘나드
는 양성의 경이가 온몸을 통해 나의 내부로 스며들어오는 것이 느껴졌다. 가
슴이 쿵쾅쿵쾅 뛰는 가운데 나는 나에게 속삭였다. "혜지, 너 참 멀리 돌아
서 여기 왔구나."

내가 우리 건축의 현주소를 보며 많이 고심했던 점이 있다. 요즘 우리나라
에는 어디 내놔도 손색없을 정도로 고급한 건물이 많이 있는데, 자랑스러운
마음으로 가까이 가서 디테일을 들여다보면 나도 모르게 '악!' 하는 비명소
리가 나왔다. 두 개의 재료가 만나는 접속 부분의 디테일을 왜 그렇게 깔끔
하게 마무리하지 못하는지, 왜 같은 돈 들여 같은 재료를 쓰고도 싸구려로
보이게 만드는지 나는 억울해서 어디다가 머리를 박고 싶은 심정이었다.

그런데 놀랍게도 우리의 전통 건축에도 그런 면이 보였다. 곧은 나무와 굽
은 나무의 구별도 없이 마구잡이로 재료를 선정하고 목공의 마무리도 항상

정교하지만은 않았다. 그렇다면 우리는 장인정신이 결여되어 대강대강 하는 습관을 대물림하고 있다는 말인가?

천만에! 전혀 그렇지 않다. 구조적으로 정확해야 할 부분, 예를 들어 나무 기둥이 주춧돌과 만나는 밑동은 매우 정교하게 깎아내 돌과 나무가 마치 한 몸처럼 밀착된 것을 볼 수 있다. 사선 없이 수직과 수평으로만 연결된 우리 전통 건축의 구조에서 이렇게 정밀한 손재주와 정성이 없었다면 건물이 제대로 서기도 힘들었을 것이다.

우리 선조들이 가졌던 품질의 개념은 서양의 개념과는 달랐음이 틀림없다. 완벽한 수공이 필요한 곳에는 도전정신을 발휘하여 악착같이 완성해내면서도, 구조적으로 덜 중요하다고 생각되는 부분은 밖으로 드러나더라도 부실하게 처리하기도 했다. 서양 건축에서 밖으로 드러나는 부분에 특별히 신경을 써서 완벽을 기한 것과는 다른 점이다.

이는 우리 선조들의 미의 개념이 서양에 비해 유연했기 때문이다. 곧은 나무를 놔두고 굳이 휘어진 나무를 특별히 눈에 보이는 곳에 사용한 것을 무심하거나 게을러서 그렇다고 말할 수 없다. 그렇게 굽어진 나무를 사용하면 마무리 부분에 여러모로 손이 더 많이 가는데, 이를 기꺼이 감수하고 성공적으로 해결해놓은 손재주를 보면 감탄사가 절로 나온다.

그들은 무슨 이유로 전체적으로 단아한 건물에 뜬금없이 요란하게 휘어버린 나무 하나를 끼워넣고 싶었을까? 인공미보다는 자연미를 더 높이 쳐주는 우리네 미의 감각에도 그 이유가 있겠지만, 어쩌면 외세의 침입을 많이 받아서 은연중에 몸에 배인 반골정신의 해학적 표출은 아닌가 싶어 나는 혼자서 쿡쿡 웃었다.

그러나 오늘날 우리나라 현대식 건물이 보이는 허술한 디테일은 이와는 다른 차원이다. 이는 철학이 아니라 부실공사일 뿐이고, 우리나라가 급하게 성장하느라 소홀했던 내실, 즉 '안으로 새는 바가지'의 후유증이다. 진득하게 투자하여 기술자 키우는 일을 돈 아깝다고 생략해버리는 사회풍토와, 진정한 품질을 따지지 않고 한눈에 보이는 부분만으로 가치를 매기는 소비자의 자질이 문제다. 우리나라 사람들의 손재주가 나쁜 것은 분명 아니기 때문이다. 이러한 품질에 대한 불감증과 습관적인 졸속공사는 우리가 필히 극복해야 할, 또 언젠가는 틀림없이 극복될 현상이다.

해가 기울어지는 하회 고옥의 툇마루에 걸터앉아 목공들의 손길을 구석구석 눈으로 따라가는 맛이 절묘했다. 나는 단 하룻밤이라도 이 고옥에서 보낼 수 있다면 소원이 없겠다는 생각이 들었다. 밤새도록 뜬눈으로 누워서 공간과 내가 일체 되는 느낌 속에 한없이 젖어보고 싶었다. 그렇게 나를 좀 더 발견하고 싶었다. 문화재는 과거를 보여주는 척하면서 나의 현재에 대한 이야기를 들려준다는 것을 나는 눈치 채고 있었다.

나는 올 여름, 한국에 갈 예정이다. 아담하면서도 위풍당당한, 그래서 범치 못할 기상을 풍길망정 위화감은 주지 않는 한옥, 고향집에 돌아온 기분이 들게 하는 한옥과 재회할 것을 생각하면 벌써 가슴이 뛴다. 그들은 분명히 나를 알아볼 것이다. 자신을 알아보는 나를 반기며, 지난번에는 낯가림하느라고 내게 다 보여주지 않았던 비밀을 이번에는 하나쯤 더 털어놓을지도 모른다.

3 arbeit

현장이야기

여 자 공 대 생 의 화 장 실 노 이 로 제

우리나라에서는 똥 꿈을 꾸면 돈이 생긴다고 한다. 독일사람들에게 그런 이야기를 해주면 꼭 그 이유를 묻는데, 나는 프로이드가 그랬다고 시침을 뗀다. 똥 색깔이 황금색이라서 그런 건 아닐까 하는 나의 어설픈 추론을 대면, 쓸데없는 디테일에 집착하기를 즐기는 사람들답게, 그게 어째 노랗냐, 갈색이 아니냐는 둥 꼬치꼬치 따지고 들어 점점 더 귀찮아질 수 있기 때문이다.

나도 똥 꿈을 좋아하지만, 사실 내가 꾸는 똥 꿈은 대개 악몽이다. 화장실을 못 찾아 방방곡곡을 헤매고 다니는 꿈, 변기에서 오물이 무럭무럭 솟아오르는 꿈 등 거의 화장실에 관한 꿈이다. 화장실에 관련된 노이로제 때문인 것 같다. 남자들 틈에서 공부하다보니 생긴 노이로제다.

칼스루에 대학은 지금은 종합 대학이지만 내가 다닐 당시만 해도 순수한 공대였다. 1800년대에 고전주의 유명 건축가 바인브렌너의 건축 학교로 시작된 공대로서 역사가 깊다. 그래서인지 여학생이 참 드물었다. 그때는 물리학과나 기계과같이 여학생이 몇 해씩이나 한 명도 없는 학과도 많았다.

한번은 사교댄스를 배우러 갔는데 남학생과 여학생의 비율이 10대 1쯤 되었다. 그래서 여학생들은 파트너를 노상 바꿔가며 연습해야 했는데, 문제는 남학생들이 파트너가 부족해서 연습을 못해 그런지 영 춤 실력이 없다는 거였다. 킹콩같이 큰 발로 오이씨 같은 내 발을 하도 꾹꾹 밟아대는 통에 나는 결국 춤 배우기를 포기했다.

건축과는 남녀 비율에 있어 예외였다. 100명 신입생 중에 20명가량이 여학생이었으므로 그야말로 여자가 '우글우글한' 과에 속했다. 공대 여학생들은 모든 면에서 남학생들과 별로 다르지 않았다. 옷도 청바지에 티셔츠 차림으로 비슷하게 입고 납작한 신발을 신기 때문에 여차하면 뜀박질도 잘하며, 밤샘도 함께 하고, 힘도 좋아서 무거운 것도 번쩍번쩍 잘 들었다. 다른 과에 비해 여자가 드문 것도 아니고 남녀가 하는 짓이 다 비슷했으므로, 나도 내가 여자인지 남자인지 구별하지 않고 그냥 섞여서 공부했다.

그런데 언젠가부터는 여자라서 손해 본다는 생각을 하게 되었는데, 계기는 바로 화장실이었다. 건축과 건물에 불편한 점이 하나 있었는데, 화장실이 각 층마다 딱 한 칸이라서 항상 줄을 서서 기다려야 했던 것이다. 처음에는 불편하다는 생각도 별로 안 들고 화장실 앞에 줄 선 김에 급우들과 노닥거리는 것을 당연한 일로 느꼈다.

그런데 이것이 불편함을 알게 된 사건이 있다. 설계 마감이 다가와서 학교 설계실에서 밤샘을 할 때였다. 소변이 마려워 화장실에 갔더니 안에서 누가 일을 보고 있었다. 마침 설계가 잘 풀리고 있었으므로 거기 서서 기다리는 시간이 아까워 얼른 다시 제도실로 들어가 연필을 잡았다. 한참을 도면 앞에 엎드려 혼을 쏟고 있는데 방광이 묵직하게 신호를 보냈다. '아 참, 화장실 가려고 했었지.' 하며 다시 화장실로 달려갔더니 아직도 누군가가 들어 있는 것이다.

방금 새 아이디어를 시도해보려다가 연필을 놓고 나온 나는 냉큼 제도실로 돌아가서 마저 그렸다. 그러다가 이번에는 아랫배 전체가 뻐근하게 신호를 보내기에 어기적어기적 걸어서 화장실로 갔다. 아, 그런데 아직도 안으로 문이 잠겨 있는 것이 아닌가? 더 이상은 참을 도리가 없었다. 울상을 하고 있는데 바로 옆에 남자화장실 문이 눈에 들어왔다. '햐, 이 밤중에 아무도 안 보는데 실례 좀 하면 어때.' 싶어서 남자화장실의 문을 열고 들어갔다.

앗, 이럴 수가! 복도에서 문을 열면 사방 1미터 남짓한 좁은 공간에 세면대 하나와 한 칸짜리 화장실이 딸린 여자화장실에 비하면 남자화장실은 운동장이었다. 휑하니 널찍한 공간에 세면대만 댓 개가 벽 한쪽으로 조르르 붙어 있고, 소변기는 다른 쪽 벽에 좌악 줄 서 있었다. 그리고 화장실 칸이 양옆으로 다섯 쌍쯤 줄줄이 늘어서 있는 것이었다.

나는 그때 처음으로 알았다. 오래 전에 여자가 건축을 공부하지 않던 시절에 이 학교 건물을 지으면서 남자화장실만 만들었다는 것을. 세상이 달라져서 여학생이 하나둘 들어오기 시작하자 여비서용 화장실을 함께 쓰게 한 것이 오늘에 이른 것이다. 그런 사실을 인식한 후로는 나의 마음가짐이 변했다. 그냥 불편한 것이랑 남이 편한 꼴을 보면서 나만 불편한 것은 마음가짐에 있어 천지차이다. 한 칸짜리 여자화장실 앞에 줄서서 기다릴 때마다 억울한 생각이 들어서 바로 옆에 있는 크고 번듯한 남자화장실을 째려보곤 했다.

세월이 많이 흐른 오늘날, 학교 건물의 구조도 이제는 달라졌다. 내가 졸업할 때까지도 한 칸으로 버티던 여자화장실은 청소도구 넣어두는 창고로 변했다. 대신 옆의 남자화장실이 통째로 여자화장실로 변했고, 남자들은 위층에 있는 화장실로 가야 한다.

또 한 번, 화장실로 인해 핸디캡을 뼈저리게 느낀 경험이 있다. 건축을 공부하려면 학점을 따는 것 외에도 실습을 해야 한다. 저학년^{학사} 과정에서는 공사장에서, 고학년^{석사} 과정에서는 설계사무소에서 실습을 각 삼 개월씩 해야 졸업할 수 있다. 문제는 공사장에서의 실습이었다. 여러 건설회사에 실습 신청을 했는데, 하나같이 여자라는 이유에서 퇴짜를 놓았다. 공사장에 독일 노동법이 요구하는 여성 전용 화장실을 따로 마련할 수 없다는 이유였다.

그러나 건축과 학생이라면 누구나 다 아는 다른 이유가 있었다. 남학생들은 보통 건설 노동자들이 하는 일을 너끈히 해낼 수 있으므로 값싼 노동력으로 환영했으나, 여학생들은 도무지 쓸모없이 거치적거리기만 하고 행여 노동자들로 하여금 한눈이나 팔게 해서 노동 효율을 떨어뜨릴 소지가 있다는 것이 진짜 이유였다.

나는 하는 수 없이 다른 여학생들이 하듯이, 학교에 속한 목공소와 철공소에서 두 주씩 기본 기술코스를 수료하는 것으로 한 달의 실습을 마쳤다. 그런데 어디선가 두 달을 더 해서 석 달을 채워야 했다. 독일 여학생들은 친인척을 통해 고향의 실습 자리를 소개받기도 하고 실습증명서를 그냥 받기도 했다. 그네들은 내게 한국에 있는 아무 건설회사의 이름으로 실습증명서를 그냥 하나 만들어오라고 가르쳐주었다. 그러나 나는 증명서도 증명서지만 내가 실습 자리를 찾아 헤매는 동안 남자 동기들은 건설현장에서 내가 모르는 무언가를 많이 배울 것 같아 조바심이 들고 약이 올랐다.

그래서 나는 그 도시에서 가장 큰 건설회사에 편지를 보냈다. 현지에 친인척이 없는 외국인 여학생으로서 공사장의 실습 자리를 구하기가 얼마나 어려운가를 설명하고 단도직입적으로 도움을 청했다. 뜻밖에도 금방 연락이 왔다. 우유 공장을 증축하는 건설현장에서 여직원용 화장실을 쓸 수 있게 되었으니 오라는 거였다. 그 대신 일이 밀리는 본사 사무실에 가끔 출근해서 사무직 잡일을 해주는 것이 조건이었다. 나는 찬밥 더운밥 가릴 처지가 아니어서 무조건 수락했다.

공사장 실습의 경험이 있는 남녀 선배들이 미리 겁을 주었다. 여자 실습생이 오면 노동자들이 군기를 잡기 위해 맥주 심부름을 시킨다는 것이다. 사실 실습기간 내내 공사판 청소만 하다 왔다는 여학생도 있었다. 추운 겨울날, 나는 잔뜩 긴장해서 전쟁터에 나가는 마음으로 첫 출근을 했다.

그러나 나의 걱정은 기우였다. 우리 공사장의 십장은 아주 점잖은 사람이었다. 사무직 일을 하는 사람 같은 체구와 말투로 조용조용 일을 시키면서도 여차 하면 무거운 건축자재를 '끙' 소리 하나 없이 번쩍번쩍 들어올렸다. 내게 청소를 시키고 싶으면 빗자루를 두 개 가지고 와서 자기도 함께 쓸었다. 누구나 하기 싫어하는 일은 제일 높은 사람이 해야 하는 거라고, 그는 웃지도 않고 말했다. 청소가 다른 일에 비하면 힘든 일은 아닌데 공사장에서는 하급으로 취급되는 것 같았다.

대부분의 노동자들이 터키, 유고슬라비아, 이탈리아 출신의 청년들이었고, 특별한 기술이 없이 시키는 대로 힘으로 때우는 일을 했다. 십장 다음의 고참은 오십이 넘어 보이는 독일인이었는데 벽돌 쌓는 숙련공이었다. 어려서부터 건설현장에서 잔뼈가 굵은 사람답게 모든 일에 능숙했으며 인부들을 직접 진두지휘했다. 본사 사무실에서 우연히 이 사람의 월급명세서를 봤는데, 일류 설계사무소에 건축가로 취직한 내 친구보다 액수가 높았다. 일을 잘하는 그를 보며 나는 그 액수가 당연하다고 생각했다.

나는 캄캄한 새벽에 별을 보고 출근해서 하루 종일 밖에서 땀 흘리며 일하는 것이 즐거웠다. 휴식시간이 되면 모두들 양동이에 떠놓은 거무스름한 물에 비누도 없이 대강 손을 헹구고 각자 싸온 빵을 먹었다. 사람들은 소시지도 큰 덩어리로 싸가지고 와서 주머니칼로 뚝 잘라서 칼끝으로 콕 찍어서 먹었다. 십장만 보온병에 싸온 차를 마셨고, 다른 사람들은 그 추운 날씨에도 맥주를 마셨다. 나는 공사장의 분위기를 좋아했기 때문에, 간혹 본사의 일을 돕기 위해 차출을 당하면 맡겨진 일을 부리나케 해치우곤 했다.

전반적으로 분위기가 양호한 공사장이었지만, 나는 한 번의 통과의례를 치러야 했다. 일을 시작한 지 얼마 안 되어서였다. 터키 출신의 노동자 하나가 내게 팔뚝만큼 큰 쇠망치를 주면서 날개가 날린 왕나사를 망치로 쳐서 풀라고 했다. 무거운 망치를 요령 없이 드니 팔이 후들후들 떨려서 조준도 할 수가 없었다. 그는 씨익 웃으며 내 손에서 망치를 빼앗아 보란 듯 능숙하게 쿵쿵 쳐서 나사를 돌려댔다. 그리고는 자신의 팔뚝을 가리키며 "힘! 이거야. 여자는 부엌으로 가!" 하면서 뻐겼다. 기다리고 있었다는 듯 사람들은 와르르 웃었다.

졸지에 당한 나는 정신을 바짝 차렸다. 재미 삼아 사람을 바보로 만든 데 대한 복수도 복수지만 앞으로 맥주 가져오라는 소리를 듣고 안 듣고는 지금 이 순간 나의 반응에 달렸다는 생각이 머리를 스쳤다. 나는 모든 집중력을 동원했다. 무엇이든 꼬투리를 잡으려고 그가 돌려대고 있는 나사를 살피니 뒤에 붙은 암나사가 함께 돌아가고 있었다. 나사가 그냥 빙빙 돌기만 할 뿐 풀어지는 게 아니었다.

나는 그에게 뒤쪽의 암나사를 좀 보라고 했다. 그리고는 나의 머리를 가리키며 "머리! 이거야. 여자가 부엌에 있으면 남자는 하루 종일 헛 나사만 돌려!" 하며 그가 나에게 했던 것과 똑같은 말투를 써서 삐겨주었다. 사람들이 이번에는 더 큰소리로 와르르 웃었다. 그 후로는 아무도 나에게 휘파람을 불거나 야유를 보내지 않았다. 맥주 심부름은 더더욱 어림도 없었다.

단 하나 견디기 힘든 것은 추위였다. 1월까지는 온화하던 날씨가 2월에 들어서면서 갑자기 매서워졌다. 눈비가 쏟아지고 바람까지 씽씽 부는 날이 며칠이고 계속되었다. 철근이라도 져나르고 삽으로 땅이라도 파야지, 그렇지 않으면 온몸이 뼛속까지 얼었는지 와들와들 떨렸다. 내가 새파란 입술로 이를 딱딱 부딪치고 있으면 십장이나 다른 고참이 나더러 젖은 고양이처럼 떨고 있지 말고 화장실에나 다녀오라고 넌지시 일렀다.

바깥에 설치한 간이화장실을 사용하는 남자 인부들과는 달리 나는 우유공장 건물 안에 있는 여직원 화장실을 썼다. 화장실에 들어서면 스팀에서 활활 솟는 뜨거운 열기가 꽁꽁 언 뺨으로 제일 먼저 느껴졌다. 한번 앉았다 하면 노곤해서 일어나기가 영 싫었다. 몸이 녹으면 졸음이 솔솔 쏟아졌는데, 화장실에 갈 때마다 잠깐씩 졸고 나오면 그새 몸이 녹아서 다시 추위를 견딜 만했다. 한번은 잠깐 조는 사이에 꿈까지 꾸는 바람에 우유공장 직원들이 퇴근한 후에야 깨어났는데, 그때 텅 빈 건물에 갇혀서 허둥대던 일이 기억에 새롭다.

　지금 생각해보니 그 겨울에 내가 화장실에서 잠깐씩 몸을 녹인 덕택에 공
사장 실습을 무사히 마치지 않았나 싶다. 이번에는 여자이기 때문에 화장실
덕을 본 셈이다.

돌고 도는 건축 역사

내가 독일 남서부에 있는 칼스루에 공대에서 건축공학을 공부하기 시작했을 때, 서양건축사 수업은 매주 화요일 오후 5시에 있었다. 하루 종일 설계며 구조역학에 시달리다가 해가 기울기 시작하는 저녁나절에 강의실에 들어가면 강의가 시작되기도 전에 피곤해서 졸음이 솔솔 왔다.

슬라이드 강의라서 창문에 셔터를 내리니 분위기도 아늑한데다가 교수님은 시종일관 조용조용한 목소리로, 내 눈에는 다 그게 그거인 것같이 비슷비슷한 건물들을 수도 없이 보여주고 설명해주었다. 자장가가 따로 없었다. 생소한 전문용어는 왜 그리 많을까? 나는 모르는 용어가 많아서 강의 내용을 이해하기도 힘들었다.

무엇보다도 왜 그런 옛날 것들을 알아야 하는지 도무지 납득할 수가 없었다. 안 그래도 신입생들에게 건축이라는 전공은 대학에 들어오기 전까지는 접해본 적 없는 생소한 학문이지 않은가? 모두들 감을 잡느라 정신이 좀 없었겠지만, 어떻게 된 일인지 다른 동급생들은 건축에 대해 이미 일가견이 있는 듯했다. 나는 가뜩이나 기가 죽어서, 설계니 구조역학이니 하는 실질적인 과목을 따라가기에도 벅찬 마당에 추상적인 건축사는 건축 공부라는 실감도 안 났다.

대학마다 조금씩 다른데, 칼스루에 공대 건축과 시험은 이랬다. 설계나 구조역학 같은 과목은 과제도 자주 제출해야 하고 중간중간에 시험도 보지만,

서양건축사나 미술사는 중간고사니 기말고사니 하는 시험이 없고, 기본과정 4학기를 마치고 난 후에 시험을 딱 한 번 치렀다.

4학기가 지나고 나서 서양건축사 시험을 앞두고 나는 참 심란했다. 2년 동안 꼬박꼬박 출석했지만 머릿속에 남은 게 별로 없기 때문이다. 구두시험인데, 쌓여 있는 사진더미 중에서 건물 사진 네 장을 임의로 뽑아 설명하고 교수님 질문에도 대답하는 토론식 시험이었다. 물론 어떤 시대의 어떤 건물의 사진이 나에게 걸릴지는 아무도 모르는 것이다.

나는 시험 석 달 전부터 매일 학교 도서관에 나가 건물 사진이란 사진은 죄다 찾아서 무조건 달달 외웠다. 한국식으로 공부한 것이다. 그때는 이미 때가 늦어서 제대로 차근차근 공부할 시간도 없었고, 독학으로 제대로 공부할 능력도 없었다.

드디어 시험 보는 날이 되었다. 나는 덜덜 떨면서 시험장에 들어갔다. 임의로 뽑힌 사진 넉 장을 받아보았다. 아, 운이 좋게도 세 장은 내가 아는 건물이었다. 건축 양식, 건축년도, 건축가의 이름까지 줄줄 다 읊었다. 교수님은 대만족이셨다. 그런데 마지막 한 장은 암만 봐도 처음 보는 건물이었다. 세 개는 맞혔으니 낙제는 면했을 테고, 나는 시험을 그만 끝내고 싶어서 전혀 모르겠다고 깨끗하게 실토했다. 내가 모르겠다고 하면 이제 그만 나가보라고 하실 줄 알았는데, 뜻밖에도 교수님은 이것만은 꼭 알아야 된다고 고집하시는 것이 아닌가?

억지로라도 설명을 하라시니 나는 막 헤메기 시작했다. "에에, 저 둥근 탑의 모양을 봐서는 르네상스 건물 같기도 하고 바로크 건물 같기도 하고, 으음… 죄송하지만 건물은 고사하고 도대체 양식도 확실하게 모르겠습니다." 하고 이실직고를 했다. 아, 그때 교수님의 표정이 밝아지는 것이었다.

"그러냐? 르네상스인지 바로크인지 확실하게 구별이 안 가냐? 그럼 너는 이제 이 건물의 이름을 댈 수 있겠구나."

"네? 양식도 확실히 모르는데 이름을 대라뇨?"

"그래, 내가 힌트를 주지. 이 건물의 앞에는 큰 광장이 있다."

"광장이요? 광장이라면 혹시 타원형에 사다리꼴이 붙은 형태의 광장인가요? 그러면 알겠습니다. 로마의 성베드로대성당입니다."

내가 이 건물을 몰라봤을 때 교수님이 난감해 하셨던 이유가 바로 거기에 있었다. 다른 건물들은 줄줄 읊으면서 유럽의 교회 중에 가장 중요하고 가장 큰 로마의 성베드로대성당을 모르다니, 도저히 상식적으로 이해할 수 없는 일이기 때문이다. 내가 성베드로대성당을 공부하지 않은 건 아니다. 단지 정면에서 찍은 사진들만 보면서 '이렇게 생긴 광장이 보이면 성베드로대성당이다.' 라고 때려 맞추는 식으로 공부했기 때문에, 뒤에서 찍은 사진에는 광장이 안 보이니까 알 수 없었던 것이다. 결국 내가 각 건물의 본질을 제대로 이해하지 못하고 단지 그림으로 달달 외워서 공부한 한계가 드러난 것이다.

그런데 불행 중 다행으로, 르네상스인지 바로크인지 헷갈린 것을 교수님은 내가 건축 양식에 대한 주관적인 관찰력이 있다고 오해하신 것이다. 교수님이 그렇게 생각하신 것도 일리 있는 것이, 성베드로대성당은 이 두 시대에 걸쳐 지어졌기 때문이다. 르네상스시대에 지어지기 시작해서 120년 후인 바로크시대에 완성되었다. 이 공사가 대를 이어 유명 건축가의 손을 거치는 사이에 설계도 시대에 맞추어 변형되었다.

르네상스에서 바로크에 이르는 변형을 설명하기 전에 성베드로대성당의 역사를 간단히 알아보자. 우리나라에서는 삼국시대였던 324년에, 예수님의 제자이자 최초의 교황이라는 베드로의 무덤 위에 비석삼아 지어진 성베드로대성당이 어떻게 생겼는지는 아무도 정확히 모른다. 학자들이 여러 정황을 맞춰보건대 전형적인 로마식 신전 건축 양식인 바실리카 형이었다고 추측할 뿐이다. 바실리카란 건물의 중심부가 높이 솟아 있고 양옆으로 낮은 공간이 덧붙여진 것같이 보이는 형태를 말한다.

유럽의 전쟁 역사는 종교의 역사라고 할 수 있을 만큼 종교에 얽힌 세력 다툼이 컸다. 교황도 황제와 마찬가지로 정치성이 강하고 술수도 잘 썼다. 로마 교황청에서는 1450년에 정치적인 이유에서 이 성베드로대성당을 대대적으로 보수하기 시작했다. 그러나 천 년 가까이 된 낡은 건물이라, 50년 동안 보수를 하다 하다 포기하고 결국 1506년에 새로 짓기로 결정한다. 우리나라의 임진왜란 무렵이다.

르네상스의 유명한 건축가 브라만테가 시공을 한 이후, 120년에 걸친 성베드로대성당 대공사는 라파엘, 미켈란젤로, 마데르노같이 쟁쟁한 건축가들이 대를 이어가며 주도했다. 이들 건축가들은 애초에 만들어진 설계도만 가지고 시공한 게 아니라 변화하는 시대에 맞춰 자기 취향대로 설계도를 뜯어고쳤다.

성베드로대성당의 첫 건축가인 브라만테의 평면을 보면 르네상스의 특징인 점대칭, 집중형으로 구성되어 있다. 르네상스와 바로크의 경계인인 미켈란젤로의 도면을 보자면, 성당의 평면이 완벽한 집중형을 벗어나서 밑으로 길어지려는 시도를 하고 있고, 그 후임인 바로크의 건축가 마데르노는 바로크식 장축형 평면으로 설계했다.

성베드로대성당 평면의 변천사를 보면 르네상스의 특징인 집중형 평면이 바로크시대로 오면서 장축형 평면으로 변하는 것이 보인다. 서양건축사에선 종축과 횡축의 길이가 같은 십자가 모양의 평면을 그리스식 십자가라고 부르고, 종축이 긴 십자가형 평면은 로마식 십자가라고 부른다.

로마의 성베드로대성당은 전면에 위치한 베드로 광장 때문에 더욱 빛난다. 내가 광장의 모습으로 건물을 알아맞힐 궁리를 했을 정도로 유명한 이 베드로 광장은 1667년에 베르니니에 의해 완성되었다.

광장의 평면도를 보면 타원형과 사다리꼴이 붙어 있는 형태다. 타원형도 그렇고 사다리꼴도 그렇고, 이 광장의 평면이 왜 이렇게 찌그러진 형태의 조

: 베르니니가 설계한 성베드로대성
  당의 광장(1655~1667). 타원형
  과 사다리꼴이 합쳐진 형태의 광
  장은 성베드로대성당을 강조하기
  위하여 착시현상을 이용했다.

합일까? 베르니니는 대체 무슨 생각을 가지고 이렇게 설계했을까?

인류가 꽃피운 르네상스 문화의 업적 중에 하나가 원근법을 이용하여 사물을 입체적으로 표현하는 회화방식이다. 르네상스 말기로 가면서 그림에서 뿐만 아니라 건축과 무대장치에도 원근법을 적극적으로 이용하게 되었다. 베드로 광장은 이 원근법을 도시 공간에 이용한 첫 케이스다.

광장 앞에 서 있는 관중은 이 형태가 타원형이 아니라 원형이라고 착각하게 된다. 그런데 실제로는 타원형이기 때문에 원근법이 과장되어서 인간의 눈에는 광장의 폭이 더욱 깊게 느껴지는 것이다. 즉, 좀 더 너른 광장이라고

착각하게 된다.

　그리고 거기에 붙은 사다리꼴에도 이유가 있다. 이 사다리꼴은 건물 쪽으로 갈수록 폭이 넓어진다. 그리고 광장 바닥의 기울기는 건물을 향해 점점 올라가도록 되어 있어서 바닥 높이의 차이가 4미터나 된다. 이 두 가지 요소, 광장의 폭이 갈수록 넓어지는 것과 경사도가 함께 작용하여, 그 앞에 선 사람의 눈에는 광장이 경사 없이 평평한 정사각형으로 감지된다고 한다.

　이런 착시현상은 어떤 효과를 노린 것일까? 사다리꼴 형태 때문에 지형이 경사진 것과 건물이 높은 지형에 위치한 것을 못 느끼니 건물 자체가 높아

보인다고 한다. 즉, '광장 끄트머리에 있는 저 건물은 멀리서부터 이렇게 우러러봐야 지붕이 보이니 꽤나 높이 솟아 있구나.' 하는 느낌을 준다는 것이다. 이것이 바로 베르니니가 의도한 바이다. 광장의 착시현상을 이용해 건물을 강조했다.

내가 광장의 착시현상을 설명하면서 '건물 자체가 높아 보인다고 한다, 높이 솟아 있구나 하는 느낌을 준다고 한다.' 라고 말한 이유는 내가 로마에 갔을 때는 이런 사실을 몰랐기 때문이다. 몰랐기 때문에 눈여겨보지 못했다. 그래서 이런 절묘한 착시현상을 실제로 경험할 기회를 놓친 것은 아까운 일이 아닐 수 없다. 인류의 위대한 문화재를 보겠다고 돈 들이고 시간 들여 거기까지 가서, 인류에 드물게 나타나는 천재적인 작품을 직접 실험하고 평가할 기회를 놓쳤으니⋯⋯.

아는 만큼 보인다고, 건축 역사를 이해하면 어딜 가더라도 좀 더 많이 보고 느끼게 된다. 여행 가서 가장 많이 접하는 것이 건물이기 때문이다. 건물만 이해하는 게 아니라, 과거에 그 안에 살았던 인간의 생활과 사고방식을 상상하는 데 큰 도움이 된다. 같은 돈 주고 여행 가서 남이 못 보는 것을 볼 수 있다는 것, 그럼으로써 같은 시간에 남보다 많은 것을 배우고 느끼고 온다는 것은 실력이고 재산이다. 게다가 건물을 통해 역사까지 읽을 수 있다면 금상첨화일 것이다.

요즘은 여름철에 유럽의 유명한 도시에 가보면 길에서 한국말밖에 안 들린다는 우스갯소리도 있을 만큼 유럽으로 나오는 관광객이 늘었다. 유럽을 여행할 때 로마네스크와 고딕, 르네상스와 바로크 양식을 구별할 줄만 알아도 현존하는 대부분의 유명 문화재를 커버할 수 있다. 이것만 알고 보아도 건물의 특징이 좀 더 선명하게 보인다.

우리나라에서 후삼국시대였던 10세기를 전후하여 서양에서는 로마네스크 양식이 존재했고, 뒤를 이어 12~15세기에 고딕 양식이 나타났다. 고딕은

: 로마네스크의 대표작 슈파이어대성당(1030~1061). 현존하는 로마네스크 교회 중 가장 큰 규모를 자랑하며, 1981년
 에 유네스코 세계문화유산으로 등록되었다.

우리나라로 치면 조선시대 초기까지 존재한 셈이다. 유럽에 현존하는 중세 건축물, 즉 로마네스크나 고딕시대에 건축된 문화재의 태반은 성당이나 수도원 등 종교 건물이다.

서양의 중세 건축을 이루는 로마네스크와 고딕을 구별하는 방법은 아주 간단하다. 창문이나 문 등 벽에 뚫리거나 패인 구멍의 형태를 보면 된다. 피사의 사탑의 창문같이 윗부분이 둥글게 마무리되었으면 로마네스크고, 노트르담같이 뾰족하게 마무리되었으면 고딕이다. 내부도 마찬가지다. 원형 천장과 회랑도 로마네스크에선 둥근 선으로, 고딕에선 뾰족 선으로 마감되어 있다.

독일에서 로마네스크의 대표작이자 국제문화유산으로 지정된 슈파이어대성당과 고딕의 대표작인 쾰른대성당을 비교해보면 차이를 금방 느낄 수 있다. 전체적으로 보아 로마네스크 건물은 안정감이 있고 지붕 선이 완만하고 장식이 단아하다. 내부도 그렇고 외부도 그렇다. 그런 로마네스크가 점차 화려해지고 비례가 날렵하게 하늘로 솟으면서 고딕으로 발전한 것이다. 역사학자들은 고딕시대에 신에 대한 인간의 경외심이 극치에 달한 것이 그렇게 표현되었다고 말하기도 한다. 고딕은 뾰족 지붕에 뾰족하고 섬세한 석조물 장식을 수없이 달고 있다.

건축의 역사를 가만히 관찰해보면, 넘칠 만큼 과하게 되면 새로운 시대가 도래했다. 고딕시대의 불과 같은 신앙심이 반동현상을 일으키면서 르네상스의 인본주의를 초래했다. 르네상스는 15~16세기, 우리나라에서는 조선시대 중반, 그러니까 한글이 창제된 시기에 꽃피웠다. 이탈리아 르네상스의 거

⋮ 고딕의 대표작 쾰른 대성당(1248~1880). 주춧돌을 놓은 후 완공되기까지 무려 600년이나 걸린 쾰른 대성당은 세계에서 세 번째로 높은 교회 건물이다. 19세기 말까지는 세계에서 가장 높은 건물이기도 했다. 1996년에 유네스코 세계문화유산으로 지정되었다.

장 팔라디오가 비첸자에 지은 로톤다를 보면 건축 양식도 옛 그리스의 신전
처럼 다시 단아한 외형과 비례를 갖추었음을 알 수 있다.

　인간이란 항상 변화를 추구하는 존재이다 보니, 시간이 흐르면서 단아한
르네상스의 건물이 지루하게 느껴졌다. 사람들은 점점 더 장식을 선호하게
되고 화려한 양식으로 건물을 짓기 시작했다. 그러면서 탄생한 것이 바로크
양식이다. 17~18세기니까 우리나라의 조선시대 후기다. 세계문화유산으로

등록된 독일 뷔르츠부르크 성의 내부에서 나타나는 것처럼, 바로크에서는 회화뿐 아니라 건축에서도 건물이 매우 역동감 있고 화려하게 안팎이 장식되었다.

집 짓는 기술도 발전했으므로 옛날에는 구조역학상 끊을 수 없었던 곳을 끊어서 장식을 넣기도 했고, 금박 은박 마감이 등장했다. 그리고 생동감을 강조하기 위해 벽화가 조형물로 연결되기도 했다. 즉, 인물상의 벽화에서 상체가 입체적인 조각품으로 쑥 튀어나오기도 한 것이다.

이런 화려함이 극치에 달하면 또 식상하는 것이 인간의 본성인가 보다. 바로크가 시작된 지 약 2백 년 후인 19세기에 고전주의가 등장했다. 고전주의란 르네상스의 정신을 다시 한 번 되살려서 장식을 억제하고 비례를 존중하여 건물 그 자체만으로 매력을 주자는 사조다. 그리스-로마의 고대문화, 르네상스, 고전주의에 등장하는 건물의 성격과 모티브는 거의 비슷하다. 르네상스는 고대 그리스-로마 문화의 부활을 추구한 사조고, 고전주의는 르네상스를 모델로 했기 때문이다. 그리고 이 세 사조 사이사이에 화려한 사조가 낀다는 사실도 비슷하다. 다시 말해서 담백한 사조가 발전하여 점점 화려하게 변하고, 화려한 사조가 극에 달하면 다시 담백한 사조가 등장하고, 역사는 이렇게 돌고 돌며 반복을 계속한다.

우연인지는 모르지만 담백한 사조는 인본주의를 바탕으로 했고, 사이사이에 끼는 화려한 사조는 독실한 신앙이 만연했다. 그리고 인본주의를 바탕으로 하던 담백한 사조는 훗날 인간의 이성과 국제주의를 지향하게 되었고, 신본주의를 바탕으로 하던 화려한 사조는 인간의 감성과 민족주의를 담아내게 되었다. 서양 건축사에서 이런 화려함과 담백함의 반복은 19세기 이후에도 계속되었다. 단지 사조가 바뀌는 주기가 점점 더 짧아지는데, 이것은 인간의 발전과 변화에 가속이 붙었다는 것을 뜻한다.

신로마네스크, 신고딕, 신르네상스, 신바로크, 신고전주의를 거쳐 19세기

: 고전주의의 대표작 쾨닉스 광장의 글뤼브토텍(1815). 고대 그리스-로마의 조각품을 전시하기 위해 건축한 건물답게
  그리스 신전에 바탕을 둔 전형적인 고전주의 작품이다.

후반에 가서는 절충주의라는 사조까지 나왔다. 한 가지 양식을 선택하여 본
따는 것이 아니라, 지나간 여러 양식 중에서 마음에 드는 모티브를 여러 개
따와서 조합하는 절충주의를 관찰하자면, 20세기 후반부터 우리들의 귀에
익은 포스트모던이라는 단어가 생각난다.

　이렇게 역사가 돌아가는 이치를 이해하는 것은 현재를 파악하는 데도 도
움이 되고 미래를 점치는 일에도 도움이 된다. 한번 지나간 유행은 영원히
과거로 남아 있는 게 아니라 언젠가는 최신이라는 이름표를 달고 또 나타나

게 마련이다. 그럴 때, 과거의 양식을 근본적으로 확실히 이해하고 있는 건축가가 돌아온 첨단에 대한 이해가 빠른 것은 당연한 이치다.

실제로 많은 유명 건축가들이 건축의 역사를 통해 도움을 얻고 있다고 말한다. 자신들의 건축은 역사의 보물 상자에서 나온다고, 선조들이 이미 머리 싸매고 열심히 연구해서 찾아놓은 해답을 십분 이용한다고 고백한다. 이 말은 그들이 옛 건축을 마구 베끼거나, 기존 건물의 외형이나 모티브를 따서 내 설계에 합성시킨다는 말이 아니다.

다른 사람은 어떤 상황에, 어떤 이유에서, 어떤 원리로 이런 해답에 이르렀는가, 그리고 그 해답이라고 하는 것이 지금 내 눈앞에 있는데 이 공간의 장점과 단점은 무엇인가, 나라면 어떻게 보완하고 수정할 것인가를 근본적으로 분석하여 현실에 적용한다는 뜻이다. 즉 역사 속에는 시험문제와 해답이 나란히 존재한다. 이를 잘 활용하면 시행착오를 줄이고 지름길로 갈 수 있다.

역사를 관찰함으로써 이치를 깨달아 시행착오를 줄일 능력이 되는 현명한 건축가들에겐 역사가 돌고 돈다는 사실이 반갑겠지만, 나는 역사가 돈다는 사실이 무섭다. 건축의 역사는 겉모습만 돌고 돈 것이 아니라 품질면에서도 돌고 돌았기 때문이다. 서양의 화장실의 역사가 그것을 보여준다.

메소포타미아 문명의 인간은 기원전 2350년에 이미 수세식 화장실을 알았다. 기원전 484년에 이집트를 방문한 헤로도트의 기록에 의하면, 이집트에는 이미 실내 화장실까지 존재했다. 로마시대에는 25명까지 동시 사용이 가능한 단체 화장실을 화려하게 꾸며놓고 나란히 앉아서 도란도란 즐기는 토론 문화가 있었다. 큰길의 사거리에는 병 모양의 변기를 두어 남정네들이 오다가다 거리낌 없이 사용했는데, 이렇게 모인 소변은 날이 저물면 여인들이 가져가서 밤새 빨래를 담가 눈처럼 하얗게 표백하는 데 썼다.

5세기 말에 로마시대는 막을 내렸다. 정권 다툼과 외세의 침략으로 불안한 정세가 지속되자 정치, 경제, 문화의 집결지인 도시를 지탱하던 상공업이 제일 먼저 타격을 입었고, 주민들은 먹을 것을 찾아 뿔뿔이 흩어졌다. 이로 인한 대대적인 기아현상은 살인, 강도, 약탈이 난무하는 무법천지를 불렀다. 하루 살아남는 일이 불안한 사람들은 교육에 신경쓸 수 없었고, 하 수상한 세월에 길 떠나기가 위험하여 지식과 정보의 교류가 정체되는 고립 현상이 일어났다. 이렇게 몇 백 년이 흐르자 유럽은 망각과 무지의 대륙으로 퇴보했다. 그 당시 유일하게 먼길을 다니고 읽고 쓸 줄 아는 사람들은 선교하는 수도사들이었지만 이들의 지식은 수도원의 높은 담장 안에 갇혀 있었다.

로마시대의 몰락과 함께 유럽은 전쟁과 파괴로 점점 망각의 길을 걸었고, 나중에는 자신들에게 그런 문명이 있었다는 사실조차 까맣게 잊어버렸다. 이후로 인간들은 짐승과 마찬가지로 벌판에서 일을 보았고, 마을의 광장과 길바닥은 인간의 오물로 넘쳐났다. 15세기경에야 푸세식 변소를 만들기 시작했으나, 아침이면 창문을 열고 집 앞 길바닥에 요강을 비우는 고약한 버릇은 18세기 말까지 지속되었다. 16세기 말부터 18세기를 거치며 영국에서 발명한 수세식 화장실은 도시의 하수도 시설이 갖추어지는 19세기 중반 이후에야 유럽의 일반에 보급되기 시작했다.

다행스럽게도 이 화장실의 역사는 인류의 역사가 아니라 서양의 역사다. 동양에서는 화장실의 변천사가 어땠는지 모르지만, 나는 이보다 진도가 느려도 좋으니 지속적인 향상의 길을 걸었기를 바라 마지않는다. 요즘 지구 환경이며 국제 정세 돌아가는 꼴을 보니 동반의 길이 아닌 약육강식의 길이 분명하고, 이렇게 가다간 시계가 다시 거꾸로 돌아가는 일이 생기지는 않을까 불안하기 때문이다. 희생과 수고를 바쳐 가꾸어온 공생의 법칙이 이 구석 저 구석에서 야금야금 허물어져가는 꼴을 보니 우리가 앞으로 문명을 망각하게 될 신호탄은 아닌가 싶어 등골이 오싹해진다.

건 축 가 의   심 리 투 시 경

　건축 공부를 막 시작하는 학생들에겐 '좋은 설계'가 무엇인지 참으로 모호하다. 나는 어둠 속에서 헤엄치는 기분으로 한 3년 부딪쳤더니, 어떤 설계를 해 가면 교수님이나 동급생들에게 비웃음을 사지 않는다는 정도는 알게되었다. 또 어떤 디자인을 선호하면 전문가 축에 끼고, 어떤 디자인을 선호하면 유치하다는 소리를 듣게 되는지도 감을 잡았다.

　그런데 고민이 하나 있었다. 전문가의 취향과 비전문가의 취향이 다르다는 점이었다. 독일의 건축가들은 대부분 하얀 벽에 단순명료한 선과 구조를선호하지만, 독일의 보통 사람들은 꽃무늬 벽지에 뻐꾸기시계도 걸어놓고오골오골 굴곡이 많은 바로크식 가구에 안정감을 느끼기도 한다. 건물의 외형이나 도시 미관에 대한 견해도 마찬가지다.

　건축가는 예술가로서 사회의 미관을 책임 지는 사람이니까 전문가의 취향으로 설계를 해야 할까, 아니면 서비스인으로서 피 같은 돈을 대서 건물을짓는 건축주가 원하는 대로 지어주어야 할까? '건축가는 예술가냐, 서비스인이냐.'라는 질문은 암만 토론해도 정답이 나오지 않는, 지극히 주관적인직업관을 건드리는 질문이다.

　나의 학우들이나 건축계에 종사하는 사람들 사이에서는 '건축가는 전문가로서, 선구적인 의무가 있다.'라는 의견이 압도적이었다. 한마디로 비전문가의 취향을 무시해도 된다는 말이다. 하긴 나부터도 그렇지, 촌스러운 건물을 지어달라고 요구하면 이걸 해야 하나 말아야 하나 고민이 많을 것이다. 그러나 내 마음 한 구석엔 주인이 될 사람의 취향이 무시되는 것 또한 옳은 일은 아니라는 생각이 남아 있었다.

내가 다니던 칼스루에 공대에서는 매주 한 번씩 유럽에서 활동하는 건축가들의 초청 강연이 있었는데, 하루는 스웨덴의 휘브너 교수가 강연을 했다. 그는 '구시가지에 현대식 건물 짓기'라는 주제로 강연했는데 주로 자신의 경험을 통해 이야기를 풀어나갔다. 건축주가 '유리에 붙인 창살'을 요구해서 그가 애를 먹었다는 말에 청중들이 와아 웃었다.

'유리에 붙인 창살'이란, 옛날 창문의 모조품을 말한다. 20세기 초반만 해도 유리 만드는 기술이 발달하지 못해서 큰 유리판을 만들 수 없었기 때문에, 가로 세로 30~40센티미터를 넘지 않는 작은 유리판을 창살로 연결해서 창문을 만들었다. 그러나 이제는 기술이 발전해서 커다란 통유리창이 가능해졌고, 창살이 따로 필요하지 않게 되었다.

그런데 옛 건물 일색인 곳에다 새 건물을 지을 적에, 창살이 섬세한 옛 창문 옆에 뻥 뚫린 현대식 창문은 외형적으로 조화를 맞추기 힘든 경우가 있다. 또 개인적인 취향에 따라 옛날식 창문에 대한 향수를 가지고 있는 집주인도 많이 있다. 이들은 스위트홈이라는 개념에 창살이 오밀조밀한 분위기를 포함시키기도 한다.

그래서 생겨난 것이 통유리 창문에 창살을 붙인, 옛 창문의 모조품이다. 유리를 잡아주는 기능 없이 모양을 내기 위해 붙인 창살은 공정이 복잡한 옛날 창문에 비해 생산 가격이 저렴하다는 점 외에도 창살의 두께가 가늘어 채광을 많이 잡아먹지 않는다는 이점이 있다. 그러나 오늘날 자존심 있는 건축가들은 아무런 기능 없이 시각효과만을 위한 디자인적 요소를 경시하는 경향이 있고, 모조품을 쓰는 일을 아주 격이 낮은 일로 생각하고 있다.

우리나라 사람들에게는 붙인 창살에 대한 독일인들의 거부감이 실감이 안

날 것이다. 우리는 원래 창살에 창호지를 바르는 식의 창문을 써왔고, 창호지 대신 이제는 유리를 쓰는 셈이니까, 유리창에 창살을 무늬 삼아 붙인다는 사실이 좀 더 자연스럽게 받아들여질지도 모른다.

아무튼 유리에 붙인 창살 때문에 모든 청중이 와르르 웃을 적에 나도 함께 웃었다. 같이 웃어야 뭘 좀 이해하는 축에 끼니까 그랬다. 그러나 나는 강연이 끝난 후에 곧바로 휘브너 교수를 찾아갔다. 그리고 단도직입적으로 오랜 의문을 털어놓았다. 건축가는 남의 돈으로 자신의 이상을 실현시키기 위해 존재하느냐, 아니면 사용자의 이상을 실현시켜주기 위해 존재하느냐, 장차 그 건물을 사용할 사람이 원하는 바를 건축가가 '건축이라면 내가 더 잘 안다.'는 미명하에 안 들어줄 자격이 있느냐고 물어보았다.

그때 휘브너 교수의 대답을 나는 잊을 수가 없다. 그는 단 1초도 망설임 없이 대답했다. "건축주가 달라는 걸 주지 말고, 그가 원하는 걸 주라." 무슨 뜻일까? '건축주가 원하는 것'은 유리에 붙인 창살, 그 자체가 아니다. 옛날 창살로 연상되는 부드러운 분위기의 아늑한 공간을 원하는 거다.

비전문가는 그렇게밖에 자신의 희망사항을 표현할 수 없다. 그 말을 제대로 알아듣는 것은 건축가의 몫이다. 그리고 건축주가 원하는 바를, 모조품이 아닌 품격 있는 디테일로 실현시키는 것도 건축가의 몫이다. 그렇게 함으로써 건축가는 전문인으로서 사회의 미관을 책임지는 의무도 수행하고, 서비스인으로서 건축주의 요구를 실현시키는 의무도 수행하는 것이다.'

나의 직업관이 된 이 말을 구체적으로 적용할 날이 왔다. 하루는 독일의 다른 도시에 사는 친구에게서 연락이 왔다. 스페인에 별장을 지으려고 하는데 도면을 그려달라는 것이다. 자기 남편이 취미 삼아 집 고치는 일을 즐기는 사람이라 설계는 자신이 있으니, 나보고는 자기가 그린 스케치를 스페인 관청에 허가 맡을 도면으로 다듬어달라고 했다. 물론 스페인에서의 건축가 비용을 아끼는 대신 내게 돈을 벌어주려는 속셈이었다.

　나는 친구를 설득했다. '스페인에서 허가 맡을 도면은 스페인 건축가를 써
서 만들어라. 그들만이 그곳에서 구하기 쉬운 재료와 그곳 기술자들에게 익
숙한 공법을 알고 있다. 그렇게 하는 것이 궁극적으로 돈을 절약하는 방법이
다. 그래야 건축 허가를 받기도 수월하다. 단, 네 남편을 사흘만 내게 보내
라. 그러면 스페인의 건축가에게 너희가 바라는 바가 무엇이라는 걸 알릴 도
면을 내가 그려주겠다. 돈은 받지 않겠다.'

　친구네 부부는 내가 못마땅했을 것이다. 필요한 건 안 해주면서 쓸데없는
일만 늘리는 것 같으니 말이다. 그러나 나는 친구 남편이 그려 보낸 스케치
를 본 후라 가만두면 그대로 지을까 봐 사명감을 가지고 간곡히 설득했다.
그리고 친구 남편과 나는 사흘을 함께 앉아서 도면을 만들었다. 그는 자기가
그려 온 스케치를 조금이라도 변경하는 걸 원하지 않았다. 자기가 평생 그리
던 꿈이 그 스케치에 고스란히 들어 있다고 생각하니 당연한 일이겠다.

　나는 그가 미리 그려 보낸 스케치를 신중하게 관찰하여 그가 원하는 것이
무엇인가를 파악하려고 노력했다. 예를 들면 너른 거실 한가운데에 그려져
있는 층계를 보고 이 사람들이 추구하는 생활방식을 감지했다. 소시민적인
양상을 탈피하고, 최신식 사교 문화를 과시하는 작품을 원하는 사람들이었
다. 또 중국식 풍수지리를 실내장식에 적용하기 원했다. 사는 사람의 생년월
일에 따라 집안에 불이 놓여야 하는 장소와 물이 놓여야 하는 장소가 정해지
므로 부엌이나 출입문의 위치가 달라지는 것이다.

　이제 나는 모든 면에서 나와는 극과극으로 다른 사람들을 위하여 설계를
해야 할 판이었다. 생활습관과 취향 면에서는 두말없이 사용자의 희망에 따
랐다. 나 스스로는 믿지 않더라도 중국식 풍수지리를 최대한 수렴하려고 노
력했다. 단지 그 때문에 기능이 원활하지 못한 부분에서는 풍수지리 안에서
대안을 찾아 제시했다.

　친구 남편의 스케치에는 거실과 부엌이 남향으로 나 있었다. 나는 파티와

요리를 즐기는 그가 단순히 남향 부엌을 원하는 것이 아니라 부엌을 거실의 일부로 여기는 것이라 이해했다. 그러나 가뜩이나 더운 지방에서 긴 조리 시간이나 파티 중에 생굴같이 예민한 음식들이 상할 염려가 있었고, 장을 봐서 부엌으로 들어갈 때 거실을 거쳐야 한다는 단점도 있었다. 그래서 거실과 부엌을 하나로 묶어 방향만 돌려놓으면, 동선이나 기능이 좋아지면서 개방적인 분위기를 연출한다는 장점을 살릴 수 있다고 설득했다.

그런데 중국식 풍수지리에 의하면 이 건물의 남쪽 특정한 장소에는 물이, 그리고 다른 특정한 장소에는 불이 있어야 이 집의 주인들이 번성하기 때문에 부엌의 위치를 바꿀 수가 없다고 그는 고집했다. 나는 물이 올 자리에 개수대 대신 수족관을, 불이 올 자리에 조리대 대신 벽난로를 놓으면 어떻겠냐고 제의했다. 그러면 거실 분위기가 더욱 고급스러워지고, 부엌은 부엌대로 서늘하고 쾌적하니 일석이조일 터였다.

또한 그가 층계를 거실 한가운데 그려놓은 의도는 숨길 것도 감출 것도 없다는 호방한 생활 철학과 개방된 공간을 연출하고자 하는 바람이었다. 그러나 이 층계 때문에 거실이 좁아 보이고 공간 사용에 제약이 많을 것이 뻔했다. 나는 그가 원하는 것이 거실 한가운데 놓인 층계 자체가 아니라 호방한 공간이라는 것을 알았기 때문에 설득하기 쉬웠다.

확 트인 분위기를 연출하고 공간 활용도를 높이기 위해 층계의 위치와 방향을 약간만 바꾸자고 제안하며 그림으로 그려 보이자 그는 이해하는 듯했지만 망설였다. 벽으로 붙은 층계 때문에 공간 전체가 평범하고 소시민적으로 보일까 봐 우려한 것이다. 나는 층계가 벽으로 붙어서 그런 인상을 주는 것이 아니라, 벽으로 붙이는 방법이 세련되지 못해서 그런 거라며 건축 잡지를 가져와 벽으로 붙은 세련된 층계의 사진들을 보여주었다. 또한 구조역학상, 애초에 그가 구상한 층계에 비해 재료비와 인건비가 덜 들기 때문에 디자인을 기발하게 만드는 데 돈을 더 쓸 수 있다고 설명했다. 그는 기쁘게 동의했다.

이때 나는 내가 제안한 충계의 또 다른 장점에 대해선 말하지 않았다. 밖에서 들어와서 바로 위층으로 올라가는 사람과 거실에 앉아 있던 사람이 덜 부딪쳐서 개인의 자유가 보장된다는 점, 따라서 혹시라도 나중에 평범한 소시민들에게 이 집을 팔 경우에도 제값을 받고 팔 수 있다는 장점에 대해선 침묵했다. 그가 무시하는 점을 강조하는 것은 아무에게도 도움이 되지 않기 때문이다.

세상에서 가장 좋은 설계, 이 세상의 모든 문제를 해결해주는 해답은 없다. 천하의 살인자라도 나와 친하면 내게는 좋은 사람이듯 그때그때 사람에 따라, 상황에 따라 최선의 해답이 있을 뿐이며 이 역시 시간이 지나면 변할 수도 있다.

전문가의 역할은 의뢰인이 원하는 것을 얻도록 가장 합리적인 방법을 찾아주는 것이며, 이전에 그들이 궁극적으로 원하는 것이 무엇인지 스스로 알도록 도와주는 것이다. 원하는 것이 무엇인지 알면 해답도 찾기 쉽다. 이렇게 답을 가지고 있는 사람을 눈앞에 두고 활용하지 못한다면 서로에게 손해다.

내가 가장 갈등했던 것은 설계의 철학이랄까, 원칙에 해당하는 부분이었다. 나는 경제적, 환경적인 이유에서, 또 내가 교육받은 '칼스루에 학풍'에 따라, 단순명료한 선과 형태를 선호하는 사람이다. 그래서 변화무쌍하고 역동적인 디자인을 바라는 친구 부부의 성향을 존중하는 일이 쉽지 않았다. 기능이 따르지 않는, 단순히 보이기 위한 디자인적 요소를 요구하는 부분에서 나는 '전문가의 임무를 다해야 하는 건 아닐까? 이 방면에서 남보다 더 많이 배운 값을 해야 하지 않겠는가?' 고민했다.

이때 나는 내가 학생 시절에 들은, 유리에 붙이는 창살에 관한 강연을 기억했다. 그가 달라는 걸 주지 않더라도 그가 원하는 건 줘야 할 것 같았다. 그러나 막상 실천하자니 이처럼 어려운 일이 또 있을까? 나는 그가 원하는 것이 정말로 이렇게 생긴 뾰족한 지붕인지, 아니면 화려한 시각효과인지 파악하기 위해 여러 각도에서 질문을 던졌다. 그리고 대안을 제시할 때 공사의 난이도와 거기에 따르는 비용의 가감, 노동인부들의 능력에 따르는 모험성 등을 알려주어 그가 스스로 결정하는 데 도움을 주었다.

이렇게 사흘을 작업해서 만든 설계도는 우리 둘의 마음에 아주 쏙 들었다. 애초에 친구 남편이 가지고 온 스케치와는 모든 면에서 180도 달라졌음은 물론이다. 그러나 그는 나의 제안에 따라 우리가 함께 만든 최종 도면이 자기가 가지고 온 스케치에서 별반 달라지지 않은, 결국 자기 자신의 작품이라고 굳게 믿어 나는 매우 기뻤다.

자기가 무의식중에 원하던 바가 다 이루어진 도면이니 당연한 일이다. 자신의 작품이니 그는 앞으로 얼마나 자부심과 애착을 가지고 집을 짓고 아끼고 가꾸겠는가? 쾌적한 부엌에서 요리할 때마다 자신의 선견지명에 대해 기뻐할 것이다. 그 덕분에 나는 이렇게 없는 듯이 존재하는 건축가의 자질을 증명받은 기쁨으로 아주 행복했다.

건축가는 사용자가 주문하는 대로 물건을 만들어주는 사람이 아니다. 그들이 원하는 바가 무엇인지 심리투시경을 사용해 먼저 알아내 진짜 필요한 물건을 공급해야 한다. 큰돈 들여서 평생에 한 번 집 짓는 사람들은 그만한 대접을 받을 권리가 있다. 도시 설계도 마찬가지다. 혈세를 내는 국민들은 자신들에게 필요한 도시 환경이 무엇인지 잘 모를지라도 쾌적한 환경을 가질 권리가 있는 것이다. 이것이 전문가의 숙제이기도 하다.

그리고 몇 년이 흘렀다. 집이 완공되었다는 말을 들은 지도 한참 만에 드디어 나는 그 집에 가보게 되었다. 스페인의 건축가에게 허가도면을 맡기면서 설계가 변경되었다는 말을 들었기에, 나는 내 작품을 만난다는 생각이 전혀 없이 그 집에 도착했다.

밖에서 보기에도 안에서 보기에도 내가 기대했던 것 이상으로 잘 지은 집

이었다. 그 고장의 재료를 사용하여 현지풍이면서도 어딘지 칼스루에 학풍
이 느껴지는 건물이어서 나는 한편으론 놀라고 한편으론 은근히 기뻤다. 층
계도 부엌도 우리가 함께 설계한 것과는 달랐지만 기능과 디자인엔 하자가
없었다. 친구 남편은 우리집에서 공동작업을 하는 동안, 자신이 원하는 게
무엇인지 발견하는 심리투시경을 터득했음이 틀림없다.

어스름이 내리는 테라스에는 훈훈한 저녁 바람이 불었다. 친구 남편과 나
는 음료수를 들고 의자를 젖혀 길게 누웠다. 남의 나라에서 집 짓느라고 겪
었던 갖은 애로를 푸념하던 그가 위스키에 든 얼음을 흔들며 물었다.

"어때? 집이 마음에 들어?"

"그래, 정말 잘 지었어."

그는 도리어 내게 고맙다고 인사했다. 내가 물었다.

"네 마음에는?"

그는 만족한다고 대답했다. 그리고 잠시 뜸을 들였다가 말을 이었다.

"그런데 말이지, 다음에 또 지으라면 이렇게 복잡하게 짓지 않겠어. 단순
명료한 형태로 지을 거야. 그게 짓기도 쉽고 사람이 살기에도 편안한 형태라
는 걸 깨달았어."

나를 바라보는 그의 눈이 일말의 원망을 담고 있다고 느껴졌다. 설마 복잡
하게 설계해주었다고 나를 원망하는 건 아니겠지? 나는 그때 내 신념대로
단순명료한 형태를 적극 권하지 않은 걸 잠시 후회했다. 그랬어도 그때는 내
말을 듣지 않았을 걸? 생각이 여기까지 미치자 빙그레 웃음이 나왔다. 오,
나의 수제자! 하나를 가르쳐주면 저 혼자 열을 깨치는 영특한 제자!

유 적 지 의   황 혼 주

"혜지, 와라 와라!"

돌무더기를 측정하여 도면을 작성하는 일이 생각보다 어려워서 쩔쩔매고 있는데 뒤에서 누가 한국말로 이렇게 부르는 소리가 났다. 작업에 열중해 있던 나는 목에 건 화판 위에 고개를 쳐박고 도면을 계속 그리면서 본능적으로 나를 부르는 쪽으로 발을 옮겼다. 갑자기 와아 하고 웃으며 박수치는 소리가 났다. 화들짝 놀라서 머리를 들었더니 내 앞에는 에르한이 한 무리의 쿠르드족 발굴 인부들과 함께 큰소리로 웃고 있었다. 터키인인 에르한은 내가 학생 조교로 일하고 있던 독일의 건축사 연구소에서 나의 직속상관이었다. 그가 독일말로 내게 물었다.

"너 어떻게 알아듣고 왔어?"

"니가 오라 그랬잖아. 어? 그거 한국말… 너 한국말 어디서 배웠어?"

"아니, 그거 쿠르드말이야."

생전 처음으로 동양 사람을 구경하고 신기했던 쿠르드인들이 쟤랑 의사소통은 어떻게 하느냐는 둥 나에 대해 꼬치꼬치 캐묻자 장난기가 동한 에르한이 내가 이 세상 말을 다 알아듣는다고 농담을 했던 것이다. 나를 놀린 에르한을 한 대 때려주려고 주먹을 들자 그는 "지금은 안 돼!" 하고 다급하게 소리쳤다. 공개적으로 여자에게 맞는 모습을 보였다간 남존여비 전통에 젖은 인부들을 지휘하여 발굴하는 일에 에르한이 큰 지장을 받게 되기 때문이다.

: 발굴 도면을 그리기 위해 유적
의 잔재를 실측하고 있는 대학
생 시절의 필자.

내가 자기네들과 비슷한 단어를 쓰는 나라에서 왔다고 친근해선지 그 이
후로 쿠르드족 인부들은 나를 마치 친누이처럼 위해주었다. 내가 장비라도
하나 나를라치면 누군가가 부리나케 쫓아와서 빼앗아갔고, 물을 떠오는 소
년은 발굴단에서 제일 졸병인 늘 나에게 먼저 와서 시원한 물 대접을 들이밀
었다.

물 먹는 시간과 양을 정해놓고 규칙적으로 마셔도 하루 종일 화장실에 갈
일이 없었다. 섭씨 40도가 넘는 폭염인데 그늘이라고는 한 뼘도 없는 허허

벌판에 서서 육체노동을 하니 물을 마시는 족족 땀으로 날아가버리기 때문이다. 귀엽게 생긴 소년이 멀리 떨어진 샘에서 양가죽 주머니에 물을 길어왔는데, 물에서는 가끔씩 소 냄새가 났다. 나는 그 소년을 따라서 당나귀를 타고 물을 길으러 간 적이 있는데, 샘의 한쪽에서 소떼들이 평화롭게 물을 마시고 있었다.

건축과 졸업시험을 앞두고 나는 두 달간 터키에서 열린 국제 유적 발굴단에 참여할 기회를 얻게 되었다. 지금으로부터 1만 2천 년 전, 신석기시대의 메소포타미아 거주지 발굴이었는데, 당시 벌써 20년째 터키, 미국, 독일, 네덜란드에서 고고학, 건축학, 인류학, 생물학 분야의 학자와 학생들이 해마다 여름 한철 참가하여 공동작업을 벌이고 있었다.

발굴 현장은 터키의 동쪽 끄트머리에 있는, 쿠르드족 급진파 분리주의자들의 아성에 위치해 있었다. 매년 여름이면 세계 각국에서 고고학, 건축학, 인류학, 생물학 전문가와 학생들이 스무 명쯤 참가하여 두어 달을 함께 보내곤 했다. 그 외에도 발굴 현장에서 땅을 파고 돌을 나르는 발굴 인부들과 캠프에서 밥과 빨래를 해주는 아주머니들이 있었는데, 이들은 전부 현지의 쿠르드인들이었다.

우리는 아침 4시 반에 기상하여 작업을 하고 더위가 기승을 부리는 오후에는 캠프에 돌아와 쉬다가 저녁 무렵에 다시 현장으로 나갔다. 현지인들의 종교를 존중하여 매주 금요일을 휴일로 정했으나, 우리는 맡은 일을 다 못 마칠까 봐 휴일에도 현장에 나가 작업을 하기도 했다. 영어가 발굴단의 공식언어였고, 단원들끼리는 터키어와 독일어를 많이 썼다. 오래 전부터 정기적으로 참가해온 고참 학자들은 이 세 가지 언어에 다 능숙했다.

일주일에 한 번씩 전체 회의를 열어 각자 그 동안 발견한 것을 발표하고 토의했다. 대부분 고참 학자들이 이야기를 했고, 나 같은 신참 학생들은 얌전히 듣고만 있었다. 한번은 어떤 건물이 먼저 지어졌는지에 대해 열을 내며 토론하던 미국인 인류학자 마이크가 갑자기 나를 지목했다. "혜지가 이 건물의 도면을 작성했으니 그녀는 알고 있을 것이다. 가장 많이 관찰한 사람인 혜지의 의견을 들어야 한다."

나는 당황하여 숨이 막힐 지경이었다. 아는 건 고사하고 내가 그린 도면이 건물 두 개가 이어진 부분이라는 것도 모르고 있었던 것이다. 솔직히 말해서, 말이 건물이지 그것들은 아무렇게나 넘어진 것 같은 돌무더기였다. 고참들은 자기 일에 바빠서 아랫사람들에게 지시만 해주고는 쏜살같이 사라져버리기 일쑤였고, 신참들은 정해진 시간 안에 해야 할 일은 많은데 서둘러 항상 허둥대고 있었다. 도면 작업을 하면서 찬찬히 살피고 생각해볼 겨를도 없었거니와 도대체 뭘 알아야 생각을 해도 할 게 아니겠는가?

다들 나의 입만 바라보며 대답을 기다렸다. 나는 그 부분이 실제로 어떻게 생겼는지도 생각나지 않았다. 그래서 대강 그럴 듯한 곳을 집어서 이것이 먼저 지어졌다고 말해버렸다. 혼자서만 다른 의견을 고수하던 마이크는 선선히 수긍하며 "혜지가 그렇다면 맞을 것이다." 하여 그 토론은 일단락이 났다.

이튿날 발굴 현장에서 다른 도면을 그리고 있는데 마이크가 내게로 왔다. "네게 보여주고 싶은 게 있는데 잠시 시간을 낼 수 있겠어?" 그는 나를 예의 그 돌무더기로 데리고 갔다. 나의 도면과 실제를 하나씩 비교해가며 차근차근 설명해주었다. 아, 그의 말이 맞았다. '도면을 그리는 눈'이 아니라 '관찰하는 눈'으로 보니 어느 쪽 돌 더미가 먼저 쌓였는지 돌멩이 하나에 의해 판결이 났다.

내가 그린 도면은 모든 돌을 빠짐없이 그려낸 정확한 도면이었으나 결정적인 돌 하나에 대한 보충설명이 빠져서 생명이 없는 도면이었던 것이다. 나는 예의 그 돌멩이 부분의 단면도를 하나 더 그려넣어 상황을 확실히 해줌으로써 나의 도면에 생명을 불어넣어주었다. 그 순간 나는 나의 내면세계가 품파는 단순 노동자에서 건축학자로 승격했음을 느꼈다. 내 어깨를 툭 치며 윙크를 하고 가는 마이크의 뒷모습을 보면서 나는 그가 어제 토론 때에도 모든 것을 알고 있었음을 깨달았다.

그날 이후 나는 '빨리, 많이' 그리려는 욕심을 버리고 잠시 숨을 돌려 관찰하는 습관을 길렀다. 중요한 것과 덜 중요한 것을 판별하여 필요한 부분에서는 노력을 아끼지 않되, 불필요한 부분에서는 시간을 끌지 않음으로써 힘을 아꼈다. 그랬더니 작업의 속도가 붙고, 내가 일의 주인이 되었으므로 돌멩이 그리는 일이 지루하거나 힘겹지 않게 되었다.

'황혼주' sun set drink 시간은 더위와 중노동에 시달리는 우리가 제일 기다리는 시간이었다. 하루 일과를 끝낸 후 시원하게 샤워를 하고, 산뜻한 기분으로 캠프 앞에 모여 버썩 마른 벌판 너머로 지는 해를 감상하던 그 시간……. 하늘과 벌판을, 종내는 우리의 얼굴까지 벌겋게 물들이며 하루 해가 그렇게 지곤 했다. 가슴속까지 노을에 젖은 우리는 '라크'라는 향기 나는 터키 독주에 물을 섞어서 마셨다.

나는 그 시간에 일기를 쓰거나, 영어나 터키어 공부를 하다가 가끔씩 고개를 들어 장엄한 저녁놀을 감상하곤 했다. 하루는 훗날 나의 지도교수가 된 건축사 연구소장이 오더니 잠시 방해해도 되겠냐고 정중히 물었다. 그는 내게 도면 그리는 작업이 할 만 하냐고 단도직입적으로 물었다. 책임자인 그에게는 당연히 궁금하고 걱정스러운 사안이었다. 잠깐만 머릿수건을 벗어도 금방 일사병에 걸려 쓰러지는 곳에서 하루 종일 허구한 날 똑같이 생긴 돌멩이만 그리는 작업은 육체적으로도 중노동이었지만 정신적으로도 많은 극복을 요했기 때문이다.

조심스러운 그의 질문에 나의 대답이 튕기듯 날아갔다. "탐정소설처럼 재미있어요!" 내가 아무도 몰래 단순 노동자에서 건축학자로 승격한 사실을 알 리가 없는 교수는 나의 선선한 대답에 놀랐는지 말이 없었다. 나는 말이 나온 김에 평소에 궁금했던 점을 그에게 물어보고 싶었다. 그는 과묵한 성격으로 아랫사람들이 어려워하기로 소문난 사람이라서 나도 속마음을 털어놓기가 조심스러웠지만 기회가 기회인지라 용기를 내어 물었다.

구석기시대의 인간들이 집을 어떻게 지었는지 알아맞히는 놀이는 정말로 탐정소설처럼 재미있기는 한데 유적 발굴이 흥미 위주의 탐정소설과 다른 점이 과연 있느냐, 예를 들어 만 년 전에 주택이 신전보다 먼저 지어졌으면 어떻고 나중에 지어졌으면 또 어떤가, 유적 발굴이 현재의 우리에게 호기심 충족 이상의 무슨 의미가 있는가, 지구상에는 아직도 굶는 사람이 많이 있는데 이런 지식의 유희는 배운 자의 사치는 아닌가 하는, 당돌하다면 당돌한 질문을 늘어놓으며 나는 슬쩍 그의 눈치를 살폈다.

교수의 얼굴에 빙그레 미소가 떠올랐다. 아마 자신에게도 익숙한 고민이었는지 내 말이 끝나기 무섭게 그의 입에서 대답이 떨어졌다. 우리는 우리 자신의 모습을 알고 싶어서 발굴을 하는 거라고. 인간은 언제부터, 어떻게 생긴 집에서, 어떤 형태의 공동생활을 했으며, 무엇을 추구하면서 살았을까, 석기시대의 인간과 지금의 우리 사이에 존재하는 다른 점과 공통점은 무엇일까 등 인간의 역사가 어떻게 발전해왔느냐 하는 의문은 결국은 인간의 본질이 무엇이냐 하는 의문과 직결되고, 나 자신에 대한 궁금증은 인간이 존재하는 순간부터 있었던 인간의 본능이라고 했다. 이러한 정신적인 지식욕이 인간을 인간답게 만드는 요소이므로 그것을 충족시키는 작업은 배운 자의 사치가 아니라 배운 자의 의무라고 했다.

어느새 밤이 깊었으므로 우리는 모두 자리를 털고 일어났다. 스쳐가는 바람이 한결 시원했다. 나는 같은 방을 쓰는 독일인 여학생 티나에게 윙크를 하고 야전침대를 들고 다시 밖으로 나왔다. 티나는 벌써 몇 년째 발굴에 참여하고 있었는데, 첫 해에 터키인 남학생을 사귀어 장거리 연애를 하고 있었다. 성인 남녀 학생의 사생활에 간섭을 안 하는 독일 팀과는 달리, 터키 팀에서는 혼전동숙을 금했으므로 그들은 몇 달 만에 만나면서도 정식으로 한 방을 쓰지 못했다. 그래서 나는 가끔씩 방이 너무 더워서 잠이 안 온다는 핑계를 대고 밖에서 잤다.

열기가 훅훅 끼치는 방안보다 바람 부는 바깥이 더 시원했으므로, 남자 구역과 여자 구역으로 갈라놓은 뒷마당에는 나 말고도 어둠 속에 침대를 펴놓은 사람이 여럿 있었다. 나는 멀찌감치 거리를 두어 침대를 놓고 홑이불을 덮고 누웠다. 벼룩이 내 등허리를 타고 스멀스멀 기어가는 것이 느껴졌지만 별 도리가 없어서 내버려두었다.

팔베게를 하고 누워서 별들이 초롱초롱 사치스럽게 빛나는 밤하늘을 바라보았다. 별들이 나를 보고 저기 허허벌판에 혼자 누워 있는 저 여자애 참 조그맣다고 할 것 같았다. 유적지에서 내가 매일 넘나드는 만 년의 세월이 그래, 그래, 하면서 별들에게 맞장구치는 것 같기도 하니, 내 야전침대는 시간의 망망대해에 홀로 떠 있는 배 같았다.

원숭이 사촌 정도였겠거니 한 구석기시대 인간들은 실로 놀라운 기술문명을 보유하고 있었다. 그러나 내가 더 놀란 것은, 인간이 만 년이라는 세월이 흐르는 동안 무시무시한 힘을 키워오면서 스스로의 폭력성에 의해 멸종되지 않았다는 점이다. 약육강식의 동물적 본능을 극복하고 멸망의 길로 치닫는 것을 스스로 막아온 지혜는 인간의 사고하고자 하는 욕망에서 나왔으리라. 기술의 발전과 함께 키워온 정신의 발전. 위대한 인성.

나보다 약한 놈을 만나는 족족 잡아먹는 동물적 본능 대신, 오히려 나의 밥을 덜어주는 숭고한 인성은, 그렇게 하는 것이 종족의 보존과 번성에 더 큰 이익이 있더라는 오랜 경험에서 나왔을지도 모른다. 나보다 약한 이웃의 재물을 빼앗을 힘이 있다 할지라도, 오히려 나의 재물을 나누어줌으로써 함께 힘을 길러나가는 것이 궁극적으로는 나의 재물을 불리는 결과를 가져온다는 진리를 깨달은 긴 안목은, 인간이 수만 년 역사를 통해 얻은 생존의 법칙이다.

아하! 그렇구나. 유적은 인간의 본질을 보여줌으로써 인간이 인간인 이유를 재확인해주는구나. 과학과 기술이 인간의 육체적인 욕구를 해결해주는 학문이라면, 예술과 문화는 인간의 정신적인 욕구를 충족시켜줌으로써 인간이 짐승으로 변하는 걸 막아주는 거구나. 과학과 기술의 힘으로 암만 많은 빵을 만들어낸다 하더라도, 예술과 문화의 힘으로 가진 자의 본능적인 욕심을 다스려서 공정하게 분배하지 않는다면 굶는 사람은 점점 늘어나게 될 것이다. 그래서 우리는 고고학처럼 돈이 안 되는 공부도 해야 하는 거구나.

행복한 상념에 젖어 별들과 눈을 맞추는 호사를 좀 더 누리고 싶었지만 모기떼가 어찌나 극성맞게 덤벼드는지 할 수 없이 홑이불을 머리 위로 뒤집어썼다. 별을 못 보는 대신 홑이불 속에서 "이 별도 저 별도 다 내 별 네 별"이라는 윤형주의 옛 노래를 나지막이 부르다가 어느새 잠이 들었다.

발 굴 지 에 서 만 난 사 람 들

발굴 캠프에서는 새벽 4시 반이면 짤랑짤랑 요령이 울렸다. 마당을 가로질러 식당으로 가다가 위를 쳐다보면 캄캄한 밤하늘에 별이 총총 떠 있었다. 아침결의 식당에선 여자 단원들의 말소리만 났다. 이상하게도 남자들은 이른 아침에는 하나같이 말이 없었고 누가 말을 걸면 좀 싫어했다. 여자들이 꿈 이야기를 하며 까르르 웃거나, 교수 사모님이 손수 만들어 보내주신 맛난 모과잼이 벌써 이렇게 없어졌다고, 누가 많이 먹었냐며 아웅다웅하는 동안 남자들은 행여 눈이라도 마주칠세라 접시만 들여다보며 묵묵히 빵을 먹었다.

발굴장으로 떠나기 위해 20여 명의 단원 모두가 소형버스에 타기까지는 항상 일정 시간이 소요되었다. 그래서 나는 일이 바쁘거나 마음이 급할 때는 식사가 끝나자마자 발굴장으로 먼저 걸어가기도 했다. 수박밭을 가로질러서 20분쯤 걸어 발굴장에 도착하면 잠시나마 호젓하게 관찰할 수 있는 여유가 있어서 좋았다.

버스의 좌석은 늘 부족했으므로 몇 명은 뒤의 짐칸에 쪼그리고 앉아야 했다. 이상하게도 독일 학생들은 늘 좌석에 앉았고 터키 학생들은 짐칸에 앉았다. 터키 학생들은 누가 시키는 것도 아닌데 좌석이 모자라다 싶으면 당연하다는 듯이 짐칸으로 넘어가서 왁자지껄 웃고 떠들기를 계속했다. 독일 팀에 속하는 나는 괜시리 마음이 불편했다. 독일 학생들과 터키 학생들 사이에 자

: 발굴 현장. 터키 동부 아나톨리아의 디아바크르 근방에 위치한 차이외뉴 발굴장. 터키 대학의 고고학팀에서 현지인(쿠
르드족) 인부들을 독려하여 발굴하고, 독일 대학의 건축팀에서 실측하여 도면을 작성했다.

리에 대한 암투가 있었던 건 아니므로 누구를 비난할 일은 못 되었지만 왜 번번이 그런지, 독일 학생들은 그러고도 마음이 편한지 이해가 되지 않았다.

내가 마음이 불편해서 자주 뒤돌아보았나 보다. 하루는 인도 여인처럼 귀엽게 생긴 휘스란과 눈이 마주치게 되었다. 그녀는 반가이 웃으며 너도 이리로 건너오라고 손짓을 했다. 차가 달리고 있는 중이라 내가 좀 어리둥절한 표정을 짓자 다른 터키 여학생들도 합창으로 빨리 오라고 불렀다. 나는 고마운 마음에 신이 나서 좌석을 타넘어 짐칸으로 건너갔다.

그들은 그 짧은 시간에도 과자를 잔뜩 꺼내놓고 피크닉을 즐기고 있었다. 뿐만 아니라 흔들리는 차 안의 좁은 공간에서 몸을 맞대고 앉아 실뜨기와 공기놀이도 했다. 그녀들은 터키식, 나는 한국식으로 공기를 했는데 한국식 공기가 훨씬 어려운데도 내가 이겼다. 어렸을 때 내가 더 많이 놀았다는 뜻이겠다.

그날 이후 나는 틈만 나면 터키 학생들과 어울려 서로 안마를 해주고 등을 긁어주며 낄낄거리게 되었다. 남의 살을 만지는 것을 특히 꺼리는 독일인들과는 달리 터키 여학생들은 동성끼리 팔짱도 곧잘 끼었고 서로 머리도 땋아주고 노래도 불러주었다. 그리고 기회만 있으면 먹을 것을 잔뜩 꺼내놓고 나눠먹는 것도 꼭 한국 친구들 같았다.

발굴단에서 큰 비중을 차지하는 독일 팀과 터키 팀 사이에는 일종의 견제 의식이 보일락말락 존재했다. 독일사람들은 터키 팀이 매사에 부정확하고 일처리를 엉성하게 한다고 불평했고, 터키인들은 독일인들이 오만하고 사회성이 모자란다고 흉을 보았다. 이 두 팀은 제각각 제 할일만 하면서 무리 없이 공존하되 마치 물과 기름처럼 따로 놀았다.

그런데 동양인인 내가 끼자 판의 그림이 좀 달라졌다. 독일에서 교육받은 나는 일하는 방법에서는 분명히 독일식이었으나 선천적인 감성은 오히려 터키 쪽에 가까웠다. 오랫동안 점잖은 독일식 우정에 길들어 있던 나는 마치 한국의 옛 친구들을 만난 것처럼 터키인들에게 깊이 빠져들었다.

나는 마음을 활짝 열고 그들과 깊은 우정을 나누었다. 발굴단의 대장격인 터키인 여자 교수도 나를 드러나게 귀여워했다. 지금 생각해보니 터키인들은 독일 팀에 대한 불만이 있을 때마다 나를 특별히 편애한 것 같다. 그러다 보니 파티나 소풍 같은 행사가 있을 때마다 내가 여러 팀을 오가며 중간에서 책임 있는 일을 많이 맡게 되었고 그것은 전체적으로 발굴단의 팀워크를 단단히 하는 데 도움이 되었다.

그러던 중 터키 대장의 칠순 생신을 발굴 기간 중에 맞게 되어, 우리 손으로 블라우스를 하나 지어드리기로 했다. 미국인 마이크가 실크 천을 구해오고 이스탄불에서 샀바느질하는 엄마 밑에서 자란 아이쉐가 재단을 했다. 그리고 내가 바늘과 천을 가지고 모든 대원을 한 사람씩 찾아다니면서 바느질을 시켰다. 서양 남자들은 나이에 상관없이 바느질을 곧잘 했고 그런 사실을 자랑스러워했다. 그러나 몇몇 터키 남자들은 바느질의 경험이 없어서 내가 미리 준비해간 다른 천에다 먼저 연습을 한 후 블라우스를 깁기도 했다.

그런데 이 일을 시작하기도 전에 독일사람들이 이러쿵저러쿵 이견이 많아서 다른 나라 사람들을 불안하게 했다. 사사건건 송사가 많은 독일인들 때문에 아무래도 실패할 것 같으니 아예 포기하자는 말도 나왔지만, 나는 독일인들이 워낙 성격이 신중 내지는 소심하다보니 일을 시작하기 전에 생각이 많을 뿐 막상 받아들이고 나면 협조 또한 철저하다는 사실을 알고 있었으므로 그냥 밀어붙였다. 결국 우여곡절 끝에 가장 고난도의 기술을 요하는 깃 부분이 독일인들의 손에 의해 완벽하게 만들어짐으로써 블라우스는 성공적으로 완성되었다.

내가 두 개의 문화권에 발을 들이고 있는 점이 유리하게 작용한 적이 또 한 번 있다. 여태까지 발견된 것 중에 가장 오래된 신전을 발견했을 때의 일이다. 발굴 기간이 막바지에 다다라 마지막으로 남은 땅을 파나가기 시작하자 여느 주택터와는 좀 다른 형태의 돌 더미가 나타났다. 빗자루로 살살 쓸면서 조심스럽게 흙을 제거하던 고고학팀에서 갑자기 난리라도 난 듯이 와글거렸다. 모두 일손을 놓고 달려가보았더니 수소의 머리라고 짐작되는 물체가 흙 위로 뿔을 삐죽이 내밀고 있었다.

예년에는 바닥을 테라조_{물갈기마감공사}로 깐 건물이나 사람의 두개골을 몇 십 개씩 쌓아놓은 건물 등 세상의 이목을 끌 만한 건수가 심심치 않았으나 그해에는 별 특별한 성과가 없어서 좀 섭섭하던 참이었다. 특히 발굴단의 책임자들에게는 연구지원비를 타내는 일과 직결되는 사안이라 소대가리의 발견은 여간 반가운 선물이 아닐 수 없었다.

문제는 시간이었다. 곧 우기와 함께 추운 계절이 들이닥칠 것이고 우리는 내년을 기약하고 철수해야 할 시점이었다. 발굴단 내에서 의견이 팽팽하게 대립했다. 장년의 학자들과 젊은 발굴단원들은 무리를 해서라도 건물의 전모를 보고 싶어 했지만 원로 학자들은 완벽하게 조사하고 기록할 시간이 충분하지 않을 때 파헤치는 것은 문화재의 파괴라고 강력하게 반대했다. 결국은 원로 학자들의 의견이 우세해서 소대가리가 놓여 있는 신전 앞부분은 반쪽만 형체를 드러냈고, 반쪽은 묻힌 채로 남겨두게 되었다.

신전은 보존상태가 양호했으므로 땅에 묻혀 있는 나머지 반쪽의 위치도 쉽사리 추리할 수 있었다. 사람들은 발견된 소대가리가 두 개라는 사실에 의거해서 반대편 땅 속에 소대가리 두 개가 더 있을 것이라고 쉽게 추정했다. 그러나 나는 4라는 숫자에 신빙성이 가지 않았다. 우리나라의 단군신화와 토속신앙에 반복하여 등장하는 숫자는 3이었고, 기독교의 성부 성자 성신 삼위일체의 3이라는 숫자도 내 머릿속에 나란히 떠올랐다.

나는 소대가리가 도합 세 개였을 것이라는 의견을 개진했다. 이 건물이 실용적인 장소가 아닌 신전이라는 사실을 들며, 동서양을 막론하고 인류의 고대 문화에서는 3이라는 숫자가 신비스럽고 성스럽게 여겨졌음을 상기시켰다. 현재 발견된 소대가리의 위치로 보아 4개일 것이라는 계산이 나오기는 하지만, 소대가리가 신전이 무너질 적에 굴렀을 가능성도 있다고 주장했다.

그러나 증명할 수 없는 막연한 '감' 보다는 정확한 측정에 의거한 합리적인 추정을 생명으로 치는 발굴의 철학 앞에 나의 주장은 별 주목을 끌지 못했다. 이듬해에 나는 다른 일이 있어서 발굴에 참가하지 못했는데, 건물 전체에서 도합 세 개의 소대가리가 발견되었다는 엽서를 발굴단의 교수에게서 받았다.

국제 발굴단에 여러 대륙 출신의 학자들이 참여하는 것도 뜻이 있고, 다양한 분야의 학자들이 함께 일하는 것도 뜻이 있었지만, 여러 연령층이 의논하는 과정을 보는 일도 내게 많은 도움이 되었다. 예를 들면 이 발굴을 앞으로 언제까지 계속할 것이냐 하는 토론은 매우 인상 깊었다.

그때까지 20여 년에 걸쳐 발굴해온 면적은 아직 땅 속에 묻혀 있는 전체 거주지의 극히 일부분에 불과했다. 혈기가 왕성한, 이제 막 자라나는 청장년의 학자들은 계속해서 발굴해야 한다고 주장했다. 순수한 지식욕이기도 하겠지만 무언가를 이룩하겠다는 명예욕도 한몫했을 것이다.

이에 반해 원로 학자들은 이제 발굴을 마칠 때가 되었다고 주장했다. 여태까지 발굴한 것만 해도 앞으로 많은 학자들이 오랜 기간 정리하고 연구할 분량이 충분히 된다고 했다. 우리 후손들은 우리보다 월등한 기술을 가지고 있을 것이고, 또 우리와는 다른 각도의 관심을 가지고 유적을 대할 텐데 그런 그들에게도 연구거리를 남겨주어야 한다는 주장이었다. 물론 이들 노장들은 이룰 건 이미 다 이룬 사람들이어서 그런 생각을 쉽게 했을지도 모른다. 그러나 우리가 선조의 유적을 후손과 공유하고 있다는 인식은 나에게 큰 깨달음으로 다가왔다.

기승을 부리던 더위가 물러가는 듯하더니 어느새 매서운 비바람이 몰아쳤다. 대부분의 단원들은 짐을 챙겨 떠나갔다. 적막이 감도는 캠프에 나는 몇 명의 터키 학생들과 함께 남겨졌다. 이틀 밤 하루 낮을 꼬박 달리는 이스탄불 행 대륙횡단열차 오리엔트익스프레스를 기다리기 위해서였다. 그때는 한국 국민의 동구권 여행이 금지되었기 때문에 나는 자동차로 유고슬라비아를 경유해 독일로 돌아가는 독일 팀에 끼어서 갈 수가 없었고, 이스탄불로 돌아가 거기서 독일 행 비행기를 타야 했다.

그 며칠 동안 나는 매일 혼자서 현장에 나갔다. 흙만 제거해놓고 미처 도면화하지 못한 돌무더기를 찾아다니면서 그랬다. 덜 중요한 군으로 분류되어 기록이 유보된 채 평범한 돌더미로 전락할 위기에 처한 유적들이 가을비에 쓸쓸하게 젖어가고 있었다. 방치된 이 돌들은 우리가 떠나간 후에는 지나가는 소떼들의 발길에 채일 것이고 인근의 부락에서 가옥을 보수하는 데에도 쓰일 것이다. 도면을 그리는 종이는 심한 온도 차이에 영향을 받지 않고 물에 젖지 않는 특수한 재질이었으므로 상관이 없었으나 나는 옷을 두껍게 껴입었는데도 손이 곱아서 도면이 잘 그려지지 않았다.

인간의 원주소를 알려주기 위하여 만 년 동안 땅속에서 기다리다가 이제야 햇빛을 본 유적들. 그들의 기다림이 수포로 돌아가느냐 마느냐가 내 손에 달려 있다는 역사적 사명이 너무나 무거워서 찔끔 눈물이 났다. 빗방울인지 눈물인지 굵은 물방울 하나가 내가 아끼는 도면 위로 뚝 떨어졌다.

메 소 포 타 미 아   발 굴 지 ,   차 이 외 뉴

내가 참여했던 이 메소포타미아 유적 발굴 현장에는 유럽인들과 미국인들이 매년 주도적으로 참여하고 있었다. 이들은 왜 남의 나라의 유적 발굴에 관심을 쏟고 돈을 쓰고 있었을까?

메소포타미아는 그리스어로 '두 강 사이의 땅' 이라는 뜻이다. 두 강은 유프라테스 강과 티그리스 강을 말하며, 오늘의 이라크와 시리아, 터키에 걸쳐 있는 곳이다. 이 단어가 유럽에 소개된 것은 구약성경을 번역하면서부터다. 아브라함의 출생지인 '아람 나하라임' 은 '두 강 사이의 아람족' 이라는 뜻이라서, 알렉산드리아의 번역가가 창세기 24장 10절에 메소포타미아라고 번역했다.

1160년에 유태인 사업가 벤야민 폰 투델라Benjamin von Tudela가 유럽인으로는 처음 메소포타미아 지방을 기행했다. 기행 목적은 자기 민족 유태인의 우수성과 성서의 사실성을 증명하기 위해서였다. 그는 바벨탑을 발견했고, 그의 여행 일기는 18세기에 유럽에 유행한 낭만주의인 '먼 곳으로의 향수' 를 자극해 전 유럽으로 퍼져나갔다.

메소포타미아의 첫 발굴은 1842년, 프랑스 외교관인 폴 에밀 보타Paul Emile Botta에 의해 이루어졌다. 그 후 미국, 영국이 참여하게 되고, 이때 귀중한 유적들이 파괴되고 세계 각지로 흩어지게 되었다. 당시는 값나가는 유품의 출토가 발굴의 목적이었기 때문이다.

유적 발굴이 처음으로 학문으로 인정받기 시작한 것은 1900년대에 와서다. 학자들은 과학적이고 조직적인 방법으로 옛 도시의 구조와 성경에 나오는 성지의 전모를 알고자 했다. 예를 들면, 콜데바이가 이끈 독일 팀은 1899년 부터 18년에 걸쳐 바빌론의 폐허도시를 발굴했다. 이 발굴로, 다니엘서 4장, 느부갓네살 왕이 꿈에 하나님의 계시를 받고 큰 도시 바빌론과 바빌론 궁을 지었다는 이야기가 증명되었다. 발굴단은 이때 처음으로 건축가를 등용하여 조사를 벌였다.

영국의 발굴팀은 예레미야서 46장 2절에 나오는 갈그미스라는 도시가 기원전 6세기부터 마을로 형성되었다는 사실을 증명했다. 바빌론 왕 느부갓네살과 에굽 왕 바로느고가 전쟁을 벌인 이 도시는 성경에 나온 대로 유프라테스 강가에 위치해 있었다. 이 발굴로 인해 대영박물관은 세계에서 가장 귀중한 메소포타미아의 유물로 장식되었다.

메소포타미아의 마지막 발굴 국가로 1956년에 일본이 등장하는데, 몇 년 전에 타계한 에가미 나미오가 이끌었다. 현재 여러 선진국에서 이집트나 메소포타미아의 발굴에 많은 인력과 돈을 들이고 있는 이유는 인류의 뿌리를 통해 인간의 본성을 연구하겠다는 순수한 학문적 호기심이다. 발견되는 유물은 원칙적으로 현지에서 반출하지 못하게 되어 있다.

내가 참여한 발굴지는 티그리스 강으로 흘러들어가는 샛강가에 위치해 있다. 이름은 차이외뉴çayönü인데 터키말로 '강 건너'라는 뜻이다. 유적의 내용은 신석기시대에 아직 토기를 만들 줄 몰랐던 시간대부터의 마을이다. 1964년의 최초 발굴 이후 1988년까지 표토에서 5미터 정도 파내려가는 동안, 기원전 10000년대부터 기원전 6000년대까지 4천 년에 걸쳐 21층으로 층층이 존재했던 거주지들의 잔재가 발견되었다. 즉 마지막 빙하시대가 물러감과 동시에 등장한 인류 문명의 첫 발자취인 것이다.

다수의 주택지 외에도 광장과 제사당으로 추측되는 건물들이 발굴되었다.

엄밀히 말하면 그런 건물들의 기단이 발견된 것이다. 그 안에는 많은 양의 유골, 특히 인체의 두개골 부분만 분리되어 보관돼 있었고, 정교한 장신구와 커다란 뿔이 달린 소대가리 등이 출토되었다. 유골이 보관되어 있는 건물에서 채취한 혈흔이 사람과 동물의 피라는 것이 밝혀짐으로써 당시의 장례와 제사 문화의 연구에 큰 도움이 되었다.

이런 제사당 건물들은 테라조 등 불가사의할 정도로 뛰어난 건축 기술로 지어져 있었다. 붉은색 바탕에 흰 줄이 놓이고 반들반들하게 손질된 테라조 바닥은 당시에 불과 물을 이용하여 돌과 석회를 다루는 기술이 뛰어났음을 보여주는 디테일이다.

주택지의 성격은 시대에 따라 변했다. 기원전 10000년대인 맨 밑층에서는 땅을 파고 지은 움집터로 추정되는 지름 2.5미터짜리 둥근 기단이 발견되었다. 돌을 쌓아 만든 기단 위로 나뭇가지에 진흙을 입혀 벽을 만든 흔적이 있었다. 그리고 여느 움집보다 훨씬 크고 단정한 기단이 발견되어, 이 시대에도 민가와 신전을 구분했음을 알 수 있었다.

움집터 바로 위에 위치한 기원전 8500년대의 거주지에서는 건물의 형태가 갑자기 바뀌었다. 아무런 과도기도 없이 원형에서 갑자기 직사각형으로 변형된 것이다. 이곳에서 과도기가 발견되지 않았다고 해서 정말로 과도기가 없었다는 건 아니다. 1,500년 사이에 무슨 일이 있었는지는 아무도 모른다. 이들은 움집을 지은 인간들의 후손이 아니라, 다른 곳에서 다른 노하우를 가지고 이주해온 사람들일 수도 있다. 사각형의 기단은 어림짐작으로 지은 것이 아니라 끈을 이용한 듯 직선, 평행으로 반듯했고, 당시 유목민이 매년 한 계절을 지내기 위해 정기적으로 돌아와서 보수하고 재사용한 천막터로 추정된다.

발굴단원들이 이슬람의 명절에 근처 마을 이장댁으로 인사를 드리러 간 적이 있는데, 그때 나는 이장댁 앞마당에 쳐놓은 천막 앞에서 발걸음을 멈추었다. 천막의 기둥을 받치는 돌무더기가 발굴장에서 발견된 돌무더기와 똑같은 구조를 이루고 있었기 때문이다. 나는 이 사실을 지도교수에게 보고했다.

천막 구조라고 가정하고 보니 그때까지 모호했던 넙적한 돌의 정체도 갑자기 분명해졌다. 그 돌에 파여 있는 오목한 구멍은 곡물을 빻았던 절구통이 아니라 천막의 기둥을 받치는 주춧돌이었고, 이 돌이 놓인 위치가 우연이 아니라는 것이 밝혀진 것이다.

당시 발굴단에서 가장 졸병이던 내가 그런 사실을 발견한 건 이상한 일이 아니다. 발굴단에서의 나의 임무가 도면 작성이었기 때문에 나는 허구한 날 돌을 관찰하고 그리는 일만 했다. 그러니까 마을의 천막에서 돌무더기를 보았을 때, 현장의 돌과 똑같은 구조를 하고 있다는 것이 나의 눈에만 보인 것은 당연하다.

근처 마을에서는 아직도 근방에서 나는 돌을 망치로 쳐서 시멘트 없이, 만년 전과 비슷한 기술로 돌을 쌓아 집을 짓고 있었다. 단서는 이렇게 현장에서 잡힌다. 재미있는 사실은 그 시대에도 엉뚱한 실험을 해보는 괴짜가 있었다는 사실이다. 다른 집 기단들은 다 가로로 줄이 나 있는데 한 건물만 엉뚱하게 세로로 되어 있었다. 이유는 암만 연구해도 알아낼 수가 없었기 때문에 우리는 이 집을 '혁명가의 집'이라 불렀다.

유프라테스 강과 티그리스 강 사이에는 수많은 발굴지가 있는데 그중에 내가 참가했던 차이외뉴는 4천 년이라는, 가장 많은 시대를 풍미한 발굴지이다. 출토된 건물 양식은 무척 많은 시행착오를 거치며 대단히 느린 속도로 변화한 것이 발견되었으며, 윗부분, 즉 표토 쪽으로 갈수록 정착생활을 위한 조건을 갖춘 집의 형태가 나타났다.

기원전 7000년경, 토기가 사용되기 직전의 시대에 지어진 집은 공간 하나로 이루어지고, 돌 기단 위에 진흙벽돌로 벽을 쌓아올린 구조였다. 원래 진

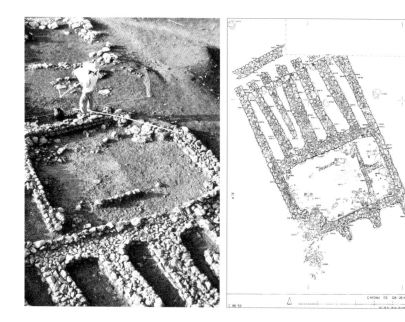

: 다른 기단들은 일률적으로 가로로 놓여 있는데 유독 이 기단만 세로로 놓여 있다. 그 이유를 밝혀내지 못했으므로 우리는 이 건물을 '혁명가의 집'이라 불렀다.

: 도면화된 '혁명가의 집'. 발굴현장에서 연필로 그린 도면을 연구소에서 먹으로 복사한 후 스캔했다.

흙이나 나무로 된 건축자재는 훗날 흔적이 남지 않지만, 간혹 화재로 집이 파괴된 경우에는 불에 탄 흔적이 증거품으로 남아 우리의 연구를 돕는다.

가축도 바로 이 시대에 길들여졌다. 발굴장에서 발견된 동물의 뼈를 조사한 결과, 순전히 사냥에 의지한 시기에서 시작해 시간이 흐를수록 가축을 길들인 흔적을 볼 수 있었다. 한 가지 종류의 뼈가 한 시기에 다수 유출된다던지, 갑자기 새끼의 뼈가 늘어나면 동물의 사육이 시작되었다고 추측할 수 있다. 즉 인간이 유목생활에서 정착생활로 가는 과정이 이 발굴장에서 포착된 것이다.

생물학자들은 흙을 채로 걸러서 채취한 곡물을 조사함으로써, 야생 채집과 곡물재배가 오랜 세월 동안 병행되었음을 알아냈다. 또한 수렵에서 가축 사육으로 가는 과정은 채집에서 재배로 가는 과정보다 조금 더 빠르게 진행되었음을 알게 되었다.

당시에도 빈부의 차이가 있었다. 수공업의 흔적을 알려주는 공구들이 많이 발견되는 집터는 기단이 대체로 부실했고 마을 변두리에 위치해 있었다. 번듯한 기단은 대체로 마을 중앙에서 발견되었다.

차이외뉴 발굴장은, 이 지역에서 돌화살촉 같은 유물의 잔재가 자주 발견되는 것으로 보아 부근에 유적지가 있을 거라는 심증을 가진 터키의 고고학자와 미국 인류학자의 지표조사로 시작되었다. 그리고는 사방 1미터짜리 구멍을 깊이 파내려가며 시굴을 한 후에 광범위한 발굴을 결정했다.

몇 년 후, 이 발굴 현장에 건축물이 주를 이룬다고 알려지면서 독일의 건축학자가 동참하게 되었다. 차이외뉴 발굴장은 최초로 학계의 여러 분야가 공동작업을 벌인 시범적 모델로 인정받고 있고, 이곳을 거쳐간 많은 후학들이 현재 다른 발굴단을 이끌면서 같은 방법을 시행하고 있다.

발굴을 결정한 후 가장 먼저 한 일은 1입방미터의 시멘트 덩어리를 땅에 파묻고 그곳에 철심을 박아 확고부동한 기본점을 정한 일이다. 다른 발굴장에서는 마침 현장에 거대한 바위가 하나 있어서 거기다 심을 박아 기본점을 정했는데, 해를 거듭하여 자꾸 파들어가면서 그 바위가 예사 바위가 아니라 고인돌 같은 유적이라는 사실을 발견한 일화도 있다.

매년 반복되는 발굴 작업은 건축팀이 발굴할 장소에 바둑판 같은 격자틀을 형성하는 것으로 시작된다. 애초에 시멘트로 고정해놓은 기본점을 중심으로 바둑판처럼 사방 5미터 간격으로 땅에 말뚝을 박고 말뚝에는 못을 박아 이 못대가리로 정밀한 격자점을 형성한다. 모든 발굴 도면의 기본이 되는 이 격자틀은 매년 새로 만들어야 믿을 수 있고, 일하다가 실수로 건드리지

: 연을 이용한 고공촬영. 연에 카메라를 매달아 높이 띄운 후 무선촬영을 했다. 연은 칼스루에 건축사 연구소의 연구원이 직접 만들었다.

않도록 조심해야 한다.

그후 고고학팀이 현지 노동자를 지휘하여 땅을 파서 청소, 관찰, 기록을 끝내고 나면, 건축팀은 정밀한 측량과 도면 작성 외에도 건물과 주거지에 관한 전문적인 조사를 전담한다. 잔재만으로 건물의 전체 윤곽과 기능을 추정하고, 당시의 건축 방식과 기술을 조사한다. 또 인류학자와 함께 건물 형태의 변천을 바탕으로 생활습관의 변화를 연구하기도 한다.

사진 촬영도 하는데, 원거리 촬영이 항상 문제다. 내가 일한 발굴장에선 수도 파이프를 길게 연결하여 카메라를 매달거나, 연을 이용해서 고공촬영을 했다. 연은 독일인 건축학자가 만들었는데, 사진기를 달고도 안정감 있게 떠 있는 연을 개발하기 위하여 그는 틈만 나면 재봉틀을 꺼내놓고 실험을 거듭했다. 다른 발굴장에서는 풍선기구를 타는 동호회와 인연을 맺고 매년 고공촬영에 도움을 받기도 한다.

고고학팀은 조사를 끝낸 기단을 들어내고 그 밑으로 다시 파헤쳐 내려간다. 차이외뉴에선 대부분 곧바로 이전 시대의 기단이 나타났다. 이렇게 두 달의 발굴 기간이 끝나면 발굴장을 흙으로 다시 덮어놓고 단원들은 이듬해를 기약하며 각각 제 나라로 돌아가 발굴 결과를 정리하고 연구한다.

고고학자가 아닌 건축가가 유적 발굴을 통해 얻는 점은 무엇이 있을까? 나는 설계 작업을 하는 데 많은 도움을 얻었다. 인간의 주거에 관한 가장 근본적이고 기본적인 욕구와, 그 욕구를 해결하기 위한 가장 원시적이고 직접적인 방법을 눈으로 보고 배우고 나면, 설계의 본질과 의미에 대한 개념이 나름대로 확고하게 서게 된다.

인간의 본성에 대해 깊이 생각해보게 만드는 것은 유적뿐이 아니었다. 세계 각국에서 모인, 남녀노소 천차만별의 단원들이 강한 체력과 정신력을 요구하는 오지에 갇혀 24시간 내내 함께 지내니 그야말로 인간의 본성이 적나라하게 드러났다. 돌무더기가 이렇게 놓인 까닭을 이해하기 위해 당시 인간의 본성을 가만히 들여다보고 있으면, 그 전날 남과 시비하느라 울컥했던 나의 감정이 멋쩍어하며 슬그머니 빠져 달아나곤 했다.

테 러 에   사 용 된   문 화 재

　독일 남서부에 위치한 도시 칼스루에는 조용한 대학 도시이자 보수적인
관공서 도시다. 헌법재핀소를 비롯해 독일 최고재판소에 준하는 연방고등법
원이 여기에 있다. 그런 까닭에 급진좌익인 적군파[RAF]의 활동이 절정에 달했
던 1970년대 말에는 잦은 테러에 시달려야 했다.

　내가 자전거를 타고 학교에 다니던 길목에는 납작한 삼각형 비석이 땅에
박힌 듯 엎드려 있다. 국경일이나 명절이면 그 위에 작은 꽃다발이 놓여 있
었는데, 1977년에 연방검찰총장 부박이 출근길에 피살된 자리다. 오토바이
를 타고 바짝 접근한 두 명의 복면괴한이 신호등 앞에서 막 출발하려는 그의
관용차에 자동연발소총으로 무차별 사격을 가했다.

　연방검찰총장뿐 아니라 연방고등법원 건물 역시 테러리스트의 표적이 되
었다. 연방고등법원은 시내의 주택지 안에 위치해 있어 보안상 치명적으로
취약했다. 연방고등법원은 1800년경에 건축된 영주의 별장에 자리를 잡았
는데, 대지를 둘러싼 담장 바로 옆으로 같은 시대에 지어진 주택들이 나란히
늘어서 있었고, 거기엔 일반 주민들이 살고 있었다. 이 주택들은 칼스루에가
막 도약하는 신흥도시였던 1800년대 초반에 건설부의 마스터플랜대로 계획
적으로 지어진, 몇 남지 않은 역사적 유물이었다.

　1800년대의 고전주의 주택들은 길 쪽으로 본채를 두고, 마당에는 이웃과
경계하는 담을 따라 창고를 지었으며, 창고는 당시 유일한 난방수단이었던

: 테러에 사용된 문화재 주택. 연방고등법원 건물에 인접한 이 건물에서 적군파는 폭탄 테러를 계획했다.

장작을 쌓아두는 자리, 혹은 축사로 사용되었다. 창고들은 도시 인구가 증가하면서 점차 사람이 살 수 있는 집^{일명 뒤채}으로 증축되었다. 번듯하게 돌로 지어진 본채와는 달리 나무로 틀을 짜고 그 사이를 돌과 진흙으로 채워넣는 목골구조의 이 뒤채는 건물 자체도 허술했지만, 담을 따라 길게 뻗은 폭 좁은 평면이어서 식구 여럿인 가정이 살기에는 불편했다. 그래서 닭장마냥 칸칸이 줄지은 이 뒤채에는 싼 방을 선호하는 대학생들이나 가난한 독신자들이 세 들어 살고 있었다.

연방고등법원의 담장 바깥쪽에도 그런 뒤채 건물들이 파리똥처럼 붙어 있었다. 그런데 거기에 세 들어 살던 한 화가의 방에서 연발폭탄이 발견된 것이다. 이 폭탄은 연방고등법원의 본관에 정확히 조준되어 있었고 만약 이 거사가 성공했다면 법원에서 일하는 엄청난 숫자의 인명이 위험했을 터였다. 용의자는 마지막 순간에 양심의 가책을 느껴 자진해서 거사를 포기했다고 진술했으나, 법정에서 받아들여지지 않아 결국 중형을 선고받았다.

독일 정부는 곧 법원 담장에 면한 세 개의 주택을 사들여, 거기에 살고 있던 주민들을 모두 내보냈다. 그리고 국경수비대가 그 빈 집들을 매일 정찰했다. 담장에 붙어 있는 뒤채들은 그 참에 전부 헐어버렸다.

이후, 수감된 적군파의 주동자들이 감옥에서 하룻밤 새에 한꺼번에 의문의 죽음을 맞는 괴변이 발생하고, 그것이 자살이라는 정부의 공식발표가 국민들에게 별 문제 없이 받아들여졌다. 이 일로 적군파의 테러 활동은 사실상 서서히 막을 내리기 시작했고, 몇 년 후에는 적군파가 공식적으로 해체되기에 이르렀다. 그러다가 독일은 통일을 맞았다.

독일처럼 변하는 환경에 느리게 적응하는 사회가 또 있을까? 독일사람들처럼 휴대폰이니 인터넷이니 하는 새로운 문명의 이기를 받아들이기를 꺼리는 사람들도 없을 것 같다. 또한 이들은 정세가 아무리 변하고 정치가가 아무리 바뀌어도 평생 자기가 찍는 정당만 계속 찍는다. 어떤 집에서는 마치

가훈처럼 대를 물려가며 한 정당을 일편단심 옹호한다.

언젠가 다른 도시에서 중세 건물을 조사한 적이 있는데, 지하실을 파보니 건축 당시 물속에 기초를 쌓은 건물이었음이 드러났다. 옛날에는 늪지대나 개천에 건물을 지을 때 통나무를 박아 기초를 세우고 그 위에 벽을 쌓았다. 통나무는 물속에서 부식하지 않기 때문이다. 그러나 언제부터인가 그 물이 빠지면서 통나무들은 몇 백 년의 세월이 흐르는 동안 흙 속에서 썩어서 흔적도 없이 사라져버렸다. 발굴했을 때는 기초의 하단에 통나무 자국만 남고 뻥 뚫린 공간이 돌벽을 받치고 있었다. 중세시대에 이 자리를 빙 둘러가며 개천이 흘렀다는 전설이 증명되는 순간이었다.

그런데 무엇보다도 불가사의한 일은 하중을 받치는 기초의 일부가 없어져버렸는데도 1미터 두께의 육중한 돌벽에 금 하나 가지 않고 건재했다는 점이다. 함께 작업하던 동료들이 이럴 수가 있나 하며 혀를 내둘렀다. 내가 "하도 오래 서 있다보니 습관적으로 계속 서 있었나보네. 꼭 독일사람 같다." 하고 농담하자 모두 웃었다.

이런 철저한 독일인의 정신으로 국경수비대는 적군파의 위험이 완전히 사라졌는데도 법원 옆의 주택들을 기계적으로 변함없이 정찰했다. 그 건물들은 20여 년간 손을 보지 않아 여기저기 붕괴되기 시작했다. 기관총을 들고 매일 몇 번씩 돌아보는 2인조 정찰대의 안전을 위해서 아예 폐쇄해버리는 공간이 점점 늘어갔다.

건물은 안에 사람이 살지 않으면 금방 망가진다. 만약 하늘로 치솟는 땅값에 혹한 집주인이 거기 서 있는 나지막한 문화재 밉상을 하루빨리 철거하고 싶은 욕심이 든다면, 건물을 하염없이 비워놓기만 하면 된다. 슬그머니 한두 군데 창문이라도 열어놓으면 비도 들이치고 눈도 쌓이면서 건축자재들이 얼었다 녹으며 곰팡이도 초대하고 슬슬 혼자서 썩어가기 시작할 것이다. 그러다가 건물이 보수 불가능 상태라는 확신이 서면 문화재청에 건물의 안전성을 이유로 철거 신청을 내면 된다.

꼭 이런 악덕 주인이 아니더라도, 건물이란 사람이 그 안에 살면서 애정으로 돌보고 얼른얼른 수리해주지 않으면 세월을 견뎌내지 못한다. 설상가상으로 통일독일의 연방고등법원은 늘어난 업무량 때문에 공간이 부족해졌다. 건물의 증축이 시급해짐에 따라 아깝게 비워두고 정찰비만 잡아먹고 있는 주택들을 철거하고 그 자리에 새 건물을 지을 계획을 세우게 되었다.

문제는 이 주택들이 칼스루에가 막 도약하는 신흥도시였던 1800년대 초반에 건설부의 마스터플랜대로 지어진, 몇 남지 않은 중요한 문화재라는 점이었다. 문화재청에서는 주택의 보존을 매우 강력하게 주장했다. 이는 곧 세력다툼으로까지 번져 많은 시민과 관계자들이 신문을 동원하여 연일 열변을 토했다.

거기에 맞서서 연방고등법원은 철거와 신축을 허가해주지 않으면 부득불 구동독의 라이프치히로 이사를 가는 수밖에 없다고 강경하게 나왔다. 라이프치히에서는 미리부터 쌍수를 들어 환영하며 여러 가지 좋은 조건을 제시했다. 만약 연방고등법원이 이사를 간다면 이미지의 손상뿐 아니라 하루아침에 수천의 일자리를 잃게 될 칼스루에 시는 결국 철거를 허가했고, 일부 뜻 있는 시민들은 굽히지 않고 시청에 재심사를 요청했다.

이때 나는 연방고등법원장 앞으로 편지를 써서 이 주택을 조사하고 도면화하는 일을 허가해줄 것을 부탁했다. 나의 연구 테마가 '칼스루에의 고전주의 주택'이었기 때문이다. 이 방면의 전문서적과 고문서 보관소를 샅샅이 뒤져 이론은 정립이 되었지만 실제적으로 손에 잡히는 것이 없어서 답답하던 차였다. 현존하는 당시의 건물들이 없는 건 아니었지만, 사람이 살고 있는 집에 들어가서 벽을 뜯어보며 조사할 수는 없는 노릇이었다. 바깥에서 사진을 찍거나 눈치껏 자를 들이댄다든지, 간혹 대문이라도 열려 있으면 염치불구하고 몰래 들어가서 건물의 후면을 훔쳐보는 것이 고작이었다.

200년 전에 이 도시에서는 집을 어떤 순서로 지었는지, 기초는 어떻게 다졌는지, 아래층에서 장작불로 요리할 때 위층의 부엌으로 연기가 새지는 않았는지, 수세식도 아니었는데 이삼 층에 있는 화장실은 어떤 식으로 기능했는지, 당시의 보통 사람들이 집을 지을 때 나라에서 정한 건축법을 잘 준수했는지, 아니면 안 보이는 곳은 슬쩍 지나갔는지 도무지 궁금한 것투성이었다. 자칫하면 실체를 모르면서 이론만 다루는 '생명 없는' 연구로 전락할 위험이 있었다.

연방고등법원에 속한 주택들의 철거 허가가 난 것은 문화재 보존의 차원에서는 불행한 일이지만 내 개인의 연구를 위해서는 절호의 찬스라는 것을 직감했다. 철거를 시행하게 되는 시점에서는 보안상의 이유로 마지막 조사와 도면화를 거부할 명목이 없다고 생각했다. 또한 의미 있는 연구 결과를 손에 쥐게 된다면 철거를 미루거나 막을 방도도 떠오르지 않을까 하는 막연한 기대감도 없지 않았다.

연방고등법원장 앞으로 쓴 편지를 지도교수께 먼저 보여드리고 나의 뜻을 말씀 드렸다. 지도교수는 내가 쓴 편지의 주어만 바꿔서 연구소장인 자기가 나를 추천하는 식으로 수정했다. 연구소 이름으로 하는 것이 개인이 추진하는 것보다 성공률이 높다는 계산에서였다.

철거에 대한 여론이 극도로 날카로운 시절이어서 연방고등법원장은 이 편지를 받고 고민이 많았으리라 짐작된다. 학술적 증거를 대가면서 가장 강하게 철거를 반대하고 있는 학계의 요청을 받아들여 건물의 조사를 허락한다는 것은 고양이에게 생선을 맡기는 것만큼이나 위험했다. 그러나 이를 거절하여 아무런 역사적 자료를 남기지 않은 채 철거를 감행했을 경우, 이 역시 사회적, 양심적으로 난감한 일이었으리라. 우여곡절 끝에 연방고등법원장의 허락이 떨어졌다.

역 사 를   도 면   위 에   남 기 다

황금빛으로 물든 가로수 위로 새파란 가을이 떠 있는 어느 아침, 나는 10 여 명의 대학생들과 함께 연방고등법원으로 향했다. 이들은 이 프로젝트를 통해 건물실측 과목을 이수하려는 건축과 석사과정 학생들이었다. 나중에는 총 50여 명의 학생들이 동원되었으나 처음부터 한꺼번에 들이닥치면 허가해주지 않을까 봐 우선 1차 선발대만 이끌고 일을 시작하기로 했다.

연방고등법원에서 요구한 대로 모든 학생들의 인적사항을 미리 제출하고 신원조회를 받았는데, 독일에서는 드물게 유난스러운 일이었다. 이 나라의 젊은이들은 나치 국가의 만행에 침묵한 부모에게 반항하는 자식답게 국가권력에 민감하게 반응하는 세대였다. 그러나 학생들은 프로젝트의 성공을 위하여 이런 일들을 묵묵히 감수했다. 나와 함께 진행한 세미나를 통해 고전주의 주택들에 대한 이론적인 사전 지식을 갖춘 학생들은 실제 건물에 대한 호기심이 나 못지않았고, 무언가를 알아내고자 하는 의지가 충천했다.

지난 20년간 인간의 눈길에서 벗어나 있었던 대지에는 마치 자연보호구역처럼 산딸기 넝쿨이 우거져 있었다. 건물 내부를 돌아보던 나의 가슴이 쿵쾅쿵쾅 뛰기 시작했다. 기대보다 훨씬 많은 디테일들이 원상태로 보존되어 있었던 것이다. 뜻밖의 횡재였다. 200년 묵은 건물이 고작 지난 20년간 인간의 손이 닿지 않았다고 이렇게 다르다니. 유장했던 인간의 역사는 현대로 오면서 점점 가속이 붙고 변화가 많다는 사실을 직접 체험하는 순간이었다.

나는 학생들에게 건물에 대한 예의를 지켜 조심스럽게 실측작업에 임해줄 것을 당부했다. 철거될 건물이라 하여 벌써부터 죽은 건물로 취급하고 마구 뜯어가며 조사하는 것은 건물에 대한 예의가 아니라는 나의 말에 학생들은 고개를 갸우뚱했다. 그래서 나는 말을 바꿔서, 우리가 건물을 함부로 파손하는 모습을 보인다면, 행여 막을 수 있을지도 모르는 철거를 기정사실화하는 일에 일조하는 것이라고 설명했다.

　우리는 건물의 안팎에 빨간색 나일론 줄을 쳐서 실측의 기본선을 설정했다. 모든 내부공간은 문을 통해 몇 개의 기본선으로 연결되었고, 다시 창을 통해 바깥의 기본선과 연결되었다. 또한 계단실과 창문 앞으로 내린 추를 통해 각 층이 수직으로도 연결됐다. 이때 평면의 구성이 복잡하면 '테오돌리트'라는 실측기계가 동원되기도 한다. 이 건물에는 딱히 필요가 없었으나 학생들이 사용하고 싶어 했기 때문에 나는 허락했다. 하고 싶은 방법으로 일하는 것이 자발적인 학습에 효과적이기 때문이다.

　그런데 이튿날부터 생각지도 않았던 문제가 터지기 시작했다. 출근했더니 미리 와 있던 학생들이 분통을 터뜨리고 있었다. 어제 우리가 고생해서 쳐놓은 기본선들이 함부로 끊어져 있었던 것이다. 기본선은 실측에 있어서 생명이고, 절대로 위치가 변경되어서는 안 된다. 원 위치를 확실히 알 수 없을 경우에는 선을 걷어버리고 처음부터 다시 시작하는 수밖에 없다. 일에 대한 열정이 컸던 만큼 실망한 학생들의 분노 역시 컸다.

　이때 밖에서 대문을 마구 흔들어대는 소리가 들렸다. 문을 열었더니 초록색 제복에 총을 찬 국경수비대원이 화난 얼굴을 하고 들어왔다. 그는 대뜸 위압적인 태도로 우리를 아래위로 훑어보더니 야단치듯 말했다.

　"여기 대표가 누구요? 좀 나와 보시오."

　순간 침묵이 흘렀다. 긴장감이 돌았다. 나는 배에 힘을 주었다.

　"나요!"

앞으로 나서는 나를 보자 그의 얼굴엔 놀라는 표정이 역력했다. 유일한 외국인인데다가 제일 쪼끄만 동양 여자. 어제 굴뚝 속으로 기어들어간 까닭에 검댕이 묻은 작업복을 입은 여자. 알아내야 할 것이 가장 많으니 궂은일을 가장 많이 하는 까닭에 옷차림이 가장 남루한 여자.

그는 연방고등법원의 높은 사람이 나를 호출한다고 따라오라며 마치 죄수에게 말하듯 고압적으로 대했다. 나는 옷을 갈아입을 새도 없이 털레털레 그를 따라갔다. 복잡한 보안 절차를 거친 후 건물 관리 책임자를 만났다. 책임자는 나의 눈을 똑바로 바라보며 정중하지만 단호한 목소리로 우리가 무엇을 잘못했는지 조목조목 설명했다.

그의 말을 종합해보니 무슨 일인지 비로소 감이 잡혔다. 그 전날 밤 평소와 다름없이 정찰을 돌던 국경수비대가 여러 가지로 놀라고 불쾌했나보다. 무심코 들어서는 그들의 발목을 잡아채는 어둠 속의 그 무엇. 넘어질 뻔 했던 그들은 혼비백산해서 중앙 스위치를 올려 불을 켜고 보았다. 범인은 실측작업을 위해 쳐놓은 빨간 줄이었다. 하나 둘도 아니고 여기저기서 예고도 없이 구두코에 걸렸을 것이다. 적이 숨어 있을 수도 있는 장소를 정찰하는 군인들이 발밑까지 따로 살펴야 하는 일은 스트레스를 가중시켰을 것이다.

아, 그런데 어디선가 들려오는 인기척. 분명히 집안에서 나는 소리였다. 긴장을 해서, 어쩜 받들어총의 자세로 살금살금 다가가자 점점 더 커지는 소리. 그 사이에 한 번 더 그놈의 질기디 질긴 나일론 줄에 발이 걸렸을지도 모른다. 방문을 홱 열어젖히자 간이책상 밑에서 혼자 와글와글 떠들고 있는 라디오. 혹시 그 옆에 얌전하게 서 있던 폭탄도 보았을까? 실측기계 테오돌리트를 해체해서 금속케이스에 넣어놓으면 길쭉하고 위가 둥그런 것이 영락없는 폭탄의 모습이다. 그래서 우리는 '봄베' ^Bombe, 폭탄 라고 부르기도 한다. 그들은 라디오와 연결된 시한폭탄을 떠올렸을까?

나는 책임자에게 실측의 기본선인 그 빨간 줄은 양보할 수 없는 이유를 설명했다. 그는 그럼 집 앞의 보도에 친 줄이라도 걷어줄 것을 요청했다. 나는 공공장소인 보도는 집주인의 소관이 아니므로 이 책임자가 이런 말을 할 자격이 없다는 것을 알고 있었다. 그러나 이 사람이 지금 나와 힘겨루기를 하고 있다는 것을 깨달았기 때문에 '되도록 빠른 시일 내에 제거하겠다.'고 선선히 약속했다. 감정이 앞서는 힘겨루기를 하면 져도 손해고 이겨도 손해일 때가 많다. 비기는 것이 유일한 길이다. 그의 체면을 세워주기 위해, 중앙스위치를 내리면 어차피 꺼질 라디오도 앞으로는 꼭 따로 끄도록 주의하겠다고 했다.

나는 마음이 착잡했다. 아직 시작도 안 했는데 첫날부터 말썽이라니. 연방고등법원 측에서 상상하고 있는 것보다 더 많은 인원과 시간을 동원해 건물을 연구해볼 계획을 몰래 세우고 있던 나로서는 과연 이 프로젝트를 끝까지 수행하여 주택 세 채를 전부 조사할 수 있을지, 이러다가 트집이나 잡혀서 중간에 쫓겨나는 것은 아닌지 걱정이 되었다.

나는 이 사건을 지도교수에게 보고했다. 교수님은 뜻밖에도 느긋하게 웃으며 조금만 시간이 지나면 해결될 것이라고 했다. 국경수비대가 우리에게 익숙해질 때까지 인내심을 가지고 기다리라고 했다.

그 말이 맞았다. 이후로는 그런 일로 불려다니는 일이 없어졌다. 보도 위에 빨간 줄이 오래 남아 있었어도 다시는 아무도 왈가왈부하지 않았다. 낮에 규칙적으로 들어오는 정찰대원들은 어느새 우리와 친해져서 내게 실측하는 방법을 묻기도 하고, 어떤 날은 탕수육 튀기는 법을 묻기도 했다. 이렇게 우리는 그들에게, 그들은 우리에게 익숙해져가면서 서로가 상대방에게서 방해를 받는다는 생각 없이 각자 자신의 임무에 열중할 수 있었다.

돌이켜보면 초반의 국경수비대와의 충돌 사건 역시 변화를 싫어하는 독일인의 기질에서 기인한 일이다. 국경수비대들은 여태까지 투철한 직업의식으로 이 건물들을 지켜왔다. 그러다가 일반인들이 드나드는 새로운 상황이 전개되자 변함없이 철저한 경비를 해야 할지 혼돈을 느낀 것이다. 그리고 갑자기 나타난 낯선 사람들이 그들 못지않은 투철한 직업의식을 가지고 제집처럼 드나들며 빨간 줄을 쳐대고 못을 박는 모습이 몹시 불쾌했음이 틀림없다.

우리 학생들의 행동거지나 옷차림도 거부감을 일으켰을 것이다. 테러리스트로부터 열심히 지켜온 건물을 하필이면 테러리스트와 행색이 비슷한 일당들에게 넘겨줘야 하다니. 20년 묵은 먼지와 비둘기 똥이 쌓인 바닥에 엎드려가며 작업을 하는 사람들이 옷매무새에 무심한 것은 당연하다손 치더라도 얼굴엔 검은 구레나룻이, 귀에는 귀걸이를 몇 개씩이나 달고, 대머리에는 털실로 짠 동그란 모자를 얹고, 찢어져서 살이 보이는 가죽 잠바와 청바지를 입고 오토바이를 부릉거리는 젊은이들을 용납하기가 쉽지는 않았을 것이다.

학생들의 말투 역시 거칠었다. "새끼야, 망치 있냐?" "그래, 여기 있다. 이놈아." "어이, 잘 좀 던져라, 짜샤. 대갈통 깨질 뻔 했잖아." " 히히, 깨져봤자 지푸라기밖에 더 들었냐? 짜식." 공사판에서 쓰이는 험한 말투가 큰소리로 오가며 망치가 휙휙 날아다녔다. 더구나 자유분방한 대학생들은 경찰이나 군인 등 국가에 충성하는 직업을 우습게 보는 경향이 있었다. 공공연히 정찰대의 초록색 복장을 비꼬아 "청개구리 아직 안 왔냐?" 하기도 했다. 도청의 가능성도 있기에 내가 넌지시 주의를 주었지만 자기네들끼리만 있을 때는 무슨 소리를 하는지 알 수 없었다.

학생들이 실측을 하는 동안, 나는 지하실로 지붕으로 다니며 벽을 긁어보기도 하고 지하실 바닥의 돌을 하나씩 들어내기도 하면서 조사했다. 새로운 사실이 발견되면 학생들을 불러서 설명해주었다. 그들은 자체적으로 색다른 이론을 펴기도 하고, 나와 다른 추측을 주장하기도 했으므로 우리는 가끔 내기를 했다. 그리고 내기에서 진 사람이 사온 케이크를 마당에 둘러앉아서 함께 먹었다.

학생 중에는 욕을 잘하는 대머리 남성이 있었다. 그는 전직이 목수인데 나는 그에게서 많은 것을 배웠다. 옛 건물에는 용도에 따라 두 가지 목재가 사용되었는데 나는 그 욕쟁이 학생으로부터 고급이면서 단단한 참나무와 값이 싸고 무른 유럽형 소나무를 확실하게 구별하는 방법을 배웠으며, 옛날처럼 공사 현장에서 도끼로 통나무를 다듬어 들보를 만들면서 깎여나가는 껍질 부위에 진흙과 짚을 감아 2층 바닥을 메우는 방법도 배웠다. 욕쟁이 학생이 목수 수업을 받을 때 배운 바에 의하면, 그 방법은 20세기 초기까지도 이 지방에 전래되던 건축 방식이었다. 우리는 200년 전에 지은 이 건물들도 그와 같은 방식으로 지어졌음을 함께 확인했다.

많은 학생들이 동원되고 1년 이상 걸린 건물 조사와 실측작업은 순조롭게 끝났다. 많은 수확이 있었으므로 나는 대단히 만족스러웠다. 실측을 통해 작성한 도면에 대한 평가회에서 학생들은 거의 다 만점에 가까운 성적으로 실측과목을 이수했다. 그것은 그들이 건물을 단순히 자로 재서 도면화만 한 것이 아니라, 실측을 통해 여러 번에 걸친 증축의 역사를 발견하고 도면으로 이를 설명할 수 있었으며, 건물의 구조역학과 디테일에 관한 전반적인 이해를 보였기 때문이다.

열띤 질의문답 끝에 흐뭇하게 평가회가 끝나자, 평가회에 참석했던 후배이자 동료인 한 남성이 나를 따로 불러냈다. 그는 학부시절에는 나의 까마득한 후배였으나 내가 두 아이를 낳아 기르는 동안 열심히 공부하여 나보다 진도가 많이 나간 상태였다. 그 지역 토박이로서 지역사회의 정치에도 열심히 참여하며 예의 철거 반대 운동에도 적극적으로 나서고 있었다.

나의 프로젝트가 성공할 수 있도록 적극적으로 도와준 그는, 이제 실측도 끝났고 새로운 사실들이 많이 발견되어서 이 건물들이 귀중한 문화재임이 밝혀진 이상 철거 반대를 위하여 무언가를 해야 하지 않겠느냐고 물었다. 이 건물들의 역사적 가치가 확인되는 평가회를 마친 직후라 나는 좀 들떠 있었다. 나의 프로젝트, 나의 건물, 나의 성과라는 자부심과 자만심으로 약간의 흥분상태였던 나는 조만간 기사를 써서 신문에 내겠다고 선뜻 약속했다.

학 자 의   양 심   앞 에 서

　우리가 조사한 건물들은 여러 가지 관점에서 대단히 중요한 문화재임이 확실히 증명되었다. 이 세 채의 주택들은 10년씩 간격을 두고 차례로 지어졌는데, 각 건물마다 변천하는 시대에 맞춰 디테일이나 건축자재가 바뀌는 모양을 볼 수 있었다. 인구가 증가하는 시대에 존재한 모든 건물들이 그렇듯 완공 후에도 층을 올린다거나 마당 쪽으로 건물을 덧대는 등 증축이 있었는데, 그때가 마침 유럽 근대사에서 격동의 시대였던 것이 나에게 운이라면 운이었다.

　유럽 산업혁명의 전주곡인 대량생산이 시작된 모습도 곳곳에서 포착되었다. 처음에는 공사판에서 사암을 망치로 툭툭 쳐서 쌓던 벽이 공장에서 미리 생산한 벽돌로 대체되는 과정이 드러났고, 부엌 바닥에 깔았던 넙적한 돌판도 처음에는 크기와 모양이 다른 수공품이었던 것이 점점 일정한 사이즈의 미리 만들어놓은 대량생산품으로 교체되는 현상이 발견되었다.

　나는 고문서 보관소에서 먼지를 뒤집어쓰고 있는 옛날 건설부 서류철 속에서 이 주택들의 건축 허가와 공사에 관련된 서류들을 찾아내어 3층을 얹거나 뒤채를 증축한 연도를 밝혀냈다. 그리하여 이 도시에서 건설 현장의 산업혁명이 정확히 언제부터 어떤 속도로 진행되었는지가 고찰된 셈이다.

　고문서로 입증되었던 이론이 현장조사를 통해 번복되는 일도 있었다. 예를 들면 집을 지은 순서가 문제였다. 당시의 주소록 등 여러 문서를 바탕으로, 나는 이 집들이 지어진 순서를 확정지어놓았는데 현장에서 직접 보니 어딘가 미심쩍었다. 여러 가지 이론상의 뒷받침에도 불구하고 그게 아니라는 감이 왔다.

당시 도시의 유지였던 대목이 집 세 채를 지어서 두 채는 자기가 쓰고 한 채는 완공과 동시에 남에게 팔았다. 먼저 지었다고 생각했던 집이 견고하게 잘 마무리된 것에 비하여, 나중에 지은 걸로 알려진 집은 허술하고 날림이었다. 첫 집을 짓기 시작할 때 도제였던 집주인이 장인으로 승격이 된 후에 돈을 더 잘 벌었을 텐데 자기가 살 집을 점점 더 날림으로 지었다는 것이 이해가 가지 않았다. 더구나 그때는 시민이 사회의 새로운 계급으로 부상하기 시작했고 이들은 번듯한 자택을 소유함으로써 신분상승의 표시를 나타내고자 하는 욕망이 컸다.

나의 궁금증은 예기치 않게 간단히 풀렸다. 그 집들은 옆으로 붙어 있었는데, 두 집의 경계가 되는 부분의 전면의 회벽을 일부 정으로 쪼아내 제거했더니 그 밑으로 사암으로 쌓은 벽이 나타났다. 돌을 쌓은 모양에서 허름한 집을 먼저 지었고, 견고한 집은 거기에 잇대어 나중에 지은 것이 밝혀졌다. 이것은 '감'이 이론을 이긴 경우다. 이때 말하는 '감'이란 그냥 하늘에서 떨어지는 영감이 아니라, 오랜 세월 축적된 경험에서 나오는 소중한 단서이므로 잘 포착해야 한다.

그러나 문제는 나중에 지은 집의 지하실이 먼저 지은 집의 지하실보다 더 깊다는 데 있었다. 먼저 지은 집 벽에 엇대어 새 집을 짓는 구조에서 나중에 짓는 건물의 지하실을 더 깊게 판다는 것은, 옆집 지하실의 기초 밑으로 땅을 파서 벽을 우선 받쳐놓고 그 아래로 벽을 쌓아 덧붙이는 기술이 있었음을 뜻했다. 그 당시에 정말로 그런 기술이 있었는지는 아는 이가 없었으므로 이를 증명하기 위해서는 지하실의 경계 벽의 돌 쌓은 모양을 관찰하여 잇대은 부분을 찾아내야 했다. 정확한 실측도면을 바탕으로 나는 벽을 밑으로 덧붙인 이음새가 있으리라고 예상되는 부분을 계산해낼 수 있었고, 이 부분의 회를 제거하자 이음새가 나타났다.

또한 지하실로 내려하는 돌계단을 관찰하고 계산하는 과정에서, 나중에 지은 집도 애초에는 옆집과 같은 깊이로 파려고 계획했다가 중간에 변경했다는 사실을 알게 되었다. 그 이유는 쉽게 추측할 수 있었다. 지하실의 깊이는 지하실 천장의 구조와 관계가 있고, 지하실 천장의 구조는 건물 외벽의 구조와 상관이 있기 때문이다. 처음에는 옆집과 비슷한 수준의 허름한 집을 지을 생각으로 건축자재를 준비했다가, 공사를 시작하면서 주인의 마음이 바뀌어 좀 더 단단한 석조건물로 지었다는 뜻이다. 시간이 허락됐다면 재미삼아 교회의 결혼, 출생, 사망 서류철을 뒤져서 집주인의 가족사를 조사했을 것이다. 그랬다면 집주인이 마음을 바꾼 이유도 알아냈을지 모른다.

나는 이러한 귀중한 역사적 자료들이 정치적인 세력 다툼의 희생물로 철거된다는 사실이 억울했다. 역사적 증거물을 없애는 것은 범죄에 속한다는 생각이 들었다. 양심을 걸고 이를 막아야 한다. 전문가인 내가 침묵하면 누가 막을 것인가.

그러나 한편으로는 나를 믿고 열쇠를 넘겨준 건물주에 대한 의리가 있었다. 또한 처음에는 불신하고 반목했지만 친분을 쌓아가며 신뢰를 구축한 연방고등법원의 많은 직원들에 대해서도 미안한 마음이 들었다. 이익이 안 되는 불편한 일들을 눈감아주고 편의를 봐준 그들. 우리가 서로에게 길들여졌다는 것은 일종의 우정을 쌓았음을 의미했다.

내가 처음에 얼마나 저자세였는지도 떠올랐다. 건물을 한 번 보여만줘도, 나 혼자 들어가서 구경만 하게 해줘도 감지덕지할 입장이 아니었던가? 받을 것 다 받고는, 아니 원하던 것보다 더 많이 받고나서 태도를 싹 바꿔 뒤에서 칼을 뽑을 수는 없지 않은가? 상대의 호의 덕분에 얻을 수 있었던 지식을 무기삼아 상대를 칠 수는 없는 노릇이었다.

이때 궁여지책이 떠올랐다. 신문이 아닌 학술지에 보고서 형식으로 올리자는 생각이었다. 철거에 대해 왈가왈부하지 않고 단지 연구 결과만을 객관적으로 나열함으로써 이 건물의 가치를 간접적으로 피력한다면 누가 뭐랄까 싶었다. 물론 알리바이에 불과할 수도 있지만 아무것도 안 하는 것보다는 나을 것 같았다. 나의 행동을 기다리는 동료들 때문만이 아니라 나의 양심 때문에도 그랬다.

이런 나의 의견을 말씀드리자 교수님은 뜻밖에도 화를 벌컥 냈다. 그것은 호의를 베푼 건물주에 대한 배신이라는 것이다. 어떤 목적을 위해서라도 사람이 신의를 저버리는 것은 합리화되지 않는다며, 적어도 자기는 은혜를 원수로 갚는 짓은 안 하겠노라고 못 박았다. 모든 일에는 다 때가 있는데, 철거를 막을 수 있는 시점이 이미 지나가버린 지금, 바르지 못한 방법을 동원해서까지 그런 무리수를 두는 것은 반대한다고 교수님은 말했다.

평소에 보지 못했던 반응이라 순간 매우 당황했다. 나는 어버버버 하면서 난데없이 후배 동료를 팔았다. 내가 그에게서 요청을 받았는데 그의 말도 일리가 있어 어떻게 해야 할지 모르겠다고 말했다. 지금 생각해도 부끄럽기 짝이 없는 일이다. 지도교수는 이미 그런 줄 알고 있었다고 했다.

이날 내가 오래 모셔온 교수님의 다른 면을 보았다는 생각이 들었다. 학계에서 큰 영향력을 행사하고 있는 사람이고, 혹자는 그가 정치적이고 성공지향적 인물이라고 비판하기도 했다. 학문적인 실력 외에도 남다른 수완을 갖춘 것은 확실한데, 이 수완이라는 것이 다름 아닌 이런 인간적인 신의가 아닐까 하는 생각이 들었다.

칠레의 소설가 이사벨 알렌데의 소설 『귀신의 집』에서 주인공이 창녀의 도움을 받는 장면이 나온다. 하늘을 나는 새도 떨어뜨린다는 세도를 누리던 정치가인 주인공이 군부에 끌려간 손녀딸의 행방을 알아내기 위해 고급 창녀로 성공한 옛날의 지인을 찾아간다. 그 창녀는 소싯적에 그에게서 약간의 돈을 꾼 일이 있는데 그 푼돈을 잘 활용하여 오늘의 성공을 이룬 것이다. 그녀는 눈에 안 보이는 커다란 영향력을 발휘하여 그의 부탁을 들어주게 된다. 이때 주인공이 생각한다. '그녀의 성공의 비결은 은혜를 꼭 갚는다는 데 있는 것 같다.'

지도교수의 방을 나오는데 머리가 어질어질했다. 그런데 하필이면 복도에서 예의 그 동료와 딱 마주칠 건 뭔가? 그는 나를 보자마자 어떻게 되었느냐고 물었다. 양쪽으로 궁지에 몰린 심정이 된 나는 억울함도 하소연할 겸 핑계도 댈 겸 약간의 과장을 보태서 호되게 야단만 맞았다고 엄살을 떨었다. 그는 교수님을 욕했다. 그날 나는 부끄럽게도 얼떨결에 양쪽으로 사람을 팔아먹은 것이다.

이제는 지도교수에 대한 의리까지 겹쳐 결정이 더 복잡해졌다. 내가 어떤 결정을 내리던 간에 욕이야 받아놓은 당상이니 남의 이목에는 신경 쓰지 않기로 했다. 정치판이 돌아가는 사정을 잘 알고 있는 지도교수의 견해에 의하면 내가 보고서를 쓰든 안 쓰든 철거는 이미 정해진 사실이었다. 그러나 무언가를 한 것과 하지 않은 것에는 나 개인에게 큰 차이가 있었다. 나는 나치 시대에 침묵하고 동조한 보통 사람들의 실수를 재현하지 않겠다고 다짐하는 사람이었다.

한편으론 이번 일로 학계가 건물주들의 불신을 사는 선례를 남기면 앞으로 후배들이 주택에 대한 현장조사를 하기 힘들어진다는 데 생각이 미쳤다. 사유재산을 존중하는 체제에서는 아무리 문화적으로 중요한 프로젝트라 할지라도 건물주들의 자발적인 승낙이 없으면 대지에 발도 들이지 못한다. 여태까지 많은 건물주들이 학계에 현장조사를 허락한 것은 역사와 문화에 대한 그들의 선의에서였다.

이번에도 철거를 앞둔 건물주들이 아무런 이익도 되지 않는 현장조사를 허락한 것은 도덕적인 이유 때문이다. 그것이 사회적인 체면이건, 개인적 양심이건 간에. 더군다나 조사 결과에 따라 철거 허가가 철회될 가능성도 도사리고 있음에랴. 지금까지 학계에서 끊임없이 현장조사를 할 수 있었다는 사실은 곧 학계가 건물주들의 이러한 선의를 배반하지 않았음을 의미하기도 했다. 건물주들이 자발적으로 문화재 보호에 참여하는 풍토 역시 보전해야 할 미풍양속이다.

건물주에 대한 신의도 신의지만 지도교수에 대한 의리 또한 내겐 절실했다. 건물주와는 또 달리 오랜 세월에 걸쳐 확실한 인간관계를 형성한 사이이며, 내가 늘 은혜를 입기만 한 관계였다. 교수님은 내가 연방고등법원장 앞으로 보내는 편지를 자진해서 당신의 이름으로 써줄 만큼 나를 믿었던 것이다.

나는 마음을 정했다. 그리고 내 뜻을 동료에게 전했다. 나는 연구소를 대표하여 모든 책임을 지고 있는 지도교수의 의견을 존중하겠다고 말했다. 앞으로도 계속 건물주들의 협조가 필요할 후배들에 대한 배려, 그리고 나의 보고서 하나로 철거를 막을 가능성이 너무나 희박하다는 사실도 이러한 결정에 일조했다고 설명했다. 그는 크게 실망하며 상부의 그 정도 압력으로 꺾이냐고 책망했다. 그리고 연구원 개인의 의견을 존중하지 않고 이래라저래라 한다고 지도교수를 원망했다. 그러나 감정의 표현을 아끼는 독일사람답게 그는 긴 소리 않고 돌아섰다.

그러나 그 다음날부터 동료들의 태도가 달라졌다. 나를 보고 아예 외면하는 사람도 있었고 되도록이면 말을 걸지 않으려고 하는 것이 역력했다. 내가 들어가면 자기네들끼리 눈짓을 교환하는 것도 감지되었다. 그들이 나에 대해 어떻게 생각하고 있는지 알기에 씁쓸함을 금할 길이 없었다. 가뜩이나 동양 여자라는 것 때문에 순종형의 이미지를 벗기가 어려웠는데 마침내 딱 뒤집어쓰게 된 것이다.

자신의 의견을 주장하기보다는 상부의 말을 잘 듣는 여자, 기회를 타서 자신의 이익만 챙기고 전문인으로서의 의무를 저버리는 여자, 건물을 해체하면 더 심도 있는 조사를 할 수 있으니 연구 실적을 위해 은근히 철거를 바랄지도 모르는 여자. 내가 외국인이라서 독일의 문화재에 대한 애착이 없는 것이라고 수군거릴지도 모르는 일이었다.

왕따를 당하는 것은 괴롭고 억울했지만 나는 방법이 없었다. 심사숙고해서 결정한 일이다. 어떤 비난을 들을지 알고 선택한 일이다. 물론 나에게도 100퍼센트 탐탁치 않은 결정이었지만, 여러 가지를 고려해서 선택한 것이고 내 기준으로는 그것이 조금이나마 낫다는 믿음이 있어서 내린 결정이기에 나는 그냥 왕따와 소외를 이겨내는 수밖에 없었다.

드디어 철거가 시작되었다. 연락을 받고도 이틀이나 미루다가 마음을 굳게 먹고 현장에 가보았다. 요란한 소리를 내며 벽이 뜯겨나가고 있었다. 학생들과 조사하면서 손상을 최소화하려고 자로 조그맣게 사각형을 그려 정확하게 회벽을 긁어냈던 자국이 멀리서도 보였다. 굴착기의 쇠손에 갈비 같은 계단 한 짝이 위로 들려 흔들거리고 있었다.

학생들이 계단에 대못을 박아서 속상했던 일, 그 다음날 작은 못을 사다주자 미안해하던 학생들의 표정이 떠올라 나는 마음이 아팠다. 옛날의 굴뚝청소부를 상상하며 나도 장난삼아 발을 양쪽으로 버티면서 기어들어가보았던 굴뚝……. 나는 거기서 뜻밖의 디테일을 발견하고 환호했었지. 그 굴뚝은 굴착기의 쇠손이 슬쩍 건드리자 움찔하고 마는 듯하더니 새까맣게 탄 벽돌들이 그만 우수수 무너져내렸다.

대지를 빙 둘러 쳐놓은 철조망을 잡고 서서 나는 흐느껴 울었다. 우리가 그 건물들에 처음으로 발걸음을 했던 날처럼 가을 하늘이 새파랬다. 그 밑으로 빨갛고 노란 굴착기의 기다란 팔이 무심한 동작으로 하염없이 선을 그리고 있었다.

마음 같아서는 뒤도 돌아보지 않고 도망쳐서 깨끗이 잊고 싶었지만 이를

: 1800년대 초반에 건설부의 마
 스터플랜대로 지어진 주택들이
 철거되고 있다. 철거는 아쉬웠
 지만 철거 현장에서의 조사는
 건물 연구에 결정적인 성과를
 가져왔다.

악물고 이튿날부터 꼬박꼬박 철거 현장에 나갔다. 철거를 담당하는 십장과
노무자들의 호의로 나는 철거 현장에서 조사를 계속할 수 있었다. 현장에서
실무자와 직접 담판을 지은 것이 다행이었다. 관계 부서에 정식으로 허가를
요청했다면 차곡차곡 결재의 순을 밟느라 철거를 마치는 날까지 바깥에서
허가를 기다려야 했을 것이다. 나중에 시찰 나온 공무원이 나를 쫓아내려 했
을 때 십장이 현장의 장이라는 자신의 권한으로 이를 막았다.

  철거는 몇 주에 걸쳐 차분히 진행되었다. 철거되는 건물 옆에 붙어 있는 건물 역시 문화재인데다가, 철거되는 건물에 엇대어 지은 건물이므로 완벽한 안전을 위해서는 고도의 철거 기술을 요했다. 원래는 철거 건물의 벽이었지만 이제는 옆집의 벽으로 남겨지는 경계에서, 굴착기의 쇠손은 정교하게 들보를 하나씩 뽑아냈다.

철거 현장에서의 조사는 고전주의 주택의 연구에 결정적인 성과를 가져왔다. 연구 결과가 책으로 출간되자 긍정적인 평가가 제법 언론을 탔다. 건축사 학계의 높은 자리에 있는 사람이 건축 전문잡지에 기고한 서평은 다음과 같은 말로 끝을 맺었다. "저자는 결정적인 순간을 포착하여 철거 주택 세 채의 해부를 감행한 후 세심하게 기록으로 남김으로써 칼스루에 문화재청이 앞으로 문화재를 지키는 데 필요한, 상상을 초월하는 도구를 손에 쥐어준 셈이다." 나는 가슴이 뜨거워져서 가만히 눈을 감았다. 그 서평을 쓴 사람은 나를 왕따한 후배였다.

지금 그 자리에는 유명 건축가 누구누구가 설계한 새 건물이 서 있을 것이다. 나는 그 후 한 번도 가보지 않았다. 근처에 갈 일이 있으면 다른 길로 돌아서 간다. 그때 그 일은 아직도 내 마음속에 한 점 아픔으로 남아 있다.

뜨 거 운 굴 뚝 속 의 아 이 들

내가 칼럼으로 연재하던 건물 조사기를 읽은 한 독자가 이렇게 말했다. "아아, 이제 알았다. 서양의 가정집은 굴뚝이 그렇게 크니까 산타할아버지가 드나들 수 있는 거구나." 그 말을 듣고보니 나도 어렸을 때 가졌던 궁금증이 기억났다. 우리나라 가옥의 가느다란 굴뚝을 보면서 '어째서 산타클로스는 선물 보따리까지 메고 하필이면 이리로 들어오려고 하는 거지?' 하고 생각하곤 했다. 나중에 어른이 되어 서양 건물을 조사하면서, 문이 잠긴 집안으로 들어갈 수 있는 유일한 구멍이 바로 굴뚝이라는 사실을 알게 되었다.

서양에서 굴뚝은 언제부터 생겼고, 어떻게 발전했을까? 건물 형태가 변해온 것과 굴뚝의 모양이 변한 것에는 어떤 상관관계가 있을까? 굴뚝의 역사는 인간이 불을 다스리고 사용해온 역사이기도 하다.

지금부터 50~75만 년 전에 인간은 도구를 사용하고 불을 다스림으로써 만물의 영장으로 자리를 잡기 시작했다. 이때 벌써 인간은 불을 더욱 잘 사용하기 위해 화덕을 만들었다. 그러다가 떠돌아다니는 수렵생활을 청산하고 농경을 위해 한 군데 정착하면서 가옥을 짓게 되었다. 이때 불도 자연스럽게 집안으로 들어왔다.

앞서 이야기한 것처럼 나는 메소포타미아 문명의 고적 발굴 현장에서 일한 적이 있다. 인간이 수렵 채집의 원시생활에서 농경의 정주생활로 옮겨가는 과정에 지어진 집터를 실측하고 도면화하는 일이었다. 유목민이 매년 한 계절을 지내기 위해 정기적으로 돌아와서 보수하고 재사용한 천막터로 추정되는 돌 기반에서도 화덕의 흔적은 빠짐없이 발견되었다.

서양 건축사에서 최초의 가옥 형식인 단층 단칸 집에서는, 집의 가운뎃부분에 돌을 깔아 불터를 만들어 모닥불을 피웠다. 이 모닥불은 음식을 익히는 화덕 구실뿐 아니라 난방과 어두컴컴한 집안을 밝혀주는 빛의 구실도 했다. 물론 온 집안에는 연기가 자욱했다. 처음엔 단순히 지붕에 구멍을 뚫어 연기가 빠지게 했다. 그러다가 비가 들이치는 것을 막기 위해 박공벽의 꼭지 부분에 삼각으로 연기 구멍을 두는 형태로 발전했다. 온 집안을 채운 연기는 자연스럽게 위로 올라가 지붕의 목재를 그을리고 밖으로 빠졌다.

이 목재 구조의 표면에 내려앉은 그을음은 목재를 병충해로부터 보호하는 역할을 했다. 이때 연기가 너른 공간을 통해 자연스럽게 밖으로 유도되었으므로 공기의 흐름이 극렬하지 않고 조용하여 화재의 위험은 적었다. 이러한 가옥의 형태는 인간의 역사에서 상당히 오랜 기간 지속되었다.

서유럽에는 10~11세기에 와서야 일반인의 가옥으로는 처음으로 2층 건물이 등장했다. 이때, 아래층에서 불을 피우면 연기가 2층을 채우지 않고 지붕 위로 직접 빠져나갈 수 있도록 굴뚝을 만들었다. 모닥불이 타고 있는 화덕 위로 큼직한 깔때기 모양의 굴뚝이 달렸다. 연기를 되도록이면 위로 모으는 역할을 하는 이 깔때기는 처음에는 싸릿대로 만들어졌다.

싸릿대를 둥그렇게 엮어서 안팎으로 진흙을 개어 발랐으므로 불에 탈 위험이 있어서, 불꽃이 직접 닿지 않도록 화덕에서 1미터 이상 높이 두어야 했고 그 반경도 커다랬다. 덕분에 이 깔때기 굴뚝의 내부는 그다지 뜨거워지지 않았고, 완만한 공기의 흐름을 따라 연기가 조용하게 위로 빠져나갔지만, 온 집안에 매캐한 연기 냄새가 나고 실내가 그을음으로 거무죽죽했다. 그 점에서는 굴뚝이 없이 연기 구멍만 있던 단층집과 마찬가지인 셈이다.

14~15세기에 실내에 놓이는 밀폐식 난로가 보급되기 시작했다. 모닥불이

아니라 밀폐된 통에서 불을 때기 때문에 방안에 연기가 없다는 이점 외에도 열효용율이 높아서 같은 연료를 때고도 집안이 훨씬 따뜻했다. 그 대신 난로에 직접 연결되어 있는 굴뚝을 통해 불똥을 머금은 뜨거운 연기가 빠른 속력으로 위로 빨려나가기 때문에 굴뚝 자체가 대단히 뜨거워지는 단점이 있었다. 사암과 같은 자연석도 녹아내릴 염려가 있었으므로 굴뚝의 재료로는 벽돌이 필수였다.

이때 여태까지 없던 현상이 하나 나타났다. 화재의 위험이었다. 굴뚝의 내부에 붙어 있던 그을음 덩어리가 뜨겁게 달구어지면서 불이 붙어 연기와 함께 밖으로 솟구치는 것이었다. 불똥을 탁탁 튀기는 뜨거운 연기가 그대로 굴뚝에서 지붕 밖으로 뿜어져 나왔다. 중세시대에는 이 불똥이 초가지붕과 너와지붕에 내려앉으면서 무수한 대형 화재를 초래했다. 이로 인해 14~15세기를 전후해 서유럽 가옥의 지붕은 전통적인 초가와 너와지붕에서 기와와 돌판지붕으로 바뀌었다.

그래도 이 불똥 연기로 인한 화재는 끊임이 없었고, 작은 화재는 목골구조의 가옥들이 군집해 있던 도시에서 금방 대형 화재로 변했다. 이때, 굴뚝 내면에 붙어 있는 그을음이 불똥 연기를 초래한다는 사실에 주목하여, 굴뚝 내의 그을음을 제거하는 작업이 해답으로 떠올랐다.

굴뚝청소는 이탈리아에서 처음으로 시행되었다. 유럽에서 처음으로 굴뚝을 지었다고 추정되는 이탈리아에서 굴뚝청소의 비법을 제일 먼저 알아낸 것은 당연한 일인지 모른다. 프라하에서는 14세기 초반에 이탈리아의 전쟁포로들을 시켜 처음으로 굴뚝청소를 했다는 기록이 남아 있다. 이렇게 이탈리아에서 시작된 굴뚝청소는 18세기 이후 독일의 각 지방에서 하나의 직업으로 자리를 잡았다.

1800년경의 북부 독일에서는 몸집이 작은 13~16세의 소년들이 굴뚝청소를 했으므로 굴뚝의 단면이 작았고, <small>내부 각 변 35~40센티미터</small> 남부 독일에서는 굴뚝의 내부 각 변을 최소 50센티미터로 정해 성인들이 굴뚝청소를 하도록 했다. 굴뚝청소의 횟수는 보통 가정집의 경우 1년에 서너 번으로, 역시 법으로 정해놓았다. 그 당시 스위스와 독일의 몇 개 도시에서는 이미 '러시아 굴뚝'이라 불리는 직경 15센티미터의 새로운 형태의 굴뚝이 선을 보이기 시작했는데, 이때부터는 사람이 직접 굴뚝 속으로 들어가지 않고 쇠공과 넝마, 솔을 이용하여 밖에서 청소하는 일이 가능해졌다.

기나긴 인류의 역사 속에서 불과 지난 몇 백 년 사이 빠른 변화를 보인 난방 기술은 현대에 와서 더욱 눈부시게 발전했다. 대부분의 난로들이 중앙난방식으로 대체되었다. 질 좋은 중앙 난로 개발에도 박차가 가해졌다. 가정집 난방이 전체 에너지 소비와 전체 대기오염의 3분의 1을 차지한다는 점을 감안할 때, 보다 나은 열효용율과 보다 낮은 매연에 각별히 신경을 써서 난방설비의 개발이 진행되고 있음은 당연하다. 이에 따라 굴뚝의 구조도 변했고 굴뚝청소부의 임무도 변했다.

독일에서는 아직도 굴뚝청소부라 불리는 기술자들이 매년 정기적으로 각 가정을 시찰하여 굴뚝과 난방설비를 점검한다. 이들은 아래위로 까만 굴뚝청소부의 전통복장을 입고 있으나, 하는 일은 옛날과 아주 다르다. 복잡한 장비를 이용하여 난방설비의 안정성을 점검하고, 굴뚝을 통해 밖으로 나가는 매연의 양을 측정한다. 하자를 발견하면 집주인에게 기한 내에 고치도록 통고하고 감시한다.

그런데 나는 왜 건물 조사를 할 적에 굴뚝을 보면서도 산타크로스에 얽힌 어린 시절의 환상을 까맣게 잊어버리고 있었을까? 원형이 보존된 옛 굴뚝을 발견하는 순간, 지붕 위에 서서 다리 하나를 굴뚝에 척 걸쳐놓고 인자하게 웃는 산타할아버지의 환영을 떠올리는 대신, 허겁지겁 기어들어가서 내가 알아내고 싶었던 것은 바로 인권이다. 어린이의 인권.

어린이를 기쁘게 해주는 산타클로스에서 연상되는 굴뚝은 아이러니하게

도 학대적 유아노동의 상징물이기도 하다. 18세기 중반에 영국에서는 대여섯 살의 어린이들이 굴뚝청소를 담당했다. 이에 대한 눈물겨운 사연이 셔윈 B. 뉴랜드의 책 『사람은 어떻게 죽음을 맞이하는가』에 등장하는데, 관련 글을 한 블로그에서 일부 발췌한다.

"환경적 요인으로 인한 악성종양에 대한 최초의 논문을 쓴 사람은 퍼시발 포트[1714-1788]라는 당대 런던을 대표하는 외과의사였습니다. 그는 당시 비슷한 증세를 보이다 사망하는 청소년들을 관찰하다가, 결국 공통점을 발견합니다. 그들은 모두 대여섯 살 때부터 '다람쥐처럼 굴뚝을 타고 오르내리며' 그 구불거리고 복잡한 당시 영국 굴뚝들을 청소해야 했던 빈민가의 굴뚝청소부들이었습니다.

당시 영국의 굴뚝은 폭이 좁고 구불거리는데다 군데군데 돌출물이 있어서, 그것을 청소하기 위해서는 결국 어른보다는 몸집이 작고 날렵한 아이들이 이용되었는데요. 고아나, 부모가 돌볼 형편이 안 되는 아이들은 따뜻한 식사를 해결하기 위해서 돌출물에 거치적거리는 옷조차 다 벗어버리고 맨몸뚱이로 굴뚝을 오르내리면서 청소를 해야 했습니다.

당시 그들을 꾸준히 관찰한 퍼시발 포트는 이렇게 쓰고 있습니다. '아이들은 뜨겁고 좁은 굴뚝 속에서 살갗이 찢겨나가고, 그을리고 화상을 입는 것은 물론 거의 질식까지 하게 된다. 더욱 심각한 것은 이들이 자라 사춘기에 이르게 될 때, 매우 특이한 증상을 보인다는 것이다.'

이 어린 굴뚝청소부들은 맨몸으로 굴뚝 청소를 마치고도 어디 가서 그 숯검댕으로 번들거리는 몸을 씻을 곳이 없었습니다. 결국 사타구니에 땀과 함께 뭉친 검댕 혹들이 음낭을 통해 몸속으로 파고들어서, 정자관을 지나 복부까지 이르러 악성종양을 키워낸 것입니다. 포트는 그 청소년들의 고환과 음낭의 반 이상을 제거하는 수술을 감행했지만, 결국 환자들은 차례로 죽어갔다고 기록합니다.

그 시절 유달리 높은 발병률을 보였던 음낭암에 대한 포트의 '만성적 자극론'—발암 환경에 오래 노출되면 암에 걸릴 수 있다는 의미에서의—은 당시 영국 사회에 큰 파문을 일으켰다고 합니다. 영국 국회에서는 급히 18세 이하 청소년들은 굴뚝청소부가 될 수 없다는 조항을 신설했고, 모든 소년들은 일주일에 한 번씩 의무적으로 목욕을 하게 하는 법령까지 포고했습니다. 물론 건축사에도 영향을 미쳐서, 점차로 누군가 굴뚝을 타고 들어가서 청소하지 않아도 되는, 곧고 좀 더 폭이 넓은 수직형의 굴뚝으로 바뀌어갔다고 하는군요." 『슬픔이 희망에게』의 작가 김혜정의 '휘네 집'

나는 1800년대에 칼스루에에서 어린이 노동을 막기 위해 굴뚝의 크기를 정해놓은 법이 잘 지켜졌는지 궁금했다. 그 당시 독일은 산업혁명이 시작될 조짐을 보이고 오랜 절대왕정이 막을 내리면서 시민계층이 사회의 새로운 신분으로 부상하는 역사적인 시기였다. 1820년에 독일 최초의 의회를 설립함으로써 독일 민주주의의 요람이라고 불리는 칼스루에가 당시 인권에 대한 의식은 얼마나 있었는지 궁금했고, 굴뚝의 구조는 이를 가늠할 수 있는, 내게 주어진 유일한 열쇠였다.

나는 현존하는 몇 개의 건물과 옛 도면들을 비교분석해보았고, 그 당시 주민들은 법을 준수하여 굴뚝을 지었다는 결론을 내릴 수 있었다. 즉, 칼스루에에는 어린이 굴뚝청소부가 존재하지 않았다는 뜻이다.

그런데 어느 날, 칼스루에의 고전주의 유명 건축가이자 건설 총책임자였던 바인브렌너의 작품으로 추정되는 주택이 발견되었으니 확인을 바란다는 제보가 프랑스의 알자스 지방에서 들어왔다. 국경지대인 알자스 지방은 바인브렌너의 처가가 있었던 곳이다. 예의 그 주택을 밖에서 처음 바라보는 순간, 지도교수와 나는 동시에 눈을 마주치며 고개를 끄덕였다.

나의 머릿속에는 도면 하나가 번개처럼 떠올랐고, 건물 내부를 돌아보는 동안 점점 또렷해졌다. 나는 그 집과 아주 흡사한 도면을 하나 알고 있었다.

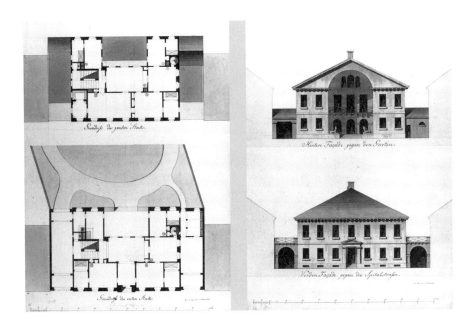

: 바인브렌너 건물의 도면. 이 도면대로 지어진 건물이라면 굴뚝 두 쌍이 지붕 밑에서 만나느라 급하게 휘어졌을 것이다. 이럴 경우 성인이 굴뚝을 타고 청소하는 것이 불가능해지므로 이는 어린이 노동의 단서라고 볼 수 있다.

바인브렌너가 1814년에 칼스루에의 한 고급관리의 주택을 설계한 도면이다. 그는 그 대지를 위한 설계도를 두 점 남겼는데, 하나는 호화로운 양식이고 다른 하나는 좀 수수한 양식이었다. 그 건물이 있던 자리에는 이제 다른 새 건물이 서 있으므로 두 설계도 중에 어떤 것이 채택되었는지는 알 수 없었다. 그러나 어찌되었던 간에 그의 명작으로 통하는 호화로운 양식의 설계도가 10여 년 후에 알자스 지방에서 다시 사용되었다는 사실이 드러난 것이다.

지하실부터 한 층 한 층 조사해가며 거미줄이 잔뜩 쳐진 지붕 밑에 다다랐을 때 내 입에서 외마디 비명소리가 튀어나왔다. 집안의 두 군데에서 올라오는 굴뚝을 지붕 밑에서 둥글게 휘어 하나로 모아서 지붕 밖으로 뽑아내는 구

: 알자스 지방의 바인브렌너 건물
에서 발견된 휘어진 굴뚝. 어른
이 기어들어가서 굴뚝청소를 하
기에는 너무 좁다.

조였기 때문이다. 굴뚝의 크기나 휜 모양새로 보아 도무지 어른이 들어가서
청소할 수 없는 구조였다.

　같은 도면을 사용하여 칼스루에에도 행여 지어졌을 고관의 주택이 당장
떠올랐고, 그 주택의 도면을 머릿속으로 더듬어보았다. 평면도에서는 네 개
였던 굴뚝이 입면도에는 단 하나로 지붕 가운데 솟아 있는 그림이 떠올랐다.
단면도는 없었으나, 멀리 떨어져 있는 굴뚝 두 쌍이 지붕 밑에서 휘어 하나
로 합쳐졌음은 자명한 일이다. 아뿔사, 만약 그 도면대로 고관의 주택이 지

어졌다면, 칼스루에에도 어린이 굴뚝청소부가 존재했다는 말인가? 다른 주민들은 다 지킨 건축법을 건설국장만 어길 수 있었다는 말인가? 솔직히 말해 그 순간에는 어린이의 인권보다도 나의 연구 방법이 허술했나 하는 의혹에 더욱 시달렸다.

단서는 항상 현장에서 잡히게 마련이라는 점에서, 건물 조사도 범죄수사와 마찬가지다. 칼스루에에 돌아와서 나는 그 고관의 주택이 서 있던 대지를 막연한 마음으로 빙빙 돌았다. 원래 2층 건물이 서 있던 그 자리에는 1900년경에 지은 4층짜리 건물이 버티고 있었다. 무심하게 습관적으로 건물의 디테일을 훑고 있는 나의 눈이 순간 번쩍 떠졌다.

벽에서 1800년대 초반에만 존재했던 석공의 표시를 발견한 것이다. 알아보지 못할 만큼 변형, 증축된 이 건물의 아래층 일부가 바인브렌너의 오리지널 작품이라는 것이 드러났다. 또한 정확한 위치에서 찾아야만 볼 수 있는 벽의 실금을 발견함으로써 원래 건물의 원형을 추정할 수 있었다. 그 결과, 이 주택은 알자스 지방에 쓰인 호화형 설계도가 아닌, 다른 수수한 설계도에 의해 지어졌다는 것을 알 수 있었다. 그 설계도는 굴뚝이 곧게 뻗어 두 군데에서 지붕 위로 나가게 되어 있었다.

집주인이 호화형 설계도를 보고 시공비가 너무 비싸게 먹힌다고 거절했는지, 칼스루에의 굴뚝 법을 지키느라 그랬는지는 몰라도, 바인브렌너는 그 대지에 좀 더 수수한 건물을 지었다. 그리고 이때 무산된 호화형 설계도는 10여 년 후에 이웃나라 알자스 지방에서 약간 변형되어 빛을 보게 되었다.

나는 굴뚝에 관한 애초의 나의 결론, 칼스루에에서는 건축법이 잘 지켜져서 어린이 굴뚝청소부가 단연코 필요 없었다는 결론을 번복하거나 수정할 필요가 없어 안도했다. 전공과 굳이 상관이 없는, 어린이 노동에 관한 나의 개인적인 관심이 뜻밖의 성과를 덤으로 얻은 셈이다.

크리스마스와 함께 낭만적으로 연상되는 굴뚝의 역사 뒤에는 이렇게 많은

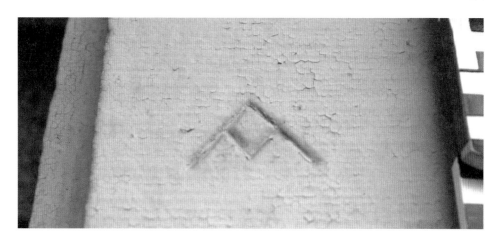

: 창틀에 조각된 석공의 이니셜은 노임을 계산하기 위해 새긴 것으로 추정된다. 석공의 이니셜은 산업혁명에 밀려 장인
제도와 함께 사라졌다. 칼스루에에서는 1850년대의 건물까지 석공의 이니셜이 발견되었다.

어린 생명을 죽음으로 이끈 참혹한 유아노동의 역사가 숨어 있다. 그래서 나
의 뇌리에는 굴뚝이 어린이를 위한 선물의 상징이 아니라 어린이를 착취하
는 상징으로 박혀버렸고, 어린이들에게 기쁨을 선사하기 위해 그리로 드나
든다는 산타할아버지를 차마 떠올리지 못한다.

어린이 노동은 수많은 어린 생명을 제물로 바치고도 이 지구상에서 근절
되지 않았다. 국제노동기구의 집계에 따르면, 현재 지구상에는 1억 2천만
명의 어린이들이 학교에 가는 대신 하루에 10시간 이상 컴컴한 창고에서 고
사리 손으로 카펫을 짜거나, 채석장에서 제 몸무게만큼 무거운 돌을 운반하
거나, 논밭에서 어른 몫의 중노동을 한다고 한다. 특별히 부도덕한 일은 소
년소녀의 매춘이다.

그리고 내가 세상에서 가장 무섭게 생각하는 어린이 노동은 '꼬마 병사'이
다. 현재 지구상에는 30만 명의 소년소녀 병사들이 장난감 총이 아닌 진짜

총을 들고 사람을 죽이고, 죽임을 당하고 있다. 내 자식들에게 크리스마스 선물로 무엇을 해줄까 궁리하다가, 문득 전쟁터에서 구르는 남의 자식들을 생각하니 무력감에 가슴이 먹먹해온다.

부드러운 여장부

  학업을 마치고 일을 시작할 무렵, 독일 건축계의 오랜 불황으로 일자리 경쟁이 치열한 때였다. 새로운 사람이 나타나면 동료가 아니라 내 밥그릇을 위협하는 적으로 여겨 견제하는 분위기 속에서 나는 언제라도 쫓겨날 수 있다는 마음으로 하루하루를 아슬아슬하게 버텼다. 다들 먹고살기 힘든 판에, 나처럼 돈 벌어다주는 남편이 있는 여자까지 나와서 경쟁률을 높이는 건 부도덕한 짓이라는 생각이 들 정도였다.

  그러다 나는 한 건물조사팀에 합류하게 되었다. 의도한 바는 아니지만 내 정되어 있던 사람을 제치고 맡게 된 일이라 마음이 무거웠다. 잘해야 한다는 강박증에 심하게 짓눌렸다. 나는 임무를 배정받고 곧바로 작업에 들어갔다.

  한창 열심히 일하고 있는데 슬슬 소변이 마렵기 시작했다. 그러나 나는 여자화장실이 어딘지 아직 모르고 있었다. 남자 일색인 노가다 판에서 화장실부터 챙겨가며 여자대접 받기를 요구하면 불이익을 당할지도 모른다는 노이로제 때문에 작업 전에 그런 걸 묻기는 어려웠다. 여자가 귀찮으면 갈아치우고 대체할 수 있는 남자들이 얼마든지 있기 때문이다. 팀장이 여자였지만 이 분야에선 유난히 여성티를 내는 것을 여성 동료들끼리도 삼간다.

  팀장인 베티나가 이 건물 어디에선가 작업을 하고 있겠지만 나는 미로처럼 몇 번이나 꺾어지는 복도를 지나 그녀를 찾으러 갈 엄두가 나지 않았다. 그랬다가는 다시 내 작업실을 찾아올 자신이 없을 정도로 건물은 크고 복잡했으며 여기저기서 요란한 소리를 내며 공사가 진행되고 있었다. 게다가 길을 잃고 헤매다가 시간을 다 보내버리면 나중에 일 못한다는 소리를 들을까 봐 걱정도 되었다.

참을 때까지 참다가 아무 데나 눈에 띄는 화장실을 찾아 들어갔다. 이미 부분적으로 철거 허가가 난 건물이어서 공사하는 인부들만 왕래하는 까닭에, 건물 안의 모든 화장실은 남자화장실로 쓰였다. 청소부가 끊긴 지 오래여서 화장실은 이루 말로 할 수 없이 더러웠다. 변기마다 고형물질이 윗가장자리까지 소복하게 쌓여 있었고, 원래 하얀색이던 변기는 눈을 씻고 찾아봐도 하얀 바탕이 보이지 않을 만큼 거무죽죽한 색상을 띄고 있었다. 냄새에 대한 언급은 생략하기로 한다. 아마도 그대로 방치해두었다가 그냥 철거해버릴 계획인 것 같았다. 나는 급한 대로 그냥 일을 보았다.

정오가 되자 베티나가 와서 자기는 지금 점심을 먹을 건데 어쩌겠냐고 물었다. 나는 그녀를 따라나서서 건물조사팀의 사무실로 쓰이는 작은 방으로 올라갔다. 베티나가 벽에 걸려 있는 열쇠를 내리면서 이게 여자화장실 열쇠라며 자기는 손 씻으러 가는데 같이 가겠냐고 물었다. 그녀의 털털한 행색으로 보아 손을 바지에 쓱쓱 문지르고 빵을 꺼내리라고 기대했는데 뜻밖이었다.

전에 맡았던 프로젝트 팀장은 독신 남성이었는데, 그는 일하다가 먼지와 비둘기 똥이 묻은 새까만 손을 바지에 쓱쓱 문지르고는 빵을 먹었다. 그리고 깔끔 떨고 엄살 많은 여자와는 이런 험한 일을 같이 할 수 없다는 눈치를 단단히 주었으므로 나도 티를 내지 않으려고 따라하곤 했다. 화장실로 가는 길에 베티나와 나는 처음으로 대화를 나눴다.

"여자화장실이 따로 있는 줄 몰랐네."

"어머, 내가 아까 이야기 안 해줬구나. 미안해. 남자화장실은 더러워서 못 들어가."

"나도 알아. 아까 갔었거든."

베티나는 걸음을 멈추고 나를 바라보았다.

"으, 그 변소가 얼마나 더러운데……. 어떻게 거기서… 눌 수 있었어?"

"서서 눴다."

"읍! 키키……."

우리는 얼굴을 마주보며 웃었다.

베티나가 열쇠로 열고 들어간 여자화장실은 깨끗이 청소가 되어 있었고, 화장지와 손을 닦는 종이타월까지 구비되어 있었다. 나는 다시 한 번 시원하게 일을 보았고, 흙 묻은 손을 비누로 깨끗이 씻고 사무실의 창틀에 올라앉아 따스한 볕을 벗 삼아 집에서 싸온 빵을 먹었다.

중년의 독신인 베티나는 부드럽고 여성스러웠다. 몸매는 보기 좋게 통통하면서도 아담했고 목소리도 나직했다. 말수는 적었지만 선한 눈매로 소리 없이 잘 웃었다. 그런데 그녀는 가정도 없이 혼자서 일만 하고 사는 여자답지 않게, '건축은 나의 인생의 일부일 뿐'이라고 단정하듯 말했다.

이 분야에서 성공했다는 사람들은 전부 무지막지한 일벌레라고 소문이 났지만, 그녀는 그들이 건강을 해치고 가정과 사생활을 등한시하며 얻은 그 수확이 하나도 부럽지 않다고 했다. 그런데 이 직업전선에선 그런 인생관을 요구하고 또 그런 사람들만 있으니, 자기도 모르게 물들지 않기 위해서는 부단한 노력을 기울여야 한다고 했다. 그래서 큰돈은 못 벌지만 자기가 좋아하는 일을 해서 먹고살 수 있는 게 어디냐고 그녀는 보조개를 예쁘게 피우며 웃었다.

나는 그녀가 참 신기했다. 남장을 하고 설쳐도 힘이 딸리는 각박한 이 바닥에서 저런 마음가짐으로 어떻게 오늘까지 버텨왔는지 궁금했다. 그런데 나중에 안 일이지만 베티나는 배짱이 대단한 여자였다. 옛날에 설계사무소에 근무할 적에, 반대하는 소장을 설득하여 사무소의 컴퓨터 시스템 설치를 과감히 추진하여 영세한 사무소의 경쟁력을 높임으로써 규모가 큰 사무소들에게 밀리는 것을 막았다. 사실상 그 사무소를 운영해온 그녀는 건설업계에 지독한 불경기가 오자 사무소를 살리기 위해 자신의 월급이 몇 달씩 밀리는 것을 참으며 동료들을 설득했다.

그런데 그런 상황에서 소장이 스페인으로 호화판 여름휴가를 떠나는 것을 보고 발끈해서 동료들과 함께 법정투쟁을 벌여 밀린 월급을 다 받아냈다. 뿐만 아니라 소장과 화끈하게 담판지어 결국은 그 사무소를 인계받아 주인이 되었다. 그때 소장은 베티나더러 '다른 사람은 몰라도 네가 이럴 줄은 몰랐다.'고 몇 번이나 말했다고 한다. 베티나는 소장이 자기를 여자라고 얕봐서 그런 일이 일어난 것이라고 말했다.

내 생각에 소장은 베티나가 여자라는 점에서 쉽게 생각했을 수도 있지만 그보다는 그녀의 '여성스러움'을 과소평가하지 않았나 싶다. 앞에 나서서 구호를 외치기보다 뒤에서 조용히 추진하고, 사사건건 이기려는 전투적인 태도 대신 때에 따라 양보함으로써 전체의 이익을 도모하는 그녀의 사고방식을 능력과 야심이 없는 것으로 오해한 것 아닐까.

조금 부끄러운 마음이 들어서 나는 속으로 베티나와 나를 살그머니 비교해보았다. 남자 세계에서 불이익을 당하지 않으려고 남자처럼 서서 오줌 누는 나와, 자신이 여자임을 강조하고 청결한 여자화장실을 요구하는 베티나 중에 누가 더 여성의 권익신장에 공로가 많은지 곰곰이 생각해보았다. 대대로 남성들이 장악해온 분야에서 여성들이 제자리를 잡는 데 어떤 성격의 여자가 더 기여를 하는 것일까 가만히 따져보았다.

그러다가 피식 웃음이 나왔다. 누구의 공로가 더 크냐니, 그걸 왜 자로 재려고 하는 것인가? 나같이 이를 악물고 남자처럼 설치는 여자가 있었기에 베티나처럼 당당하게 여자 대접을 요구할 수 있는 상황도 온 것 아니겠는가? 또한 같은 사람이라도 상황에 따라 나처럼 행동할 수도 있고 베티나처럼 행동할 수도 있다. 겉으로 보이는 형태가 다르다고 매사에 점수를 매겨서 누가 더 나은 사람인지 재보는 것은 정말로 우스운 일이 아닐 수 없다.

맹세컨대 나나 베티나는 여권신장을 위해 남자 세계에 뛰어들어 남자와 경쟁하는 것이 아니다. 일신의 행복을 위하여 어쩌다가 들어선 길에서 최선을 다하는 것뿐이다. 단지 나 개인의 행복을 위해 하는 일인데, 우연히 여자가 드문 분야라 마치 여성주의에 공적이라도 세운 듯이 옆에서 누가 말한다면 나는 정말로 말리고 싶다.

여권신장에 대한 노력이 우습다는 말이 아니다. 의도했건 안 했건 모든 일에는 궁극적인 의미가 있게 마련이지만, 이를 공적이라고 내세우기 시작하면 자칫 이 기준으로 남의 가치를 재려드는 횡포로 변할 위험이 있기 때문이다.

횡포. 과장된 말로 들릴 수도 있다. 그러나 일상을 돌아보면 우리는 아주 자연스럽고 은밀한 형태의 횡포를 목격하게 된다. 여성들이 부지불식간에 횡포를 행사하고 있음을, 자기가 속한 상황을 기준으로 다른 여성들을 관찰하고 정의하고 비판하는 모습을 쉽게 볼 수 있다. 독신여성과 기혼여성, 전업주부와 맞벌이주부 등으로 가르는 선을 그어놓고, 한 편에 속한 여성들이 반대편 여성들을 비판하는 것 역시 횡포다.

자식을 자기 손으로 잘 기르기 위해 직업을 일단 포기한 여자들은 궁극적으로는 사회에 좋은 일꾼을 배출하는 공적을 세우는 것이지만, 그렇다고 해서 자식 없이 또는 자식을 맡기고 직업을 갖는 다른 여자들을 이기주의자, 미래 사회의 불로소득자라고 손가락질해서는 안 된다. 역시 직업과 경제력 있는 여자가 점점 많아지면 궁극적으로는 여권신장에 기여하는 일이지만, 그렇다고 해서 후세를 키우는 전업주부들을 무능력자, 여성주의의 무임승차자라고 업신여겨서도 안 된다.

어느 길을 가느냐보다 중요한 것은, 자기가 가고 있는 길을 얼마나 열심히 잘 가느냐에 있다. 남이 꽂아놓은 깃발만 바라보고 허겁지겁 달려가지 않고 자주적으로 선택한 자신의 길을 성실히 가는 사람은 공연히 곁눈질하면서 다른 길을 가는 사람들을 깎아내리고 탓하지 않는다. 모성을 경험해보지 못한 베티나가 일터에서 나의 직업의식보다 엄마로서의 임무를 높게 쳐주고 이를 잘 수행할 수 있도록 곁에서 배려해주는 것처럼.

눈에 보이는 성과만을 성공으로 쳐주는 세상의 잣대에 흔들리지 않고, 자신의 행복의 기준이 어디에 있는지 잘 파악해서 담담하게 걸어가며, 남을 편안하게 해주는 베티나. 그녀를 나도 닮고 싶다.

상 식 과 호 기 심 과 상 상 력

　나는 15년 동안 한 우물을 팠다. 주제는 '칼스루에 초기 주택에 관한 연구'다. 잠깐씩 다른 일을 한 적도 있지만 그 일이 끝나면 곧장 돌아와 다시 책상 앞에 앉았고, 한순간도 포기하겠다는 생각을 한 적이 없다. 학술계에서 누군가 한 번 건드린 테마는 웬만해선 다시 연구되지 않기 때문에 내가 손 댄 이상 제대로 마무리해야 한다는 사명감 때문이고, 또 하나의 이유는 재미있기 때문이다.

　내가 공부에 취미가 있는 사람이라 재미있었던 것은 아니다. 주택을 연구하는 건축학 분야의 테마지만 건물 연구를 통해 그 안에 담겨 있는 인간의 일상을 들여다보는 부수적인 일이 재미있었다. 나의 호기심과 상상력을 자극하기 때문이다. 그렇게 내용물사람을 알아야 껍질건물의 성격을 규명하는 일이 가능한 경우도 많았다.

　1800년 전후에는 모든 건설 계약이 술집에서 구두로 행해졌다는 사실, 관청의 하급관리들은 철두철미하게 의무를 수행했으나 고급관리들은 인맥을 이용하여 이익을 주고받았다는 사실, 나무를 숲에서 잘라오자마자 말리지도 않고 그냥 도끼로 툭툭 다듬어 집을 지었다는 사실, 분뇨구덩이를 우물 옆에 지어놓고도 분뇨구덩이에서 스며 나오는 오물로 지하실 벽이 부식되는 것만 신경을 썼다거나, 화장실에서 나는 냄새에 독성이 있다고 믿은 사실 등 고문서에서 발견되는 이런 부수적인 사실들은 나의 상상력을 가동시켜 당시의 건설 현장을 이해하는 일에 도움이 되었다.

또한 부수적인 성과가 뜻밖의 떡고물처럼 떨어지기도 했다. 도심에 있는 대지의 경계선을 조사하다가 정말로 우연히 칼스루에 천도설의 진실을 밝혀내게 되었다. 18세기 유럽의 문화현상의 하나로 널리 알려진 전형적인 계획도시 칼스루에가 사실은 치밀한 계획에 의해서가 아니라 우연히 생겨났다는 추측은 왕왕 제시되었다. 앞서 '칼스루에의 튤립 아가씨들'에서 언급한 것처럼 영주의 사생활을 근거로 유추하는 추측도 그다지 허황된 것은 아니다. 나의 추측은 집터, 즉 대지의 형태에서 시작되었다.

칼스루에 도심에 있는 주택지에는 두 가지 타입의 대지가 있다. 경계선이 바른 대지와 꺾인 대지이다. 꺾인 대지는 원래 평행사변형이었던 대지가 나중에 변형된 것이다. 당시 보편적인 건축의 이해도로 보면 건물 평면의 각도는 직각이었기 때문에 적어도 집이 들어서는 곳에서는 대지가 직각이 되어야 했다.

그래서 주민들은 양쪽 이웃들과 의논해서, 오른쪽 이웃에게 떼주는 땅만큼 왼쪽 이웃에게서 받는 식으로 해결했다. 물론 잡음도 많았다. 특히 양 끄트머리의 대지 주인은 땅을 주기만 하고 받지 못하는 경우도 있고, 받기만 하는 경우도 있었다. 이럴 땐 돈이나 물건으로 보상했는데 이때 조용할 리가 없었다. 건설부 고문서철에는 주민들의 송사가 두텁게 기록되어 있다.

왜 칼스루에 도심의 대부분의 대지는 꺾인 모양, 즉 애초에 평행사변형이었을까? 지금까지는 이런 방사형의 도시 평면에서는 그게 당연하다는 학설이 인정되고 있었다. 정말 그럴까 싶어서 지도를 들여다보다가 나는 대지가 직각으로 분할된 구역도 있다는 사실에 주목하게 되었다. 즉, 방사형 도시 평면에서도 평행사변형 대지가 불가피하지만은 않았던 것이다. 대지가 원래 직각이었다는 말은 대지를 분할하는 시점에 이미 건축부지로 계획했다는 뜻으로 나는 해석했다.

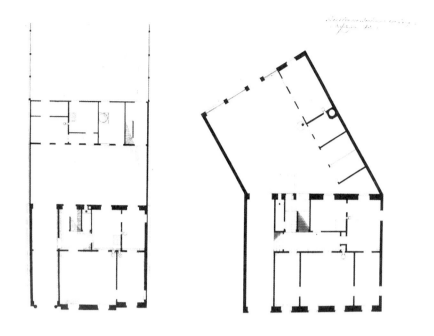

: 칼스루에 도심에는 경계선이 곧은 대지와 꺾인 대지가 있다. 필자는 곧은 대지는 애초부터 건축부지로, 꺾인 대지는 텃밭용으로 분양되었을 것이라고 추측했고, 이 점에 착안하여 칼스루에 천도설에 도전했다.

그렇다면 평행사변형의 대지는 애초에 텃밭용으로 분양되었다가 나중에 건축부지로 용도 변경한 경우이리라. 나라면 상식적으로 그렇게 했을 것 같나. 그 시대의 주민들은 마당에서 기축을 치고, 텃밭에서 농사지은 것으로 일용할 양식을 삼았다. 텃밭은 살림집에 붙어 있는 경우도 있었지만, 집 근처에 따로 마련하여 야채도 심고 과실수도 심었다는 문서를 확보했다. 그러나 내겐 더 확실한 증거가 필요했다.

나는 행여 뭐가 보일까 싶어서 지도 위에 직각의 대지와 꺾인 대지를 각각 다른 색깔로 칠해보았다. 직각의 대지는 성을 중심으로 도시 초창기에 지어

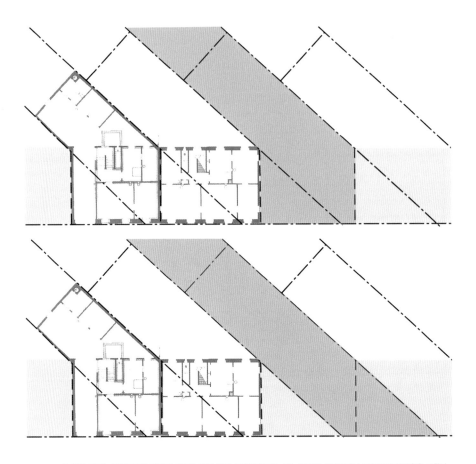

: 꺾인 대지는 평행사변형 대지에 건물을 짓기 위한 방편이었으며, 이는 애초에 건축부지로 분양되지 않았음을 뜻한다.

진 주거지 외에도 몇 군데 더 몰려 있었다. 그림을 보니 심증이 떠올랐다. 나는 고문서 보관소로 달려갔다. 훗날 주택난을 해결하기 위해 국유지를 풀어 신속하게 분양해서 집을 지은 프로젝트에 대한 고문서를 찾아 위치를 비교해보았다. 내 추측이 맞았다. 직각 대지 구역과 일치했다. 이로써 처음부터 건축부지로 분양된 대지는 직각이라는 것이 증명되었다.

칼스루에 도심에서 직각의 대지는 소수에 속했다. 대부분의 대지가 꺾인 모양, 즉 원래 평행사변형이었다는 말은 대부분의 대지가 계획적인 건축부지가 아니었다는 뜻이다. 따라서 원래 영주가 지으려고 계획한 주택은 몇 채 되지 않았다. 처음부터 큰 도시를 계획한 게 아니라, 자신과 몇몇 측근들이 한시적으로 머물 부지를 계획한 것이다.

영주는 평소에 사냥 다니던 숲에 사냥용 별장을 짓기로 하고, 사냥하기 좋도록 별장을 중심으로 방사선으로 길을 냈다. 이렇게 큰 공사에는 많은 인부들이 동원되기 마련이었다. 교통수단이 좋지 않았던 시절이라, 인부들은 공사장 부근에 오두막집을 지어 거기에 기거하며 일을 하게 되었다. 그러다보니 인부들을 상대로 장사하는 밥집도 생기고 생필품 가게도 생기고, 결국 인부들과 장사꾼들의 가족들도 와서 부락을 형성했다. 고문헌에 보면 영주가 이들 백성의 편의를 위해 여러 종류의 다른 직업군들도 이사해올 것을 종용한다는 문장이 나온다.

영주는 성의 주춧돌을 세운 지 석 달 만에 정식으로 주민을 모집하는 공고를 냈다. 종교의 자유와 자유롭게 장사할 수 있는 권리를 보장하고, 면세 혜택을 주며, 집을 지을 인건비와 채석장에서 자연석을 사올 돈만 있다면 집터와 모래와 목재를 무상으로 공급한다는 내용이었다. 집은 규정에 따라 지어야 한다는 문장과, 20년 안에 집을 팔 경우에는 무상공급 받은 가격을 집값에서 감한다는 문장이 있는 걸로 보아 영주는 이때 벌써 천도를 염두에 둔 것 같다. 천도는 아니더라도 적어도 이 시점에서 영주는 칼스루에를 자신의 장기적 거처로 정했음에 틀림없다. 영주의 심경을 증명하는 고문서는 발견되지 않았다.

좋은 이주조건에 힘입어 많은 주민들이 몰려들었고, 귀족들도 권력의 중심부에서 밀려날까 봐 너도나도 따라와서 성 근처에 대지를 분양받아 자비로 주택을 건설하게 되었다. 공사판이 점점 커지고 그럴 듯한 건물들이 하나

둘씩 들어서자 영주는 그때까지 바덴의 수도였던 두얼라흐를 포기하고 이리로 천도할 결심을 굳혔을 것이다.

그렇지 않아도 계몽사상의 시류를 탄 주민들의 반발로 주택정책이 지지부진 시간을 끄는 통에 수도로서의 위상이 서지 않는 두얼라흐에 정이 떨어지던 참이다. 아무것도 없던 숲속에 성의 주춧돌을 놓은 지 2년 만인 1717년에 영주는 새로 지은 성에서 처음으로 대신들을 공식 접견하고 정사를 봄으로써 칼스루에를 바덴 지방의 수도로 승격시키기에 이르렀다.

그 후 건설 붐을 타고 경기가 호황을 띤 신도시에는 주민이 기하급수적으로 늘어났다. 게다가 바덴의 영주는 외교력이 뛰어나서 프랑스의 나폴레옹에게 붙었다, 적절한 시기에 배신했다 하면서 영토와 세력을 불렸고, 그에 따라 바덴의 수도인 칼스루에도 번영하여 인구가 늘고 도시도 점점 커져야 했다.

주요 도로가 부챗살처럼 뻗어가는 방사선형 도시를 확장하는 일은 참으로 어려운 일이다. 중심에서 멀어질수록 도로와 도로 사이의 간격이 벌어져서 블록이 엄청나게 길어진다. 초창기에 텃밭으로 분양할 때는 각도가 심히 기운 평행사변형도 상관이 없었지만 건축부지로 분양하려니 집짓기에 애로가 많았다.

따라서 영주가 처음부터 신도시를 계획하고 손수 도면까지 그렸다는 주장을 믿는 사람들은, 아무리 절대왕정의 심벌이라도 그렇지 수도의 평면을 어쩌면 이렇게 만들어 확장하기 곤란하게 할 수 있냐고, 영주의 아집과 짧은 안목에 혀를 찬다. 하지만 천도할 당시만 해도 보잘것없는 지방 토호국이던 바덴이 백 년 후에는 영토를 열 배로 확장한 막강한 영주국이 되리라고 영주가 어찌 예견할 수 있었겠는가? 칼스루에의 건설이 몇 가지 우연과 한두 사람의 심경변화가 어울려 일어난 일이라고 믿는 나로서는 덕분에 이렇게 재미있는 평면을 가진 도시를 만난 것을 행운으로 여길 따름이다.

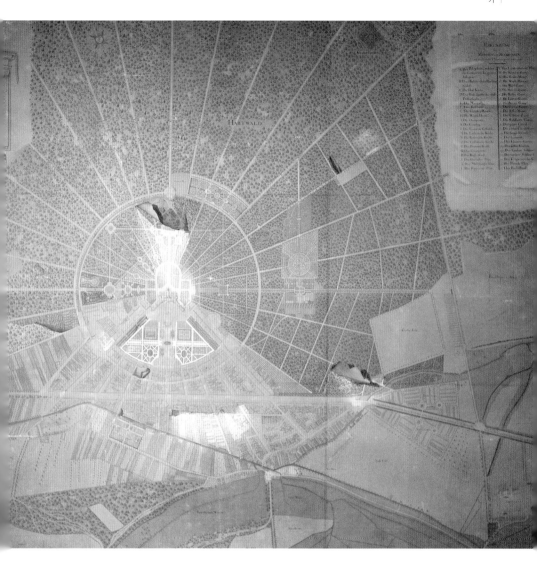

: 칼스루에 지도. 도로와 가옥의 건설 상태로 미루어보아 1779년 직후 제작되었으리라 추정된다. 즉, 천도 60여 년 후
칼스루에의 모습이다. 주거지 주변으로 텃밭용으로 분양된 대지가 보인다.

나는 한 나라가 수도를 이전하는 일뿐 아니라 역사적으로 더 중대한 일도 우연과 한두 사람의 심경변화에 의해 일어났고, 지금도 일어나고 있다고 믿는다. 그래서 공학이나 인문과학을 연구하는 사람의 덕목으로, 철저한 증명 외에도 인간의 건전한 상식과 호기심과 풍부한 상상력을 당연하게 꼽는다.

이런 학문의 자세는 학생시절 유적 발굴장에서 미국인 인류학자 마이크에게서 배웠다. 독일인 건축학자인 우리 지도교수와 연구 스타일이 달라 자주 투닥거리던 마이크는 우리 지도교수의 독일식 철저함에 질리고 나면 내게로 와서 장난으로 시비를 걸곤 했다.

"혜지, 넌 이렇게 돌만 측정할 게 아니라 소설을 쓰는 게 어때? 꽉 막힌 이 시점에서 우리를 구원해줄 유일한 길은 상상력이야. 학자들이 풀지 못하는 문제를 풀 수 있는 사람은 예술가밖에 없어. 그러니까 넌 오늘부터 도면은 집어치우고 여기 살던 사람들에 대한 소설을 쓰던지, 그 사람들이 살던 모습을 그림으로 그려보란 말이야."

며칠 후에 나는 그에게 내가 그린 그림을 보여주었다. 털이 달린 가죽을 걸친, 원숭이 사촌쯤 되는 모습의 원시인이 집을 짓고 있는 내용이었다. 내 딴에는 발굴장의 돌무더기에서 석기시대의 건설현장을 유추하는, 기발한 상상력을 동원한 그림이었다. 그러나 마이크는 내 그림을 보자마자 비명을 질렀다. 그리고는 내 공책을 빼앗아 그 뒷장에다 그림을 그리기 시작했다.

나를 흘끗흘끗 보면서 그가 그린 그림에는 나와 똑같은 머리 모양을 한 여자가 목걸이와 귀걸이를 달고 활짝 웃고 있었다. 그는 공책을 돌려주고 일어나며 말했다. "여기 살던 사람들을 너라고 생각하면 돼. 다 너와 나같이 느끼고 사고하며 살던 사람들이야."

그로부터 20년이 지나 마이크의 말을 다시 떠올릴 기회가 있었다. 재작년에 발굴관계로 모교에 갔을 때다. 25년에 걸쳐 미국과 독일, 터키가 참여한 그 발굴 작업은 중요한 단서를 많이 발견하여 여타 발굴의 기준이 되었지만,

핵심 멤버였던 지도교수가 갑자기 뇌졸중으로 기억능력에 손상을 입는 바람에 학설을 마무리하지 못하고 있는 중이었다. 당시 젊은 학자였고 이제는 장년으로 이스탄불 대학에 재직하고 있는 에르한이 이를 안타깝게 여겨 여름방학을 이용해 자비로 독일로 날아와 정리 작업을 시작했다. 그 소식을 듣고 나도 돕겠다고 나섰다.

예전에 모교의 건축사 연구소에서 에르한 밑에서 발굴 도면을 그리는 일을 했던 나는 그 당시 에르한이 최고로 치던 일꾼이었다. 발굴 도면이라면 이골이 났다. 이번에도 에르한과 나는 손발이 척척 맞아서 아무도 상상하지 못한 양의 일을 일사천리로 해치웠다.

일을 하던 중에 나는 눈이 번쩍 뜨이는 도면을 하나 발견했다. '와, 내가 제일 잘하는 줄 알았는데 나보다 더 잘 그리는 사람도 있었구나.' 나는 기가 죽었다. '누군지 모르지만 이 정도면 지금쯤 성공했겠다. 나도 아이를 낳지 않았으면 그렇게 되었을지 모르는데……' 작업한 사람이 누군지 너무 궁금했지만, 질투가 나서 악착같이 이니셜을 보지 않았다. 그러나 그 도면을 바탕으로 작업을 계속하는데 돌 하나하나의 정보가 정확한 것이 여간 비범한 도면이 아니었다. 나는 참지 못하고 이니셜을 보았다. HJ…… 바로 나였다. 20년 전의 나. 수십 년의 연륜은 젊은 피의 열정을 당하지 못하는 것일까?

마지막 날 저녁에 지도교수가 우리를 그리스 식당에 초대했다. 옛날에 우리가 즐겨 가던 바로 그 식당이었다. 그간 여기저기 흩어졌던 주요 멤버들이 20년 만에 한 자리에 다 모인 셈이었다. 병환 이후로 말을 더욱 아끼는 교수님은 시종일관 조용했지만, 감개무량해 보였다.

우리는 교수님의 기억능력이 어찌 되는지 잘 몰라서 조심스러웠다. 어려운 대화는 피하려고 이런저런 잡담을 나누었지만, 아는 게 그뿐이니 어쩌겠는가? 결국 테마는 다시 발굴로 돌아왔다. 에르한은 발굴 연구에서 가장 중요한 것은 철저한 검증이라고 말했다. 우리 교수가 늘 강조하던, 당연하다면 당연한 말이어서 아무도 뭐라 토를 달 생각을 하지 않았다. 그런데 갑자기 지도교수가 입을 열었다.

"아니야, 에르한. 연구할 때 가장 필요한 것은 무한한 상상력이야. 단, 학자라면 자기가 애초에 상상한 바를 언제든지 버릴 준비가 되어 있어야 해."

나는 넋이 나간 듯 교수의 얼굴을 바라보았다. 기억능력을 잃었다지만 그의 사고능력은 병환 이후로도 계속해서 발전해온 것이 틀림없었다. 아, 마이크! 마이크가 이 자리에 있었다면…….

상상력이 학문에 도움이 될 뿐 아니라, 학자의 존엄성을 지켜주는 필수조건이라는 사실을 나는 학교라는 울타리를 떠난 후에 경험하게 되었다. 칼스루에 주택에 관한 연구를 마치고 나서 내가 한 일은 문화재 건물을 조사하여 도면을 작성하는 일이었다. 학계에서 그다지 고급으로 쳐주지 않는, 어렵고 위험하고 더러운 3D업종이지만 내 적성에 딱 맞았다. 나는 아무리 하찮은 일이라도 내가 잘하는 일에서 성취감을 느꼈다. 대부분 철거나 보수 허가가 난 문화재 건물을 도면으로 남기는 일이어서 나는 마지막 증인이라는 사명감을 가지고 일했다. 남이 보지 못하는 것까지 발견해서 남기는 일에 자부심을 느꼈다.

그러나 순수한 연구가 아니라 돈을 벌기 위해 하자니 늘 시간에 쫓겼다. 인부들이 내 발뒤꿈치를 바짝 따라오며 내가 방금 도면에 기재한 부분을 철거하는 긴박한 상황도 빈번하게 벌어졌다. 낮에는 시간과 작업량에 쫓겨 정신없이 일했지만, 저녁에 집에 와서 침대에 누우면 오늘 한 일이 무엇인지 하나도 생각나지 않았다. 난 그냥 그림만 그린 것이다. 빠르고 값싼 도면을 그리는 효율적인 제도기로 고용된 것이었다. 이미 학생시절에 그림만 그리는 단순 노동자를 벗어나 사물을 관찰하는 눈을 키웠다고 자부해온 내가 공부를 다 마친 후에 도착한 종착역이 이 모양이라니, 우울했다.

그런 나날이 계속되던 어느 날, 나는 남편에게 공연히 심통을 부리다 말고

침대에서 벌떡 일어났다. 그 길로 자전거를 달려 공사현장에 닿았다. 폐허가
된 건물에 들어가 불을 있는 대로 켜놓고 미친 여자처럼 혼자서 이리저리 돌
아다녔다. 낮에 시간에 쫓겨 도면만 그리고 지나갔던 부분들을 찾아 조사를
시작했다. 그간 쌓였던 의문들이 하나둘씩 풀리자 이제까지 보이지 않던 의
문점이 새로이 나타나고 또 풀렸다. 드디어 나의 호기심과 상상력에 불이 붙
으며 숨통이 트이기 시작했다. 나는 이 집을 지은 당시의 상황을 상상하고
당시 사람들의 보편적인 상식에 근거하여 원인을 규명했다. 다시 건축학자
로 승격한 것이다.

그 후로 나는 밤이면 자주 공사현장에 나갔다. 밤에 혼자 조사한 것은 작
업시간으로 계산하지 않기로 결심했기 때문에 이 일은 경제적으로 형편없이
수지가 맞지 않는 일이 되어버렸다. 대신 나는 시간에 쫓긴다는 초조감과 경
쟁력이 떨어진다는 불안감에서 벗어나 차근차근 조사할 수 있었다. 그 길만
이 나의 존엄성을 되찾는 유일한 돌파구였다. 말단의 희생으로 유지되는 학
술계의 구조에 대해 논하자면 나도 할 말이 많지만, 시방 남의 나라 학술계
의 정의실현까지 염려할 처지가 아니었다.

내가 만약 다른 장작의 화려한 연소를 돕기 위해 존재하는 불쏘시개라면,
재도 없이 타버리는 삭정이보다는 이왕이면 속이 단단한 나뭇가지가 되어
한 톨의 숯조각이라도 남기기를 원했다. 상단에 오른 굵은 장작이라 할지라
도 속이 무르면 불길만 요란할 뿐 숯을 남기지 못할 것이다. 내가 남기고픈
숯은 나의 학문적 실적뿐 아니라 정신적인 실속, 즉 나의 존재 이유를 스스
로 납득하는 만족감이다. 호기심과 상상력을 다시 찾은 나는 일터에서의 행
복을 되찾았다.

상상력이 넘치다보니 웃지 못할 일도 일어났다. 오밤중에 혼자 일하자면
가끔씩 무섭다는 생각이 들었다. 나는 남편이나 아이들 앞에서는 엄살도 심
하고 어리광도 잘 부리지만 일터에서는 용감해지고 무거운 것도 잘 든다. 하

지만 빈 집에서 여자 혼자 일하는 것이 밖에서 훤히 들여다보인다는 걸 나는 알고 있었다. 더군다나 지붕에 뚫린 구멍을 통해 비둘기들이 집안으로 들어와 불빛에 놀라 후다닥거리다 창문에 부딪치는 소리는 마치 누군가가 밖에서 창문을 두드리는 소리처럼 들렸다. 문틀이 틀어져서 걸어 잠글 수도 없는 출입문은 바람이라도 불면 끼익끼익 하며 연신 인기척을 냈다.

어느 날 나는 충계를 저벅저벅 올라오는 발자국 소리를 들었다. 온몸의 솜털이 일어났다. 나는 인부들이 두고 간 곡괭이를 찾아 손에 단단히 쥐었다. 한참 기다렸지만 아무도 올라오지 않았다. 그러나 내 쪽에서 먼저 내려가 확인해볼 엄두는 나지 않았다. 그러기에는 너무나 무서웠다. '보나마나 또 비둘기들이겠지.' 나는 스스로 위로하며 아까 생각이 끊겼던 디테일에 정신을 집중했다.

'왜 여기에 이런 공사를 했을까? 이 벽 뒤에는 뭐가 있기에 벽돌을 이렇게 쌓았을까?' 이때 또 발자국 소리가 들리는 것 같았다. 나는 다시 곡괭이를 들고 기다렸으나 아무 일도 일어나지 않았다. 곡괭이를 내려놓고 생각에 잠겼다. '나라면 어떤 경우에 벽돌을 이렇게 쌓았을까? 아, 혹시?' 무언가 감이 잡히려는 순간 나는 다시 발자국 소리를 들었다고 생각했다. 하지만 내 손은 이미 느슨한 벽돌 하나를 벽에서 들어내고 있었기 때문에 곡괭이를 잡을 여유가 없었다.

손이 부자유스러우니 그 대신 머리가 핑핑 돌아갔다. 내 머리는 상상력을 스테레오로 돌렸다. 한편으론 옛 사람의 입장이 되어 벽돌을 이렇게 쌓은 이유를 상상하고 있었고, 다른 한편으로는 저 발자국 소리의 임자가 정말로 나타나면 나는 어떻게 대처할 것인가를 상상하고 있었다.

'내가 지금 서 있는 곳은 붕괴의 위험이 있는 곳이지. 그래서 인부들도 이 방엔 못 들어와. 어디에 발을 디뎌야 바닥이 꺼지지 않는지를 아는 사람은 나밖에 없어. 누군가 들어와서 나를 덮치려고 한다면 나는 그를 바닥이 부실한 곳으로 유인할 거야. 아래층의 바닥도 삭았으니까 아마 지하실까지 직통으로 떨어지겠지. 그러면 사람이 죽을까? 내가 한 짓은 살인일까, 정당방위일까?'

왜 그런지 몰라도 교묘한 살인이라는 생각이 들었다. 마치 등 뒤에서 비수를 꽂는 것처럼 비겁한 짓 같았다. 그러나 내가 만약 치한을 곡괭이로 내리친다면 그건 정당방위일 것 같은 생각이 들었다. 그날 이후로도 나는 가끔 발자국 소리를 들었지만 아무도 보지는 못했다. 누구를 위해서든 다행스러운 일이었다. 그 프로젝트가 끝날 때쯤 내 머릿속에는 상식과 호기심과 상상력을 발휘해 완전범죄를 저지르는, 앙큼한 건축학자를 주인공으로 한 탐정소설 한 편이 시작되고 있었다.

건축은 인생처럼
담담히 찾아가는 길이다

독일에 온 지 얼마 안 되었을 때, 벌써 현지 생활 10년째라는 사람을 만나게 되었다. 나는 '와, 대단하다. 그렇게 오래 독일에서 살고도 아직 죽지 않았네.' 하고 놀랐다. 그리고 내가 한국에서 보낸 시간의 꼭 두 배가 되는 세월이 독일에서 흘렀다. 34년이 지난 지금, 나는 아직 죽지 않았다.

이제는 꿈도 독일 말로 꾸고, 욱하면 튀어나오는 욕도 독일 말이다. 남의 나라 건축사를 천직처럼 여기며 살았고, 고문서의 먼지 냄새를 맡으며 꼬부랑글씨의 고문자를 해독하는 일에 짜릿한 전율을 느낀다. 나는 내가 독일 사람이라고 생각한 적은 꿈에도 없지만, 내가 가정을 일군 독일 땅을 내 집이라 여기며 살고 있다. 몇 년에 한 번씩 한국에 나가면 너무 재미있어서 독일로 돌아가기 싫을 때도 있지만, 그래도 난 "독일에 간다."고 말하지 않고 "집에 돌아간다."고 말한다.

나는 설계도를 그린 후에 거기에 따라 차곡차곡 벽돌을 쌓는 인생을 산 게 아니라 바람 부는 쪽으로 우장을 치며 적응하는 인생을 살았다. 섬마을 학교의 국어 선생님이 되어 소설을 쓰고 싶었던 문학소녀가 새로운 환경에 적응하느라 공대에 갔고, 글을 쓰긴 했지만 남의 나라 말로 이공계 전공서적을 썼다. 하지만 그것도 즐거웠다.

남의 나라 언어에 집중하는 사이에, 그러느라 한국 사람과의 교류가 뜸한 사이에 나는 모국어를 아예 잃어버렸다. 사고를 독일어로 하는데다 일상적인 단어가 금방 생각나지 않아 말이 어눌하니 나 스스로 답답하고 창피해서 한국 사람과의 대화를 피하는 일도 생겼다. 그러나 깊이 고민하지 않았다. 발등의 불끄기에 바쁜 인생을 사느라 당장 급하지 않은 일에 신경 쓸 새도 없었거니와, 얻는 바가 있으면 잃는 바도 있는 것이 당연하다고 생각했다.

그러나 어쩌다가 한국 책을 구하면 마지막 장을 읽기까지 절대로 손에서 내려놓지 못했다. 어디서 포장지로 묻어온 한국 신문은 광고까지 다 읽었다. 몇 년에 한 번씩 한국에 가면 하루에 소설을 서너 권씩 읽었다. 그러던 어느 날 나는 인터넷으로 한국 신문 읽는 법을 배웠다. 한국에서 비싸게 부쳐오지 않아도 독일에서 한글을 읽을 수 있다니, 내겐 기적 같은 선물이었다. 마침 독일어로 씨름하던 일이 일단락 나서 내 마음에 여유가 생겼고, 아이들은 제 앞가림을 하기 시작했고, 내 나이는 사십대 중반이었다.

비바람 들이치는 쪽으로 우장을 두르며 열심히 집 짓는 나이가 지나, 햇볕 드는 쪽으로 우장에 구멍을 내는 나이가 되었던 모양이다. 나는 인터넷을 통해 한국 친구들을 얻었다. 그들과 이런저런 테마로 대화하고 토론하는 사이, 나는 모국어를 되찾았다. 말로 하라면 순발력이 떨어져서 여전히 어눌하지만, 시간을 두고 차근차근 쓰는 글로는 내가 하고 싶은 말을 정확히 표현하게 되었다.

나는 한글로 글쓰기에 정신없이 빠져들었다. 원래 나의 것이지만 낯설어져버린 정서가 언어를 통해 새록새록 되살아났다. 언어는 이미 완성되어 있는 생각을 표현하는 도구가 아니라 생각을 만들어가는 도구라는 말처럼, 독일어로는 잡아낼 수 없었던 생각들이 한글을 거치는 과정에서 새로이 발견되었다.

『세계를 놀이터 삼아』와 『나는 튀기가 좋다』의 강신주 작가는 내가 인터넷을 통해 사귄 친구이다. 그의 칼럼이 좋아서 인터넷한겨레를 기웃거리던 내가 그의 뒤를 이어 칼럼을 연재하게 되자 그는 나의 글을 빠짐없이, 세심하게 교정해주었다. 나는 그의 교정본과 나의 원본을 꼼꼼히 대조하며 공부했고, 조사만 바꿔줘도 뉘앙스가 달라지거나 문맥이 매끄러워지는 것을 보며 한글 실력이 눈에 보이게 발전했다.

교정을 통해서 문체가 편안해지자 애초의 내 의도가 더욱 선명하게 노출돼, 새로운 생각이 꼬리를 물고 새끼를 치는 일도 종종 있었다. 삐져나온 못을 뽑고 벽을 깔끔하게 미장한 후에는 그 벽에 걸고 싶은 그림이 저절로 떠오르는 것처럼. 그래서 교정을 받은 후에 새로이 떠오르는 생각을 정리하다 보면 애초에 단독주택으로 지으려던 집이 연립주택으로 완성되는 경우도 있었다. '뜨거운 굴뚝 속의 아이들'은 그렇게 자라서 탄생했다.

나는 아무도 읽지 않을 책을, 그 사실을 처음부터 알면서 독일어로 쓴 적이 있다. 출간을 앞두고 건축사 연구소 동료에게 말했다. "100명이라도 이 책을 읽으면 다행이겠지…" 내 말이 채 끝나기도 전에 동료의 얼굴에 '설마 그렇게 많이?' 하는 표정이 서렸다. "향후 500년 동안."이라고 내가 말을 마치자, 동료는 "그럴 수도 있겠다."며 고개를 끄덕였다.

이 책에는 독일어권에서 향후 500년간 100명 정도 읽을 전공서적의 내용도 일부 들어 있고, 내가 학술논문이나 강연에서 다룬 내용도 포함되어 있다. 연애소설을 읽으며 훌쩍훌쩍 우는 취향을 가진 나에게 흥미로운 전문지식은 다른 사람들에게도 흥미로우리라는 믿음에서 혼자 간직하기 아까운 배움의 경험을 골고루 정리해 담았다.

건조한 전공서적과는 달리 이 책은 독자와의 소통을 염두에 두고 썼다. 나는 건축이 얼마나 일상적이고 상식적인 분야인지 말하고 싶었다. 그래서 건축을 공부하는 학생이라면 건전한 상식 안에서 학문의 깊이를 더하고, 일반인이라면 건전한 상식을 바탕으로 전문가와 소통할 수 있음을 나누고 싶었다. 우리집 목욕탕에 관한 일이든, 나라의 물길에 관한 일이든 당당한 주인의식과 함께 무거운 책임의식을 가지라고 넌지시 일깨워드리고 싶었다. 건축은 인생과 마찬가지로 그저 위대하거나 추상적인 일이 아니라, 담담히 해답을 찾아가는 탐구과정이라는 걸 독자들과 함께 확인하고 싶었다.

이 책은 많은 사람들의 도움으로 태어났다. 글을 쓰는 내내 강신주 작가가 함께 호흡하며 독려해주었던 것과 마찬가지로, 전공에 대한 열등감을 극복하고 건축에 관한 글을 쓸 수 있게 해준 친구들이 있다. 평생 변함없는 열정으로 건축의 길을 감으로써 한눈파는 나를 미안하고 부끄럽게 만들지만, 나를 우습게보지 않음으로써 늘 용기를 주시는 조인숙 소장과 이석정 교수에게 이 사실을 고백하고 사랑을 전한다.

그리고 무엇보다 이 책을 낳은 산모인 나의 자기애가 있다. 나를 세상에 내세우고 싶은 자기애가 아니라, 세상이 뭐라 해도 내가 원하는 일이 무엇인지 끊임없이 물어보고 더듬이를 내밀어 길을 두드려보는 자기애이다. 그리고 그런 나의 옆에는 사고를 재확인하고, 깨고, 다시 시작하도록 지속적인 도전과 자극을 주는 남편이 있다. 나와 다른 상식을 가지고, 나의 자기애에 도전과 자극의 양분을 준 남편에게 이야기하련다. 당신이 읽지 못하는 이 책은 내가 딴 데 가서 낳아온 자식이 아니라 당신의 자식이라고.

그간 미숙한 내 글을 굳이 찾아 읽어주시며 내가 자라는 과정에 동참해주신 인터넷한겨레 독자들께 감사드린다. 멀리서 조용히 고개를 끄덕여줌으로써 내가 글 쓰는 이유를 설명해주는 독자들이야말로 이 책의 진정한 산파들이다.

2008년 1월

임혜지

아래 명시된 사진 외에 이 책에 쓰인 모든 사진은 작가에게 귀속되어 있습니다.
사진 중 일부는 저작권자의 연락을 기다리는 중입니다.

앞표지 | Goldene Dünen. Copyright@Tore Diestelhorst, Bielefeld, Germany

뒷표지, 8~9쪽 | Abflug in Abendsonne. Copyright@Tore Diestelhorst, Bielefeld, Germany

10~11쪽 | Fernweh. Copyright@Tore Diestelhorst, Bielefeld, Germany

94쪽 | Trabant P50. Copyright@2006 by Burts

http://de.wikipedia.org/wiki/Bild:Trabant_P50_front.jpg

102쪽 | Passivhaus cross-section. Copyright@2006 by Passivhaus Institut-Germany

http://en.wikipedia.org/wiki/Image:Passivhaus_section_en.jpg

106쪽 | 플라테. Copyright@이석정

108~109쪽 | Umschlungen. Copyright@Tore Diestelhorst, Bielefeld, Germany

162쪽 | Schloss Linderhof. Copyright@2005 by Softeıs

http://de.wikipedia.org/wiki/Bild:Linderhof-1.jpg

168~169쪽 | The castle Hohenschwangau. Copyright@2004 by Tobias Maschler

http://de.wikipedia.org/wiki/Bild:DE_Bavaria_Hohenschwangau_castle_Nov.jpg

178~179쪽 | Karlsruhe Innenstadt. Copyright@2005 by Frederic Ramm

http://de.wikipedia.org/wiki/Bild:Karlsruhe_Innenstadt%28Luftbild%29.jpg

193쪽 | Piazza delle Erbe. Copyright@2005 by Dan Kamminga

http://wapedia.mobi/commons/Image:Verona-piazza_delle_erbe02.jpg#3

194쪽 | Castle Castelvechio and Ponte Scaligeri. Copyright@2007 by Manfred Heyde

http://de.wikipedia.org/wiki/Bild:Verona_Castelvecchio.jpg

201쪽 | Berlin Eiermann Memorial Church. Copyright@2005 by Null8fuffzehn

http://de.wikipedia.org/wiki/Bild:Berlin_Eiermann_Memorial_Church.JPG

230~231쪽 | Schneelandschaft. Copyright@Tore Diestelhorst, Bielefeld, Germany

244~245쪽 | St Peter's Square. Copyright@2007 by Diliff

http://de.wikipedia.org/wiki/Bild:St_Peter%27s_Square%2C_Vatican_City_-
_April_2007.jpg

247쪽 | The Cathedral of Speyer. Copyright@2005 by Joachim Köhler

http://de.wikipedia.org/wiki/Bild:SpeyererDom_vonSuedWesten.JPG

248쪽 | Kölner Dom. Copyright@2007 by Der Wolf im Wald

http://de.wikipedia.org/wiki/Bild:K%C3%B6lner_Dom_nachts.jpg

251쪽 | Tempietto del Bramante. Copyright@2007 by Dogears

http://upload.wikimedia.org/wikipedia/commons/b/b5/Roma-tempiettobra-
mante01R.jpg

253쪽 | Dresden frauenkirche. Copyright@2006 by Hans Peter Schaefer

http://de.wikipedia.org/wiki/Bild:Dresden_frauenkirche.jpg

283쪽 | Martina Sicker-Akman, Çayönü Tepesi, Institut für Baugeschichte der Universität Karlsruhe, 46쪽.

314쪽 | Hea-Jee Im, Karlsruher Bürgerhäuser zur Zeit Friedrich Weinbrenners, Institut für Baugeschichte der Universität Karlsruhe, Philipp von Zabern, 260쪽 (CD-Rom Abbildungen).

317쪽 | Hea-Jee Im, Karlsruher Bürgerhäuser zur Zeit Friedrich Weinbrenners, Institut für Baugeschichte der Universität Karlsruhe, Philipp von Zabern, 131쪽.

327쪽 | Hea-Jee Im, Karlsruher Bürgerhäuser zur Zeit Friedrich Weinbrenners, Institut für Baugeschichte der Universität Karlsruhe, Philipp von Zabern, 72쪽.

328쪽 | Hea-Jee Im, Karlsruher Bürgerhäuser zur Zeit Friedrich Weinbrenners, Institut für Baugeschichte der Universität Karlsruhe, Philipp von Zabern, 65쪽.

331쪽 | Hea-Jee Im, Karlsruher Bürgerhäuser zur Zeit Friedrich Weinbrenners, Institut für Baugeschichte der Universität Karlsruhe, Philipp von Zabern, 28쪽.

내게 말을 거는 공간들

초판   1쇄 발행 _ 2008년 1월 31일
          3쇄 발행 _ 2009년 12월 24일

지은이 임혜지
펴낸이 이기섭
편집주간 김수영
기획편집 김윤희 박상준 김윤정 조사라 정회엽
마케팅 조재성 성기준 한성진
관리   김미란 한아름

펴낸곳 한겨레출판(주)
등록   2006년 1월 4일 제313-2006-00003호
주소   121-750 서울시 마포구 공덕동 116-25 한겨레신문사 4층
전화   마케팅 6383-1602~4 기획편집 6383-1607~9
팩시밀리 6383-1610
홈페이지 www.hanibook.co.kr
전자우편 book@hanibook.co.kr

ISBN 978-89-8431-254-8 03810